文庫

黒衣のダリア

マックス・アラン・コリンズ
三川基好訳

文藝春秋

ネイト・ヘラーの〈セカンド・シティ〉の友人にして、
コメディの黒天使、デル・クローズの思い出に作中の歴史的できごとは（時間の経過と、相矛盾する資料の存在を克服できた限りにおいて）ほぼ正確に記述してあるが、事実と推測と虚構が渾然一体となっている。歴史上の実在の人物が、複数の人間をひとつにまとめた人物や、完全に架空の存在である人物と並んで登場する。そして全員が作者の気まぐれに応じてふるまうことになる。

〝怠惰で無責任な女だった。
働く気になったときでも、なんとなくその辺をふらふらしていて……〟
――ジャック・ウェッブのエリザベス・ショート評

〝十二歳くらいのときから、くり返し見る夢がある――自分が人を殺したという夢〟
――オーソン・ウェルズ

〝彼女が町にやってくる、彼女はダウンタウンの女王、おれの黒衣の天使〟
――ウォーレン・ジヴォン

目次

黒衣のダリア

主な登場人物

ネイト・ヘラー……………私立探偵　〈A－1探偵社〉社長
エリザベス・ショート……ブラック・ダリアと呼ばれる娘
エリオット・ネス…………元財務省特別捜査官　元《アンタッチャブル》
ビル・ファウリー…………エグザミナー紙記者
ジム・リチャードソン……同社会面編集長
ロイド・ワタースン………クリーブランドの殺人鬼　精神病院に入院中
ハリー・"ザ・ハット"・ハンセン…LAセントラル署殺人課部長刑事
ファイナス・ブラウン……ハンセンのパートナー
ウォレス・デイリー………高名なヤミの中絶医
マリア・ウィンター………医師　デイリーのパートナー
ボビー・サヴァリーノ……勾留中の宝石強盗
パッツィ……………………サヴァリーノの妻
アーノルド・ウィルスン…サヴァリーノの友人　食堂のコック
ペギー・ヘラー……………ヘラーの新妻
フレッド・ルビンスキー…〈A－1探偵社〉ロサンゼルス支社長
オーソン・ウェルズ………映画監督／俳優
ミッキー・コーエン………LAの大物ギャング
ジャック・ドラグナ………コーエンと対立するギャング

I

陶器のように真っ白な彼女が、ふたつに分かれて、サウスノートン・アヴェニュー脇の空き地の足首まで伸びた雑草の中に横たわっていた。まるでうち捨てられたあやつり人形の上半身と下半身のようだ。だが、この人形に糸をつけても、もう命を吹きこむことはできない。サディスティックな人形使いの手で、絶対にそうできないようにしてあった。

「ああ、ひでえ」ファウリーは言った。歩道の脇に横たわる切断された死体に負けないくらい青白い顔だ。「カメラマンの野郎はどこだ？　用があるときに限っていないんだから」

ここはロサンゼルスのライマートパークの近くだ。戦争で宅地開発が中断し、歩道やドライブウェイや消火栓は完備しているものの、あとは雑草のはびこる空き地で、まるでとてつもない竜巻で家がすべて吹き飛ばされてしまったのかと思うような区域。

「確かに」わたしは言った。「これほどのお楽しみの材料を手つかずでほうっておくなんて、リチャードソンが許さないだろうな」

ジェイムズ・H・リチャードソンはファウリーの上司、ハースト系の朝刊紙《エグザミナー》の社会面の編集長だ。そして、ニューヨークの新聞《アメリカン》の高名な編集長の息子ビル・ファウリーは、みずからリチャードソンの秘蔵っ子を自任する十二人の記者のうちのひとりだ。

よれよれのグレーのポークパイハットをまん丸の頭にしっかりとかぶせたファウリーの髪は、わたしと同じ赤みを帯びた茶色だが、わたしとちがって丸刈りにしている。まるで電気椅子に向かう死刑囚のような頭だ。背が低く、身長六フィートのわたしより五インチ以上小さい。そして体重は百九十ポンドのわたしより四十ポンド軽い。着ている薄茶のスーツがだぶだぶで、風にあおられると服の中で泳いでいるように見える。わたしは黄褐色のギャバジン地のダブルスーツの中で泳いではいなかったが、風でズボンが旗のようになっているのは同じだった。

「おれが何を考えているか、わかるか？」両断されて仰向けに転がり、四肢を広げた死体の足の近くを歩きまわりながら、ファウリーは言った。「フェリックスは予備の〈スピードグラフィック〉をトランクに積んでいるんだ。ほら……」

彼が投げたキーを、わたしは空中でつかまえた。

「……そいつを取ってきてくれ、ヘラー。おまえさんならあの〈スピードグラフィック〉って代物の扱い方を心得ているだろう？」

秘蔵っ子であるなしを問わず、わたしは新聞記者ではない。わたしこと、ネイサン・ヘラーは当時——今も同じだが——シカゴの〈A－1探偵社〉の社長であり、要は私立探偵だった。そして長年にわたって事務所の主な業務は離婚に関するものだったから、確かにわたしは〈スピードグラフィック〉という代物の扱い方を心得ていた。

だがわたしは、かつては美しかった女性の全裸死体の写真を撮る気はしなかったから、その要請を上品に断わった。

「ふざけんなよ、ファウリー。くそ写真が欲しければ、自分で撮ったらいいだろう」

くるりとふり向くと、ファウリーは——ふだんは上機嫌のブルドッグみたいな顔をしているのだが、このときはちっとも上機嫌には見えなかった——言った。「おれをいい気分にしておいたほうがいいんじゃないのか、探偵さんよ。それとも、おまえさんも、おまえさんの相棒も、うちの新聞でただで宣伝してもらえなくなってもいいのか？」

「だからといって、そんな嫌みな態度をとらなくたっていいだろう」

「おまえら、宣伝したかったら広告屋を雇ったほうがいいんじゃないか？　《エグザミナー》のご厚意にすがって、ただですまそうとしないでさ」

わたしは車のトランクを開け、カメラを取り出した。ファウリーはふだんは感じのいい男なのだ。ただ今は、一面トップ記事という熱病にとりつかれてしまっている。空き地に捨てられた切断死体となれば、どう考えても大見出しの記事だ……美女がどこかの変態の手で胴体をまっぷたつにされたのだから。セックスと殺人——朝食のお供に最適の記事だ。

灰色の空のもと、肌寒いほどの朝だった。風に揺れる草が、両断された女性の死体をくすぐっている。死体は、周辺に散らばるゴミや、錆びた空き缶や、朽ちかけた段ボール箱や、割れたガラス瓶などとはちがって、丹念に配置されていた。まるで芸術家の手によるもののようだ。群がる蝿は、さしずめこの不気味な傑作を鑑賞し、近くに寄ってもっとよく見ようとしている批評家たちだ。

両手を上にあげて、まるで銃を突きつけられて金を出せと脅されているようだ。男を誘いこもうとするかのように、両脚を大きく開いている。だが、この若い女性に誘惑される男はいないだろう。今となってはもう。漆黒の髪は湿ってカールし、もつれあっている。胴がウエストのところで切断され、それがまたおおざっぱにもとの位置に並べられている。上半身がやや空き地の奥のほうを向き、左足は歩道のほうを指していた。真っ白な肌は蠟のように見え、不思議なほど汚れがなかった。ただし顔と、形のよい両の乳房には大きな切り傷があった。そして形のよい片方の太腿にも。さらに臍《へそ》からまばらな陰毛のところまで、垂直に深い切れ目が入っていた。

「あそこの毛が薄いな」ファウリーが指さした。

「おい、よせよ、ファウリー」

「おれはただ、まだほんの小娘だって言ってるんだよ」そう言うと、首をふりながら手帳に何やら書きこんだ。蠅の群れが、切れそうな蛍光灯のようなうなりを発していた。「まだ十五くらいかもしれない」

「あるいは二十くらいか」わたしは言った。〈スピードグラフィック〉のフラッシュを浴びて、切断された死体はいっそう白く浮かびあがった。

死体の上半身と下半身の間の十ないし十一インチの隙間で、緑の草が風に揺れている。ただし草の一部は、こぼれ出た肝臓の下になって倒れていた。

わたしはみぞおちのあたりに悪寒を覚えた。犯罪現場を見るのはけっしてはじめてではない。無惨な殺人現場はそれなりに目にしてきた。三十八歳の元警官にして実戦経験のある元兵士であるわたしに吐き気を催させるのは、並大抵のことではない。

しかし、これは最悪だった。これほどに残虐で、サディスティックな殺人の被害者は見たことがなかった。かつては美しかった若い女性が、体をふたつに切断され、その死体が、病める精神の持ち主の犯人によって、人をあざけるようなやり方で地面に並べられている。だが、わたしがそれほどまでに強い反応を示したのは、若い命が奪われたという悲劇的事実と、その死をもたらしたグロテスクな嗜虐《しぎやく》趣味の不気味さだけではなかった。

わたしの中で記憶が渦を巻いていた。十年足らず前に、わたしはクリーブランドで犯罪捜査にあたっていて、これと同じような現場に行ったことがあった。町中《まちなか》の、瓦礫《がれき》とゴミが山になった空き地で、若い女性の胴の部分が発見されたのだ。いくつかの点で、そのときの死体のほうが今度のよりもっとひどい状態だった。頭部と両腕両脚が切断され、ゴミの山の中にばらばらに捨ててあったので、警察は人間の体でパズルをする羽目になった。その死体は、同じ犯人によるバラバラ殺人事件の被害者十三人のうちのひとりだった。

そしてわれわれ、わが友エリオット・ネスとわたしは、その狂人をつかまえた。われわれがオハイオ州のお笑い学院の終生在学生として送り込んだ人物を、新聞記者たちは〝キングズベリー・ランの狂った肉屋《マッド・ブッチャー》〟と呼んだ。その男は壁にクッションをつけた施設にしっかりと閉じこめてある。にもかかわらず、マッド・ブッチャーによく似た手口で殺された死体を見ると、そのときの記憶がよみがえってきた。それと一緒に吐き気も。

その記憶をやり過ごし、ファウリーのためにカメラマン役を務めていると（おい、ヘラー、おれがここに立って彼女のやばい部分を隠すから、おれのうしろから撮ってみろよ。そうすりゃ、なんとか新聞に載せられる写真をリチャードソンのところに持っていけるだろうよ）別の記憶が、風に揺れる草がきっかけとなって、意識に飛び込んできた……

朝、金色に色づいたカヤにおおわれた斜面を、ジャップどもが駆けあがってきた。〃バンザイ〃という彼らの叫び声に、マシンガンのうなりが重なった。**M1**ライフルでやつらを撃ち倒した。敵は草原に倒れ、ぬいぐるみの人形のような死体があたりに散らばった。銃弾の衝撃で吹き飛ばされ、草の間に倒れた死体は、こちらからはほとんど見えなかった。だが午後になって、第二波の攻撃に備えていると、炎天下で腐敗し、膨満した死体が発する甘い腐臭を、草を抜けて吹く風が運んできた……

わたしはカメラを持つ手をさげ、うしろを向いた。

「ヘラー！　ネイト……大丈夫か？」

わたしはうなずいた。

「おい、どうした。おまえ、この仏さんより青白い顔してるぞ」

ふり向くとファウリーは――ポークパイハットをあみだにして――蝿の群がる死体の上にかがみこんでいた。あれでは近づきすぎだ。

怒りに吐き気を忘れた。飛んでいって、ファウリーの体を引き戻した。「どういうつもりなんだ？　犯罪現場を荒らしてしまうじゃないか。離れていろよ！」

ここまで近づくと、死体の手首と足首にロープで縛られた跡が紫色になってついているのがわかった。縛られ、おそらくは拷問されたのだろう。

「目を閉じてやろうと思ったんだよ」ファウリーは言った。彼も動揺しているようすだった。

そこではじめて、わたしは女性の顔をまともに見た。それまでは見るのを避けていたのだと思う。というのは、頬骨の高い被害者の映画スターのような美しさの顔に、残虐な犯人はそのもっともグロテスクな演出を加えていたからだ。口の両端を耳まで切り裂かれ、彼女はピエロのような派手な笑い顔で死んでいた。

そしてその目は――山の湖のように美しく澄んだブルーだったが――確かに半分開いていた。

「じゃあ、やれよ」わたしはぼんやりと言った。

膝をついて、そっと手をのばすと、ファウリーは女性の目をやさしく閉じてやった。そして死体から離れた。わたしはその前から離れていた。

実を言うと、わたしは道路に出て立っていた。それまで以上に脚に力がなくなり、ふらふらしていた。被害者の顔を間近で見て、わたしの記憶の中でも最悪のものが呼び起こされてしまったからだった。

知っている女だ。

ああ、なんてこった。これはおれの知っている女だぞ！

探偵は偶然を信じない。運命を信じている者ならいるし、わずかながら神を信じている者までいる。だが、偶然を信じる者はひとりもいない。偶然に見えるものを目にすると、われわれはどこかに嘘がある、何か裏がある、誰かがこちらをだまそうとしていると考える。

にもかかわらず、わたしがこの女性を知っていて、その死体をたまたま発見したというのは、単純明快にして純粋に偶然のできごとだった。わたしはその事実をそのまま受け入れるほかない（そして、あなたはわたしの言葉を素直に受け入れるほかない）。問題は、単純明快で純然たる偶然は、警官の目には複雑で不純なものに見えるということだ。

そして新聞屋と偶然について言えば——新聞屋というのは、ここにいるファウリーや彼のボスのリチャードソンのような連中のことだが——彼らはわたしの陰毛をつかんでぶら下げて、からからに乾いてしまうまでさらし者にするだろう。

では、なぜわたしはここ、ロサンゼルスのユニヴァーシティ地区の空き地で、かつて知り合いだった女性のふたつに切断された死体を前にしているのか？　そもそもシカゴの人間がカリフォルニアで何をしていたのかという話から始めよう。その理由はごく当たり前のもの——仕事と観光だ。仕事というのは、わたしがフレッド・ルビンスキーと組んで〈A－1探偵社〉のロサンゼルス支社を開設しようとしていたことを指す。

フレッドはシカゴの元警官で、戦争前からロサンゼルスのダウンタウンの〈ブラッドベリー・ビル〉に自分ひとりの探偵社を開いていた男だ。彼はまたサンセット・ブールヴァードのレストランの共同オーナーでもあり、また映画業界に顔がきいて、映画会社の人間とも俳優たちともつきあいがあった。数年前のわたしがそうだったように、彼は今、どうしても事業を拡大する必要に迫られていた。合併はわれわれ双方にとって利益のあることだった。かくしてフレッドは今や〈A－1〉の副社長であり、〈A－1〉はシカゴとロサンゼルスの二か所に事務所を構えることになって、さらにニューヨークへの進出を視野に入れていた。

こちらには一か月は滞在する予定を立てていた。その間に新たなパートナーとの関係を密にし、同時に——ここからが観光の話になるのだが——長いハネムーンを楽しもうという算段だった。実は今日——一九四七年一月十五日——は、旧姓ペギー・ホーガンとわたしの結婚一か月目の記念日だった。

妻とわたしは〈ビバリーヒルズ・ホテル〉のバンガローに泊まっていた。はっきり言って高い部屋だ。実はホテルが〈A-1〉に警備保障を委託してくれて、今回の宿泊はそれにまつわる役得だった。とびきり豪勢な役得。ライマートパークの空き地で全裸の切断死体の写真を撮る羽目になる三十分足らず前に、ホテルで朝食をすませたわたしを、ファウリーが青の四七年型フォードで迎えにきたのだった。

会社の車が一台、わたしのために用意してあったのだが、妻が買い物に行くのに（またロデオドライブでありませんように）使うというので、ファウリーが新聞社まで送ってくれることになったのだ。そこでファウリーとリチャードソンとわたしの三人で話し合って、特別な取り決めをすることになっていた。〈A-1〉が情報を提供する代わりに、《エグザミナー》はうちの探偵社を好意的な記事の中でくり返し取りあげるというものだ。手始めにルビンスキーとヘラーの両探偵社の合併を派手に扱う。

「わかっているだろうけど、ビル」ヴェニス・ブールヴァードを東に向かってゆったりと車を走らせる彼に、わたしは言った。「なんといっても〈A-1〉のクライアントの利益が第一だからな」

「おれがTボーン・ステーキに見えるか？」

「いや、別に」

「だったら、そんなふうに〈A-1〉ソース（ステーキソースのブランド）をふりかけるのはやめてくれないか」たばこをくわえた口元をゆがめて、彼は愛想のよい笑みを浮かべた。「わかってるよ。あんたらみたいなシカゴの旦那方が、クライアントを見捨てるなんて考えられないからな」

「ああ、そういうこと。そんな評判が立ったら、商売あがったりだから」

彼は肩をすくめた。「今度の取り決めで一番気がかりなのは、あんたのお友だちのバグジー・シーゲルのことさ」

わたしはシートの上で身じろぎし、ファウリーが絶えず傍受している警察無線の音に負けないように声を張って言った。「彼はおれの友だちじゃない。それに、おれだったら彼に面と向かって〝バグジー〟とは言わないぞ」

「ベガスじゃ、やつと一緒に仕事をしたんだろう？」

「確かにベガスでベン・シーゲルのために仕事をした（第四長篇 Neon Mirage）。〈フラミンゴ〉の警備の仕事だ。彼のささやかなお抱え警官隊にスリのつかまえ方を教え、従業員が売り上げを少しずつくすねていたので、それができないような処置を講じた」

「ほう？　で、売り上げをくすねていた従業員って誰だ？」

「彼のささやかなお抱え警官隊だよ」

ファウリーは吸い終えたたばこを窓の外に捨て、灰色の朝にせめての彩りを添えた。「ただ、あんたに警告しておこうと思っただけだよ。うちのボスはシーゲルと聞くと頭に血がのぼるんでな――不倶戴天の敵同士なんだ」

「リチャードソンはうちのクライアントの中にカポネやフランク・ニッティみたいな連中がいるのを気に入っているのだと思っていたぞ」

「ああ、それはおおいに気に入ってるよ。シカゴのギャングは見栄えがいいからな。ジムが嫌いなのは、西海岸のギャングだ。つまり、やつらはただの犯罪者だ――ジムの友だちのミッキー・コーエンは例外だけど、もちろん」

クレンショウ・ブールヴァードの近くまで来たとき、短波無線の乾いた声がした。「三九〇Wが昏倒状態、四一五発生、クレンショウ・ブールヴァード沿いの空き地。三十九番街とコリシアム通りの間。現場に向かってください――コード二」

コード二は点滅灯とサイレンは使わずに、できるだけ早く現場に行けという意味だ。三九〇Wは酔っぱらった女性、四一五は治安を乱す行為。つまり、全部合わせると、酔っぱらった女が空き地に倒れて、困った事態が生じているという意味になる。

ファウリーは昔の消防馬車の馬が聞き慣れた鐘の音に対するような反応を示した。「おおっ！　ほんの一ブロックかそこらのところに裸の酔っぱらい女がいるってよ！　ちょっと見てみようじゃないか……」

「輪転機を止めろ。でも、どうしてその女が裸だってわかるんだ？」

「治安を乱している。ところが本人は意識がない。女がこういう状態を生み出す方法はひとつしかない。裸になって気絶するんだ。おまえさん、冒険心ってものがないのか？　いい女かもしれないぞ」

「おい、ファウリー。そんな物見遊山《ものみゆさん》につきあう気は――」

だがそのときにはもう彼はクレンショウを南に向かって走りだしていた。次に三十九番街を東へ。そこまで行くとスピードを落とし、空き地が続く、荒れ果てた物騒な雰囲気の道を進んでいった。空き地の中には三十フィートごとに杭を立てて仕切ってあるところもあった。行き交う車はほとんどない。

「えらくだだっ広いだろう」ファウリーは言った。「あそこの空き地な。あれが〈リングリング・ブラザーズ〉と、〈バーナム・アンド・ベイリー〉のサーカス小屋があったところだ。戦前の話だけど」

「あそこだ」草むらに見えた白いむき出しの足を指さして、わたしは言った。

ファウリーはスピードを落とし、窓から首を突き出した。「なんだ、あれは女じゃないよ。マネキンか何かが捨ててあるんだ」

「そうじゃないと思うぞ」

誰が警察に通報したのか、現場には誰もいなかった。一般市民がこんなことにはかかわり合いになりたくないと思うのも無理はないが。

今——死体を発見してからしばらく経って——ファウリーが必死でメモをとるかたわらで、わたしはさらに何枚かフラッシュをたいて写真を撮り、〈スピードグラフィック〉は黒くなったフラッシュバルブを犯罪現場に吐き出した。無線連絡を受けたパトカーが今にもやってくるだろう。わたしとしては、早く来てほしかった。

ただ、前にも言ったかもしれないが、わたしは探偵だ。よかれ悪しかれ、そういう目でものを見ることになる。気がつくと、わたしはファウリーに言っていた。「妙じゃないか？」

蠅の群れがうなりを立てていた。

ファウリーは手帳から目をあげた。眉を吊りあげ、もったいぶった口ぶりで言った。「いや、ぜんぜん。これは実にありふれた事件だよ、ヘラー」

「血がないぞ」

「血……」彼の目が細まり、そして大きく開いた。「ほんとだ。血がない」車のキーでもなくしたかのように、ファウリーは急にあたりをきょろきょろしだした。

歩道から、わたしはふたつに分かれた死体を指さした。「傷口を見てみろよ——血液の凝固がまったく見られない」

ゆっくりとうなずきながら、ファウリーは言った。「死体のまわりの草にも血がついてない。それだけじゃない——つまり、ほら——間の部分にも」

「ほかの体液の痕跡もないな。あの灰色がかった白い塊が見えるか？　あれは脊髄《せきずい》の断面だ。どうやら内臓の一部が抜き取られているみたいだ」

「犯人はいったい何者だ？　吸血鬼か何かか？」

「狼男かもしれない」

「おう、そりゃいい！」目をむいて、彼はそれを書き留めた。「見出しに使ったら、すごいぞ……〝狼男、美女を惨殺〟！」

「ピューリツァー賞の授賞式の挨拶では、おれの名前も言ってくれよ」恐る恐る、わたしは死体に近づいた。探偵の目で見ると対象との間に距離が生じ、吐き気もおさまった。「あの椎骨《ついこつ》を見てみろよ。下半身のほう」

「あれが何か？」

「骨がぜんぜん砕けていないだろう。きれいに切断されている。のこぎりで切ったんじゃない……鋭利な刃物で切断したんだ」

「ヘラー、これを見ろ……」

「さがれ、ファウリー！　それじゃ近づきすぎだ」

彼は手で蝿を払いのけていた。「これは……ブラシの毛じゃないか？　ひでえ、肌に食いこんでるぞ。ワイヤーブラシの毛が抜けたみたいだ」

「そうかもしれない。それで筋が通るし。ここで殺されたのでないことはまちがいない。ここは殺害現場じゃない。死体遺棄現場だ。体を切断され、血を抜かれ、きれいに洗われた上で、ここに運ばれて捨てられたんだ。人通りの少ない場所の道端に。たぶん夜明け前だろう」

わたしは灰色の空を見あげた。空模様から予測されるとおりに雨が降って、ここの証拠品を洗い流してしまうのだろうか？　だが遠雷が聞こえることもないし、そもそもここはカリフォルニアだ。最後に雨が降ったのは三週間前だった。とはいえ、ここはカメラマンの役目を忠実にはたしておくべきだろう……

ゆっくりと空き地全体に目を走らせ、まばらに散らばっているゴミを順に見ていった。するとセメント袋が捨てられているのに目をひかれた。ぐにゃりとした灰色の布袋が死体の頭から二、三フィートの草の上に落ちている。死体にはなるべく寄らないようにして、それ以上現場を荒らさないように気をつけつつ袋のそばに行ってみた。安っぽい灰色の布地の上に、水で薄まった血液が乾いたようなしみがついていた。

「死体の半分をこれに入れて運んできたのかもしれない」わたしは言い、血痕らしきものを指さした。「袋の中についてるんじゃないから、これをハンモックみたいに使ったのかもしれない」

「いや、まったく」ファウリーは言いながら、ポークパイハットを引きさげた。「最後の一滴まで血を抜かれたみたいじゃないか」

フラッシュをたいて、もう一枚写真を撮り、バルブを捨てた。

歩道に戻りながら、わたしは言った。「ここにも血の垂れた跡がある……」血痕を〈スピードグラフィック〉で撮影し、さらによく見てみた。「おい！　いいものがみつかったぞ……」

建てられないままになっている家のドライブウェイにあたる部分に、靴底の形の乾いた血痕があった。靴の踵《かかと》の半分の跡が残っていて、車のタイヤで踏まれて一部がぼやけていた。男物の靴だろうが、女物のオックスフォードの可能性もある。

「つまり犯人はここに車をとめて」わたしは言い、ドライブウェイの足跡の断片の上にかがみこんで、写真を撮った。「トランクから〝ゴミ〟を出して、二往復した。そして、この足跡をつけて……」わたしは通りのほうをちらりと見た。「……ここを離れるときに車をバックさせて、それで足跡をタイヤで踏んだわけだ……」

立ちあがり、道路に出た。道の端にタイヤがこすった跡があった。急停車したときについたのか、急発進したときなのかは判然としない。それも写真に撮った。

「南に向かってるな」ファウリーが言った。

わたしはうなずき、立ちあがった。

道の端の跡が生き返ったかのように、背後でタイヤのこすれる音がして、パトカーが到着した。ふたりの制服警官が急いで車を降りてきた。

ひとりはひょろっとした体つきの三十くらいの男だった。もうひとりはもっとずっと若い新人らしく、こちらはラインバッカーのような体格だ。制帽の下の顔は固い表情で、きつい目をしていた。ふたりともリボルバーをおさめたホルスターのストラップをはずそうとしている。

「待ってくれよ！」ファウリーが大声で言い、両手をあげた。わたしはとうにあげていた。

「おれは《エグザミナー》の記者だよ」

ファウリーは上着の内ポケットに手を入れようとした。警官はふたりとも、リボルバーを持つ手をさっとあげた。

「おいおい、待てったら」ファウリーはあわてて言った。「言っただろう。新聞記者なんだったら！　名前はファウリー！　身分証明書を出させてくれよ」

「手をあげてろ」年かさの警官が言い、若い警官に指示した。「身分証明書を確認しろ」

若い警官がファウリーの内ポケットに手をのばして、中を見た。

「大丈夫です」彼は言った。

ふたりともわたしの身分証明書を確認しようとはしなかった――カメラを手にしているのを見るだけで十分だったのだろう。つまり、わたしは《エグザミナー》のカメラマンだ。

次に、酔っぱらって治安を乱しているという女性のようすを見ようと、若いほうの警官が草地に入っていった。「ああ、ひどい――マイク……マイク！」

「どうした？」

「この人――かわいそうに、ああ、神様。体を半分に切られてる！」

年かさの警官は、リボルバーをホルスターにおさめ、パートナーの脇に行って死体を見た。若い警官は、自分が問題の酔っぱらいであるかのように、体をゆすっていた。

「無線で連絡しろ、ジェリー」マイクが後輩に言い、その肩に手を置いて相手の気を静めようとした。「当直の主任に直接報告して、捜査チームをよこすように言うんだ。大至急と」

ジェリーはうなずいた。だが、いったん立ち止まり、吐こうかどうしようかと考えているようだった。結局吐かずにすみ、足取りは頼りなかったが、なんとかパトカーにたどり着くと、車内からマイクを引っ張り出して死体発見を報告した。「三九〇地点——殺人事件の疑いあり」

なかなか正確な状況判断だ。

「警察無線を傍受しているのか、ミスター・ファウリー？」

ファウリーは肩をすくめた。「ああ。いや、だから、別に違法じゃないだろう」

「犯罪現場を荒らすのは違法行為だよ」

ファウリーはズボンのポケットに手を入れようとしていた。だが今度は、青い制服の男はリボルバーを抜くことはしなかった。「ねえ、おまわりさん……編集長に電話したいんだけれど」

「ここにいてもらうよ」しかし、その言い方には熱が入っていなかった。これは儀式なのだ。

ファウリーは警官に折りたたんだ十ドル札をわたした。「この札、くずしてもらえないかな」

警官は十ドル札を受け取り、ポケットに入れ、五セント玉を取り出した。ファウリーに投げてわたした。

「電話してこいよ」警官は言った。

シカゴでは、こんなにはかからない——一ドルで十分だ。一ドルか、二ドルで。

「カメラマンは残っていろ」

「どうも」ファウリーは言った。「ああ、それでいいよ」それからわたしのほうに向きなおり、わたしの手から〈スピードグラフィック〉を取りあげると、言った。「すぐ戻るから」

「どうも」わたしは言った。保証金代わりに現場に置いていかれるとは、ありがたいことだ。

こうしてわたしは灰色の空のもと、ふたりの警官とひとりの死人とともに、ロサンゼルス中の警官が駆けつけるのを待ち受けた。

「かわいそうに」年かさの警官が若いほうに言って、首をふった。「あんなふうに切り刻まれる前は、いい体をしていたのに。なんてもったいないことを」

ジェリーは唾を呑み込んだ。死体に負けないくらい顔面蒼白だった。「参った……いったい誰なんだろう？」

「それを言うなら、誰だったんだろうだな」年かさの警官は言った。

誰だと思う？

2

新妻から妊娠を告げられたとき、本来ならもっと幸せな気持ちを味わえたはずだと思う。同じ日にガールフレンドから電話があって、同じことを告げられるということがなかったらの話だが。

以前のガールフレンドだ――わたしをどんな男と思っておられるのか?

「エリザベスよ」電話の声はこう言った。ソフトで、低く、ハスキーで、どことなく洗練された響きの声だった。

電話があったのは木曜の夕方、ライマートパークの空き地に先立つこと六日だ。

わたしは〈ビバリーヒルズ・ホテル〉のバンガローにいた。妻はわたしと並んでソファにかけていた。バンガローは、大理石張りの暖炉と、専用のパティオに出るフランス窓のある控えめな造りの部屋だが、家具類は豪勢だった。ピーチピンクの壁紙と、ピンクとグリーンの花柄のカーペットに合わせた色合いになっている。妻はその華奢《きゃしゃ》ではあるがみごとな曲線を持つ体を、ダークグリーンのボレロスーツと白のブラウスで包んでいた。オープントウのサンダルをアン王朝様式のコーヒーテーブルに載せ、足首を交差させていた。

「どなた?」わたしは受話器に向かって言った。聞きおぼえのある声だったが、すぐには誰だかわからなかった。

「わかるでしょ――ベスよ。ベス・ショート」

「ああ!」わたしは妻をちらりと見た。彼女もわたしをちらりと見て、《シルバー・スクリーン》の最新号のページを繰る手を止めた。妻と一緒にいるところで女性からの電話を受けたことのある男なら誰でも知っている、あの血も凍るような〝誰なの?〟という顔つき。

「おぼえてくれているわよね?」電話の向こうのなまめかしい声は言った。

「ああ、もちろん」

妻を見て電話の相手が誰だかわかったのにはわけがある。ふたりはそっくりなのだ。

電話の女性は艶やかなブラウンの髪をしているが、色がとても濃くて、ほとんど黒に見えた。ペギーも同じだ。電話の女性はペギーほど小柄ではないが、ふたりとも同じような白くなめらかな肌に、ほっそりとしたみごとな体型、大きな美しい目の持ち主だった(ベスの目はブルーグリーンで、ペギーはエリザベス・テイラーと同じバイオレット)。ふたりとも笑顔がすばらしく、かすかにふっくらしたリスのような頬の、映画スターのような顔立ちで、〝オーケストラの少女〟ディアナ・ダービンを彷彿とさせた。そしてふたりとも黒っぽい髪に好んで白い花を飾っていた。

旧姓ペギー・ホーガンを――結婚一か月の今の妻を――わたしは一九三八年から知っていたが、真剣につきあいだしたのは一九四五年の夏以降だった。そして次の年の夏の終わりに、わたしたちの仲も終わりになった。というより、ペギーが終わりにした。そしてスリルを求めてラスベガスに出かけていき、わたしの友人のところで仕事を得た。まもなく彼女とわたしの友人はロマンティックな関係に立ちいたり、つまりわたしの立ちいるすきはなくなり、四六年の秋以降の三か月半ほどの間、わたしは失恋の痛手に泣く身だった。

女性にふられた男によくあることだが、わたしもすぐに元恋人とそっくりの女性をみつけ、彼女のうちに喜びと苦痛を半々の割合で見出した。

だが、わたしとベスとのつきあいは——その中身は詳しくお話しするつもりだ、いずれ時期が来たら……そう急かさないでいただきたい——短いもので、去年の十一月にシカゴで最後に会った夜以来、わたしはその映画スターのような顔をしたウェイトレスのことを一度も考えたことがなかった。

というのも十二月に、新しい相手との仲が突然に不愉快な形で終焉《しゅうえん》を迎えたペギーが、わたしの腕の中に戻ってきたからだ。わたしは喜んで彼女を受け入れた。翌日、ラスベガスの小さな、みすぼらしいウェディングチャペルで結婚し、続く数日間狂ったようにセックスして過ごした。そうして互いにどうしようもないほど愛していることを、どうしようもないほどはっきりと証明しようとしていたのだった（たんにどうしようもない人間だというのでなく）。彼女が事実上の出戻り娘だということは、ふたりとも口にしなかった。

「驚いたみたいね」電話の女性は言った。

「ええ」わたしは言った。これぞ控えめな表現の極致。「わたしがロサンゼルスにいるってことを知ってる人はあまり多くないと思うし、それに最後に会ったのは——」

「シカゴだったものね。でもね、ネイサン——わたしはカリフォルニアっ子よ、知ってたでしょう？　それに、忘れちゃった？　あなた、こっちに事務所を開くって話、わたしにしてくれたわよ。十二月にこっちに来るってことも。おぼえてない？」

　わたしはおぼえていた。ただ、彼女までおぼえていなくていいのにと思った。

「ねえ、聞いて」電話の女性は言った。「わたし……わたし、困ったことになったの」

「どんなことで？」わたしは言い、すわりなおした。「私立探偵を雇う必要のあることですか？」

「いいえ……そうじゃなくて。だから、困ってるのよ」

「ですから、どんなことで？」しびれたようになって、わたしは尋ねた。実は答はもうわかっていた。

「ネイサン、もう二か月ないのよ」

なるほど、私立探偵を雇う必要はない。雇うなら私立助産婦だ。

「なるほど……で、それは、えーと、確かに……」わたしは妻をちらりと見た。映画雑誌のページをめくる手をときどき止めて、怪訝《けげん》そうにわたしのほうを見て眉をひそめていた。

「確かにあなたのよ、ネイサン」電話の女性は、ベスは、言った。その低い声は、不思議なことに世慣れていると同時に若々しい響きを持っていた。

　唾を呑み込み、妻にほほえんで、肩をすくめて見せ、受話器に向かって言った。「こんなことを言っては失礼かもしれないけれど……疑いの余地はまったくないのかな？」

「あなた以外の男の人とはつきあっていないもの」恐ろしくも決然たる言い方だ。「あなたと知り合う一か月以上前から誰ともつきあっていなかったし、あのあともひとりもいないわ」

頭がくらくらするのをこらえて、わたしは言った。「はっきり申しあげて、えーと……まったく記憶がないんですよ。つまり……あなたと――」

あの絶妙のテクニックのフェラチオ以外には。そう、こう見えて、わたしは品格というものを重んずるほうなのだ。

「ああ、ネイサン、そんな、そんな、ひどいわ……」ハスキーな声がとぎれた。すすり泣きが喉元までこみあげてきているようだ。「……ひどいじゃない。酔っぱらっていて……酔っぱらっていて、おぼえていないなんて……」

はっきりおぼえているのは、彼女との最後の晩、確かに自分がひどく酔っぱらったということだけだった。ねえ、実に品のいい男でしょう？

「今はちょっと都合が悪くて」わたしは言った。

今ではペギーはわたしをじっと見て、はっきりと顔をしかめていた。

「でも、わたしたち、話をしなければ」ベスの声が言った。

「営業時間中にお願いできませんか？　明日の午前中なら〈ブラッドベリー・ビル〉のオフィスにいますが」

「あなたのオフィスがどこにあるかは知っているわ」ベスは言った。「どうやってあなたの居場所をみつけたと思うの？　お友だちのミスター・ルビンスキーから電話番号を教わったのよ」

お友だちのミスター・ルビンスキーとは、いずれじっくり話をしなければ。

「あなたの助けがいるのよ」彼女は言った。「つまり、ほら……対処するのに」

なるほど、金をよこせというのか。これは驚き。

「すてきでしょうね、〈ビバリーヒルズ・ホテル〉って」ベスの声が言っていた。すすり泣きの危機は去り、代わりに媚びるような響きが加わっていた。「わたしも一度泊まりたいと思っているの」

「ええ、なかなか結構なところですよ」いくらまきあげようかと、こちらの懐具合をうかがっている者がいるときに、こういうホテルに泊まっているとは実に結構なことだ。

ペギーが言った。「誰なの？」

受話器を手でおおって、わたしはささやいた。「クライアント」

いらだたしげに鼻を鳴らし、彼女は映画雑誌に戻った。

受話器に向かって、わたしは言った。「どこへ連絡したらいいでしょう？」

答える声にはとげがあった。「今すぐ話がしたいの」

「一時間後では？」

「……いいわ。〈ビルトモア〉に泊まっているの――五番街と――」

「〈ビルトモア〉なら知ってます」

「こっちに来てよ、ネイサン。ロビーで待ってるわ」

「それはちょっと無理です。あらためてこちらから電話しますから」

「公衆電話からかけてるの」

「とにかく、番号を教えてください」

彼女が言う番号を、エンドテーブルの上の電話の横のメモ用紙に書き留めた。

「待ってるわ、ネイサン」ベスは言った。「何度もベルを鳴らしてね――わたし、ロビーにいて、あなたからかかってくるのを待ってるから。わたしをがっかりさせないでよ」

電話が切れる音は、心に安らぎをもたらしてくれた。ほんの束の間の安らぎだが。吐き気がして、頭がくらくらした。まさに朝のつわりの症状だが、今は夜で、わたしは男だ。これでも男の一種にはちがいない。

「クライアントがあなたのプライベートな場所にまで電話してくるの？」ペギーが言った。

今夜の彼女は美しかった――結婚以来毎日そうだったが――黒っぽい髪をアップにして、つややかなカールが頭全体をおおっている。かわいらしい鼻にかすかにそばかすが見え、ふっくらした唇にはたっぷりと紅がひかれている。今夜は髪に花を飾ってはいない。われらが豪華な新婚部屋のそこここに置かれた、クリスタルガラスの花瓶に挿してある切り花で満足するしかないだろう。

「だって」ペギーがさらに言った。映画雑誌は膝に置いてしまっている。「ここではあなたは何も仕事をしていないじゃない。そうでしょ？　ここの仕事はフレッドがするんでしょ？」

「きみはここが気に入っているのだと思ったけど」

「気に入ってるわよ。わたしの気持ちはよくわかっているでしょう？」

よくわかっていた。ここに来て三週間になるが、ペギーはロサンゼルスが好きだ、中でもハリウッドがお気に入りだということを、はっきり態度に表わしていた。わたしはわたしで、好きでないということを、はっきり態度に表わしていた。わたしに言わせれば、ハリウッドは全体が大きな映画のセットみたいなものだ。派手な表面だけで中身がない。特にここの住人は。

ペギーが〈ビバリーヒルズ・ホテル〉を一目見たとたんに、これは厄介なことになるぞと悟るべきだった。ピンクとグリーンの化粧漆喰を使った、ミッション様式とモダンアートをかけ合わせたような建物が、花をつけた灌木や色彩豊かな庭園に埋め尽くされた敷地内に点在しているホテル。このホテルに滞在することは――ヤシの木をあしらった、パステル調のおとぎ話の世界で、ロビーには豪華な花が飾られ、クッションでぱんぱんの椅子やソファが、財布を札でぱんぱんにしたお客様を待っている――映画の中で時を過ごすようなものだった。おまけにダイニングルームや〈ポロ・ラウンジ〉に行けば、隣にすわっているのはケーリー・グラントやヘディ・ラマール、ジェイムズ・スチュアートにロザリンド・ラッセルといった人たちなのだから、なおさらだ。

わたしがペギー・ホーガンと知り合った三〇年代後半、彼女は〈ソーヤー秘書学校〉で学びつつ、アルバイトで画家のモデルをしていた。〈ブラウン・アンド・ビゲロー〉に雇われたシカゴ在住のカレンダー画家たちの前でポーズをとっていたのだ。秘書学校に通っていたのは、家族に強く勧められたからだった。彼女自身は女優になるという野心をいだいていた。タワータウン――当時はシカゴのグリニッジビレッジといった雰囲気の地域だった――に住み、小劇場でささやかな成功をおさめていた。

しかし、わたしたちが深い仲になった頃には、ペギーはショウビジネスでの野心を捨て、人並みすぐれた実務能力を発揮して――彼女は特に経理が得意だった――父親が二度目の発作を起こして亡くなったあとの家族を支えていた。子供は全部で七人いたが、ただひとりの男の子だったジョニーは戦死していた。

その重荷からも、今は解放されていた。彼女の叔父のジェイムズ・レイゲンが——わたしのクライアントでもあった——八月に亡くなり、ペギーの母親にちょっとした財産を遺してくれたからだ。ジム・レイゲンは〈コンティネンタル・プレス〉の社長だった。競馬の結果を電報で配信する会社で、国中の賭元が利用していたが——わたしの必死の努力もむなしく——〝競合企業〟の手にかかって命を落としたのだった。

その叔父が大好きで、尊敬していたペギーは、子供の頃からずっとその手の連中と接してきていた——要するに暗黒街の住人たちだ（彼女はアル・カポネのボディガードとつきあったことさえあった）——そして、大物ギャングたちの〝かっこいい〟世界を夢見るという困った性癖を身につけていた。

わたし自身もギャングとつながりがあるという評判が——とても誇張されているのだが——ペギーにとっては、ほの暗い魅力の源泉として作用した可能性は否定できないと思う。だから、彼女が亡くなった叔父や、カポネのボディガードに対するあこがれの念をいだきつづけることに、わたしは文句を言うべきではないのかもしれない。前に言っただろうか？ 彼女をラスベガスにさらっていった友人とは、ベンジャミン・〝バグジー〟・シーゲルだったのだが。

早い話が、ペギーは世慣れた女である一方で、ある種のことがらに関してはひどく無知だった。彼女はベン・シーゲルの〈フラミンゴ・ホテル〉のうわべだけの豪華さに心を奪われたのかもしれない。興奮と危険と裕福さのにおいを発散する大物ギャンブラーやギャングたちが、阿諛《あゆ》追従《ついしょう》する取り巻きや、宝石と毛皮で着飾った女たちに囲まれているところを見て、魅了されたのかもしれない。

それに言うまでもなく、ベン・シーゲル自身が巧みなデザインで作り上げたラスベガスという町は、〝金ぴか町《ティンゼルタウン》〟ことハリウッドの種違いの兄弟のようなものだ。だからハネムーンをハリウッドで過ごすことによって、わが新妻の心中深く宿っていた性向や嗜好が刺激されたとしても驚くにはあたらないことだったのだろう。

だが、すぐにそうなったわけではなかった。南国《サウスランド》（南カリフォルニアでは、その土地を好んでこう呼ぶのだが）での最初の一週間は、すばらしく平穏無事な毎日だった——典型的なハネムーンの一週間、つまり四分の三が観光で、四分の一がセックス。いや、半分がセックスだったか。

すばらしい好天に恵まれた一日、わたしたちはエリシアン公園の遊歩道を歩いていた。アロヨ（乾燥地帯の細流）の溝がうがたれた丘を登りくだりして、地を這う蔦や、野生のバラや、青いユーカリの花や、背の低いペッパーツリーや、ねじくれたオークの古木などを見て歩いた。展望台に立つと、街と山々が眼前に広がり、まるで世界が自分たちの思いのままになるようだった。グリフィス公園のプラネタリウムの光景は（中も外も）、その可能性を全宇宙にまで広げてくれた。　翌朝はうってかわって、ウェストレーク公園の手入れの行き届いた木陰の水辺に手こぎのボートを浮かべた。天然アスファルトの沼ラブレア・タールピッツの泡立つ水面に目を丸くしたあとは、煉瓦《れんが》敷きの道路沿いに店が並ぶオルベラ通りで、カフェの色とりどりのランタンを眺め、陽気な音楽に耳を傾けた。

だがペギーをもっとも興奮させたのは、ハリウッド・ブールヴァードに並ぶ映画の殿堂の数々だった。馬鹿げたパゴダのような〈グローマンズ・チャイニーズ・シアター〉——そこでわれわれはスターの足形と自分たちを比べてみて（わたしの足はクラーク・ゲーブルのより大きく、彼女の足はキャロル・ロンバードより小さかった）、『雲去り行くまで』（一九四六年製作、ジュディ・ガーランド主演のミュージカル映画）を観た。〈エジプシャン・シアター〉では〝驚くべきミス・ピルグリム〟（一九四六年製作のミュージカル映画『ザ・ショッキング・ミス・ピルグリム』を指す）をつかまえた。そして通りがかりの人に頼んで、劇場前に番人のように立つ古代の神の像の前で写真を撮ってもらった。

わたしから見て、この見せかけだけの町をもっともよく象徴しているのが、リー山の中腹に並ぶ、みすぼらしい〝ＨＯＬＬＹＷＯＯＤＬＡＮＤ〟という看板だ（一九四九年にＬＡＮＤの文字が取り外された）。売り損ないの不動産の名残の、幅三十フィート、高さ五十フィートの文字の周囲に、切れた電球を埋め込んだ代物。この腐れかけの記念碑は、ここ数年はもっぱらスターへの夢破れた者たちの飛び降り自殺のための足場として使われていた。とはいえ、その巨大な文字も遠くから目をすがめて見れば、そこそこ印象的だった。少なくともペギーには強い印象を与えた。わたしが、いつかまともな神経の人間があいつを引きずり倒すだろうと言うと、彼女は腹を立てたのだった。

「あなたにはロマンティックな気持ちがないのよ」彼女は言った。

わたしたちはバンガローの〈アックスミンスター〉製カーペットの上で、大理石の暖炉の炎に照らされて愛を交わしたところだった。

彼女のうなじに鼻をこすりつけて、わたしは言った。「へえ、そんなこと言う？　今のぼくに気づかなかったのかな？」

「そういう意味じゃなくて……話があるの」

わたしも結婚生活の経験を積んできて、この言葉が世の亭主族がもっとも恐れるべきものであることを学んでいた。

「でも」さりげなく、わたしは言った。「もう話してるじゃないか」

今度は彼女がわたしのうなじに鼻をこすりつけた。「ちょっとあなたにききたいことがあるの」

「ききたいこと?」彼女のなめらかな背中に手を這わせ、ウエストへの官能的な下り坂をすべっていってから、みごとなヒップへのみごとな登り坂をたどった。「なんだい? なんでもいいから、言ってごらん」

「もっと長くいられない?」

「どこに? カリフォルニアに? どうして?」

彼女はすみれ色の目を大きく開き、一見無邪気に言った。「どうしてかじゃなくて、いられるかどうか」

わたしは床に肘をつき、暖炉の火に照らされる彼女の体のたおやかな曲線を堪能した。「うーん、ここに泊まりつづけるのは無理だよ。一か月か一か月半ならなんとかできるかもしれないけれど。ここが一泊いくらか、きみ知ってる?」

「わかってるわよ。わたしが思ったのは、小さな家でも借りられないかということ」

「……それはつまり、ぼくにロサンゼルスのオフィスで仕事をしろということ? ペギー、まさか本気でそんなこと……」

わたしをじっと見ながら、彼女は愛おしげにわたしの髪をいじっていた。「ねえ、何かはおって、ラウンジに行かない?」

つまり、〈ポロ・ラウンジ〉のことだ。

まもなくわたしたちは、ガーデンパティオを見おろすブースについた。庭の木々に点滅する電球が飾りつけてある。ウィークデーの夜、十一時頃とあって、店はあまり混んでいなかった。来ているスターは、ルシール・ボールとデジ・アーナズだけだった。ふたりは——わたしたちと同じく——夫婦で、とことん愛し合っているようだった。

ペギーは——ジョーン・クロフォードにも負けないほどの肩パッドの入った、ピンクのパンツスーツという格好だった——赤いプラスチックのストローをチェリーピンクの口紅を塗った唇でくわえて、スティンガーを飲んでいた。わたしはラムクーラーを前に、彼女は何を考えているのだろうと思っていた。

ようやく彼女は言った。「ここに来て、考えるようになったの」

「何を?」

「もう一度やってみようかって」

「もう一度何をやってみる?」

「お芝居!」

その言葉に、わたしはみぞおちにパンチを食らったようになった。おうむ返しに言うわたしの声は、肺から空気が抜けてしまったように響いたことだろう。「芝居?」

「役者になるのが夢だったのは、あなたも知ってるでしょう?」

「ふたりで新しい夢を持つことにしたのだと思ってたけどな、ペギー。白いフェンスに囲まれた白い家とか」

「ネイト、まさかわたしにつまらない専業主婦になれと言うんじゃないでしょう？」

かくして、わたしの頭の上には黒い雲がただようことになった。『リル・アブナー』（アパラチア山脈の住人を描いた連続漫画）に出てくる、いつも災難に追いかけられている男のように。

努めてやさしい声で、わたしは言った。「ベイビー、豪華な外見にだまされちゃだめだよ。ここは地獄みたいな町なんだから」

すみれ色の目が光った。宝石のように美しく、冷たかった。「この町で生き抜くのがたいへんなのはわかってるわ。いずれは〈ビバリーヒルズ・ホテル〉をチェックアウトして現実の世界に戻らなければならないこともね。でも、わたしには才能があるのよ、ネイト――忘れちゃった？〈プレイハウス〉でのわたしの『ウィンターセット』（マックスウェル・アンダースン作の詩劇）はすばらしいできだったじゃない？わからないの？これがわたしが身を立てるための最後のチャンスなのよ」

わたしが思ったのは、ミセズ・ネイサン・ヘラーになるのは身を立てることには当たらないのかということだった。

「ベイビー」わたしは言った。「何千人もの美女がこの町にやってきて、ラナ・ターナーをスクリーンから追い出そうとがんばっているんだよ。それでいて、もらえる役といえばウェイトレスとか売り子とかガソリンスタンドの店員程度なんだ――スクリーンの中でも外でもね」

彼女の目がきびしくなった。「わたしは歳をとりすぎているというの？」

「ちがうよ！　とんでもない、ベイビー――」

彼女の顔がこわばったようだった。「わたしには太刀打ちできないと言うわけ？　もうすぐ三十だから？」

クッキーを焼いているオーブンをのぞき見して、顔を火傷してしまった子供のような気分になった。

「きみはこの町一番の美人だよ」わたしは言って、彼女の手をにぎった。別に嘘ではなかった。なんといっても彼女はわたしの新妻であり、わたしたちはハネムーン中であり、わたしは彼女を愛しているのだから。それに、旧姓ペギー・ホーガンはとびきりの美人なのだ。だが、三十に手が届きそうなとびきりの美人というのは、この町のクズの山の中ではもう盛りを過ぎていると思われるというのも事実だった。

「どこかの美人コンテストで優勝してきましたみたいな馬鹿な小娘じゃないというのは、わたしの有利な点だと思うの」彼女はわたしと一緒に自分をも納得させるように言った。「ああいう尻軽女たちは体を武器に階段を登っていけばいいわ。わたしにはあの子たちにはけっしてないものがある」

「才能がね」うなずいて、調子を合わせて、わたしは言った。

「ええ、才能はもちろんよ。だけど、今わたしが言っているのはコネのことなの。あなたのコネ。死んだ叔父のコネ。ベンのコネ」

夫婦のちぎりを結んで以来、ベン・シーゲルの名が出たのは、それがはじめてだった。

「ベンのコネね」わたしは憮然として言った。

彼女は片方の肩をそびやかした。今の爆弾発言も、彼女にとってはほんの花火程度というようだった。「ベンはわたしたちに借りがあるわ。あなたにも、わたしにも。彼はヘッダ・ホッパー（ハリウッドのゴシップを扱ったコラムニスト）よりたくさん、ハリウッドに友だちがいるのよ」

「われわれの間にベンを割りこませるのは二度とごめんだよ。どんな形であってもね。頼むよ」

降参というように、彼女はそっと両手をあげた。「わかったわ。変なこと言って、ごめんなさい――でも、あなたのパートナーのフレッドは映画業界の大物の名前をびっしり書きこんだ黒い手帳を持っているじゃない。彼と組むことにしたのは、それがあるからでしょう――彼が映画会社や映画スターのために仕事をしたり、一緒に何かしたりという経験を積んでいるから。彼なら簡単に、わたしが面接やオーディションを受けられるようにできるんじゃない？」

「ずいぶん真剣に考えていたんだね」

「ええ、そうよ。考えたわ」

「で、ぼくがこっちに移ってきて、そのあとは？　ルー・サパースタインにシカゴのオフィスをまかせる？」

「ええ、そう。もちろん、あなたは飛行機で行ったり来たりすることになるでしょうけど。家を二軒持てばいいわ。そのくらいできるでしょう？」

ペグがここまで何かの考えで頭をいっぱいにしてしまうと、もう止めようがないことを、わたしは心得ていた。それに、正直なところ、別に害はないじゃないか。彼女には確かに少しは才能がある――少しだが。それに、そう、彼女は美人だ。かわいい顔に、いい体。最近はやりのテクニカラー天然色映画では、すみれ色の瞳は効果満点だろう。

だが現実には、たとえ少々コネをきかせたとしても、彼女に成功の望みはなかった。二十九歳という年齢は、この町ではもう年寄りすぎる。これからデビューというのでは無理だ。だから、何も害はないと思った。チャレンジして、ふくらんだ希望を押しつぶされて、涙ながらにわたしの腕の中に戻ってくるという筋道をたどらせればいい。

彼女が話を持ちかけた二人目のエージェントが、彼女と契約した。わたしはフレッドをとっちめて、いったい何を考えているのかと詰問した。そのエージェントを脅迫するか何かしたのか？

フレッドは、小柄で、筋肉質の、こざっぱりした身なりの四十代の男だ。鋭い黒い目に、しわの多い顔、ぴかぴかの禿頭の彼は、〈ブラッドベリー・ビル〉のデスクの奥で、大きく肩をすくめた。「こんなふうになるとは思わないじゃないか。何も特別なことをしろと頼んだわけじゃないんだ。ただ、ペグに台本を読ませてみてくれないかと言っただけ。おれのパートナーの奥さんだと説明して、機嫌良くしていられるように面倒みてくれと頼んだ。了解と言われて、その結果が、これだ！」

わたしは部屋の中を歩きまわっていた。「確かに機嫌がいいよ。明日は〈フォックス〉でオーディションなんだから！」

「エージェントがついたからって、それだけじゃなんの意味もないよ」

「意味がないが聞いてあきれるぜ！　エージェントと契約できるならとことんベッドでご奉仕しますっていう美女が一万人はいるんだぞ」

「この次はそのことを忘れないようにするよ」フレッドは身を乗り出し、わたしの気をなだめるように、宙で何かをなでるような手つきをした。「なあ、ネイト、心配ないって。映画の役なんて、そんなに簡単に獲得できるものじゃないんだ。一回目のオーディションで映画出演が決まるかもしれないと思っているのか？　とんでもない、無理だよ！」

フレッドは正しかった。彼女の映画出演が決まったのは、二回目のオーディションでだった。〈パラマウント〉のボブ・ホープ主演の映画で、端役のウェイトレスだった。

彼女は大喜びした。有頂天だった。その喜びに水をささないように、わたしも精一杯努めて、彼女のためにうれしい顔を見せるようにした。

それはともかく、ペギーが映画界にチャレンジすることは、わたし自身がロサンゼルスに引っ越すことになるかもしれないことほどは重大事に思えなかった。フレッド・ルビンスキーもそれには乗り気でなかった。彼はひとりで仕事をするのに慣れていたからだ。わたしと組んだのは、わたし自身はシカゴに尻をすえているという前提でのことだった。

「どうしたものかな」わたしは彼に言った。そこは彼が共同でオーナーとなっている、サンセット・ブールヴァードの〈シェリーズ〉というしゃれたレストランのブースだった。「ここシカゴに適当に時間を配分しようかな。あっちで三週間、こっちで一週間とか」

「それでいけるかもしれないな」フレッドは言い、葉巻に火をつけて、食べおえたチーズケーキの皿を脇にどけた。わたしはまだデザートがすんでいなかった。つまり、ラム・アンド・コークが。

「問題は」わたしは言った。「ペギーはショウビジネスにすっかり熱をあげているから、おれの乗ったシカゴ行きの飛行機が離陸してもいないうちに、エロール・フリンだのロバート・テイラーだのという手合いが彼女のパンツに手をつっこむ恐れがあるんだ」

「結構だな。そこまで新妻を信用しているとは」

「聞いてくれ。おれはペギーを愛しているし、彼女もおれを愛してくれていると思う。でも、この結婚の実体はちゃんと見えているんだ。彼女は恋人にふられた反動で、おれのところに戻ってきた。その彼女がまた別の男のところに飛んでいってしまわないように、おれは仕事の量を削ることまでしているんだよ」

「シーゲルのことか？」

「ちがう。誰か、金持ちで、気が利いてて、ハンサムな男さ」

しわだらけのフレッドの顔にゆがんだ笑みが浮かんだ。「だったら、ネイト、きみは今は金持ちじゃないかもしれないが、もうすぐなれるだろう。きみがよく気が利く、利きすぎるぐらいだと思っている者はおおぜいいるよ。それに、きみのことをハンサムだと思う女性は、昔から理屈に合わないくらいたくさんいたじゃないか」

「ああ、だけどおれは映画スターじゃない。いいか、フレッド、かりにおれがこっちで仕事をすることになったとしても、ここのボスはあんただ。おれをあんたの首席調査員に任命してくれ」

「何言ってんだい、ネイト。あんたはうちの会社の社長じゃないか！」

「いいんだよ。シカゴじゃ今も自分で歩きまわって仕事をしているんだし。直接自分の手で拾い集める主義なんだ」

フレッドはしばらく考えていたが、肩をすくめて、言った。「いいかもしれない。《エグザミナー》を通じての宣伝も、あんたが〝スター御用達の私立探偵〟だって謳い文句でいくのがいいかもしれない。記事のいいネタになるだろうからな」

「かもしれないな」

そこでその晩、ふたりのバンガローで、わたしもロサンゼルスに住むことにしたと彼女に告げた。ここで家を借りて、フレッドのオフィスで仕事をすると。そうすれば彼女もじっくり腰をすえて映画業界にチャレンジできるだろうと。

わたしの腕の中で、彼女は融けそうになった。「ああ、ネイト、あなたって最高……愛しているわ……」

「だったらその気持ちを態度で表わしてくれないか？」

彼女の完璧なヒップに両手を当てて、引き寄せた。

「あら、いいわよ、ダーリン……」彼女はわたしの髪をまさぐった。「……ただ、ちょっと……」

「うん？」

「そろそろ……ほら……何か使うべきだと思うの」

「えっ？」

「何か使わないと、わたし、妊娠しちゃうかもしれないのよ」

結婚してからこれまで、確かに避妊のことはすっかり忘れていた。昔も今も変わらぬ、新婚カップルならではの性欲の海に溺れて、何も考えずにいた。たぶん心の片隅では小ヘラーを何人か作るのも悪くないと思っていたのだろう――わたしはペグより年上の四十近い歳で、戦争が終わったあとの理想の世界を夢見る元兵士としては、家族を作るというのも夢の実現への一過程だったのだ。

だがその晩は、以前のようにコンドームを使った。そしてまもなく彼女はペッサリーを使いはじめた。今でもハネムーン中にふさわしいセックスをしていたし——もっとも、一日に二回か、ときには一回だけのペースに戻ってはいた——わたしが彼女のために払っている犠牲に感謝して、ペギーは常に愛情あふれる態度だった。

ベス・ショートから電話がかかってきた晩、ペギーが何やら浮かぬ顔なのに気づいた。わたしに対して不快な態度をとったりはしなかったが、明らかに不機嫌なようすだった。

受話器を戻すと——そのときにはすでに、バンガローを抜け出して公衆電話のところに行ってベスに電話して、事態を収拾するにはどうしたらいいかと、そのための口実を考えはじめていた——ペギーは映画雑誌をコーヒーテーブルの上、サンダルの先からのぞいている赤く染めた爪の横にほうり投げた。そして、またあの言葉を発した。

〝愛しているわ〟ではない——あの恐るべき言葉だ。

「話があるの」

「うん、なんだい、ハニー？」

「わたしたち、晩ご飯がまだよ」

まるで責めるような口調だった。

「〈ポロ・ラウンジ〉にでも行こうかと思っていたんだけど」わたしは言った。「それか、ルームサービスを頼むか」

「外に行きましょう」いきなり彼女は立ちあがり、ボレロ・スラックスのしわをのばした。「外に出たいの」

それで〈ラ・リュ〉に行った。サンセット・ブールヴァード沿いの、《ザ・ハリウッド・リポーター》の発行主ビリー・ウィルカースンがオーナーの店だ。近くの〈シロズ〉や〈トロカデロ〉とちがい、ここはナイトクラブというより純然たるレストランという感じで、もっとリラックスした雰囲気だった。ビッグバンドの大音響の演奏の代わりに、ここではピアノ一台だけでコール・ポーターを弾いている。目に留まった有名人も、リタ・ヘイワースとオーソン・ウェルズのふたりだけだった。ストライプ模様のブースにふたりですわっていた。彼らは離婚したのではなかったか？　ヘイワースは腹を立てているようで、ウェルズのほうはまぶたが半分垂れさがってしまって、もう酔っぱらっているようだった。わたしはウェルズとは知り合いだ。何年か前にシカゴで知り合った。だが彼はわたしに気づかなかった。あるいは気づかないふりをしていたのかもしれない。わたしは気にしないことにした。われわれもストライプ模様のブースに陣取り、言葉少なに食事をした。ペグはロブスターのニューバーグふうを注文したが、ほとんど手をつけなかった。わたしはラムチョップを頼んだが、少しつついただけだった。ふたりとも気がかりなことがあった。わたしは〈ビルトモア〉に電話しなければならないと思い、ベスの指定した制限時間が尽きようとしているのを心配していた。ペギーのほうは、どんな〝話がある〟のか、説明しようとしなかった。

皿がさげられ、テーブルクロスのパンくずが取り除かれ、ふたりともデザートを断わり、コーヒーを頼んだあと、ようやくわたしは尋ねた。「今朝のオーディションはどうだった？」

「オーディションじゃなかったの」

「オーディションに行ったのかと思っていた」

「ちがったの。お医者さんに行ったの」

「医者……どこか悪いのか？」

「いいえ。ええ。わからない」

わたしはシートの上を横に移動して、ペグに近寄り、肩に腕をまわした。「ペグ、どうしたんだ？」

「遅れていたの」

「遅れて？」

「だから……遅れてたのよ」

自分の耳が信じられなかった。

「これまで一度も遅れたことなんかなかったのに」彼女は話を続けた。ノエル・カワード（英国の俳優、喜劇作家）の芝居のように陽気な口調だが、同時に死亡宣告のような陰鬱さを帯びていた。

「それで、お医者さんに診てもらったの……念のために。そしたら、わたし、妊娠しているんですって」

「ほう」かすれた声で、わたしは言った。「それは……それは、すばらしい」

「すばらしい？」すみれ色の目がわたしをにらんだ。（あなた、気でもちがったの？）「冗談でしょう。まさに最悪のタイミングよ」

その言葉がいかに正確に現状を言い表わしているか、ペグには知るよしもなかった。わたしは言った。「すばらしいじゃないか――新婚のぼくたちが、今度は子供の親になる。すごいことだよ。まさにアメリカン・ドリームだ」

「悪夢よ。わたしたちの計画が台無し！」

「ぼくたちの計画？」

「ネイト、わたしは来週映画に出るのよ。エージェントもついたし。夢が実現しようとしているの」

「ぼくと一緒に目指す夢はないのか？　家族を作るとか？」

彼女はいらだたしげにため息をつき、目をそらした。「もちろん、作るわよ……でも、今はだめ」

「何が言いたいんだ？」

「何を考える？」

「だから、考えなきゃいけないと思うの……つまり……ほら」

「はっきり言わなきゃいけないの？」

「……始末する？」

とたんに彼女の態度はビジネスライクになった。「ねえ、あなたのコネを使えばきっと、誰かみつかるでしょう……こういうことができる人が」

またコネか。

「ペギー」彼女から少し離れ、無意味に手を動かしながら、わたしは言った。「問答無用だよ。きみはこの子を産む。ぼくたちはこの子の親になるんだ」

彼女はむっとした顔をして、大きく息を吐いた。三匹の子豚さんの家を吹き飛ばしかねない勢いだった。「あなたがそういう自己中心的な態度をとることは、予想できなきゃいけなかったわね」

古き良き時代と、世の中いかに変わってしまったことか。昔は男が女を妊娠させたら、女が結婚を迫り、男が堕《お》ろしてくれと頼みこむものだったのに。

「きみはぼくの妻だ」わたしは言った。「ぼくはきみを愛している。きみはぼくの……ぼくたちの……子供の母親になるんだよ」

「あなたと話をしても始まらないわ」彼女は泣きだした。なだめようとすると、わたしを平手で打って、化粧室へ走り去ってしまった。ほかの客たちがわたしをにらんでいた。かわいそうに、あの子にいったい何をしたんだ？

このチャンスに〈ビルトモア〉に電話をかけた。呼び出し音を延々と鳴らしつづけた。とうとう男の声が答えた。「これは公衆電話だよ」

「わかってる。その辺に美人がいないかな？　ロビーで電話を待っているはずなんだけど。黒っぽい、ほとんど黒の髪の、とびきりの美人」

「ああ、その人なら見たよ。ここにしばらくいたけれど、今はもうどこかに行ってしまった」

「どうも」

肩をすくめて、受話器を戻した。まあ、いいじゃないか——彼女はどうしてあんなに急いでいたんだ？　ともかく、彼女はこっちの居場所は知っているのだから。

それで、女性用化粧室の前の壁に寄りかかって待った。バーに行くのに近くを通りかかったボガートとバコールにうなずいた。ボガートはうなずき返し、バコールは笑顔を見せてくれた。すてきなカップルだ。幸せな夫婦もいるのかと思うと心が安まる。

まあ、少なくともひとつはっきりしたことがあるわけだ。わたしはとびきり子種が豊富らしい。ただし、わたしの子供を産みたいという女はいないようだ。

3

サウスノートン・アヴェニューの脇の雑草の生い茂った空き地に横たわる、ふたつに切断された死体に群がったのは、蝿だけではなかった。ビル・ファウリーが電話をかけると称してわたしを置き去りにしてまもなく、警官や新聞記者や野次馬の皆さんが、不気味なものを一目見ようと集まってきた。

はじめはゆっくりした展開だった。もう一台のパトカーがとまって、制服警官がひとり降りてきた。スローソン通りを流していて、無線の三九〇コードを耳にしたのだった。彼は巡査部長で、前からいるふたりより年かさの、見るからに経験豊富そうな警官だったが、顔面蒼白になって死体からあとずさりして離れながら、首をふっていた。「ああ、ひどい、ああ、ひどい」とつぶやいている。そのすぐあとに、フロントグラスに報道機関のステッカーをつけたブルーの四一年型フォードが来て、道端にとまった。レインコートを着て、頭には何もかぶらずに、短く刈った赤毛の頭をあらわにした、四十代のずんぐりした女性が降り立ち、現場に近づいてきた。あとにカメラマン――本物だ――が続き、〈スピードグラフィック〉にフラッシュバルブを装填している。

その女性は快活な表情の丸顔だが、強い光をたたえた目と、いかついあごが、厳しい雰囲気を与えている。アギー・アンダーウッドは、まるで小学校の先生という風貌だったが、実は現場に現われた最初のライバル記者だった。いや、一種のライバルと言うべきか。ファウリーと同じで、彼女もハーストの新聞で働いているからだ。ただし別の新聞、夕刊紙の《ヘラルド・エクスプレス》だ。

困ったことに、アギーはわたしを知っていた――親しい知り合いなのだ。四四年にロサンゼルスで、かの悪名高いピーティ事件を取材したときに知り合った。ルイーズ・ピーティは、今は死刑囚監房に収監されているが、いずれカリフォルニア州史上二番目の、死刑になった女性となる見込みだ。多くの者がアギーを、ロサンゼルスの警察《サツ》まわりの記者の中のトップだとみなしていた。とことんタフで好戦的な人物との噂だが、それが真実であることを、わたしは個人的な経験で知っていた。

最初彼女はわたしに気づかなかった――脇に寄って立っていたので。そこへ若いほうの警官、ジェリーが進み出て、交通整理をするようにてのひらを相手に向けて、言った。「ちょっと、待ってください！」彼女はジェリーを押しのけるようにして進み、年かさの警官のマイクに話しかけた。手にはもうメモ帳と鉛筆が用意されていた。

「わたしをおぼえてる？」快活な声で彼女は言った。「《エクスプレス》のアンダーウッドよ」そのまま前進しながら、彼女は親指でぐいとうしろを指した。「このジャックは腕利きのカメラマンなのよ。先月、三面に載ったあなたのすばらしい写真を撮ったのは、この人よ――あの学校の火事のときの」

「ミス・アンダーウッド、どうかさがって――」

「何があるの？」

「ちょっとひどいんです。覚悟なさってから……」

アギーは笑った――彼女のようなタフなブンヤをたじろがせる犯罪現場があるなんて、考えただけでおかしいではないか――ところがその笑い声が急にやんだ。アギーは凍りついたようになっている。片足を歩道に、もう一方を草むらに置いて、死体の左脚を踏みつけそうな位置に立っていた。その顔から血の気が引き、真っ赤な髪の下の肌が魚の腹のように白くなった。

「ああ、ひどい」彼女は大きく息をした。ごくりと唾を呑み込んで、言った。「かわいそうに、この子まっぷたつにされてる」

新聞記者と知り合いだとこれがいい。事実をわかりやすく説明してくれるから。

今、アギーは、おそらくこれまでに一度もしたことのないことをしていた。大ニュースから遠ざかっていたのだ。あとずさりしていって、歩道の縁を踏みはずし、よろめいて、一台目のパトカーのボンネットにぶつかった。手を口でおさえて、今にも吐きそうだ。

しばらくして、ようやく言った。「そんなことをするのは、どこのトチ狂った野郎なの？」

誰も答えようとはしなかった――答を知っているわけでもなかった。

わたしも答を知ってはいなかったが、それでも何か言って雰囲気をなごませようと思った。それに、相手に気づかれる前に存在を明らかにしたほうがいい。

パトカーに寄りかかって立っている彼女の横に行って、わたしは言った。「しばらく、アギー」

ぼんやりした顔で、彼女はわたしを見た。それから、わたしとわかってその目が細まり、笑みが浮かんだ。かすかな笑みだったが。首をふりながら、彼女は言った。「ネイト・ヘラー。こっちに来てるとは聞いてたけど……あんたみたいなハンサムボーイが、どうしてこんなに眺めのいいところに出てきたの？」

カメラマンを務めたことは省いて、《エグザミナー》で会合があるのでファウリーの車に乗っていたのだと説明した。フレッド・ルビンスキーとの合併の件を新聞で宣伝してもらおうと思ってと。

「そういう話があるのに、わたしのところへは来なかったわけ？」彼女はハンドバッグをまさぐってたばこを探した。かすかにふるえていた。「わたしとあなたの仲なのに？……ジャック！　そのケツを動かして、少しは写真を撮りなさいよ！」

ジャックは——三十代のやせた男だったが——たばこをくわえたまま、ありとあらゆるものを見てきたはずの目を丸くして彼女を見て言った。「あれをどう写真に撮れっていうんですか！」

「あらゆるアングルからどんどん撮りなさい。あとの心配はエアブラシを持った連中にまかせればいい」

カメラマンはため息とともに煙を吐き出した。「了解」

アギーがたばこを勧めてくれた。キャメルだった。兵隊にとられた多くの男と同じで、わたしは外地でたばこをおぼえた。戦闘トラウマの治療のためにセント・エリザベス病院の精神科に入院していたときに、なんとか禁煙したが、今でもときどき吸いたくなる。たいていは強いストレスを受けたときに。

「じゃあ、わたしは《エグザミナー》に先を越されたわけね？」言いながら、彼女は舌についたたばこの葉を取った。「朝刊紙なのがお気の毒ね……カメラマンは来たの？」

「いや」

「でも、あまり関係ないわね。ジャックの言うとおり、これの写真を紙面に載せるのはむずかしいわ」

彼女が投げてくれたブックマッチで、たばこに火をつけた。「大丈夫かい、アギー？」

「ええ。でもね、ネイト、断言できるけど、これは今までに見たうちで最悪よ。これまでに悲惨な交通事故現場や、残虐な殺人事件を見てきたけれど、アイスピックから斧までいろいろ……でも、これは……犯人のやつ、あの子を並べて見せて喜んでいるんじゃない。まるでマルキ・ド・サドから届いたポルノ絵はがきみたい」

若い警官が巡査部長に話しかけていた。「自分は被害者は二十五歳くらいかなと思うんですが、どうでしょうか、巡査部長？」

だが答えたのはアギーだった。ゆっくりと死体に近づいていきながら、言った。「わたしはその子が生まれる前に買ったガードルを持ってるわよ――せいぜいはたちそこそこね」完全に気力を取り戻した彼女は、死体の上にかがみこんで指さして説明した。「肌がとってもなめらかじゃない。太腿がむっちりしている。とても若くて、きっと美人だったわ。何をしていた子かしらね？　女優志願だったかもしれないわ」

アギーはすっかり本調子になったようだったが、わたしはまだパトカーに寄りかかって、ふるえながら、たばこを吸っていた。あれこれ推測するのはご自由だが、わたしは死んだ女の正体を知っている。そして、そう、そのとおり、彼女は美人だった。だが、市民としての義務をはたして、彼女はマサチューセッツ州メドフォード出身のエリザベス・ショートだと告げたら、わたしは第一容疑者になってしまうだろう。なんといってもこの女性は、一週間足らず前にわたしから中絶の費用をせしめようとしていたのだから。わたしの子である胎児が彼女の中にいるのだろう。今この瞬間にも、小ヘラーが彼女と同じく死んで、そこにいる。

とはいえ、今わたしが口をつぐんでいて、あとになって警察がわたしと被害者の関係をみつけだしたら、わたしはキャメルの煙を吸うどころではなくなる。サンクエンティンで青酸ガスを吸わされるだろう。

それでも……自分がたいへんな窮地に立たされているにもかかわらず――それに殺された女性はわたしから金を巻きあげようとしていたのに――わたしは目が熱くなり、喉に塊が生じたような気がした。と言っても、曇り空の下で寒風にさらされているとはいえ、風邪をひいたのではなかった。わたしはその女性が好きだった――とてもやさしくしてくれた。それはセックスに限ったことではなかった。確かに問題のある女性ではあった。常識の範囲を超えた大きな野心をいだいていた。同じような美しい女性たちが、毎日この西の地を目指してやってくるのだが。美しさを代償に名声を手に入れることを、いつの日か見出されることを夢見てくる。ただし、空き地でみつけられるという意味ではない。

警官がもっと（隣接する管区から）、記者がもっと（ロサンゼルスの五つの新聞社から）やってきた。そして、おびただしい一般市民が。ワイヤーフェンスで囲まれた荒涼たる土地は――

先ほどまでは草と電柱しかなかったのだが——突然活気を帯びた。サーカスが戻ってきた。ただし今回は〈リングリング・ブラザーズ〉でも〈バーナム・アンド・ベイリー〉でもない。警察に押し戻された野次馬たちは、車の屋根の上に立ってなんとか一目見ようとしていた。

奇妙なことに、それだけの人数が集まっているのに、あたりは静まりかえっていた。確かに話はしているのだが、葬儀場に追悼に来たかのように、うやうやしく声をひそめているのだ。

まもなく近くのユニヴァーシティ署の私服刑事——ハスキンス警部補——が現場の指揮をとりはじめ、気軽な口調でアギーに、これは自分の担当の事件になると告げた。だが結局、それは警部補の希望的観測にすぎなかった。

アギーは現場を離れ、自転車に乗った近所の少年から話を聞いていた。そこへ覆面パトカーとおぼしき紺色のシボレーのセダンが現われ、バリケードを作るように交通を遮断する形でとまった。

中から人が降りてくる前に、セントラル署の殺人課の刑事たちだとわかった。別にたいした推理ではない。中のひとりを少し知っていたのだが——やはりピーティ事件のときに知り合った相手だ——わたしにとってはけっして幸運なことではなかった。あまりに酷い殺害方法に気をとられて、アギーは犯罪現場に私立探偵がいたことを不審に思わずにいた。だが、ハリー・ハンセン部長刑事はそうはいかないだろう。

勤続二十年以上、その半分以上の年月を殺人課で過ごしてきたハンセンは、助手席のドアを開けて降り立つと、まっすぐにこちらに向かってくるようだった。背が高く、日に焼けた、四十歳後半のひょろりとした男。面長の顔には深いしわが刻まれている。いつも眠そうな目は人をあざむく効果があった。鼻は長いが先は丸みを帯びている。小さな口を固く結んでいるのが常だった。こののっぽの赤毛の北欧人は――彼はロサンゼルスで起きた主要な殺人事件のほとんどを担当してきたのだが――署内随一の洒落者との評判をとっていた。そして今朝のいでたちは、その評判を裏付けるものだった――誂《あつら》えらしいダークブルーのスーツ、白と淡いブルーのストライプのタイ、濃い色のバンドを巻いた淡いブルーのスナップブリムのフェドーラ帽。フェドーラが――たぶん五十ドルはする代物――彼のトレードマークで、いつも、屋内でも、かぶっていて、その理由の一部は頭が禿げかかっているからだという噂だった。新聞ではよく彼のことを〝ミスター殺人課〟と呼んでいて、そのあだ名はご本人の発案だという噂もあるのだが、実際には警官仲間にも犯罪者たちにも〝ハリー・ザ・ハット〟と呼ばれていた。

運転席にいた彼のパートナーは知らない顔だった。誰だか知らないが、その私服刑事は警察署で二番目の洒落者ではけっしてなかった。三十代とおぼしき、若白髪で丸顔のずんぐりむっくりした刑事で、着たまま寝たのではないかと思うような、いかにも吊るしの茶のスーツを着て、赤白の水玉模様のタイを締めていた。しわくちゃの茶色のフェドーラ帽をあみだにかぶっているので、隣の郡境まで後退している髪の生え際があらわになっている。

〝ハット〟は顔をしかめ、道路と歩道に散乱しているたばこの吸い殻と使用済みのフラッシュバルブを見まわした。そのように地面に視線を向けていたからだろう、彼はわたしに気づかずに通りすぎて、切断された死体のほうに歩いていった。案内するユニヴァーシティ署の警部補は、ハンセンの姿を見たとたんに自分がこの事件を担当することはないと観念したようだった。歩きながら、ハスキンス警部補は――ほっそりした、地味な風貌の男で、着ているグレーのスーツが風にはためいていた――町でもっとも有名な殺人課刑事に自己紹介していた。

「ドナホー警部に連絡して応援を要請したのはわたしです」ハスキンスは言った。

自分が〝応援〟だと言われたと気づいて、ハンセンの眠そうだった目が一瞬大きく開いた。

「ドナホーに連絡したのが誰なのかは、どうでもいい」ハンセンは言った。言葉はきついが、言い方は実にやさしかった。草むらに横たわる白いもののほうにうなずいて、さらに言った。

「どうでもよくないのは、誰がこれを通報してきたのかだ」

「正体不明の女性です」

「ということは、われわれは正体不明の女性をふたりかかえこんだわけだな」

警部補は肩をすくめた。「女性が電話してきて、名前を名乗らずに、空き地に人が倒れているからなんとかしてくれと言ったんです」

「ずいぶん控えめな言い方だったんだな」ハンセンは言い、歩道の縁に足を進めた。ずんぐりむっくりのパートナーがあとに続いた。ハンセンが死体の脇にしゃがみこむと、パートナーもその横にしゃがんだ。まるでふたりはいつも〝サイモンが言うとおり〟（リーダーの命令で参加者が言われたとおりのジェスチャーをするゲーム）をしているのかと思われた。

アギー・アンダーウッド同様に、ハリー・ザ・ハットもありとあらゆる凄惨な場面を目にしてきた男だ。だが少し離れた道路から見ていても、いつもの彼の無表情な顔に変化が生じたのがわかった。ハリーの横のずんぐりむっくりは、うんざりして顔をしかめている。

「ひどいな、ハリー」彼は言い、手で蝿を追い払った。

「彼女とたっぷり楽しんだ野郎がいるみたいだな」ハンセンはパートナーに言った。「こんなふうに切られた顔を見たことあるか、ブラウニー？」

「ないね」

「にんまり笑っているみたいに切られているだろう？　頰がすっかり切り開かれている……彼女をいいおもちゃにしたやつがいるわけだ」

〝ハット〟は立ちあがった。〝ブラウニー〟もそれに続いた。

ハスキンス警部補が言った。「鑑識にはもう連絡しました。もうすぐ到着するでしょう」

〝ハット〟は相手を鋭く見た。「誰に話をしたんだ？」

「ジョーンズ警部補――リー・ジョーンズですけど」

「もう一度連絡しろ。ピンカーをよこすように言うんだ」

ピンカーはロサンゼルス市警の鑑識課長だ。

「了解」ハスキンスは答え、無線連絡をしにパトカーのほうに行った。

〝ハット〟がそのうしろから声をかけた。「無線を使うな！　今でもうんざりするほど野次馬と、用もないのに駆けつけた警官と、くそったれ記者どもがいるんだ。一番近い公衆電話はどこだ？」

「クレンショウ・ブールヴァードにありますけど」

「よし……急いで戻ってこいよ」

警部補は一瞬動きを止め、ハンセンの言葉に皮肉な調子がないかと考えているようだった。だが〝ハット〟は冗談を言うとしてもいつも無表情で、判別がつかないことがしばしばだった。

パトカーに乗りこんで電話をかけにいこうとしている警部補を、わずかな嫌悪感を浮かべた表情で見ていたハンセンだったが、そこでようやくわたしに気づいた。

ロバート・ミッチャムのような目が、はじめは驚きのために険しい表情になった。それから口元に笑みが浮かんだ。「おやおや、ただでさえ奇っ怪な事件だったのに、きみまで登場か……しばらく、ネイト」

わたしはうなずき、歩道のほうへ歩いていった。

「おい、有名人が来ているぞ、ブラウニー」ハンセンはパートナーに言っていた。「ネイト・ヘラーだ。シカゴの私立探偵の。名前は何度も聞いたことがあるはずだ」

「そうなのかい？」ブラウニーは言った。

「フレッド・ルビンスキーの新たなパートナーだ。わたしがピーティ事件を解決するのに手を貸してくれた」

実はわたしが解決したのだったが、別にどうでもいいことだ。

「また会えてうれしいよ、ハリー」わたしは言って、手を差し出した。

片手でわたしの手を取って、〝ハット〟はもう一方の手の親指でパートナーを指した。「こっちはブラウン巡査部長――いいケツ《ファイン・アス》・ブラウン」

実は〝ファイナス・ブラウン〟なのだということを、あとになって知った。

ブラウンと握手しながら、わたしは〝ハット〟に言った。「あんたのパートナーはジャック・マクレディと決まっているのかと思ってたよ」

「上の命令でコンビ解消だ。宝を分散しろ――技能を周囲にも広めろってわけさ。そりゃあ、わたしの捜査能力は有名だからな。今だって、シカゴの私立探偵がロサンゼルスの殺人事件現場にいることを、すぐさま嗅ぎつけただろう？　それにしても、たいへんな殺人事件だな」

わたしはなぜ自分がここにいるのか、かいつまんで事情を説明した。

「ファウリーは何しているんだろう？」わたしはいらだちをあらわに、まわりを見まわした。

「あの野郎、おれをここに置き去りにしやがった」

「教えてやるよ」〝ハット〟は言った。「シャーロック・ホームズならずとも推測できるだろう。《エグザミナー》に車を走らせて、リチャードソンに直々で報告しているんだ。こいつはまちがいなく大事件になるからな。こんなの、見たことあるか、ネイト？」

「ああ、実は……」

〝ハット〟は指を鳴らした。眠そうだった目が大きく見開かれている。「あったな！　クリーブランドのブッチャー事件にかかわったんだものな！　あれはいつだった？　三八年か？」

これには参った。「どうしてあんたが知っているんだ、ハリー？」

〝ハット〟は肩をすくめた。「ピーティ事件のさなかに、きみは現われたじゃないか、ネイト。当然きみのことは背景調査をしたよ。きみのことなら、本人が忘れていることまで知っている……ブラウニー、こちらのミスター・ヘラーはな、エリオット・ネスの親友なんだぞ」

「誰？」ブラウンは尋ねた。

「ネスだよ――シカゴでカポネをやっつけた大将。そのあとクリーブランドでメイフィールドの一味を町から追い払って、また新聞の大見出しになった。史上最年少の公安局長だったんだぞ」

「へえ」ブラウンは言った。どうやらすべて初耳のようだった。

まぶたに半分おおわれながら、〝ハット〟の目はわたしを鋭く見つめていた。「この件でミスター・ネスに相談すべきだと思うか、ネイト？　あの事件は未解決だったよな？」

「どの事件？」ブラウンが尋ねた。

「キングズベリー・ランのマッド・ブッチャー事件さ。十三人が胴体をちょん切られて発見された……ここのと同じにな」

「同じではないよ」わたしは言った。「ブッチャーはたいてい被害者の手足を切断していた。さらに念を入れて、頭部も切断することが多かった……確かに手口は似ているが……」

「わたしの代わりにミスター・ネスに電話してくれないか？」穏やかな口調で〝ハット〟は言った。「彼はもう警察の仕事はしていないんだよな、確か……」

「そうだよ。今は民間の会社にいる」

「でも、この件で彼の意見を聞くのは悪くないだろう？　頼んでいいかな？」

「ああ、もちろん。いいよ」

これがハリー・ザ・ハットのスタイルだ。総じて控えめなやり方——威嚇したり、帽子《ハット》からゴムホースを取り出したりはなし、穏やかな態度で、人の心理につけこみ、巧みに誘導して、容疑者から自白を引き出すのだ。

「ミスター・ヘラーこそ、まさにほんものの探偵なんだぞ、ブラウニー。この人がここにいてくれて、われわれは実に運がよかった……幸運な偶然というやつだ」

「ああ、いや、偶然ということはないと思うけれど」わたしは言った。

ブラウンは顔をしかめていて、バスケットボールのような形の頭についているふたつの目は、ただの切れ目になってしまっていた。「偶然じゃないと思うわけか？　殺人事件の現場に私立探偵がいたんだものな」

「それも、よそで同じような手口の事件を扱っていた探偵がだ」ハンセンが陽気な口調で言い添えた。「それも連続殺人だ」

「ちょっと、聞いてくれないか。おれは迎えの車を待っているだけなんだ。あんたたちの邪魔にならないように……」

〝ハット〟がわたしの肩にそっと手を置いた。「いいじゃないか。意見を聞かせてくれよ。きみみたいな優秀な探偵には、ぜひ教えを乞いたいな。ここを見て、気づいたことは？」

それで、それまでに気がついた点を話して聞かせた。ビル・ファウリー相手にしたように、あちこち指さしながら、血液がないこと、切断面がきれいなこと、セメント袋のこと、ドライブウェイに残っている足跡の一部のこと、そしてタイヤの跡のこと。

「なあ、ブラウニー？　名探偵だろう、シカゴのわが友は」

そのときもまだ死体のすぐ脇の歩道に立って話していた。

「きみが必要なことはすっかりやってくれたよ、ネイト」〝ハット〟は死体の上にかがみこみ、太腿の白い肌に触れた。太腿からは大きな肉片が切り取られていた。「冷たいな……」彼は死体の下にそっと手を入れた。ほんの少しだけだったが。彼は驚いた表情で顔をあげた。「地面が湿っている」

わたしは眉をひそめた。「露かな」

ブラウンが怪訝そうな顔をした。「つゆって？」

ハンセンはわたしに向かってうなずいた。「夜明け前の、まだ地面が露で湿っていたときに、ここに置かれたんだ……どうやらこの死体は洗ってあるな。水にすっかり浸して、ごしごしこすってあると思う……」

ブラシの毛のことを忘れていた。それを指さして教えた。

膝をついたまま、ハンセンはうなずいた。「残っているかもしれない指紋を消そうとしたかな」

ブラウンが——もちろん彼も膝をついていたが——言った。「絞殺されたのかもしれない……喉にあざがある」

「絞殺と決めつけるのは、どうかな」〝ハット〟は言った。「頭部の大きな傷を受けたときに脳震盪を起こして、それが致命傷になった可能性もあるぞ」

わたしは死体の顔を見つめていた。見たくはなかったが、どうしても目をひかれてしまった。額が打ち砕かれ、口が耳まで切り裂かれているにもかかわらず、どこかに美人だった痕跡がないかと探していたのかもしれない。

立ちあがり、高価なスーツについた泥を払い落とした〝ハット〟は、わたしの態度に気づいた。そういうことを見逃す男ではない。

「どうしたんだ、ネイト？　何か個人的なつながりでもあるのか？　なんだか鼻がむずむずするんだが」

「蝿のせいだろう」

「わたし相手にそんなごまかしは通用しないぞ、ネイト。なんなんだ？　きみの目には何が見えているんだ？」

それに答えてわたしが言ったことは、その範囲においては真実だった。「実は……この女性は妻に似ているんだ。そっくりなところがあってね。それで、見ていると気持ちが落ち着かなくなってね。いいかな……？」

「もちろん。もう行っていいよ。えーと——きみに連絡したいときは？」

「〈ビバリーヒルズ・ホテル〉に泊まっている」

彼は眉を吊りあげた。「そりゃ結構だな。フレッドとの共同経営がうまくいってるわけだ」

「まあね。でも、おれはあんたみたいな上等なスーツは着られないよ、ハリー」

彼は小さな口を開いて笑った。顔にあいた小さな穴に歯がいっぱい詰まっているようだった。

「値段だけの問題じゃないんだよ、ネイト。センスのよしあしってこともあるんだ……ああ！　ハスキンス警部補！」

ふり向くとハスキンスが電話連絡を終えて戻ってきたところで、それをきっかけにわたしはそっと道路に出た。ファウリーの野郎、いったいどこなんだ？

「レイ・ピンカーがこっちに向かってます」ハスキンスは言った。

「ご苦労だった」〝ハット〟は言った。そしてここから少し離れたところにある家々の裏庭が空き地の端と接しているあたりに目を向けた。制服警官が数人、草をかき分けていた。「で、あそこの紳士方は何をしているのかな？」

「仕事にとりかかったほうがいいと思って。地面を捜索してます」ハスキンスは答えた。「何かみつかったら、すぐに鑑識の連中にわたせるようにしておきますから」

〝ハット〟は小さな口をゆがめてほほえんだ。「引き揚げさせてくれないか？　あの調子でやってたんじゃ、鑑識にわたそうにも何もみつからないよ」

ハスキンスはばつが悪そうな顔でうなずき、言われたことをしにいこうとした。その肩を〝ハット〟がつかんで、言った。「彼らにはもっと役に立つことをしてもらおう。周辺の聞き込みをさせるんだ。電話で通報してきた女を探せ。それから、何かを見た者がいないかどうか……どうかな？」

「了解」

「で、それがすんだら、新聞紙をみつけてきて、この女性におおいをしてやってくれ。日が射してきたら、そうしておかないと状態が変わってしまう。レイ・ピンカーと検死官のために現状を保存しておかないと」

ハスキンスは空を見あげた。確かに雲間から日光が漏れ出てきていた。彼はうなずき、そそくさと立ち去った。

ため息をついて、ハリー・ザ・ハットは——片手をあげてブラウンにその場を動かないようにと合図して（サイモンは言う。〝動くな！〟）——道路に立っているわたしのところにゆっくりと歩いてきた。

わたしと並んで立つと、彼は言った。「どうやらあの警部補は、犯罪現場の神聖性というものを理解していないようだな」

「何性だって？」

「ネイト、神聖なものなんだよ。この場所は……神聖であって、同時に汚れた場所だ……でも、やはり神聖だな。殺人は被害者と殺人者の結婚なんだ――殺人はふたりの人間を結びつける絆を形成する。だけど、そのつながりは結婚よりも強固だ……結婚なら離婚もあり得るし、再婚することだってある……だけど誰かを殺せるのは一回だけだ」

死んだ女性が妻に似ていると言ったので、結婚のたとえを持ち出して、わたしをついているのだろうかと思った。

だが、ただこうとだけ答えておいた。「それは、まあ、そうかもしれないね、ハリー」

彼は空き地のほうにうなずいて、手をのばした。まるで祝福を与えようとでもしているようだった。「あの神聖なる場所で、被害者と殺人者が最後のときをともに過ごしたのだ。たとえその男が殺したのではなく、たんに死体を捨てにきただけだったとしても。あの恐ろしい構図を見たまえ、ネイト。あれは一種の芸術作品なのだ。殺人者の心の中ではね……そして、正直言って、わたしの心の中でもだ……あれは彼の心の反映、彼の個性の表現なのだ……あの聖なる場所には、この事件を解決するのに必要なあらゆる手がかりと証拠がある。少なくとも、ユニヴァーシティ署の阿呆が、新聞記者や、警官や、ほかの有象無象にそこらを歩きまわるのを許してしまうまでは、そこにあったはずだ」

「たいしたスピーチじゃないか、ハリー――でも、どうして〝彼〟だってわかるんだ?」

そう言われて、彼は身をすくめて考えこんだ。「どういう意味だ、ネイト?」

「あんたは殺人犯のことを何度も〝彼〟と言ったじゃないか…… 〝彼女〟である可能性はないのか?」

「あの状態を見てみろよ、ネイト――これは性犯罪だよ」

「レズビアンだって人殺しはするよ。精液が検出されたのか?」

「精液はきれいに洗い流してあるんだ」

「どうしてわかる? それに――あのにんまり笑ったように見える顔の傷は、これがセックスがらみの事件ではないことを示しているんじゃないか?」

まぶたの垂れさがった目が、まばたきした。「どういうことかな?」

わたしは肩をすくめた。「シカゴでは、口を切り裂かれた死体がみつかったら、口数の多すぎたやつが殺されたのだと考えるんだ……見せしめにされたんだって」

今では彼の目は大きく開かれていて、しばらくそのままでいた。だが、やがて退屈しきったような声を出した。「おもしろいな……いや、ほんとにきみを探偵として尊敬しているんだよ、ネイト――そういう深い知識についてもね。感心するよ」

皮肉な調子はまったく感じられなかった。だが、わたしの探偵としての能力が不十分で、察知できなかっただけなのかもしれない。

彼は帽子のつばに手を触れて会釈して、言った。「お友だちのミスター・ネスに電話するのを忘れないでくれよ。いいかい?」

「ああ、わかった。彼と話したら、あんたに連絡するよ」

「頼む。こっちは手いっぱいだと思うので」

彼がパートナーのほうへ戻っていこうとしたところへ、ファウリーのブルーのフォードが到着した。きつそうな帽子をかぶり、だぶだぶのスーツを着た小柄な新聞記者は、道路に車をとめると、近づいてきてハンセンに向かってにやりと笑った。

「あんたがここにいるのは当然だな、ハリー」彼は言った。「こいつは大ニュースになるぞ」

「ほんとか？」

「ああ。リチャードソンは号外を出すことにした」

ハンセンは眉をひそめた。「ただの殺人事件で号外を出すのか？」

「彼女を見ただろう——ただの殺人事件なんかじゃないよ。うちじゃ大々的に扱うぜ、ハリー……あんただって、また〝ミスター殺人課〟が活躍する特集記事を見るのは、まんざらじゃないだろう？」

〝ハット〟は少し考えていた。ほんの少しだけだった。そして、われわれから離れると——いつもの静かな物腰とはうってかわった態度で——大声を出した。「報道関係の人たち、ちょっと集まってもらえるかな？　どうも、皆さん……やあ、アギー……」

十名あまりの報道関係者——記者にカメラマン——が、〝ハット〟のまわりに集まった。彼は猟犬のような顔の目を、疲れ切っているという面持《おもも》ちでほとんど閉じたまま言った。

「ご協力ありがとう。お話ししたいことがふたつある。ひとつは、皆さんにこの現場から離れていただきたいということ。鑑識の連中が仕事をしているときに、善男善女の皆さんが彼らの肩越しにのぞきこんでいるというのは困るんだ。使用済みのフラッシュバルブやたばこの吸い殻をこれ以上寄付してもらうのもね……」

集まった面々は口々に不満そうな声を発した。

「じゃあ、わたしたちはどうやって取材したらいいの、ハリー？」アギーが詰め寄った。

「わたしを通じてだ」〝ハット〟は答えた。「わたしを通じてだけ。もしわたしの頭越しにドナホー警部や、署長から直接情報を得ようとしたら——そういうのが得意な方々がいるようだが——ここで約束しておく。その社にはこの事件に関しても、ほかのどの事件についても、情報をいっさいわたさないことにする……以上だ」

記者たちはぶつぶつ言いながら散っていった。わたしは喜んでファウリーが運転するフォードに乗りこんだ。

「遅かったじゃないか。何やってたんだよ？」わたしは詰問した。

彼は黙ってにやりとしただけだった。まさに上機嫌のブルドッグだ。「リチャードソンに電話したら、さっさとフィルムを持ってきて現像しろと言われたんだ。いつもと逆だな。ヘラーが撮った写真が新聞に載って、ヘラーが写った写真はない！」

それこそわたしの望むところだった。

「ほんとうに号外を出すのか？」わたしは尋ねた。彼が車の向きを変えたので、ハスキンス警部補が制服警官と一緒に新聞紙を持って、ふたつになった死体をおおっているところが目に入った。

「あんたの真っ白なケツを賭けても大丈夫だぞ」ファウリーは言った。「《エグザミナー》はあの女を徹底的にカバーする」

わたしは地面から盛りあがった新聞紙を見た。死体はすっかりおおわれていたが、赤いペディキュア——ペギーと同じだ——をした足の先だけがはみ出していた。

「もうカバーされてる」わたしは言った。

4

エリザベス・ショートは——わたしはベスと呼んでいたが——前の年の十月に、わたしの人生に登場した。これまでに短期間つきあったことのあるショウガールやウェイトレスや秘書たちと比べて、彼女が特に大きな意味を持つ存在だったと言ったら嘘になるだろう。ベスが印象に残ったのは、もっぱら彼女がペギー・ホーガンにそっくりだったからだ。それを除けば、彼女は大きな夢でいっぱいで、現実的な計画は少しも立てていない、夢想家の美女のひとりにすぎなかった。

これからこの運に恵まれなかった女性についての思い出をお話しするが、どうか忘れないでいただきたい。ペギーとわたしが元の鞘《さや》におさまる（そして結婚する）までの数か月間を、わたしは呆然とした状態で過ごしていたのだ。恋人に捨てられた男の例にもれず、わたしは自己憐憫にひたって過ごし、それに飽きると酒に頼って、意識をなくすまで酔っぱらっていた。

探偵の仕事でさえ——本来、わたしにとっては胸躍る活動だったのだが——退屈きわまりないものに思えてきた。リンドバーグ家の誘拐事件（第五長篇『リンドバーグ・デッドライン』）や、サーマックの暗殺（第一長篇『シカゴ探偵物語』）や、サー・ハリー・オークス殺し（第六長篇 Carnal Hours）などの世間の注目を集めた事件にかかわったことを、シカゴの新聞が大々的に取りあげていたので、わたしはちょっとした有名人になっていた。その結果、クライアントとの第一回のミーティングは、わたし自身が行なうのが望ましいという状況が生じた。クライアントの中にはわたしのサインを欲しがる者がいたりして、必ず〈A－1探偵社〉の社長であるネイサン・ヘラーみずからが、彼らにとっては切実な、取引相手の信用調査や、離婚がらみの調査や、人物調査を行なうことを確約させようとした。

そこでわたしがそういったミーティングをこなし、数名の調査員が実際の仕事をするという態勢になっていた。調査員のほとんどは、わたしと同じようにシカゴの元警官だった。最年長がルー・サパースタインで、彼が特にむずかしい——ということは報酬が多くて興味も持てる仕事を引き受けていた。

ルーは、歳は六十に近く、禿頭で、こめかみの部分だけに白い毛が残っている。蝶ネクタイをして、鼈甲《べっこう》ぶちの眼鏡をかけているところは、私立探偵というより会計士に見えた。隠密行動が必要な仕事には、そのような人をあざむく風貌は有利だった。実は彼は精力的で、有能な探偵で、彼の目に留まらずにすむものはほとんどなかった。その頃のわたしの精神状態と、やる気のない仕事ぶりも、彼は見逃さなかった。

「このフィナンハドック（鱈の薫製）のほうが、あんたよりずっと血色がいいぞ」自分の皿を指して、ルーは言った。

ふたりで〈ビニョンズ〉で昼食をとったときのことだった。プリモス通りとヴァン・ビューレン通りの角にあるうちのオフィスから目と鼻の先の店で、黒っぽい羽目板を使った店内はビジネスマンの砦という印象だった。

何を言われても気にもならなかったが、とりあえず言った。「どういう意味だい、ルー？」

ブースの固いシートの上で身じろぎして、顔をしかめ、ルーは言った。「毎日二日酔いで出社してくる。二回に一回はひげを剃っていない。オフィスのソファで眠ってしまう。クライアントとの話し合いの最中に居眠りする。それに、これはなんだ？　もともと大酒飲みだったわけじゃないあんたが、昼飯代わりに飲んでるじゃないか」

わたしは肩をすくめた。「腹が減ってなかったんだ。それに、これはまだ二杯目だぜ」

ラム・アンド・コークのことだった。

彼はフォークでわたしを指して言った。「現場の仕事に戻るべきかもな。実際の調査活動に戻るといいのかもしれない」

「いいね。おもしろい仕事があったら、おれが自分でやることにするよ」

「そんなこと、させられると思うか？　オフィスで居眠りされてるほうが、張り込みの最中や、尋問の途中で寝られるよりずっとましだよ。マラリアが再発したか何かなのか、あんた？」

わたしは昼飯を一口飲んだ。

「なあ、ネイト、おれたちは古いつきあいだ……でも、今ではおれはあんたに雇われた身分じゃない」

少し前に、わたしは会社の一部をルーに委譲していた。たいした割合ではない。ほんの気持ちというか、彼の功績に報い、さらにやる気を出してもらって、〈ハーグレイヴズ・エージェンシー〉のようなところに引き抜かれたり、独立する気になったりされないための措置だった。

「だけど、あんたがおれのボスというわけでもないぞ」わたしは言った。「そうでなくなってから、ずいぶん経つ」

スリの取締班で彼がわたしの上司だったという話は、以前からわたしたちの間の友情を確認するためのジョークのようになっていた。だが、そのときのわたしの口調には、あまり友情はこめられていなかった。

「おれはあんたの良心でもないよ、ネイト。名付け親のゴッドマザーなんてものでもない……だけど言わせてもらうぞ。あんたには乗り越えなければならないものがある」

「なんのことやら、さっぱりわからないな」

「ジム・レイゲンの姪のことだよ。ペギー・ホーガンのこと」

わたしは無言で彼の顔を見た。

ばつが悪そうに、彼は目をそらした。「いや、悪かった。とんだよけいなお節介だったな。あんたの私的な生活に、おれみたいな者が口出しする権利はない……忘れてくれ。今言ったことは、すっかり忘れてくれないか」

彼は薫製を一口食べた。そしてまた一口。

わたしはグラスをまわして、黒い液体を眺めた。目をあげずに、言った。「おれはどうしたらいいと思う？」

「聞きたいのか？」

「おい、二度言わなきゃわからないのかよ。何か考えてることがあるなら……うちの商売にさしつかえると思うんだったら……つまり、おれの……ああ、もう……だから、おれの生活態度が悪影響を与えているというんだったら、おれはどうすべきなのか言ってくれよ」

彼は少し考えていた。

「自分がこんなことを口にするとは思ってもみなかったがね」彼は言った。「なにしろあんたは、めったにお目にかかれないほどの女好きだからな……なあ、ネイト、まじめな話だぞ——とにかくどこかでセックスしてこいよ」

その言葉にわたしはびっくりした。そして、笑ってしまった。何週間ぶりかの笑いだった。だが、彼のいうことには一理あった。ペギーにふられてから、わたしがまったく女性とつきあっていないことをルーは知っていた。通りかかったウェイターを呼びとめて、ステーキサンドイッチとフライドポテトを注文した。その行為が——三杯目のラム・アンド・コークを注文しなかったことと合わせて——自分がふたたび人間社会の仲間入りする気持ちを固めたという、ルーに対する意思表示だった。ルーとわたしの間のめったにない個人的な会話は、こうして決着を見た。

住宅不足のご時世とあって、わたしはホテルの〝スイートルーム〟（居間に寝室と簡易キッチンがついている部屋だ）を愛用していた。シカゴで一番の高層ホテル〈モリソン〉の二十三階だ。マディソン通りとサウスクラーク通りの角にあって、〈A－1〉のオフィスからほんの二、三ブロックの〈モリソン〉に、わたしは十年近く前から断続的に泊まってきた。こうしてホテル暮らしをしているということが、わたしのわびしい生活を象徴していた。ほんとうなら今頃は結婚して——願わくばペギーと——わたしのコネと資産の力で前述の住宅不足を克服し、ゴールドコーストのマンションか郊外の一戸建てに移り住んで、この身を挺して戦い取った戦後の輝かしい平和な生活を満喫しているはずだった。

〈モリソン〉は〈ボストン・オイスター・ハウス〉のある場所でもあった。〃大火災〃（一八七一年十月八日から九日にかけてシカゴで起きた大火事）直後にまでさかのぼる歴史を誇る店で、シカゴの一流シーフード・レストランとしては〈ジム・アイアランズ〉と一、二を争う店だ。地下の店内はエレガントだが気楽な雰囲気で、この種の店によくあるように海にかかわるがらくたを並べ立てることもなく、海辺の風景を描いた絵が点々と飾ってあるだけなのも気分がよかった。近いのと味がよいのとで、わたしは週に何度かここで食事をしていた。よく行くもう一軒の店の〈バーグホフ〉が、仕事本位でいささか味気ないウェイターをそろえていたのに対し、ここではウェイトレスが注文を取ったり料理を運んだりしてくれた。それも若くて美人が多かった。

だからといって、ルーにはっぱをかけられたわたしがこの店に女性を求めていったわけではない。ただ食欲を感じたからだ。食べ物に対する欲望だ。ほんとうだ。誓ってもいい。

白い襟と袖口のついたアクアマリンのユニフォームは、着る者をこざっぱりと魅力的に見せるようにデザインされたもので、けっして色気を発揮するためのものではなかった。それでも彼女のほっそりとしたみごとな曲線は、そのユニフォームに独自の効果を付け加えていた。店に入ったとたんにその新入りのウェイトレスに気づいたが、最初に見たのは少し離れたところからで、優美な体の全体の線と、繊細な人形のような顔、そしてたっぷりした黒髪がカールして、高く結いあげられた先が肩まで垂れているようすが見てとれただけだった。

そして、その歩き方が。ゆったりと体をゆする官能的な歩き方は、ファッションモデルにもひけをとらないものだった。

わたしは給仕長に五ドル札をそっとわたし——もう何十年もこの店でウェイトレスを仕切ってきたその女性は、不幸にもパール・クンツといういかにもドイツ的な名前だった——その新人ウェイトレスをわたしのテーブルにつけてくれるように頼んだ。

「いいけど、ネイト」肉付きのよい、永遠に変わらぬブロンドの髪のパールは言い、わたしを疑わしげに見た。黒いユニフォーム姿で、そのズボンのポケットに五ドル札を入れようとしていた。「だけど、わたしはやり手ばばあになるつもりはないわよ」

「わが心には紳士的な思いしかないよ」

「心配してるのは、あなたの心のことじゃないのよ、ネイト」

彼女が壁際の小さなテーブルに案内してくれた。金縁の額に入った油彩画が、わたしの相手をしてくれるという席だった。

「三二年にきみに色目を使ったことを、いまだに根に持っているんだろう、パール?」

「いいえ、ネイト、わたしが恨んでいるのは、三八年以降は一度も色目を使ってくれないことよ」

わたしたちは顔を見合わせてにやりと笑い、彼女はメニューを置くと、ゆっくりとテーブルを離れていった。

問題のウェイトレスが注文を取りにきて、はじめてじっくりと見た。見たとたんに息ができなくなってしまった。

「どこか具合でも?」そう尋ねる彼女の声は低く、豊かで、ハスキーだった。澄み切ったクールな目の色は、ユニフォームと同じアクアマリンだ。人形のような印象を与えていたのは鮮やかな赤の口紅と、もともと色白の肌の上に塗られた明るい色のファンデーションの効果だった。

「いや」わたしは言い、メニューをおろした。「ただちょっと……知り合いにきみにそっくりの人がいるものだから」

おもしろそうに、彼女はふっくらした唇を曲げた。注文伝票を鉛筆で軽く叩いている。「それはもしかして、昔のガールフレンドだったりして？」

「この手はちょっと古いかな」

「ちょっとね」

あっけにとられて、わたしはまだ首をふっていた。「でも、ほんとなんだ。ほんとにうりふたつなんだよ」

おもしろそうな表情が消え、淡い色の瞳がわたしを見つめた。鉛筆の動きが止まった。「きっかけを作るために言っているんじゃないの？」

「ちがう。そうじゃない」

澄んだ淵のような目の上の、色の濃い眉が——太くて、最近の流行には反していた——ひそめられた。声を落として、彼女はそっと言った。「その人のことがほんとうに好きだったのね」

「ああ、ほんとうに好きだったよ」

「その人……変なことをきいてごめんなさい……でも、その人、亡くなったんじゃないでしょうね？」

「いや、ちがうよ！　元気で生きてる……死んだのは、おれたちの関係だけ」

彼女はかすかにほほえんだ。「わかったわ……じゃあ、次は何を注文するのか教えて」

昔からのお気に入りの一品、パールの特別料理を注文した。意外なことにシーフードではない。ポーターハウスステーキにベイクトポテトを添えたものだ。肉の配給の時代が去り、今またメニューに復活している。

シカゴでは、コーヒーがサラダのように料理と一緒に出される。しかしわたしは、その美人ウェイトレスに、すぐに持ってきてくれと頼んだ。砂糖とクリームを一緒に。

「あなたみたいなタフガイが、お砂糖とミルク？」アクアマリンの瞳を、おかしそうにきらめかせて、ウェイトレスは言った。

「どうしてぼくがタフガイだと思う？」

「ミス・クンツから聞いたの。あなたは私立探偵なんでしょう、ミスター・ヘラー。それも有名な探偵さん」

「ネイトでいいよ。それから、有名な私立探偵なんて動物はいないんだ。もしいたら、商売あがったりだな」

「どうして？」

「だって顔を知られていたら、こっそり人のようすを探るなんてできないじゃないか」

彼女は笑った。「なるほどね。じゃあ、お砂糖とクリーム」

「それに、こういう苦々しいことばかりの世の中で、わざわざ苦い飲み物を味わわなくてもいいと思わないかい？」

「そうよね。わたしはそもそもコーヒーが好きじゃないの。お砂糖とクリームを入れてもね」

入り口近くの持ち場から、パールがわたしをにらみつけていた。

「ほかのお客にも気を配ったほうがいいみたいだよ」わたしは言った。

「わたしにはその気はないみたいよ」ウェイトレスは堂々と言い放つと、テーブルを離れていった。あの歩き方。なんという歩き方だ——まるでスプリング付きのセックス……パールに目をやると、わたしを見て顔をしかめていた。わたしは投げキスを送った。にやりとしたところを見られないように、彼女は顔をそむけた——彼女はそうできたと思っていた。

「きみ、名前は？」炒めタマネギを載せたステーキと、サワークリームをまぶしたポテト、そしてロシアふうドレッシングをかけたレタスのサラダを運んできた美人ウェイトレスに、わたしは尋ねた。

「相手によるわね」彼女は言い、私の前に皿を置いた。体が近づき、ステーキのにおいをかき消してシャネルの五番が香った。ふっくらした唇に似合わない、いたずらっぽい笑みが浮かんだ。

「どういうこと？」

「相手がベティが好きか、ベスが好きかによるのよ。わたしの名はエリザベス・ショート。ベティもベスも、エリザベスを短《ショート》くした形でしょう」

つまらないジョークで、きっと彼女はもう何千回も言ってきたのだろうが、わたしはおもしろいと思い、笑った。ああ、そうだ！　女を口説《くど》くって楽しいんだ！　わたしは人間に戻った気がした。自分に戻った気が。

「きみみたいに上品で威厳のある女性に〝ベティ〟はないよ」わたしは言った。ほんとうに彼女はそんな印象だった。ウェイトレスには似つかわしくないほどで、わざと気取ってそんなふりをしているのだろうかと、わたしは思った。「だから〝ベス〟と呼ばせてもらうよ」

「ありがとう」見るからにうれしそうに彼女は言った。「わたしもそっちのほうが好きなの」そして、ステーキのほうにうなずいた。「シェフに言われたのだけれど、とってもとってもレアですよとお客様に申しあげなさいって。もう少しよく焼いたほうがよければ、ご遠慮なくどうぞって」

「そうすれば、またきみと話をする口実ができていいんだけどね」わたしは言いながらステーキにナイフを入れ、深い、赤い肉の色を見て満足した。「このままで結構だよ――ぼくの好みで言うと、レアすぎるステーキというのは、まだ草をむしゃむしゃ食ってるやつだな」

今度は彼女がつまらないジョークに笑い、ゆったりと歩み去った。

ステーキと添え物でかなり満腹だったが、ウェイトレスと過ごす時間を引き延ばしたくて（彼女がペギーにそっくりなのは、この際関係ないと自分に言い聞かせながら）デザートを注文した。今夜のスペシャルはモカレイヤーケーキだった。この店の名物だが、それを食べたら気絶しそうだった。

「うーん、わたし、チョコレート大好き」ベスは言い、注文を書き留めた。

「ああ、ちょっと待って。今のはキャンセルにしようかな。きみにデザートをごちそうさせてよ。シフトが明けたら。何時まで？」

彼女は顔をしかめていた。だが、それは不快感からではなかった。「えーと、うーん……だいぶ遅くなるわよ。この店は十一時までやっているから……」

「好きなデザートは？」

「えっ、ああ……バナナスプリットかな。チーズケーキもだけど」

「両方とも〈リンディーズ〉にあるよ。ねえ、どう？」

結局彼女はＯＫしてくれた。そして、十一時少し過ぎに、〈モリソン〉の豪華な、天井の高いロビーで彼女と会ったとき、わたしは度肝を抜かれた。ただのウェイトレスだと思っていたら、彼女はピンクのバラの模様のついた黒のドレスに、豹皮のコートと帽子という姿だった。さらに黒のストッキングに、黒いクラッチバッグ。これが通勤着なのか？

彼女の威厳ある洗練された態度は、見せかけのものではないのかもしれない。

わたしが腕を貸そうとすると、彼女は大きくほほえんだ。おお、なんという美しさ……いや、まったく、ペギーそっくりだ。腕を組んで、ひんやりした秋の夜の中に出ていくと、彼女はふるえ、ぴったりと身を寄せてきた。咳き込んで、口に手を当てている。そこでウェスト・ランドルフ通りの〈リンディーズ〉まで彼女を歩かせるのはやめて、タクシーを止めた。この優雅なレディに自分を印象づけたいという気持ちもあったのだと思う。そして彼女は印象づけられたようだった。

中二階の下のブースにすわり、バナナスプリットを食べ――ふたりでひとつを食べた。彼女がどうしてもと言うので。彼女の青緑色の目は、今は緑より青が勝っているように見えたが、この演劇人御用達のレストランに集う有名人たちを見てまん丸になっていた。隣のブースにはエディ・カンターとジョージー・ジェセルがいて、チャプスイと葉巻をやりながら、にこりともせずに話しこんでいた。シカゴのナイトクラブにしばしば出演しているマーサ・レイが、例の若い歌手ディーン・マーティンとカクテルを飲んでいる。バーのテーブル席には陽気な大女ソフィ・タッカーが三人の若い男を侍《はべ》らせて、大声でしゃべり、笑っていた。男たちはせっせとソフィのたばこに火をつけ、飲み物のお代わりを運んできている。

ベスは飲み物はいらないと言った。酒もたばこもやらないのだと、少々誇らしげに言った。どちらもレディにふさわしくないし、その悪癖のために、〝まだ若いのに、お肌が衰えてしまった〟女性がいるというのだ。

だがバナナスプリットに関しては、そのような用心はしていなかった。実は〝アイスクリーム中毒〟なのだと告白した。そのほっそりした体つきからは想像もつかなかったが。

わたしはすでに、このペギーにそっくりな女性に参りかけていた。ひとつのサンデーをふたりで食べて、彼女の皿にスプーンをつっこむのは、無邪気な楽しみのようでいて、同時に性的なニュアンスを感じさせた。

「有名人を見て感心しているのは、わたしひとりかしら?」彼女は言った。彼女はティーカップを口に当て、わたしはコーヒーに砂糖とクリームを入れていた。食べおえたサンデーの皿はさげられていた。「誰もサインをねだったりしない。そっちを見もしない……」

わたしは肩をすくめた。「そういうのは野暮《やぼ》だと思われるだろうね。ここじゃ有名人や明日の有名人が一日中見られるんだから。芸能人や、新聞記者、大物政治家……この店は二十四時間営業なんだよ」

彼女はおどけた顔をした。カブキのような化粧をした顔の、真っ赤に塗られたふっくらと官能的な唇が目をひいた。これほどの美人でなければ、滑稽な印象を与えてしまったかもしれない厚化粧だった。「わたし、シカゴのことはよく知らないみたい」

「こっちへははじめて？」

「前に何度か寄ったことはあったのだけれど。長く滞在するのは、今度がはじめて。モデルの仕事があるというので、来たのよ」

「それは驚くにあたらないね。きみほどのルックスと優雅さがあればね。どんなモデル？」

「新聞の広告――帽子に手袋にコート」

わたしはコーヒーを口に含んだ。「エージェントは？」

「〈ソイヤー・エージェンシー〉」

「ダフィ・ソイヤーのところ？」

彼女はうなずいた。少々きまりが悪そうだった。

「どうしてやめたか、当ててみようか？　ダフィに男のクライアントの相手をしろと言われたんだろう？」

おもしろくもなさそうに、鼻で軽く笑うと、彼女は言った。「ホテルに――〈クロイドン〉に――泊まらされて、彼と、彼のいろんな……取引相手と一緒に食事をさせられたの。お客さんたちを楽しませろと言われたわ」

どんなお楽しみやら。

彼女はさらに言った。「まんざらでもなかったのよ、最初はね。あちこちすてきなジャズ・クラブなんかに行けたし。でも、えーと……ダフィがわたしに腹を立てだしたの。つまり――」

「客を十分に楽しませなかったから」

「そんなところ。で、やめて、〈クロイドン〉を引き払って、今は〈セントクレア・ホテル〉に女の子何人かで住んでるの……どこだか知ってる？」

「ああ」イースト・オハイオ通り沿いのホテルだった。そこも〈クロイドン〉も、もっぱらショウガールやモデルが利用しているホテルだ。「今もまだモデルをする気はある？」

「ええ、あるわ――ちゃんとしたモデルや、お芝居なら。わたし、歌も歌うのよ」

「うん、だけどね、シカゴは昔とはちがってしまったんだよ。ヴォードヴィルは滅んでしまったし、ラジオ制作の場は東部か西部に移ってしまった。ここじゃ全国規模の広告もあまり作られていない」

「わたし、ダンスもできるけど」

わたしはほほえみ、首をふった。「この街でコーラスラインの出番があるのは一か所だけ。〈シェ・パレ〉っていう劇場で、たった六人のダンサーでやってる。しかも、その六人の中に入るのは至難の業だ。ときには〈パーマー・ハウス〉や〈シャーマン〉で興行があることがあるけれど、でも……働き口はわずかだよ。別の種類の踊りをやる気があるなら別だけど」

「ストリップね」

「ああ。それならこの街にはたっぷりある……だけど、そんなのはビジネスマンを〝楽しませる〟のに劣らずやる気がしないだろう」

アクアマリンの目が大きく見開かれた。「そう、そのとおりよ……まあ、わたしの体型ならできない仕事じゃないとは思うけど。そうじゃない？」

「その点は疑問の余地がないね。それに、ぼくは職業を差別したりはしない。親友の中にストリッパーが何人かいるよ」

それを聞いても彼女の気は変わらなかった。「でも、やっぱり、そこまでは……ストリップまでは、したくないわ」

「いい心がけだ。きつい仕事だしね。それに、サリー・ランドやジプシー・ローズ・リーやアン・コリオでもない限りは、週に五十ドル稼げればいいほうなんだよ」

「それならウェイトレスやってるほうがいいわ」

「ああ、それにそっちのほうが暖かくしていられる」

彼女はむっとしたようにあごを突き出したが、たぶんそんなふりをしただけだった。「そうしてるのがいいと思う？　ウェイトレスを続けるのが」

「いや、別に夢をいだくことに反対しているんじゃないんだよ。ただ、現実は厳しいという話をしているだけで。あそこもとても厳しいところだけれど、ハリウッドのほうがきみに向いているんじゃないかな？」

彼女はうなずいて、言った。「行ったことあるのよ——何回か」

「どうだった？」

「何度かエキストラをやって、一度ラジオにちょこっと」

「誰でもそういうところから始めるんだよ」お茶とコーヒーのお代わりをと、わたしはウェイトレスに合図した。「ねえ、シカゴでもモデルの仕事はあるよ。エージェントを何人か知っているんだ。地元向けの広告の仕事ならたくさんあるし、大きな通信販売の会社があるから、そのカタログの……」

「いずれお願いするかもしれないけれど、でもとりあえずは南カリフォルニアに帰ることになると思うの。シカゴに来たのは最初に話があったモデルの仕事をするためだけだったし、それと……」

「それと？」

彼女は肩をすくめた。「知り合いの軍人が、移動でここに寄るって聞いたんで。陸軍航空隊の中尉なんだけど」

「ボーイフレンド？」

「別に深い仲ってわけじゃないのよ。去年、〈ハリウッド・キャンティーン〉（ハリウッドの軍人向けナイトクラブ）で知り合ったの。わたし、あそこでジュニアホステスをしていたのよ。スターをたくさん見たわ。フランチョット・トーンとか、アーサー・レイクとか、いっぱい」

「航空隊の中尉さんは？」

「彼が何？」

「深い仲でないなら、どうしてシカゴまで会いにきたりしたんだ？」

彼女はまた肩をすくめた。「今言ったように、ここに来たのはモデルをするため。で、ついでだからゴードンと会っておこうかと思ったの。手紙のやりとりはずっとしていたのよ……わたし、軍にお友だちはおおぜいいるの。何人かとは文通している。元気づけたいと思って……」

「なるほど。〈ハリウッド・キャンティーン〉で知り合った人たちだね？」

そういうことなのか？　わたしは思った。いわゆる〝ビクトリーガールズ〟——軍人に弱い女？

「ええ」わたしの内心の問いに答えるかのように、彼女は言った。「わたしはフロリダとカリフォルニアを行ったり来たりして過ごしていたのよ。どっちでもすてきな男の人たちとたくさん知り合いになれたわ」

「カリフォルニアとフロリダといえば、かなりの距離じゃないか。きみはどこの出身なの？」

彼女は茶を飲みながら店内を見まわした。ほかにも有名人はいないかと見ていたのだろう。

「別にどこの出身というわけでもないのよ」

「出身地がないってことはないだろう。きみの話し方にはどこかニューイングランドふうの響きがあるという気がしてならないのだけれど……それとも気のせいかな？　会ったのが〈ボストン・オイスター・ハウス〉だからって」

彼女は軽く笑った。またわたしに注意を戻してくれた。「なんと言っても探偵さんですものね……育ったのはマサチューセッツ州メドフォード。でも、あそこの人間という気がどうしてもしないの」

「どうして？」

「よくわからないけど、長いこと、まだ高校生の頃から、わたしは冬を温かい場所で過ごしていたのよ。健康に問題があって——喘息《ぜんそく》が……」

だからあんなふうに咳をしていたのか。

「……それできっと自分がどこの土地の人間でもないような気がしているのだと思う。ただ、強いて言えば——笑わないでね——ハリウッドが故郷みたいな」

「笑ったりしないよ、ベス。きみはまさに映画スターに見えるもの」

顔を輝かせて、彼女は言った。「みんなに似てるって言われるのよ――」

「ディアナ・ダービンに」

「そうなの」見るからに誇らしそうだった。「歌い方も彼女に似ているのよ。ただ、わたしのほうが声が低いけど」

彼女は一度も考えたことがないのだろうと思った。ハリウッドにはもうすでにディアナ・ダービンにそっくりな女優がひとり――つまりディアナ・ダービン本人がいるということを。

うっとりした口調でベスは言った。「ずっと前から思っていたの。心の奥底で。わたしは人とはちがう……特別な人間だって……いつか有名になるだろうって」

同じことを思った、美しく、野心満々で、現状に満足することを知らない女性たちがいったい何人いることか。毎年、毎月、毎日、ベスのように豊満な肉体に恵まれた美人たちが、まばゆい光に誘われて、農場や小さな町をあとに、家族や友人や恋人を見捨てて、目を輝かせ、ボール紙製のスーツケースを手に、バスに乗ったり、ヒッチハイクをしてハリウッドにやってくる。これが一番ありふれた、昔から少しも変わらぬ、実現する可能性がもっとも低い、アメリカン・ドリームなのだ。

だが、わたしは言った。「きみが有名になっても不思議はないよ、ベス。きみはとっても美人で、声もいいし、立ち居振る舞いが洗練されている」

「ほんとにそう思う?」

「ほんとにそう思うよ」

その晩彼女は〈モリソン〉のわたしのスイートルームに泊まった。ソファに並んですわり、夜遅くまで延々とおしゃべりした。わたしは彼女の夢と希望と情熱について残らず知った。音楽がどんなに好きかということも、彼女ははてしなく話した――ベニー・グッドマン、アンドリューズ・シスターズ、ケイト・スミス、グレン・ミラー、ジョー・スタフォード、それにビング・クロスビーとフランク・シナトラも――そしてわたしがシナトラとは知り合いだから、いつか紹介してあげられるかもしれないと言うと、わたしに熱烈なキスをした。

それからキスした。まるでティーンエージャーのように。久しぶりにわたしはラム以外のものに酔った。女性の美しさに、その香りに、そして飛び込んで水を跳ね散らしたくなるようなブルーグリーンの瞳に。次にペッティング。彼女の完璧な胸を愛撫した。たっぷりとして、よく引き締まり、手にあまる大きさだった。そしてとうとう、ドレスの背中のジッパーをさげた。ドレスは彼女の腰のまわりに花びらのように広がった。彼女の肌は目をみはる石膏《せっこう》のような白さで、なめらかで傷ひとつなく、肩にほくろがひとつあるだけだった。乳首を吸うと、彼女は快感のうめきをもらし、わたしはさらに吸って、引き締まっていてしかも柔らかい乳房に顔を埋めた。だが、むっちりした太腿をなでていたわたしの手が、その間を這いのぼろうとすると、彼女に手首をつかまれて、引き戻された。首をふりながら、何やら悲しげな顔で、彼女は言った。「だめ。だめよ、まだ。早すぎるわ」それはそうだと、わたしも思った。今夜会ったばかりじゃないか。だから、彼女がわたしのズボンのジッパーをさげ、脚の間に頭を入れ、豊かなカールした髪が上下に弾んで、巧みな動きを見せはじめると、わたしは驚愕し、愕然とし、陶然とした……

彼女とはその後も三回会った。モデルの友だちの部屋に居候しているホテルに迎えにいったときも、〈モリソン〉で待ち合わせたときも、彼女は高価な服で着飾っていた――コートは例の豹皮か白い毛皮、黒いドレスにストッキング。白粉を塗った顔は夜の闇で天使のように輝き、赤い唇は愛おしい深紅の傷口のように見えた。まさに映画スターのようで、映画スターを夢見ているウェイトレスのようではなかった。会うたびに金を貸してほしいと言われたが――少なくて二十ドル、多くて百ドル――彼女は娼婦ではなかった。少なくとも本人は自分を娼婦とみなしてはおらず、わたしも彼女をそうみなすことはしなかった。

互いに自分のことを話し合った。彼女は自分を〝黒いアイルランド人〟と称し――ただし、レースのカーテンの家に住むようなアイルランド人であって、けっしてぼろ屋《シャンティ》には住まない――ユダヤふうの名前を持つわたしが、なぜこんなにアイルランドふうの風貌なのかといぶかしがった。わたしは説明して、父はユダヤの教えに背いた男で、ウェストサイドで左翼系の本屋をしていたが、アイルランド系の女性と結婚したのだと言った。母はわたしを産んで死んだが、この赤毛とアイルランドふうの顔つきは母譲りなのだと。彼女は自分の父親はほとんど知らないと言った。父親は実業家で、ミニゴルフのコースの小さなチェーンを持っていたが、大恐慌の初期に倒産し、姿を消した。何年も経ってカリフォルニアに現われ、そこで彼女は父親と親しくなろうとしたが、うまくいかなかったのだという。

彼女が軍人に弱いのを見て、わたしは海兵隊に入ってガダルカナルで戦ったという話をした。彼女の文通相手の兵隊たちと張り合う必要があると思ったからだった。そして銀星章を授けられたことまで話してしまった。ふつうは誰にも言わないのだが。ふだんは戦争の話はいっさいしないのに、彼女には何から何まで話し、何から何まで与えるつもりだった。だって、彼女はあれだけのことをしてくれたのだから。

　そしてわたしはペギーのことを話し、彼女は死んだフィアンセのマットのことを話した。マットは〈フライングタイガーズ〉（アメリカ人義勇兵の戦闘機隊。のちに陸軍航空隊に編入）の少佐だったが、その年のはじめにインドから帰還する途中で墜落死していた。

「それが理由なのよ……つまり、あなたと最後まで行かないのはね」二回目に会ったとき、ソファの上で彼女は説明した。「マットが外地にいるときは、男の人とはいっさいつきあわなかった。彼に貞節をつくしたの……でも、今は彼はもういないから、人生すっかり新しくやり直そうと思っているのだけれど、でも、ほんの少しずつしか進めないのよ」

　確かに〝最後まで〟は行かなかった。ただわたしの脚の間に頭をつっこむだけだった――ほんの少しが聞いてあきれる！　ただ、なぜだかわからないが、わたしはこの大矛盾を指摘しようとはしなかった。

　それに、彼女が通常の性行為を避けようとしたのには、墜落死したパイロットの思い出以外にも理由があった。三回目にあったとき、彼女はわたしに百ドル貸してくれと言った。ゲーリー（ミシガン湖畔の町）の〝婦人科のお医者さん〟に診てもらう必要があるからということだった。

「妊娠しているんじゃないだろうね？」わたしは尋ねた。

「いいえ！　ちょっと……こみいっているの。きかないで」

　たぶんなんらかの種類の性病だろう。その場合は、わたしとしてもふたりの性行為のパターンをぜひ変えたいとは思わなかった。

とはいえ、婦人科のトラブルにもかかわらず、わたしはベス・ショートにすっかり熱をあげかけていた。彼女はペギーが去ったあとの穴をきれいに埋めてくれた。それに彼女の口のご奉仕は――こう言うことを、特に誇らしくも恥ずかしくも思わないが――とにかく絶品だったのだ。

四回目に、最後に会ったとき（その晩は〈オイスター・ハウス〉の仕事を休んでいた）、わたしたちは〈ヘンリッチズ〉で食事をし、〈モリソン〉のわたしのスイートルームに戻ってきた。そこで彼女は、いよいよカリフォルニアに戻る決意を固めたと言った。

「もう少しシカゴにいてみたら？」彼女には氷入りコークを、わたしには氷入りラム・アンド・コークを注ぎながら、わたしは言った。「今朝、パトリシア・スティーヴンズと話をしたんだよ――きみに面接を受けさせてあげられると思う」

シカゴ一のモデル事務所だ。

「いいえ、ネイト。とてもありがたいけれど。あなたがしてくれたことは、何もかもありがたいと思っているわ……でもね、ちょうど今朝のことなんだけど、ハリウッドの有名な映画監督と電話で話したのよ。で、すぐにハリウッドに来いって言われたの。スクリーンテストを受けるようにって」

これがインチキ話でなくて、なんだというのだ。コークを手渡すと、わたしはソファの彼女の隣に腰をおろした。「有名な監督って、誰？」

「言えないの。誰にも話すなと言われたので」

「そんな話、インチキだよ、ベス――そいつはただ、きみのパンツに手をつっこみたがっているだけだよ」

「ひどいこと言わないで、ネイト――男らしくない態度を見せないでよ」

それはいささかこたえた。彼女が実に巧みに〝ほんの少しずつ進む〟現場に立ち会えなくなることが。「ぼくとしては、むしろ……つまり、ぼくたちとてもうまくいってたじゃないか……」

「今もうまくいってるわ」彼女はわたしの体に腕をまわし、わたしたちはキスした。そしてペッティング、やがて彼女の頭はわたしの脚の間に入ってきて、わたしは快感にひたり、天国にいる気分を味わった。

そのために彼女との別離を受け入れるのがとてもつらくなった。そして夜が更けるまで彼女にシカゴでもう少し運を試してみるように説得しようとした。話しながら、ラム・アンド・コークをもう一杯飲んだ。そして、もう一杯。またもう一杯……

ベスにこう言われたこと以外、そのあとの記憶はほとんどない。「ふたりの考えが合わないことは忘れて、一緒に過ごせる最後の夜を楽しみましょうよ……今日という日を精一杯というのが、わたしのモットー……」

夜中にトイレに行きたくなって目をさますと、ベッドで隣にベスが寝ていた。ということは、とうとうソファからベッドに進んだわけだ。電気をつけっぱなしの隣の部屋から明かりがもれてきていて、毛布を持ちあげると彼女の小柄だが豊満な体を見ることができた。素裸で、すやすやと眠っていた。ただ、少しいびきをかいていて、気管支で何か音がするようだった。口紅と白粉を洗い落としていたが、豊かな黒髪に囲まれた頬骨の秀でた顔は、化粧しているときよりもっと際だって見えた。

よろよろとトイレに向かいながら考えたのをおぼえている。とうとう彼女とセックスしたのに、酔っぱらって忘れてしまったのだろうかと。さらにこう思ったのもおぼえている。もし彼女が何かの病気を持っていたのなら、自分もうつっただろう。でも、それだけのことはあったじゃないかと。

そして、どうしようもない男であるわたしは、ベッドに戻って彼女の隣で眠りこんだ。目をさますと、彼女はいなかった。次に彼女の声を聞いたのは、一月にロサンゼルスの〈ビルトモア・ホテル〉の公衆電話から電話してきたときだった。

そして、次に見たとき、彼女はわたしのベッドにいたときと同じように素裸で、サウスノートン・アヴェニュー沿いの空き地に横たわっていた。ただし、ふたつに分かれて。

5

十一番街とブロードウェイの交差点に建つ、クリーム色の化粧漆喰におおわれた陰気な五階建てのビルの、通りを隔てた反対側の駐車場に、ファウリーはブルーのフォードをとめた。太陽がようやく雲を消し去り、スモッグを追い払って、《エグザミナー》の社屋は日光を反射してぼんやりとにじんで見えていた。正面玄関の上に巨大な星条旗が掲げられ、鮮やかな色彩と、適度な偽善の雰囲気を添えている。

体はふるえ、吐き気をおぼえている状態で、それをなんとか隠そうとしながら、《エグザミナー》社に向かってオリンピック・ブールヴァードを走る車内で、わたしはファウリーの上司のリチャードソン編集長との面談を別の日に延期しようと申し出た。これほどの大事件が起きたのだからと。

「とんでもない」くわえたたばこを上下させながら、にんまり笑ってファウリーは言った。「こうなった以上、なおさらあんたと話がしたいと編集長は言ってるぞ。なんたって、あんたはうちの花形カメラマンじゃないか！」

ふたりでブロードウェイを渡った。車の流れがとぎれるのを待って、路面電車の線路を歩いて踏み越えていった。社屋の一階の大半を占める印刷室の窓越しに、巨大な、黒々とした輪転機が望めた。今は静まりかえっているが、輪転機はまもなくうなりをあげ、号外を吐き出すのだろう。印刷された紙が時速六十マイルで流れ、大見出しが〝狼男殺害事件〟を伝える。そもそも《エグザミナー》との接触を図ったのは、わたしのことを紙面に載せてもらいたいと思ったからだが、〝狼男事件の容疑者逮捕——被害者と交遊のあった私立探偵〟というような記事にするつもりは毛頭なかった。

派手な装飾の刳形をあしらった茶色の大理石の柱が、荘重なロビーを圧倒しようと、何世紀も前の英雄たちを、金粉をたっぷり使って描いた丸天井と競い合っていた。新聞発行人ウィリアム・ランドルフ・ハーストを地味だと非難する者はひとりもいないだろう。絢爛豪華《けんらんごうか》なロビーの奥に、滑稽なほどちっぽけな、鋳鉄製の枠に囲まれたエレベーターが一基だけ、わたしたちを待っていた。わたしたちふたりとオペレーターだけで、もう満員だった。

「なぜライマートパークに行かないんだ?」のろのろと三階を目指して昇っていくエレベーターの中で、ファウリーに尋ねた。「あそこの家を片っ端から訪ねて、手がかりを探せばいいのに」

「リチャードソンがもう手の者を送り出しているんだ」ファウリーは言った。「おれたちには何か別の仕事をさせようと考えているのだと思う」

その言い方は気に入らなかった。〝おれたち〟というのは、ファウリーとほかの記者たちのことだろうか? それとも……わたしたち?

その答は知りたくないと思い、わたしは黙って小柄な新聞記者のあとについていった。ちょうつがいのゆるんだスイングドアを抜けて、形だけの受付の前を通り、磨りガラスのはまったドアを開けた。ガラスには黒々と〝社会部〟と書いてあった。ドアの向こうは、広い、騒がしい世界だった。漆喰におおわれた鉄の梁が三十本ほどわたされていて、支えの壁を不要にしてあった。巨大な一続きの部屋に無数のデスクが並び（しばしば二台一組に向かい合って）、そこでは記者たちと、電話のヘッドセットを首からぶらさげた整理部員が、タイプライターというよりコーヒー挽きに見える古い機械を叩いていた。一方の壁際で、赤ランプが点滅する交換台に向かった電話交換手たちが、胸から突き出した送話口に向かって、絶えずかかってくる、そしてこちらからかけられる電話をさばいている。テレタイプから通信社のニュースが吐き出され、それをコピーボーイたちがひきちぎっていく。その一方で――混乱状態ではないものの、この上ない喧噪の中で――青鉛筆を手にした校閲部員が、写本を記す修道僧のような面持ちで原稿に向かっている。部屋の中央を切り裂くように通路が走り、そこをコピーボーイたちが行き来して（ボーイ！ コピーボーイ！）、大きな窓の前に鎮座する社会面のデスクとニュースデスクを連絡している。両デスクの横には、羽目板に囲まれ、ガラスで仕切られた会議室があった。

社会面の編集長ジム・リチャードソンとはいくらか面識があった。ピーティの事件のときに会ったのだ。新米記者に恐れられ、ベテラン記者に尊敬されている彼は、ヘビースモーカーで、頭がほとんど禿げた、みずから認める食えない野郎だ。

彼はまた目に特徴があった。左目を動かす筋肉が弱く、何かを見るときに、左目は右目より半秒遅れて動くのだった。そのようすはボリス・カーロフ演ずるフランケンシュタインをはじめて見たときにおとらず不気味だった。

リチャードソンはデスクから立ちあがり、ガラスで囲まれた会議室に入ろうと手で合図した。近くの控えデスクにいた数人の記者たちに大声で何か言うと、彼らもあとについて会議室に入っていった。ファウリーとわたしが一番最後だった。

全員が大きな傷だらけのテーブルについてすわったが、リチャードソンひとりは、子供が生まれるのを待つ父親のように、テーブルの上座《かみざ》のあたりを歩きまわっていた。吸い終えたたばこから新しいたばこに火を移している。ファウリーとほかの三人の記者たちはスーツを着てネクタイを締め、帽子をかぶっているのまでいたが、リチャードソンはとうにネクタイをはずし、サスペンダーの下のワイシャツの袖をまくって、ポパイのような太い腕をむき出しにしていた。

「つまり、あの目立ちたがり屋のハンセンの野郎に首根っこをつかまれちまったわけだな」リチャードソンは言った。まるで今から話が始まるのではなく、会話の途中のようだった。

ぴったり息のあった調子でファウリーが答えた。「現場で〝ハット〟にはっきり言われました。やつの頭越しにドナホーと話をつけようとしたら、おれたちを完全に閉め出すって。それに知ってのとおり、ドナホーはからっきし意気地のないやつで」

記者のひとりが言った。「ねえ、そんなやつ知りませんよ、ボス。ドナホーって何者です?」

「ちょっと前に窃盗課から移ってきた野郎だ」たばこを口の端からだらりと垂らしたまま、しかめ面をしてリチャードソンは言った。「その前は庶務にいて、一番得意なことをやっていた。つまり、書類を扱う仕事だ。やつは人間を扱う仕事はからっきしだめでな。警部だかなんだか知らんが、ジャック・ドナホーじゃ、あの帽子マニアのハンセンには逆立ちしてもかなわんよ」

「ほんとは実に好都合だったのに」ファウリーが口をはさみ、ほかの記者たちは彼の顔を見て説明を求めた。ファウリーはその求めに応じて言った。「うちのボスはドナホーにいろいろ貸しを作ってきたんだ……だから、ほんとならいくらでも言うことを聞かせることができた。ハリー・ザ・ハットさえいなければな」

「だが、別に邪魔になるやつじゃない」リチャードソンは言い、その不気味な目つきでわたしたちを見まわした。右目がリードして、左目はそれに追いすがるようにして位置に着く。「だがな、いいか、こいつはうちのネタだぞ。うちがつかんだんだ。うちがにぎっていく。このネタから世紀の大犯罪って記事をひねり出すんだ」

「被害者が娼婦だったってわかったら、どうします？」別の記者が言った。「そんなもんをどうやって世紀の犯罪にするんです？」

「よし、わかった――死んだときは彼女は娼婦だった」両手を広げて、リチャードソンは言った。「だけど、はじめっから娼婦だったとは思わないだろう？　昔はかわいい、いい子だったんだ。パパのお気に入りのな。金のために股を開いたり、水兵のナニをしゃぶったりするようになったのは、そのあとのことでな」

声には出さずに、わたしはうめいた。

「それでもちょっと売りにくくありませんか、ボス？」ファウリーがそっと異論を唱えた。

「おい、おまえたち」リチャードソンが平手でテーブルを叩き、全員がぎくりとした。「切り裂きジャックが娼婦を殺したのは、娼婦は人間じゃないと思われていた時代だぞ。あのトチ狂い野郎がどれだけ大々的に取りあげられたか、考えてみろよ」

背後でドアが開き、黒いゴムのエプロンとゴム手袋を着け、うんざりした表情をした男が入ってきた。まだ濡れている写真、大きな写真を――縦十四インチ、横十一インチの版だ――指先でつまんでいる。目を輝かせて、にんまりと笑い、リチャードソンはテーブルを指さした。まるでルームサービスで運んできたトレイを置く場所を指示しているようだった。

「そこに置け――ずらっと並べるんだ」彼は命令し、男は従い、そして出ていった。写真がずらりと並んだ。涙のように水滴を垂らしていた。

「ひでえ」誰かが言った。

白黒写真でもほんものに劣らず陰惨な光景だった。かつては美しかった女性の分断された死体が、雑草の上にグロテスクな姿をさらしている。

記者たちは立ちあがって、近くでよく見ようとしたが、もうすでに十分に近くで見ているファウリーとわたしはすわったままでいた。大都会で人を襲う惨事の数々には慣れっこになっているはずの記者たちだったが、何人かがあえぎ声をあげ、ひとり残らずまたすわりこんでしまった。全員が顔面蒼白だ。

「よく見るんだ」腕を組み、踵に体重をかけて、かすかに体をゆすりながら、リチャードソンは言った。「こいつがおまえたちの仕事だ。おれが別の仕事を言いつけるまではな……いい写真じゃないか、ええ？　うまいもんだ、ヘラー。仕事がら人の寝室をのぞいて歩いていて、裸のご婦人の写真は撮り慣れているんだろうな」

リチャードソンは部下たちをしゃきっとさせようとしているのだった。そのための悪趣味なジョークは、新聞記者の得意技だった。警官も同じだが。

だが部下たちは、大きなテーブルのまわりのそこここにかたまってすわって、無惨な死体の写真を見つめていた。まだショック状態だ。

「〈モカンボ〉の件はどうします、ボス？」ファウリーが尋ねた。彼だけが平静を保っていた。彼が言っているのは有名なナイトクラブでの強盗事件で、少し前に新聞紙面を大きく飾ったものだった。

「あれはもう幕引きだ」鼻を鳴らしてリチャードソンは答えた。「犯人はつかまった。だがこっちの殺人犯は、このすてきなけだもの野郎は、まだ野放しだ」写真をじっくり見ながら、満足のため息とともに煙を吐き出した。「いい女じゃないか」

誰も反論はしなかった。誰も何も言わなかった。

沈んだ雰囲気を感じ取って、リチャードソンはフットボールのコーチのような態度で言った。「このネタをハンセンの野郎に引っさらわれてもいいのか？　おまわりにこのネタを好き勝手にさせていいのか？　そうなのか？」

「やつらに何かわたさないことには」ファウリーが言った。「ええ、そうですよ。それがなきゃ無理だ」

記者たちはうなずいた。ひとりがさらに言った。

だが編集長は首をふった。選手に失望したコーチといったところ。

「いいや、そんなんじゃだめだ。おい、いつまでてめえのケツの穴に頭をつっこんでいるんだ？　あのハンセンのくそったれ野郎は、目立ちたがりなのと同じくらいにクリーンなおまわりなんだぞ」リチャードソンはこの手のことについては権威だった。腐敗を追及して、彼が引きずりおろした警察幹部はひとりやふたりではなかった。

「賄賂をやるっていう意味じゃないんですよ」ファウリーは言った。「何かやつらの役に立つものをやるんです——それで貸しを作る」

「たとえば?」

「わかりません。おれたちが現場を調べられれば、やつらより前に何かでかい手がかりをみつけられるかもしれませんが。ボスがいつも言ってるように、この街のおまわりはチョコレートの箱に紛れ込んだ馬のくそだってみつけられないんですから」

記者の何人かがおずおずと小声で笑ったが、リチャードソンは笑わなかった。「ああ、おれはいつもそう言っているよ。それはほとんどのおまわりに当てはまる。だが、〝ハット〟は別だ」

わたしはそれまで壁にもぐりこんでしまおうと思っていたくらいだが、そのやりとりは聞き捨てならなかった。

「ハンセンが〝クリーン〟だなんて、何を馬鹿なこと言っているんだ?」わたしは言った。元シカゴのおまわりだったわたしの中の何かが反発していた。「前からやつに金をわたしているんだろうに!」

隣でファウリーが首をふった。「ボスの言うとおりだよ、ネイト。〝ハット〟は矢みたいにまっすぐなやつなんだ。あんまりご清潔で、叩いてもほこりひとつ出ないくらい」

「ほう? じゃあ、あのすてきなおべべはどうやって手に入れたんだ?」

「買ったんだよ」

「警官の給料で？」

ファウリーは肩をすくめた。「女房が金持ちなんだ。さらに、ハリーは教科書を書いて副収入を得ている。それと、自分の経験談を二度か三度、ハリウッドに売っている……何百件という殺人事件を解決した男だからな」

「なんだそれは？　ピーティ事件みたいな話か？」わたしは一同のボスを見た。テーブルの上座に立っている姿は、まるで七面鳥を切り分けようとしている家長のようだった。「おい、リチャードソン、あんたはあのとき、一九四四年にあそこにいたじゃないか。あの偉そうなくそったれ野郎がおれの手柄を横取りしたのを見てただろう」

リチャードソンはわたしを手で払いのけるような仕種をした。「ハンセンが事件を解決したというのと、やつが解決したと世間に信じこませたのとで、なんのちがいがあるというんだ？　あいつはこの街の警官の誰よりもお立ち台が似合うんだよ。だがな、今度の事件をやつに横取りさせたりはしないぞ」

「ねえ、ボス」ファウリーが言った。何か裏がありそうな声だった。「〝ハット〟のパートナーはマクレディじゃなくなったんですよ」

「ほう？」それを聞いてリチャードソンは元気づいた。「じゃあ、今は誰がハンセンのワトソン役を務めているんだ？」

「ファイナス・ブラウンです」ファウリーは言った。

「でか尻《ファット・アス》・ブラウン？」記者のひとりが言った。「うーん、あいつは絶対にまっすぐな矢じゃないな」

「ぜんぜん。二、三か月前から、やつはミッキー・コーエンの鞄屋《かばん》をやっているんだぜ」

コーエンとは面識があった。彼はベン・シーゲルが活動の本拠地をラスベガスに移したあと、ロサンゼルスを引き継いだ男だった。ファウリーが言う鞄屋というのは、ブラウン巡査部長が仲介役を務めて、何人もの腐敗警官に賄賂を配っているという意味だろう。

固い椅子の上で身じろぎして、わたしはさりげなく言った。「じゃあ、そいつなら金で利用できるわけだ？」

「ああ。だが、なんの得にもならんだろうよ」リチャードソンは答えた。

「と言うと？」

「ハンセンは馬鹿じゃない。ブラウンは金で買える警官だと、おれたちにわかっているってことは、〝ハット〟も同じことを知っているとは思わないか？　きっとファット・アスには使い走りみたいなことだけさせて、肝心なことは何も知らせていないぞ」

「やつらより先に、死んだ女の身元を明らかにできたら」傷だらけのテーブルを指でとんとん叩きながら、ファウリーが言った。「ドナホーはこっちの思いのままだし、〝ハット〟相手にだって取引材料ができる」

そして、もちろん、彼女の身元を明らかにできる人間が、その席にいたわけだ。そのことをこれ以上隠しておいたら、さらにみずから墓穴を掘ることになるのではないかという気がしてきたところだった。

「どうやるつもりなんだ、ビル？」記者のひとりがファウリーに尋ねた。彼はまだ濡れて光っている、切断された死体のクローズアップ写真を指さしていた。「これを見せてまわって、見覚えはないかと尋ねるのか？」

ファウリーは答えられなかった。だがボスが答えた。

リチャードソンは言った。「それはもう手を打ってある。ヘラーの撮った写真をうちの画家に見せて、似顔絵を描かせている」

「そりゃいい」ファウリーは言った。

別の記者が尋ねた。「画家って、誰です、ボス？」

「ハワード・バークだ」

記者はうなずいた。「ああ、なるほど。ハウィは確かにいい腕です。でも、この女が口を切り裂かれたり、めちゃめちゃに殴られたりする前にどんな顔だったか、それを再現できると思いますか？」

「ああ、できると思うぞ。頭の格好に、目、それに唇の形だって、そんなふうに切られてはいるが、画家にはしっかり材料になるものだから」リチャードソンはテーブルに手をついて身を乗り出した。その笑みは、死体に劣らず気味が悪かった。「それにだ。できた似顔絵を警察に提供すれば、ドナホー警部やハンセン部長刑事に、うちがいかに協力的かアピールできるじゃないか」

「それはわかりますよ、ボス」ファウリーが応じた。「でも、警察にも自前の画家がいますよ。もしハウィの絵のできがよかったら、警察にわたすなんてことは忘れるべきですよ。それを号外に載せて、読者に電話で社に通報するように呼びかけるんです。そうすれば警察より先に身元を割ることができるかもしれない。その上で、警察にその女の名前を教えてやれば、そうすりゃ連中だってうちの言うことを聞くようになるでしょう」

名前。彼らが知りたいのは〝エリザベス・ショート〟という名前だ。そして殺人犯を除くと、彼らにその名を教えることができる街でただひとりの人間が、今ここにすわっているのだ。わたしは彼女がエリザベス・ショートであることを知っていて、警察は知らない。ということは、警察に容疑者扱いされる前に事件を解決するために、わたしは彼らより早いスタートを切ることができるわけだ。彼女がエリザベス・ショートであることが判明するまでは、わたしが容疑者になる恐れはないのだから。ただ、その前にこの記者連中から離れないことには……

記者のひとりが言っていた。「ビル、それは無理じゃないのか。〝ハット〟はきっともう指紋を使って女の身元を割り出しているよ。あいつはそうやって手柄を立ててきたんじゃないか――資料課を活用して。あいつは十人一組のチームより速いスピードで指紋を照合できるって噂だぜ」

「ほとんどおまえの読みのとおりだ、エド」リチャードソンは言い、ようやく腰をおろした。両手を組み合わせて、まるで祈っているようだった。「少し前にシド・ヒューズから電話があった。あいつに〝ブラック・マリア〟のあとについて死体保管所まで行くように言っておいたんだ」

なるほど、黒塗りの検死官事務所のワゴン車を指す隠語は、ロサンゼルスもシカゴと同じなのか。ということは、ここでもたぶん、逮捕されたら〝パディ・ワゴン〟に乗せられるのだ……

「シドは靴についたトイレットペーパーみたいに検死官に貼りついている」リチャードソンは

言いながら、部下たちの顔を見まわした。遅いほうの目がゆったりと相棒のあとを追って動いた。「で、ハンセンはすでに地元警察の資料には該当する指紋はないという結論を出したそうだ」

「そんなの不可能だ！」ファウリーが言った。「まだ死体を解剖するだけの時間もなかったはずですよ！」

「こういうことらしい——検死官は死体を一目見るなり、〝こいつは昼飯のあとで取りかかればいい〟と言った」リチャードソンは吸っていたたばこから新しい一本に火をつけていた。「ただし、死体のうちの指がついているほうの部分から指紋を採ることだけは、すぐにしたんだそうだ……そして今、指紋カードがＦＢＩ本部に向かって飛び立ったところ」

ＦＢＩは一億四百万人のアメリカ国民の指紋を、きちんと分類し、索引をつけたファイルにして保管している。エリザベス・ショートの指紋は、その中にあるのだろうか？

「それは、あの女性がトラブルに巻きこまれたことがあるという前提での話だろう」わたしは静かに言った。

サメのようなリチャードソンの目がわたしに向けられた——左右ひとつずつ、順番に。「うん、少なくとも一回はトラブルに巻きこまれたのは確かだろう、ヘラー。デートの相手がとんでもない変態野郎で、彼女は身を引きちぎられる思いをしたんだから……とにかく、軍需工場とか、どこか軍関係の施設で働いた経験があるかもしれないし——」

「ボス！」そう叫んだファウリーは、背中をぴんとのばしてすわっていて、まるで怖い夢を見てベッドの上で起きあがった子供のようだった。「それはつまり、指紋カードを特別航空便で

FBI本部に送ったってことですか？　ワシントンの？」

リチャードソンはいらだたしげに煙を吐いた。「そりゃまあ、早馬便《ポニーエクスプレス》を使いはしないだろうよ」

すると機嫌のよいブルドッグのようなファウリーの顔に、ゆっくりと笑みが広がった。「そうですか、ボス。今、東海岸がどんな状態か、知ってますか？」

「東海岸がおれになんの関係があるんだ？　おれはローカルニュースの担当だぞ」

「大西洋岸では猛吹雪で飛行機はまるで飛べない状態なんです。ワシントンですって？　あそこは深さ二フィートの雪でケツまで埋まってますよ」

リチャードソンの目が細まった。のろいほうの目も。

ファウリーは有頂天のようすだった。「シカゴまでたどり着けばいいほうなんです。ワシントンに届いて、照合ができるようになるのには、何日も、ことによると一週間かかるかもしれません」

リチャードソンはドラゴンのように鼻から煙を吐いた。「だからといって、どうしておまえがカナリアを食った猫みたいなうれしそうな顔をしているんだ？」

ファウリーは椅子の上で小躍りしかねない勢いだった。「警察に恩を売りたいんでしょう？　連中にうちの〈サウンドフォト〉の機械を提供するんですよ！　あれなら電信で指紋が送れる！」

わたしは吐き気を感じた。ほんとうに吐いてしまうかと思った……いっそあのグロテスクな大判写真の上に吐いて、あの姿を隠してしまおうか……

「電信で指紋を送る？」リチャードソンはまた立ちあがっていた。「そんなことができるのか？　今までにやったことがあるのか？」

もったいぶった態度で、ファウリーは肩をすくめた。「今までにやったことはないと思いますけど、やってできないことはないと思いますよ。ベティ・ゲイブルズのあんよや、ジョー・ディマジオの不細工な顔の写真が送れるんなら、指紋が送れないはずがないでしょう」

ゆっくりとうなずきながら、たばこの煙を吸いこんで、リチャードソンはにやりとした。

「できないはずがないか……」

それはもう誰に尋ねているのでもなかった。

「それに」ファウリーが続けて言った。「〈サウンドフォト〉はうちにだけあって、警察にはないんです」

「うん……なるほど」親指と人差し指でたばこをつまんで、リチャードソンは相手を指した。「つまり、うちのワシントン支局のレイ・リチャーズに電話して、届いた写真をＦＢＩに届けろと言えばいいわけか」

ファウリーはにんまり笑って、うなずいた。「そうやって協力する見返りに、うちの朝刊に載せるまではほかの社には女の身元についての情報を明かさないように要求する」

サメの目がまた細まった。「ファウリー、そのアイディアには、ひとつだけまずい点があるぞ」

「ほう？　なんです？」

「おれが考えつかなかったってことだ……さあ、自分のデスクに戻れ。ライマートパークに行っている連中から何か報告が入っていないかチェックしろ。まもなくバークの似顔絵ができあがるから、それをあちこちに見せてまわるんだ」

「どこで？」記者のひとりが言った。

「ふたつに切られる前は、なかなかのべっぴんだった女だ。映画会社や、俳優のエージェント会社や、とにかくハリウッド・ブールヴァードの近辺をあたってみろ。そんなことまでいちいちおれが考えてやらなきゃならないのか？ さあ、行った、行った！」

彼らはそそくさと出ていった……だが、わたしが立ちあがると、リチャードソンは片手をあげて〝待て〟の合図をした。

「ネイト」言いながら、彼は近づいてきて、わたしをまともに見た。わたしの肩に手を置いたのと同時に、左目が右目に追いついた。「ちょっと待てよ──話をしよう」

「うちの会社の宣伝の話は、また今度でいいよ」わたしは言った。「こんなに忙しくないときで──」

「うん、うん……まあ、とにかくすわれや。二、三分ですむから。おれもワシントン支局に電話したり、ＦＢＩにかけたりで、いろいろやることがあるから……コーヒーは？」

「いや──いや、結構」

「すわれ、すわれ、すわれったら」

わたしはすわって、すわって、すわった。がらんとした会議室で、自分はこんなところで何をしているのだろうと思った。一時的にではあれ自分が容疑者になるかもしれない犯罪に関する調査のただ中に、いすわっているのだ。わたしのほうが早いスタートを切れるという望みは消え去ってしまった。あるいは、もうすぐ消えてなくなる。ファウリーが電送写真のことを思いついたのと、FBIが誇る一億四百万人分の指紋コレクションのおかげで。

その間もずっと、哀れにも惨殺された女性の不気味な写真がテーブルの上で光っていて、わたしに耐えがたい思いをさせていた……ところがそのとき、まるでエリザベス・ショートその人が耳元でささやいてくれたかのように、調査のただ中にいることこそ、わたしにとってもっとも有利な状況だと気づいた。リチャードソンがこの事件を担当する以上、わたしは捜査の手が自分のほうに伸びてきているかどうかを常に確認できる。

指紋を写真電送機で送るというファウリーの妙案が功を奏して、被害者がエリザベス・ショートと特定できたら、警察は《エグザミナー》に大きな借りができる。つまり、警察が得た情報は、ほとんどそのままリチャードソンと記者たちに伝えられることになるだろう。

幽霊屋敷から逃げ出すステッピン・フェチットに負けないほどの勢いで《エグザミナー》社から走り去りたい心境だったが、犯人扱いされないための最善の策は、このとんでもない事件を自分で解決し、犯人のトチ狂い野郎をつかまえることだった。探偵としての技量を生かして捜査に協力し、事件の早期解決をもたらせば、身の潔白を証す必要が生じる前に身の潔白の証しを立てることができるのだ。誰かが偶然、彼女とわたしとの関係をつつき出す前に。

それに、わたしが彼女と接点を持ったのはシカゴであって、ロサンゼルスでは一本の電話以外の接触はなかった。

今わたしがすべきなのは、この一件にかかわりつづける方法をみつけること……《エグザミナー》の取材チームの一員の地位を確保すること……

そんな考えにふけっていたわたしの意識のうちに、リチャードソンが戻ってきた。いつものように、たばこからたばこに火をつけながら。彼はドアを閉めたが、うっかり力を入れすぎてしまい、ガラスがゆれ、わたしの内心もゆれた。

だが社会面の編集長は、わたしの隣に戻ってくると、親しげにわたしの肩に手を置いた。

「絶好のチャンスがめぐってきたじゃないか、ネイト」彼は言い、ほほえんで、横目でわたしを見た。もっとも彼はいつも横目で見るのだが――たとえまっすぐに見るときでも。

「どういうことかな……ジム？」

「あんたの探偵社を《エグザミナー》の紙面で宣伝するってアイディアのことだよ。あれはもともと、互いにささやかな利益が受けられるちょっとした計画として始まったわけだが、ここへ来て一生に一度というような絶好のチャンスになっただろう」

「ああ、そう」

「ああ、そうだとも。いいか、この〝狼男〟事件は、リンドバーグの息子の誘拐以来最大の事件になるぞ。今から五十年経ってもまだ、ロサンゼルスの〝狼男殺害事件〟は忘れられていないだろうよ」

「でも、それを言うなら〝吸血鬼〟殺人事件だよ」

サメの目がとまどいの表情を見せた。「えっ？」

「被害者は血を抜かれていた。これは狼男じゃない――吸血鬼だよ。それに、〝狼男殺害事件〟と言うと、誰かが狼男を殺しまわっているみたいに聞こえる……」

リチャードソンは自分の胸を軽く叩いた。「言葉遣いのことはおれたちにまかせてくれ、へラー。あんたの仕事は犯人探しだ」

よし、いいぞ——これで彼が考えついたことになる……

気が進まないふりをして、わたしは言った。「でも、おれはこの事件で調査を依頼されたわけじゃない。それに、ほんものの殺人事件に私立探偵が首をつっこんだら警察がどう反応するか、あんただってわかっているだろう」

「おれは割ける人員はすべてこの件に割くつもりだ」彼はこちらに向き直って、わたしと目を合わせた——右から左と順番に。その笑みは、わずかに狂気を感じさせるにとどまっていた。

「ネイト、さっき電話でチーフと話をしたんだ……彼もおれに劣らず今度の事件に興奮している。どんな可能性が開けるか、読んでいるんだ」

リチャードソンの言う〝チーフ〟とは、新聞王ハースト御大《おんたい》その人のことだった。

「この街の新聞すべてを出し抜いてやる」リチャードソンは言った。「それに警察も。やつらの予算があほくさく見えるほどの経費の枠を与えられたんだ」

「つまり、おれを雇おうっていうのか、ジム？」

「そうだ、そのとおり。あんたを雇いたい」

「でも、おれは新聞記者じゃないよ。あの写真だって、なんとかまともな写真になっていたのは運がよかっただけなんだ」

あれが〝まともな〟写真とは。

「いいか、ネイト、新聞記者と私立探偵の間の差なんか、蚊のまつげほどもないんだぞ。そうとも、おれは新聞記者の仕事にあぶれたときは私立探偵をしていたんだ」

「それは知らなかったな」

「親友の中にも私立探偵が何人かいる――たとえばハリー・レイモンド。彼のこと、おぼえてるか？」

「あんたがショウ市長を失脚させようとするのに手を貸していて、車ごと吹っ飛ばされた人？」

「そう、そいつ。いい男だったよ」

実に気の休まる話だ。

リチャードソンはたばこをひと吸いしてから、言った。「今度の事件がどこまで広がるか、その可能性を考えると、今みたいにどんどん記者やカメラマンを現場に送り出していたら、いずれひどい人手不足になるに決まっている。だから、ここに残って、この事件の解決に手を貸してくれよ、ネイト。あんたとファウリーは、そもそも初っ端から事件にかかわっていたんだし。そのままファウリーと組んで仕事をして、カメラマンの役も続けてくれ」

「言っただろう、ジム。おれはカメラはしろうとなんだ」

「だから、窓からのぞき見してるつもりになればいいんだよ。そのほうが気分が出るって言うんなら、〈スピードグラフィック〉にカーテンをつけてやってもいいぞ」かすれた声で彼は笑ったが、そのまま〈ビースモーカー特有の咳になった。咳がおさまると、彼は先を続けた。「おれたちで事件を解決するんだよ、ネイト。そして人殺し野郎を皿に載せて、どうぞって警察にわたしてやるんだ……そいつをやってのけたら、それからはこの街の人間が読む新聞はうちのだけになる。そしてあんたは国で一番有名な私立探偵だ」

何で有名なのかにもよるが。

「わかったよ、ジム」わたしは言った。望みのものを手に入れたのに、なんともつまらなそうな声だった。「ミスター・ハーストに小切手の用意を頼んでくれ」

6

テンプル通りの、ブロードウェイとスプリング通りの間に位置するロサンゼルス郡裁判所は、一等地を一ブロック占領している。石灰岩と花崗岩《かこうがん》を使った十四階建てのビルは、地震に用心が必要なこの街の建物としてはずいぶん高いほうだった。ルスチカ仕上げの石細工や、重厚な蛇腹構造、二階分の高さのアーチ式の柱廊は、一番上の五階分が郡の留置場になっていることを思うと、少々立派すぎると言わざるを得なかった。もっとも、市の裁判所に保安官事務所、地方検事局もここに入居しているのだが。

郡の死体保管所もここにあった――地下に。殺人犯がこのイタリア・ルネッサンス様式のしゃれた建物の最上階で裁判を待っていられるのに対し、その被害者はじっとり湿った薄黄色の煉瓦の壁に囲まれた、雑然とした狭苦しい迷路のような場所で、ほこりにおおわれたガラスや、水漏れするパイプや、換気扇で循環するホルムアルデヒドくさい空気といったものに耐えていなければならないのだ。

夕方、わたしたちは裏口から入っていった。〝ブラック・マリア〟がバックでつけることができるようになっている幅の広い入り口だ。ここに保管所の主な顧客である変死体や、身元不明の死体、殺人の被害者などが運ばれてくる。ファウリーは――〝二十四時間駐車禁止〟の掲示のすぐ横に車をとめて――コンクリートの階段を三段あがり、〝立入厳禁〟の掲示を通りすぎて、中に入っていった。

わたしもあとに続いた。

蒸し暑い廊下に入るとすぐに、ファウリーはたばこに火をつけ（〝禁煙〟の掲示の前で）、わたしにも一本勧めた。

わたしは断わり、彼について廊下を歩いていった。ふたりの足音が小火器の銃声のように響いた。

「ずっと前から、ここは閉鎖すると言われてきたんだが」シーツをかけて放っておかれている死体が載った担架台の脇をすたすた歩きながら、ファウリーは言った。「だけど予算が限られているのに、金をつっこんでやらなければならないポケットがたくさんある上に、死体は宿泊施設について苦情を言ったりしないから、それで結局そのまま」

部屋をいくつか通りすぎた。ドアにはめたガラスが湿気で曇っていて、霧を通して見るような中に、スティールの棚に積まれた死体の輪郭が見てとれた。まるで薪《たきぎ》の山だった。

「ただ、街の葬儀屋が文句を言っていてな」気楽なおしゃべりという調子で、ファウリーは言った。「ここから送られてくる死体の二体に一体は、ちゃんと縫い直してないんだそうだ……ほら、顔の皮がすっかり頭の上にまくりあげられたりしてて、それが向こうで待ってる女房と子供のところに届くわけさ」

ドアが開けっ放しの戸口で、ファウリーは立ち止まった。中は控え室のような場所で、血のついた白衣を着た検死官補たちがテーブルについて、コーラやコーヒーを飲み、ドーナツやキャンディバーを食べながら、談笑していた。彼らの患者はいくらでも辛抱強く待ってくれるのだ。

検死官補のひとりが顔をあげた。ずんぐりした体つきで、ネズミのような顔をした髪の薄い小男で、黒い、やぶにらみだがよく光る目に、黒いメタルフレームの眼鏡をかけていた。ファウリーを見て、顔をしかめている。ファウリーはといえば、親が子供を呼ぶように指を一本曲げて合図していた。小男は大きくため息をつき、大儀そうに立ちあがると、食べかけのドーナツとコーヒーの入った紙カップをテーブルに残して、こちらに歩いてきた。

「やあ、先生」ファウリーは言い、廊下を進んで、開いたドアから離れた。

ずんぐり小男は彼のあとについていったが、その目は――日向《ひなた》に出たもぐらみたいにまばたきしながら――わたしにずっと向けられていた。

「誰だ？　誰だ？」わたしを指さして、彼は言った。その声は甲高く、哀れっぽかった。

「うちのカメラマンだ」たばこの煙を吐きながら、ファウリーは答えた。「新入り」

「こいつのいる前で話さなきゃいけないのか？」

「ああ」

固く結んだ唇をゆがめて、男はしかめ面をしていたが、やがて肩をすくめた。「まあ……いいか。どうせ話せることは何もないんだから」

ファウリーは眉をひそめた。「解剖はもうしたんだろう？」

検死官補はうなずいた。「今終わったところ。ぼくが助手をやった。〝身元不明女性死体《ジェイン・ドウ》第一号〟四号室だ。担当はニューバーとセファリュ」

感心したようにファウリーは口笛を吹いた。「一流どころをそろえたわけか。えらい特別扱いだな」

小男はこそこそと周囲を見まわした。「ふつうじゃないから。ほんと、ふつうじゃないんだ」

うなずきながら、たばこを吸って、ファウリーは言った。「ふたつにちょん切られていたことがか？」

「それと、あと――これ以上は言えないよ」

「まだ何も言ってないじゃないか」

黒縁の眼鏡の奥のやぶにらみの目が、驚いたことにさらに細まった。「言えるのは、被害者の内臓が抜きとられていたことで、いくつかの器官がなくなっていた。ほかにも……特異な点がある」

にやりと笑って首をふり、くわえたたばこを上下に動かしながら、ファウリーはズボンのポケットに手を入れた。だがネズミ顔の小男は投降するかのように両手をあげた。

「ちがう、ちがう……ほんとに何も言えないんだ。今回は何も言えない」

「なぜだい、先生？」

「いくつかの事実が伏せられているんだ。殺人犯と被害者しか知らないことが。それをもらしたら、ぼくはここをくびになる。司法妨害というやつだ」

「先生……おれは信用してもらって大丈夫……」

「いや、だめだ、絶対。また今度、便宜をはかるから」

ずんぐりむっくりのネズミ男は、足音高く廊下を歩み去り、控え室のドーナッのところに戻っていった。

「何がみつかったんだと思う？」ファウリーが言った。

彼女が妊娠していたという事実だ。

だがわたしは首をふり、同じことを考えこんでいるような顔をした。「秘密を抱えこんでいるようには見えなかったがな。裸で、ふたつに切られていたんだから」

考えこんで、ファウリーは顔をしかめていた。「体の中に何かあったんじゃないかな？　何かを呑み込んでいたとか。あるいは、あそこの中に何かあったか……」突然目を大きく見開いて、指を鳴らした。「犯人は女のケツの穴にナニをつっこんだのかもしれない！」

こんな悪臭芬々《ふんぷん》たる死体置き場を、さらにいっそう吐き気を催すような場所にできるのは、ファウリーぐらいのものだろう。

わたしは言った。「おいおい、ビル——こんなことしてても何もわからないよ。ここにいてもむだだ」

「そんなにあっさりあきらめるなよ、ネイト」彼は言い、たばこをコンクリートの床に捨て、靴の踵でもみ消した。「あんた、それでも探偵か？　四号室を見てみよう」

ファウリーに続いて、じめじめした廊下をさらに進み、担架台に放置されている死体をいくつも通りすぎていった。

「ここじゃときどき担架台に載せたまま解剖をすることがあるんだ」軽い口調でファウリーは言った。「仕事が詰まってくるとな。ところが担架台の縁の溝は浅すぎて、出てくるものをちゃんと受け止められないんだ。で、血や内臓が床にこぼれ落ちる。ここの連中は、それを踏んづけて歩きまわっているんだぜ。まったく、ここはまるで中世だよ」

「そういう観光案内は遠慮するよ、ファウリー。それから、ロサンゼルスでだけは死なないようにと、ときどきおれに思い出させてくれ」

四号室のドアは閉まっていて、のぞこうにもガラスははまっていなかった。ファウリーはドアの前に立ち、ノブをじっと見て、明らかに押し入ろうかどうしようかと考えていた。そのときドアが開き、男がふたり出てきた。ハリー・ザ・ハット・ハンセンと、まるまる太ったワトソン役のファイナス・ブラウンだった。

ぴかぴかのステンレスの台に載せられた彼女の姿がちらりと見えた。ふたつに分かれた彼女の体が。腰を突きあげたような卑猥な姿勢をとらされていた。頭が横にかしいで、わたしを見つめていた。大きく切り裂かれた口から歯がのぞいている。頭皮が切られ、はがされていた。頭頂部は脳を取り出すためにのこぎりで切断されている。

そこで、ありがたいことに、ドアが閉まった。

ハリーは――水色のフェドーラ帽をきっちり頭に載せ、今もダークブルーのオーダーメイドのスーツを粋に着こなしていて、血腥《ちなまぐさ》い事件に見舞われた長い一日を過ごしているようには見えなかった――わたしたちを無表情に見た。彼は相手と会って喜ぶべきか、憤然とするべきか、前もって考えて決めておく必要があるタイプの人間だった。

ブラウンは――しわくちゃのフェドーラ帽を手に持ち、スーツはますます着たまま寝たような状態になっていたが――どちらの気分になるかを考える必要はなかった。

「貴様ら、ここでいったい何してるんだ？」でぶのおまわりは怒鳴り、前に出て、ファウリーの胸にてのひらを当てた。「さっさと出て行け。ここは部外者立入禁止だ！」

だがハンセンは笑っていた。ブラウンの肩に手を置いた。「ブラウニー、落ち着けよ。この人たちが死体を発見したんじゃないか。正式の供述書を作るのに協力しようと、みずから進んでおいでくださったのかもしれない」

「そのほうがよければ、セントラル署の殺人課に行ってもいいけど」ファウリーは言った。大男のブラウンを目の前にして、明らかに少々びびっていた。

眠そうな目でわたしたちを見つめて、〝ハット〟は福音を授けるような口調で言った。「その必要はないよ、ビル。ブラウニーがここで供述をとる。それをタイプして、《エグザミナー》に送るから、確認して、署名してくれ」

そう言われて、ファウリーはどう反応していいかわからないようだった。

「ブラウニー」〝ハット〟は言った。「このすばらしい施設の裏口を警察官に警備させてくれないか？」こちらを向いて、彼は言った。「きみたちはそこから入ったんだろう？」

わたしたちはうなずいた。

「じゃあ、頼むよ、ブラウニー。それがすんだら急いでここに戻って、ミスター・ファウリーの供述をとってくれ」

「了解、ハリー」ブラウンは言うと、わたしたちをじろりとにらんだ。このでぶのくそったれ野郎がこれほどまでに下卑《げび》た風体《ふうてい》でなかったら、その顔つきはユーモラスなものに見えただろう。

ブラウンが行ってしまうと、〝ハット〟はわたしとファウリーの顔を交互に見ていたが、両手を打って、言った。「ではまず、何か質問はあるかね？　なんと言っても、われわれは協力関係にあるのだからな——つまり、《エグザミナー》とロサンゼルス市警は。公共の福祉を念頭に活動する、ふたつの優秀な機関というわけだ」この嫌み男は実に悠然たる態度で、こちらをコケにしていても気をつけていないとわからないほどなのだ。

「そこで何かびっくりするようなものがみつかったのか、ハリー？」四号室の閉じたドアのほうにあごをしゃくって、ファウリーが言った。メモ帳と鉛筆を取り出して、答を待っている。

いよいよあのことが明るみに出る。

〝ハット〟は小さな口をゆがめてほほえんだ。「もちろん、あったさ……びっくりするようなことがね。検死局内のおたくの情報源から、もうそのことは聞いているはずだ。ただ、その情報源はそれ以上のことを明らかにすることは拒んだ。そうでなければ、あんたたちがまだここでぐずぐずしているわけがないからな」

ファウリーはにやりと笑い、メモ帳を鉛筆で叩いた。「みごとな推理だ、ハリー。で、何を教えてもらえるんだ？」

「少し話を戻そう。おたくの号外が出て、どのくらい経つ？　二時間？」

「そんなところ」

〝ハット〟は眉を吊りあげ、青いフェドーラ帽がわずかに動いた。「すでに六人が、自分がしましたと自白してきた」

ファウリーは鼻を鳴らした。「それはまあ、驚くにはあたらないだろうな——これだけ派手な事件なんだから……ひどく不気味だし……頭のおかしい連中をその気にさせるに十分だ」

うなずきながら、〝ハット〟は言った。「棒をふりまわしても追っ払えないくらい自白マニアが押し寄せてくると思う。それでわれわれの仕事を増やしてくれて、本来の捜査の邪魔をする」

わたしは尋ねた。「何か打つ手があるかな？」

ハリーは指を三本立てた。「ハンセン刑事は三件の情報を公開せずに保留していると、一般大衆に知らせるんだ。気の毒な被害者と真犯人しか知らないはずの事実を。それで虚偽の自白は最小限に減らせると思う」

「つまり」わたしが言うそばでファウリーがメモしていた。「あんたの言う〝自白マニア〟にクイズの問題を与えるわけだ。なんだか当ててみろって」

「同時に真犯人に、捜査の手が近づいているぞというメッセージを送ることにもなる。おまえをガス室に送り込むに足る証拠物件を三つおさえているぞと」

わたしは言った。「これは性犯罪だろうか、ハリー？」

眠そうな目に、一瞬いらだたしげな表情が浮かんだ。「被害者は暴行を受け、体をふたつに切断されて、全裸で放置されていたんだ。これが性犯罪でなくて、なんなんだ？」

「現場で言っただろう、ハリー。あの口の傷は、マフィアが密告者に警告するためのものだ」

「これは性犯罪だ。殺人課の半数が性犯罪の前歴者を洗っている。明日の朝には捜査の範囲は州全体に広げられる。二十四時間以内に何百人という性的異常者やサディストの疑いのある連中が徹底的な尋問を受けることになる」

ファウリーがそれを書き留めた。

わたしは尋ねた。「被害者の膣には精液が残っていたのか？」

ハンセンは眉をひそめた。「今はただ、これは性犯罪だというだけのことにとどめよう」

「やっぱりそうか！」ファウリーが言って、メモ帳を鉛筆でぴしゃりと叩いた。「犯人は女のケツの穴につっこんだんだろう？」

ハンセンはファウリーを長いこと見つめていた。刑事の無表情な顔の背後に、軽蔑の色が潜んでいるのが感じられた。

「なんだい？」目を丸くして、ファウリーは言った。

廊下に足音が反響して、ブラウン巡査部長の帰還を告げた。

「手配したよ、ハリー」ブラウンは言った。「保安官補ふたりに手伝わせた」

「ほらね、おふた方」〝ハット〟はわたしたちに言った。「ここでも円滑な協力関係だ」

「リチャードソンに言って、もう一回号外を出させようかな」皮肉な笑みを浮かべて、ファウリーは言った。「保安官事務所とロサンゼルス市警が仲良く協力し合うなんて前代未聞だ」

いかにもうわべだけのかすかな笑みを浮かべて、〝ハット〟は言った。「ミスター・ファウリー、ブラウン巡査部長に供述していただけるかな？……ミスター・ヘラー、ネイト――ちょっと話があるんだが」

ハンセンはわたしの腕を――やさしく――つかみ、廊下を歩いていって、立ち止まった。黄色い煉瓦の壁と、日に焼けた〝ハット〟の肌とは奇妙に調和して見えた。

「ネイト」そういう〝ハット〟の小さな口が、かすかにほほえんでいた。「きみは《エグザミナー》の仕事をすることになったわけだな？」

「記者の仕事じゃないよ。犯罪捜査のノウハウを提供するだけさ。あそこも人手不足なんで」

「リチャードソンはこの事件を大々的に扱うつもりだ」

「ああ」

「いや、それはそれで結構だ。ジムに伝えてくれ、喜んで協力したいって……彼のほうでも協力してくれればの話だが」

わたしは肩をすくめた。「リチャードソンは人の指図は受けない男だからね、ハリー。実を言うとね、彼はあんたたちを出し抜いて先に事件を解決しようって意気込みなんだよ」

「別に驚かないよ。ネイト、きみを信頼していいかな？」

「おれはあんたを信頼できるのかな？」

彼は父親のような態度でわたしの肘を取った。「ピーティ事件のときには、ふたりでうまくやったじゃないか」

「そうだった」

今度はその手がわたしの肩にあがってきて、そこで止まった。「まあ、きみとしては、わたしが……きみの手柄を横取りしたと感じているのだと思うが……」

「別に気にしてないよ――シカゴのおれがカリフォルニアで手柄を立ててもしようがない」

彼はわたしの肩から手をどけ、その手をふり動かして言った。「ああ、だが今度はきみはここでも商売をするわけじゃないか。それで事情がちがってきた……ネイト、きみとの間で取り決めをしたいんだ」

「どんなことだい、ハリー？」

はれぼったい目に力がこもった。「《エグザミナー》で起きていることを、わたしに逐一教えてくれ。そうしたら、わたしも同じことをする。わたしの捜査の状況について逐一教える」

「で、その目的は？」

「この恐るべき犯罪を犯した獣のごとき人物を逮捕することだ！」奇妙なことに、そう言う彼はほほえんでいて、かすかに歯を見せているところは、大きなウサギがドレスアップしたところのようだった。「そして、カリフォルニア史上最悪の事件を解決した警官に、わたしがなること」

「そう呼ぶのは、まだ少し早いんじゃないのか、ハリー？」

「そんなことはないよ――事件の内容を考えれば……ジム・リチャードソンとハーストじいさんの起こした、そしてこれから起こすであろう大騒ぎを考えればね……で、どうだい、ネイト？　そういうことでいいかな？」

「ＯＫ」

彼が差し出した手を――フライパンよりは小さかった――わたしはしっかりとにぎった。

〝ハット〟はため息をついた。まるで結構なごちそうを食べおわったところのようだった。腕組みをして、何気ない口調で言った。「じゃあ、もうひとつの質問に戻ろう」

「もうひとつの質問？」

「信用についての質問だ。わたしはきみを信用していいのかな、ネイト？」

「そんな質問、意味ないじゃないか、ハリー。正直者も嘘つきも、同じように答えるに決まっているんだから」

「じゃあ、どうだろう、ネイト、信頼度を試すというのは？」彼は四号室のほうにうなずいた。「三つのびっくりするようなことのうちのひとつを、きみに教えよう」

「なぜ？」

講義をするように、彼は指を一本立てた。「なぜなら、きみがそれを口外すれば、《エグザミナー》に載ったりしたら、きみは信用できないことがわかる……それでもわたしの手元には材料がふたつ残っている」なるほど、〝ハット〟というのは実に悪知恵の働く男だ。

思わずにやりとしてしまって、わたしは言った。「よし、いいだろう、ハリー、びっくりさせてくれ」

彼は廊下の左右を見た。それから、とても小さな声で言った。「あの女性は……誰だかわからないが……死亡する前に腸内老廃物を摂取させられていた」

わたしは身をすくめた。「なんだって？」

「もっとくだけた言葉で――お仲間のミスター・ファウリーにもわかるように言うと――彼女はくそを食っていたんだ、ヘラー。彼女を殺したやつは、その前に彼女に大便を食わせた……われわれが追っているのは、そういう類の人間なんだよ」

「なんてこった」

「どうした、ネイト――きみがそんなに真っ青になるとはな。きみほどのタフガイが」

「いや、大丈夫……そいつは正真正銘の病気だ。どうしても治してやらないと」

うなずいて、〝ハット〟は言った。「処方は青酸ガスだな。さあ――きみのほうから何か提供してくれるものはないかな？　《エグザミナー》の側からは？」

「ああ、あるよ」リチャードソンが〈サウンドフォト〉を使って指紋をワシントンに送ろうとしているという話をした。

「彼女がＦＢＩの記録に載っていれば、明日の朝、リチャードソンはあんたか、あんたのボスのドナホーに彼女の名前を教える……そして引き替えに有利な扱いを要求する」

「今この瞬間も、何十人もで行方不明者のリストを洗っている」考えこみながら、〝ハット〟は言った。「徹夜で作業を続けるつもりだ……運がよければ、リチャードソンより先に被害者の身元を割り出せるかもしれない」

「かもしれない。そうなるといいと思うよ。リチャードソンみたいな新聞屋の手にかかると、せっかくの証拠が法の正義のパロディみたいなことに使われがちだからね」

もっとも、口には出さなかったが、ロサンゼルスのように警察が腐敗し、無能なところでは、法の正義がパロディ化されても不思議はない。

〝ハット〟はわたしの顔をじっと見た――たぶん、わたしの考えを読んだのだろう――そして言った。「じゃあ、こっちに来てくれないか？　きみもブラウニーに供述してもらいたい」

彼のあとについて、ファウリーとブラウンが供述書を仕上げているところへ行った。それから、蒸し暑い地下の死体保管所の廊下で、わたしもファット・アス・ブラウン相手に供述した。

〝ハット〟はわたしたちに礼を言い、わたしたちを解放してくれた。

「やつのねらいはなんだったんだ？」壁際の担架台に載せられたまま忘れられている死体の横を通って外へ向かいながら、ファウリーは尋ねた。

「手柄だ」わたしは答えた。

7

理想の世界だったら、わたしは妻に告白していただろう。だが、理想にはほど遠い世界にあっては、この〝狼男事件〟の被害者となった美人と知り合いだったという事実を新妻と語り合う気はしなかった。ましてや、死んだ女性が（わが妻同様に）、わたしの子を身ごもっていたという事実など。

夜まだ早い時間だったが、〈ビバリーヒルズ・ホテル〉のわれらがハネムーン・バンガローに戻ると、ペギーはダブルベッドで眠っていた。花柄のベッドカバーの上で、黒いスリップ姿で脚をむき出しにして、ベッド一面に散乱する、今日のショッピングの成果である箱や紙袋（サックス・フィフス・アヴェニュー、クリスチャン・ディオール、ヴァン・クリーフ・エ・アーペル）の間に、なんとか場所をみつけて横になっていた。

スーツの上着を寝室のクローゼットに吊るし、ネクタイをほどきながら、妻にしたばかりの若く美しい女性の姿を眺めた。空き地に横たわっていたエリザベス・ショートとほぼ同じ姿勢だった。ただし体はひとつながりだ。かがんで、そばかすのある鼻にキスした。化粧をしていたが、そばかすはうっすら見えていた。彼女はかすかにほほえみ、セクシーな声でうめいて、寝返りを打った。

彼女を見て、わたしは胸ふさがる思いで——罪悪感、悲しみ、恥、後悔——あらゆる感情がひとつになって押し寄せてきた。ほとんどの人が（わたしを含め）自分とは無縁だと思っている感情が。だが、わたしはペギーを強く、深く愛していた。そして今日わたしは、もうひとりの女性が——わたしがその女性を少なくともいくらかは気に入っていたのは、もっぱら彼女がペギーに似ていたからなのだが——惨殺され、空き地に牛肉の片身ふた切れのような状態で捨てられているのを見せつけられた。激しい感情が渦巻くその下では、ゆっくりと怒りが広がっていった。やがてその怒りに火がつき、燃えあがって、ほかの感情を消し去ってしまうことを、わたしは知っていた。

さまざまなものが危機に瀕しているとはいえ——結婚、事業、自由——わたしがもっとも強く望んだのは、あのような所行におよんだけだものをみつけ、その中で溺れ死ぬほどの量の血を流させてやることだった。

妻の姿が見えるようにドアを少し開けたままにして、バンガローの水道付きのバーでラム・アンド・コークを作った。ソファにどさりと腰をおろし、ふるえていた。眠っているペギーの姿を見ながら、新たな〈A－1〉のパートナー、フレッド・ルビンスキーに打ち明ける勇気が自分にあるだろうかと自問した。しばらく考えて、だめだという結論に達した。フレッドとわたしは親しい友人で、仕事上のパートナーにもなった。だが、彼はわたしのもっとも親しい友人、真の親友と言える二、三の人々の中には含まれていなかった。

奇遇というべきか、わたしの親友のひとりは、たった今、ここハリウッドにいた。バーニー・ロス、かつてのライト級の（そしてウェルター級の）チャンピオンだ。つきあいは古い。わたしたちはシカゴのウェストサイドで一緒に大きくなった。子供の頃は一緒にマックスウェル通りの店の外で〝引き手《プラー》〟として商品を運ぶ仕事をした。それどころか正統派のユダヤ教徒だった彼の家族のために〝安息日の異教徒〟（安息日にいっさいの労働が禁じられているユダヤ人の代わりに家の中の雑用などをする異教徒）を務めることまでしていた。二〇年代なかばからバーニーは、ヴァン・ビューレン通りとプリマス通りの角に所有していたビルの一階で秘密酒場を始めた。わたしが警察を辞め、私立探偵の仕事を始めたときに、バーニーはわたしに夜の間彼のビルの警備をする代わりに同じビルの中にオフィス用の（そして住むこともできる）場所を提供してくれた。彼とはそういうつきあいだった。

わたしたちは一緒に酔っぱらって一緒に海兵隊に入隊するなどということまでした（第三長篇The Million-Dollar Wound）。一九四二年のある晩、いい歳をしたふたりの馬鹿が、愛国熱に浮かされて、無分別にも軍隊に飛び込んだのだ。そして並んで戦った。中でもガダルカナルの泥まみれの地獄では、ふたりで何十人かのジャップどもを殺し、なんとか自分たちは殺されずにすむという経験をした。

そして、あのいまわしい島で、ふたりとも傷を負った。ただし、わたしの傷はもっぱら外から見てはわからない類のものだった。つまりわたしの名誉除隊の理由は第八項、すなわち戦闘トラウマによる情緒不安定だった。それに対してバーニーは、除隊になったときには頭はしっかりしていたものの、モルヒネ中毒になっていて、もともと人のいい、やさしい男だった彼が、下劣なジャンキーに変貌してしまっていた。友人のフランク・ニッティの力を借りて、わたしはバーニーのドラッグの供給源をすべて——少なくともシカゴでは——完全に干上がらせてしまった。その結果、元チャンピオン・ボクサーは不承不承リハビリに取り組まざるを得ない状態に追いこまれた。

《エグザミナー》をはじめとする地元のクズ新聞によれば、バーニーは少し前に、ケンタッキー州レキシントンの合衆国公衆衛生局の薬物依存症専門病院を退院し、リハビリ後はじめてロサンゼルスを訪ねているところだった。それはかつての健全なスポーツマンのイメージを、大衆に取り戻してもらおうというキャンペーンの一環でもあった。わたしの勘では、それは彼の元妻ケイシーに報いるための努力の一環だった。ケイシーはロサンゼルスに住んでいるからだ。元ショウガールの美女ケイシーは、バーニーにとって白い粉のほうが自分より大事になったと悟ったときに、彼のもとを去ったのだった。

そんなわけで、この世で一番の親友が――というより、この世で一番のふたりの親友のうちのひとりが――〈ルーズベルト・ホテル〉に滞在していた。ここからはほんの十分ほどのところだ。ところが彼に今度の問題について話をすることはできなかった。彼にはどんな話をすることもできなかった。一九四三年三月、すなわちわたしがシカゴの彼のドラッグ供給源を断ったときから、彼はわたしと口をきかなくなっていたからだ。

打ち明けることができる相手はたったひとり、シカゴのわたしのパートナー、ルー・サパースタインだけだった。ルーとわたしの仲は、かつてのバーニーとの仲ほど親密ではないかもしれない。しかしルーを信頼していいことを、わたしは信じて疑わなかった。それに、いずれにしても、彼には事情を知らせておかなければならなかった。エンドテーブルの電話を使って、声をひそめて、ルーの自宅に電話した。彼はほとんど口をはさまずに、わたしの話を聞いた。

そしてようやくわたしの話が終わると、あとに聞こえるのは長距離通話に特有の雑音ばかりだった。

「まだそこにいるのか、ルー？」わずかに開いたドア越しに、眠っているペギーの姿を見ながら、わたしはささやくように言った。

雑音に満ちた沈黙が――重い意味をはらんだ沈黙とでも言おうか――さらに長く続き、ルーのバリトンの声が、ちょっと音痴のビング・クロスビーといった調子の声が、聞こえてきた。

「ほんとうにそういう方針でいくのがいいと思ってるのか？」

「もう始めてしまったんだよ。ほかにどうしようもないだろう、ルー？　まったくの偶然のおかげで、おれはまさに疑惑の人物だよ」

「女の死亡推定時刻は？」

「死体は血を抜かれてしまっていたんだ。なかなか特定できないと思うよ。検死官の話では、死体発見の十二時間前以内だろうということだけど」

「ゆうべのアリバイはあるのか？」

「ペギーだけ――ホテルでふたりだけで静かに過ごしたんだ。夕飯もルームサービスですませて……早く休んだ。ペギーは明日から例のパラマウントの映画の仕事が始まるんで、朝型に直そうとしているんだ」

「まあ、女房だけが証人のアリバイだって、何もないよりはましだよ」

「ブルーノ・ハウプトマン（リンドバーグの息子の誘拐事件で濡れ衣を着せられたとされる人物。死刑となった）にそう言ってやれよ。いずれにしても、ペギーが寝ている間に抜け出して、おれが狂った外科医を演じてこなかったという証拠はないじゃないか」

ルーがふたりを代表して、実に絶望的なため息をついた。「たとえ警察があんたへの疑惑を解いたとしても、あんたの名前と評判は地に落ちることになるな」

「ふん、そんなこと心配している場合じゃないよ。それに、おれには前から少々うしろ暗い評判があって、それはむしろ商売に有利に作用していたじゃないか」

「うしろ暗いという程度ならいいんだよ、ネイト。だけど、狂人とか人殺しとかじゃ、いくらこの商売だっていい影響はないぞ」

わたしはラム・アンド・コークを口に含んで、首をふった。「あんたの言うことに反論する気はないんだ、ルー。むしろ、今まで考えていたことが正しかったんだって確認できたよ」

「というと？」

「というのは、自分が容疑者になる前に、この事件をおれが解決しなきゃならないってことさ」

「それはたいした考えだな、ネイト……何かしてほしいことは？」

「まず何よりも、この話は聞かなかったことにしてくれ。あんたが事後幇助罪《ほうじょ》に問われたらたいへんだ」

「つまらないこと言ってんじゃない。こっちは何をしたらいいんだ？」

「まあ、順に話すから。まず、われらが高尚なるシカゴの新聞がどんな動きを見せるか見張っててほしい。この事件は全国の話題になるからな。そっちではどの程度の大きさの扱いをしているか知っていたい」

「そんなのは簡単だよ」

「まもなく警察と新聞が彼女の身元をつきとめるだろう。たぶんその段階では、シカゴでは一面記事にはならないで、長さも一段分ぐらいのものだと思う。だけど、もしベス・ショートの写真が一面を飾ったら——ここ陽光燦々《さんさん》たる南カリフォルニアではまちがいなくそうなるけど——誰かが気がつく」

「エリザベス・ショートはそんなに目立つ風貌をしていたのか?」

ペギーの寝姿を見ながら、わたしは言った。「ディアナ・ダービンみたいな女性を想像してくれ、ルー。ただし、もっとセクシー。漆黒の髪に、白い白い肌、濃い濃い口紅、愛らしい笑顔。そしてラナ・ターナーみたいなボディ」

「うーん」ルーはかすれた声を発した。「そういう娘じゃ、目立ったかもしれないな」

特に《ヘラルド・アメリカン》に目を光らせているようにルーに言った。事件を一番大々的に扱う可能性があるのは、ハースト系の新聞だからだ。そしてエリザベス・ショートとわたしが一緒にいるところを見た者たちについて——〈モリソン・ホテル〉や〈セントクレア〉、〈リンディーズ〉、〈ヘンリッチズ〉の従業員や客たち——説明した。

「いずれは」わたしは言った。「いくら馬鹿なロサンゼルスのおまわりたちでも、ベス・ショートがシカゴに滞在していたことをつきとめて、人を送ってあちこちかぎまわらせると思うんだ」

「そんなことになったら、ネイト……」

「彼女の名前と写真がシカゴの新聞に出はじめたら、彼女の顔写真を持って〈モリソン〉に行って、彼女をおぼえている者がいないか聞き込みをしてくれ」

「なるほど——一歩先を行くわけだな」

「そう、一歩先を行く」わたしはラム・アンド・コークをもう一口飲んだ。「それと、その前に調べてほしいんだけれど、ベス・ショートはゲーリーで医者に診てもらうという話をしていた。たぶん産婦人科だと思う……〝婦人科のトラブル〟だと本人が言っていたから。その医者をみつけてくれないか、ルー」

「彼女の名前を出していいのか？」

「だめだ！　それに、ベスが本名を名乗ったとは限らない。ただ風貌を説明するだけにするんだ。時期は去年の十月下旬頃だったろうと思う。つまり、考えていたんだ。希望的観測かもしれないけれど、もし彼女がゲーリーで医者に診てもらっていて、そのときすでに妊娠していたのだったら——」

電話のこちらにまでルーが指を鳴らすのが聞こえた。「そうなれば、彼女を妊娠させたのはあんたじゃないことになる！」

「そのとおり。彼女は中絶しようとしていたのかもしれない。お気に入りの戦争の英雄たちのひとりの子供をね。だから、ゲーリーでもあまり上等でない界隈《かいわい》の医者をあたってみてくれ」

「田舎じゃ間引きは日常茶飯事だろうからな……だけど、ネイト、もしあんたの子供じゃないんだったら、なぜ彼女はあんたに電話して、費用を出してくれと言ったんだ？」

「うまくだまして金をせしめようと思ったんじゃないかな。彼女から見たら、おれはいいカモだったろう——有名な私立探偵が、ロサンゼルスに新しい事務所を開こうとしている。すてきな黒いおべべをもっと買う金が欲しかったのかもしれないし、あるいはほかに何か医者にかかる必要があって、そのために金を手に入れようとしたのかもしれない」

「そうだな、何か慢性の病気だった可能性もあるんじゃないか？　そのゲーリーの医者っていうのは、性病科だったかもしれない」

「そうかい？　だったら、なぜおれはうつらなかったんだ？」

「なぜだ？」

「なあ、ルー、ほんとなんだよ——彼女とふつうにセックスしたって記憶がまったくないんだ。もちろん、あのときはべろべろに酔っぱらっていて——」

「あんたって男は実にお盛んだからな。だけど、いくらあんたでも、セックスしたらたいていはおぼえているだろう」

「たいていはね」

「もしショートって女性を妊娠させたのがあんたでないとわかれば、少しは動機が減るな。というより、そういう方向へ持っていくんだ」

「ああ、それと同時に、彼女が金を巻きあげようとしていた相手は必ずしもおれひとりとは限らないという話にもなってくる」

「なるほど！　つまり、ほかにも殺しの動機を持つ人間がいたかもしれない」

「それもひとりじゃないかもしれないぞ、ルー。ハンセンとリチャードソンをはじめ、おれの考えでは、ほかの馬鹿どもはみんな、これをセックスがらみの殺しと見ているんだ。だけど、おれの考えでは、ほかのあんなふうに口を切り裂かれるのは、マフィアの密告屋に対する報復と見せしめだ……あるいはゆすり屋。そして、この件に関してはっきりしているのは、ベス・ショートは平気で人をゆする女だったってことだ」

「あんたとしては、警察と新聞記者に見当はずれの方角を探っていてほしいわけだな」

「切にそう願っているよ。おれが青酸ガスを吸わされないですむためには、それが一番望みのある展開なんだから。真犯人は彼女に恨みをいだく元ボーイフレンドか、彼女がうっかりかかわりを持ってしまったギャングの一員なのに、警察と新聞が変態性欲の主を探すのに専念していてくれたら――」

「あんたには連中の目には入らないものが見えてくる」ルーは言った。その声にいくらか期待がこめられてきた。「彼らが見過ごしてしまう証拠や手がかりの真の意味を、あんただけは見てとることができる」

「そういうこと。おれは《エグザミナー》と警察の担当責任者の両方といい関係を作っている……そして、この事件に関するおれの読みがあたっていて、彼らのほうがまちがっていたら……おれはこの騒ぎから自分のケツも商売も無傷のままで抜け出せるかもしれない」

「あんたの結婚も」

わたしはペギーを見つめた。今も横向きに寝て、軽くいびきをかいていた。「ああ、それも」

ルーがうなるように言った。「……もとはと言えば、悪いのはおれだな」

「どういう意味だ？」

「あんたがペギーにふられて腐っていたとき、おれはあんたに、誰か別の女をものにしろってはっぱをかけたじゃないか」

「まあ、そう言えばそうだな」

「じゃあ、もうひとつ、おれからアドバイスだ。今後はおれのアドバイスには耳を貸すな」

彼との話を終え、わたしはもう一本電話をかけた。相手はルーよりももっと親しい友人だ。かつてのバーニーとの仲に近い関係で、同じようにこの世で一番の親友だった……ただ、彼にはすべてを打ち明けるわけにはいかなかった。そういうことに関しては、彼もまた矢のようにまっすぐな男なのだ。その男とは、エリオット・ネス。

エリオットとの仲は、二〇年代後半、わたしたちがシカゴ大学の学生だった頃にさかのぼる。警官だったとき、そして私立探偵に転じたのちも、エリオットは連邦法執行機関関係者の中でもっとも信頼できる情報源だった。ちょうど彼と彼の対カポネ特別部隊――いわゆるアンタッチャブル――が〝ビッグ・アル〟と闘っていた頃の話だ。

禁酒法時代が終わると、エリオットはクリーブランドに移り、国で一番若い公安局長として六年間を過ごし、その間の活躍ぶりは広く喧伝《けんでん》され、また高く評価された。アメリカでもっとも腐敗していた警察を浄化し、悪名高いメイフィールド・ロード・ギャングのナンバーズ賭博の組織を叩きつぶし、数多くの労働組合の不正をあばいた。わたしはクリーブランド時代のエリオットの仕事を何度か手伝ったことがあった。特に警官が信用できない状態だったときには。わたしが解決に協力したもののひとつが、あのいまわしいキングズベリー・ランのマッド・ブッチャーの事件だった。一九三五年から三八年にかけて、少なくとも十三人の男女が手足と頭部を切断された死体でみつかった。そのほとんどが生活貧窮者で、ほかに七人か八人が殺されている可能性があった。公式にはこの事件は未解決ということになっているが、エリオットとわたしはそうではないことを知っていた。

「その事件は確かにブッチャーの手口と共通点があるな」クリーブランドの自宅で電話を受けた、ギャング退治で名高い男は言った。長距離電話だが接続はよく、エリオットの声も本来の力強さと明瞭さをもって伝わってきた。「あの事件の被害者の多くが、ウエストのところで胴体をふたつに切断されていた」

「そして洗われ、血を抜かれていた」

「そうだったな……だけど、ネイト、われらが友ロイドは頭を集めるのも好きだったじゃないか。それがやつの手口の大きな特徴だった」

〝ブッチャー〟の正体は、元医学生で、クリーブランドの裕福な開業医の息子ロイド・ワタースンだった。名門の一族だったために政治的判断が働き、〝ブッチャー〟逮捕は秘密裏に処理され、ワタースンはオハイオ州サンダスキーの精神病院に収容された。

「確かにワタースンはほとんどの場合、被害者の頭部を切断していた」わたしは言った。「ただ、この女性の顔には非常に特徴的な傷がつけられていて――」

エリオットがうなずいているのが気配でわかった。「密告者、〝垂れ込み屋〟というわけだな」

「そうだと思う。顔につけた傷が犯人のメッセージを伝えるものだったから、頭部はそのままにされたんだ」

「誰に宛てたメッセージだ？」

「それが一番の問題だよ」

「ロイドが手口を変えるとは思えないな。メッセージを送りたいというなら、なおさらだ……もっともやつは野放しにはなっていないはずだけれど」

「たぶんあんたの言うとおりだと思うよ、エリオット。ただ、共通点も目をひくから、この事件のことは知らせておいたほうがいいと思ったんだ。ブッチャー事件は表向きは未解決ということになっていて、ワタースンのことを知っている者はほんのわずかだから、いつなんどきロサンゼルス市警からあんたに電話がかかるかわからないだろう。実はハリー・ザ・ハットから特に、このことであんたに電話しておいてくれって頼まれたんだよ」

「ネイト、わたしはクリーブランドの警察を離れてずいぶん経つんだよ」

エリオットは一九四二年三月に公職を離れていた。凍結した道路で事故を起こし、飲酒運転に加えて当て逃げの疑いもかけられる中での、霧に包まれた辞任劇だった。その件が正面切って表沙汰にならずにすんだのは、彼が駆逐しつつあった腐敗警官たちが事実のほとんどを隠蔽したからだった。だがこのスキャンダルで、それまではボーイスカウト的に公明正大だった彼の経歴に傷がついてしまった。

戦争中、エリオットは連邦政府の社会保護部門の責任者を務めて、昔の評判をかなり取り戻した。もっともらしい役職名だが、実は彼の仕事は兵隊の非行を取り締まる警官のトップとして、軍事基地や軍需工場近辺での性病の蔓延を防ぐことだった。

現在エリオットは、金庫製造会社〈ダイボールド〉理事長という地位にあり、どうやらいい仕事をしているらしく、最近の《フォーチュン》誌に彼を讃える記事が出たりした。

「今は一民間人なのは承知しているよ。でも、ブッチャー事件の捜査をしているときには、あんたは警察の顔だったじゃないか……それに、確かに類似点がある以上、あんたも今度の〝狼男〟事件について知りたいのではないかと思ったんだよ……そもそもブッチャー事件は最終的に特別な扱いをされて、つまり……」

「事件はもみ消された。体裁のいい言い方をしなくていいよ、ネイト」

「ただワタースンが今も白い服の召使いたちに背中にボタンのついているジャケットを着せられているとわかれば、それで納得するんだ」

「それはまちがいない。われらが友人は今も壁にクッションをつけた部屋にいるよ。ときどきやつからはがきが来たりするんだ」

「ほんとうに？」

「ああ、そうだよ。ロイドのお楽しみのひとつなんだ――何やら脅迫的なことを書いてよこして、わたしにいやな思いをさせるのがね」

「やつにはとがったものを持たせないようにしていると思うがね。鉛筆も含めて」

「あそこは精神病院だよ、ネイト。刑務所じゃない」

「だったら、よけいに確認してみるべきじゃないか、エリオット？」

「確認するよ……どうしたんだ、ネイト？」

「どうしたって、何が？」

「声が変だぞ。なんというか……今度の事件と個人的なかかわりでもあるような……」

「ああ、それはただ、新聞記者と一緒に偶然、死体をみつけたからだよ……さぞ美人だったろうって女性なんだ。それがどこかの狂った野郎に酷い殺され方をしていた……ひどかったよ」

「わかるよ。いやというほど、よくわかる。空き地やらどこやらへ呼び出されて、ブッチャーの仕事のできばえをさんざん見せられたのでね……やつがちゃんとしかるべき場所に閉じこめられているかどうか、早速確認するよ、ネイト。明日連絡する」

「ありがとう」

「あまり考えすぎないようにな。あのけだもののおかげで、わたしは何度も眠れない夜を過ごすことになったんだよ。われわれでやつを刑務所にぶち込むべきだったな」

「われわれでやつをぶち殺すべきだったよ」

エリオットは無言だった。

「それはともかく――ありがとう、エリオット」

ふたたび聞こえた彼の声は明るい調子になっていた。「今でもわたしのために花婿介添人《はなむこかいぞえにん》を務めてくれる気があるか？」

「えっ？　ああ、もちろんだよ！　えーと、式はいつだっけ？」

「一月三十一日、場所はここ、クリーブランド。大きな教会で式を挙げて、親戚や友人をいっぱい呼んで、盛大に披露宴をやるんだ。きみとペギーも来られるよね？」

「喜んで馳せ参ずるよ。あんたの介添人が務められないなんて、そんな事態は想像もつかないな」留置場に入れられていれば別だが。

「ベティもぼくも、きみたちふたりを当てにしているよ……ベティといえば、これまでのところ結婚生活はどんな具合だ？」

「これまでのところは順調」わたしは答えた。細かいことまで報告することはない。

「ペギーはすごくいい子だ」

「ベティだって。きみたちならきっとうまくいくよ、エリオット」

彼の笑い声にはかすかに当惑した響きがあった。「うん、まあ、人が言うには、三度目の正直だそうで」

確かにエリオットにとっては三回目の結婚だった。彼のように人並みはずれた働き者で、人並みはずれた大酒のみという男の妻というのは、なかなかつらいものがあるのだろう。最初の妻は彼の秘書だった。シカゴでアル・カポネと闘っていた時期のことだ。公共の安全のためにエリオット・ネスが粉骨砕身する中、その結婚は燃え尽きてしまった。二度目の相手はイーヴィという名のすばらしい女性だった。ファッションデザイナーである妻とともに上流階級の連中と交際することをエリオットも心底楽しんでいて、この結婚は長続きすると思っていた。だが夫婦の間のことは、なかなか外からはうかがい知ることはできないようだ。

受話器を置くと、わたしはペギーのほうを見た。ようやく眠りからさめかかっているようだった。そばに行って、喉と耳と顔にキスして、そっと起こした。

「どこにいたの、あなた?」彼女は言った。眠そうに、すみれ色の目にまぶたが半分かぶさっていた。

「きみが生まれてから今まで?　それとも今日だけのこと?」

「まずは今日のことから」

ベッドの端の彼女の隣に腰をおろした。「実を言うとね……今日はいろいろたいへんで、あまり楽しくない一日だったんだよ。その話はするけれど、その前に何か食べておいたほうがいいと思うんだ」

「ふーん……そんなに楽しくなかったの？」

「うん」

ふたりともそれほど空腹ではなかったので、〈ファウンテン・コーヒーショップ〉のサンドイッチとアイスティーですませた。〈ポロ・ラウンジ〉の階段の下の空間を利用した店だ。小粋な白のブラウスに、茶と白のチェックのボーイッシュなパンツというカジュアルな服装のペギーは、クリスマス用商品の売れ残り一掃セールで、どれほどのお買い得品を手に入れたかを延々とおしゃべりした。わたしは礼儀正しく耳を傾け、ビバリーヒルズでバーゲン品をあさるというのはそもそも矛盾した行動だと指摘することは控えた。

今夜は髪をおろしていて、毛先が肩をかすめていた。わたしの頭にあったのは、彼女がいかに美しいかということと、彼女とベス・ショートがいかにそっくりかということだけだった。

一個のストロベリーショートケーキを分け合って食べながら、ペギーは明日から始まるボブ・ホープの映画の仕事のことで自分がいかに興奮しているかを話しだした。

「ドロシー・ラモーアとも一緒なのよ」彼女は言った。「それにピーター・ローレ。ねえ、すごい偶然があって、おかしかったのよ」

すごい偶然というものをおかしがる気分にはなれずに、わたしはかろうじて言った。「ほう？」

「私立探偵って何があっても動じないって顔してるのね。わたしにとっては大事件だって、わかってるんでしょ？」

「第四出動発令だな」

手に手を取って、ふたりでバンガローまで歩いていった。木々を揺らす涼しいそよ風が快かった。ペギーがわたしを見あげて眉をひそめた。「わたしったら、今日どんなに楽しかったかとか、明日がどんなに楽しみかとか、そんなことばっかりおしゃべりしていたわ……ごめんなさいね。あなたは一日いろいろたいへんだったというのに……今日はどんなだって言ったっけ?」

「楽しい一日じゃなかったって」

「楽しくないことがあったわけね」彼女はうなずいた。「その話をしてちょうだい、ダーリン」

まず火をおこした。そしてソファのクッションを暖炉の前に移して、ふたりのための居心地のよい巣のようなものを作り、そこで抱き合った——それから話をした。

つまり、話せる範囲のことは話した。新聞記者のファウリーと一緒に行動していて、身元不明の美女のふたつに切断された死体を発見したこと。この事件に関して《エグザミナー》に協力することになったこと。

彼女にもなんのことかすぐにわかった。新聞売りたちはロデオドライブにまで出かけていって《エグザミナー》の号外を売っていたのだ。おまけに事件のことはラジオでもしきりに取り上げていた。

「車の中で聞いたわ。気味の悪いことを詳しく言っていた」彼女は言い、身を起こした。パンティとブラジャー姿の彼女は、パジャマパーティに集まった無邪気な女の子のようだった。わたしはTシャツにトランクスとソックスという格好で、そのパジャマパーティに来た娘の友だちを鍵穴からのぞいて見ている変態親父のようだった。

「きみは特に、なんというか……つらそうじゃないね」わたしは言った。

「つらいわけないじゃない！　これは大ニュースよ！　水爆以来最大のニュースになるわ。その中心人物がわたしの夫なのよ！」

「喜んでくれてうれしいよ」

「わたしたちのビジネスも繁盛するわ。ここでもね」

「ぼくたちのビジネス？」

「わたしたちのビジネス、つまりあなたのビジネスよ。あなたは街で一番有名な探偵になるのよ、お兄さん。このチャンスをフルに生かしさえすればね。あなたとフレッドには広報の専門家はついているの？」

「そういうのはいないんだ——《エグザミナー》と組むことにしたのは、そういうことがあるからでね」

「うーん、でも、そのうちに専属の広報担当者が必要になると思うわよ。ああ、興奮しちゃう！　すごいチャンスじゃない！」

「うん、ああ、確かにスリリングなことではあるね」

彼女は眉をひそめ、片方のてのひらを前に出した。まるで法廷で宣誓するところのようだった。「誤解しないでね……被害にあった女性のことは気の毒に思っているわ。きっとわたしとよく似た感じの人だったんだと思う。美人コンテストで入賞かなんかして、それで映画スターか何かになりたいと夢見ていたんでしょう。ただ、その人はわたしのような幸運に恵まれなかった」

「どういう意味だい？」

「彼女はあなたという人を知らずじまいだったじゃない」

そして彼女はわたしにキスした。長く激しいキスで、わたしたちの舌は絡み合った。暖炉の火が彼女の彼女のクリームのように真っ白な肌にちらちらと模様を投げかけていた。彼女の体に映画を映写しているようだった。白いパンティ越しに、三角形の黒い茂みが浮き出ていた。彼女は体を起こすと、手を背中にまわしてブラジャーのホックをはずした。膝に落ちたブラジャーを、汚い虫でもあるかのように彼女は払いのけた。

彼女の胸は大きくはない。ただ完璧な形をしているだけだ。うっすらと青い静脈が走り、左右対称の丘がつんと上を向き、固い乳首が突き出している。わたしはそこにキスし、手を触れた。手を貸してパンティを脱がすと、彼女はわたしにのしかかり、またがり、ゆっくりと体を動かしはじめた。目を半分閉じ、オーガズムの前の心ここにあらずといった表情のかすかな笑みを浮かべている。やがて笑みが大きく広がり、彼女は目を閉じると、腰の動きを速めていった……

彼女がふたたびわたしの腕の中に身を落ち着けてずいぶん経っても、甘美な余韻は薄れなかった。ただ彼女がもう一度、最初の子供は〝待てないか〟と尋ねて、はじめて雰囲気が乱れた。夢見心地の声で彼女は、すべてが完璧に進んでいるではないかとわたしに請け合った。自分は最初の映画の役をものにしたし、わたしはわたしで信じられないほどの重大事件を担当することになったのだから。

彼女の顔を両手ではさみ、美しいすみれ色の目をのぞきこんで、わたしは言った。「ぼくたちはシカゴに戻るんだよ。きみがそのささやかな映画の役を演じ終え、ぼくがこの大事件を解決したら、すぐにね。ふたりで家に帰って、子供を持つ。どこに住んで、どこで仕事をするかを考えるのは、そのあと……約束するよ、ペグ。その点に関しては、きみの希望を尊重する。きみがここに戻ってきて映画の仕事をしたいというなら、だったらぼくもここで仕事をすることにする。乳母でもなんでも雇って、好きなようにすればいい。ほんとうだよ。ただ、もしまた子供を堕ろしたいなんて言ったら、この手できみを殺してやるからな」

甲高い悲鳴をあげて、彼女はわたしの腕から逃れて寝室に駆け込み、ドアを閉めた。それでも彼女の泣き声は聞こえてきた。わたしはソファにクッションを戻して、そこで眠ろうとした。

馬鹿なあばずれ女。

まぬけなスケベ野郎。

8

《エグザミナー》がFBIに送った指紋の写真はぼやけていて、照合ができなかった。だがリチャードソンの部下のカメラマンが、八×十インチのフィルムで拡大して撮影し、そのネガを送ったらと提案した。今度は数分で、指紋の主はエリザベス・ショートと判明した。四年前にサンタバーバラ近くの陸軍基地での民間業務に応募し、採用された経験があったからだ。クック基地のPXの仕事だった。

そのときの応募書類から得られたデータは以下のとおりだった。体重百十五ポンド、身長五フィート五インチ、白人、女性、髪は黒、目はブルーグリーン、肌の色は白。生年月日、一九二四年七月二十九日。生誕地、マサチューセッツ州ハイドパーク。

さらにFBIは一九四三年、カリフォルニア州サンタバーバラでの逮捕記録をもみつけだした。まだ未成年だったエリザベス・ショートが、女の友人一名とともに、ふたりの兵士とバーで飲酒しているところをつかまったのだった。そのときの記録には、身体的特徴として次のような生々しい詳細な事実が付け加えられていた。幼時に受けた手術の跡の、直線の傷が背中にある。右肩に二十五セント硬貨ほどの大きさのあざ。左太腿部の外側に小さなバラのタトゥあり。少女はバスでマサチューセッツ州メドフォードの自宅に送り返され、母親であるミセズ・フィービー・メイ・ショートの監督下に置かれることになった。

「見ろよ、べっぴんじゃないか」警察の顔写真をさして、リチャードソンは言った。エリザベス・ショートの正面と横からの写真だ。黒い髪は乱れ、色の薄い目は不機嫌そうに無表情だった。人形のような白塗りのメーキャップもしておらず、警察のカメラマンによる味も素っ気もない写真なのに、彼女の姿はソフトフォーカスで撮影し、エアブラシで修正を加えた映画スターのブロマイドのように美しかった。

リチャードソンは傷だらけの木製の会議テーブルの上座に立っていた。彼とわたしとファウリーがいるのは、きのう記者全員が集まって話し合いを行なった、ガラスで仕切られた会議室だった。今朝は出席者は三人だけだ。

「確かにきのうヘラーが撮った写真より見栄えがしてますね」ファウリーは言った。薄茶のチェックのスポーツジャケットを着て、ジャケットより濃い茶の地の上で黄色い馬が飛び跳ねているネクタイを締めた彼は、リチャードソンの右側に腰をおろし、わたしは編集長をはさんで反対側の左にすわっていた。

「まるでお人形さんだ」なんとか両方の目で写真を見て、リチャードソンは言った。「少なくとも生きているときはそうだった。おかげで彼女は、おれたちの〝A級映画〟の主役にどんぴしゃりだ」

編集長は――シャツ姿でサスペンダーをつけていた――まるで女学生のようにはしゃいでいた。きのう、競合紙の夕刊が〝狼男殺害事件〟の記事を報じたのは、《エグザミナー》の号外が出た二時間後だった。号外が売り切れるまでの時間は、唯一、第二次大戦戦勝日の記録におよばないだけだった。

「おれたちでクック基地に取材に行きますか、ボス？」ファウリーは言った。

「もうシド・ヒューズが向かっている」たばこに火をつけ、マッチをふって消しながら、リチャードソンは答えた。

「サンタバーバラでの逮捕の件をチェックしたらどうかな？」わたしは提案した。

「そっちはふたり行かせてある」アスファルトから熱気が立ちのぼるように、リチャードソンの体からは歓喜の熱が発せられていた。「今の時点で、うちはほかの連中のはるか先を行っているから、まず追いつかれることはないな。今朝は五時から記者たちを取材に送り出しているんだ。ところがよその新聞は、うちの朝刊を読むまではエリザベス・ショートって名前さえ知らなかったんだぞ」

ファウリーが椅子の上で身じろぎした。かすかにいらだちの感じられる声で、彼は言った。

「じゃあ、ナンバーワンの記者にはどんな仕事が残っているんです？　ＦＢＩから引き出した手がかりは記者を全員かり出して、すっかりカバーしているんでしょう？」

「中でも一番の手がかりだよ……手帳を出したまえ、ミスター・ファウリー」リチャードソンは、その不気味な視線をわたしに向けた。遅いほうの目が必死で相棒に追いつこうとしている。

「ネイト、今うちにいる人間の中じゃ、人から話を聞き出す腕は、おまえさんが一番だ」

わたしは眉をひそめた。「うーん、いや、お褒めにあずかって——でも、どういうことだい？」

わたしを見つめる彼の左目は、まだ定位置を目指して移動中だった。「おまけに長いこと警官をしていた」

「なんの話だ、ジム？」

「つまり、悪い知らせを人に知らせるについては経験豊富なわけだ」

ここに来る途中の食堂で、ベーコンエッグを食べてきた。その脂《あぶら》っこい食べ物が、胃の中で暴れ出した。「どういうことなのか、はっきり説明してくれないか？」

「それに、電話もかけなれている」

それはそうだ。私立探偵の一日の仕事の大半が、電話を使ってこなされるのだ。「だから、いったいどういうことなのか――」

「ちょっと待った……」リチャードソンは戸口に行き、ドアを開けて、電話を二台持ってこいとコピーボーイに叫んだ。それから、またわたしを見た。まず片目で、次にもう一方の目で。そして、その目つきに劣らず不気味な笑みを浮かべた。「……おまえさんにはマサチューセッツ州メドフォードのミセズ・フィービー・メイ・ショートに連絡をとってもらいたい」

「そして知らせろというのか？　娘が死んだって？」

うなずきながら、彼はテーブルのそばに戻った。「きっとまだ聞かされていないと思う。警察がすぐに動いたなら別だが……しかしハンセンは九時か九時半までは出勤しないと思うぞ」

わたしはため息をついた。「わかったよ。誰かがしなければならないんだからな」

「ああ……いいか、やさしくするんだぞ……ほら、小出しに行くんだ。まず最初は、エリザベスが美人コンテストで優勝したと言え」

彼は大げさに肩をすくめ、両のてのひらを見せた。「いきなり娘が死んだと言ったりしたら、母親はすっかり取り乱してしまうだろう。なあ、ヘラー、まず情報を引き出すんだ。こっちから知らせる前にな。つまり、悲劇的事件のことを」

「何？」

「最低の野郎だな、あんたって」

「ああ、そうだよ。だがな、電話をかけないというのなら、おまえがこの最低の野郎のところで仕事をするのももう最後だ。おまえもフレッド・ルビンスキーもこの事件から閉め出す。この新聞社からもな。自腹でほんものの広報担当者を雇うことだ。絶対に必要になるぞ。おれたちが新聞であんたらをさんざんこきおろすからな」

「あんた、夜はちゃんと眠れるのか？」

「死んだ赤ん坊みたいにぐっすりな。とにかく、おまえは必要なテクニックを身につけている。おまえならできる。おれにはちゃんとわかっているんだ」

「そこまで信頼を寄せられるとは涙が出そうだよ。こういう汚れ仕事は、そこのファウリーにやらせたらどうなんだ？　彼だって、もうそういうことにはすっかり慣れっこだろう」

ファウリーは椅子の背に寄りかかり、眉を吊りあげた。そして、両手を。まるで熱いコンロに手を触れてしまったかのようだった。

左目をただよわせて、リチャードソンはやさしく言った。「おまえがテクニックを発揮している間、彼はメモをとる」

「下司《げす》野郎が」

「その〝下司野郎〟というのは、わかりました、やりますという意味だな？」

「ああ、そうだよ、下司野郎め。やるよ」

すぐに長いケーブルをつけた電話機が二台運び込まれ、一台がファウリーの前に、一台がわたしの前に置かれた。交換台で二台の電話機を接続し、ファウリーが会話を聞けるようにした。

相手の女性にたどり着くには少々時間を要した。メドフォードの電話加入者のリストにはショートという名はなかった。交換手に甘い言葉をささやいて、ショート家の隣の住人につないでもらった。その人物の話によると、ショート家では二階を人に貸していて、その貸間に住んでいる人は確か電話をひいているはずだということだった。間借り人の電話番号をつきとめて電話すると、しばらくしてミセズ・フィービー・ショートが電話口に出てきた。わたしは《エグザミナー》の記者と名乗った。

「ええ、はい、うちにはエリザベスという娘がいますけど」中程度の高さの声で、ニューイングランドなまりがかすかに混ざっていた。その快活な調子から、娘の死の知らせはまだ届いていないのはまちがいなかった。

「その娘さんは今、カリフォルニアにいらっしゃるのではありませんか？」わたしは尋ねた。

「ええ、そうよ。あそこにはしばらく前からときどき行っているのよ。なんとか映画の世界に入りたいと思っているのでね」

リチャードソンはファウリーの隣にすわり、部下がメモをとるかたわらで聞き耳を立てていた。彼の目は――動きの遅いほうも含めて――ハロウィーンのカボチャに仕込んだろうそくのように輝いていた。狼男の犠牲者は映画スターの卵だった！　下司野郎の編集長にしてみれば願ったりかなったりではないか。

「ミセズ・ショート」わたしは言った。「お嬢さんがこちらのミス・コンテストで優勝なさったのです――ミス・サンタバーバラに」

「まあ！　すごいじゃない……もっとも、驚いたと言ったら嘘になるけれど。あの子はあんなにきれいなんだから。今までにもそういうコンテストに優勝したことはあるのよ。このメドフォードを手始めにね。それから戦争中にクック基地の売店で働いていたときもそうだったわ。〝今週のかわいこちゃん〟に選ばれたの」

ファウリーは必死でメモをとり、リチャードソンはにんまりしていた。

「あの子は若いのにとってもまじめなのよ」母親は興奮したようすで話しつづけていた。「お酒も飲まず、たばこも吸わず……」

ただ、未成年のときに飲酒でつかまり、太腿にタトゥを入れていただけだ。

「娘さんはどのくらい前からハリウッドに？」

娘自慢の口調に、わずかに当惑したような響きが加わってきた。「わかってもらえるかしら。こっちでは昔からずっと、誰もが口をそろえてエリザベスは美人だと、生まれながらの映画スターだと言っていたのよ」

「そうなんですか？」

「あの子はメドフォード高校を三年生のときに中退したわ。もちろん、女優になる夢を追求するというのは退学の理由の一部にすぎなかったけれど。見るからに健康そうだから想像もつかないでしょうけれど、あの子は小さい頃からずっと喘息を患ってきたの。ほかの肺の病気もね。

だから陽気のいい場所にいるほうが体のためにもいいの。しばらくフロリダにいたこともあるのよ」

エリザベス・ショートがこれまでに滞在した場所に関する話には深入りしたくなかった。〝陽気のいい〟シカゴも含まれているからだ。そこで母親を誘導してハリウッドの話に戻らせた。

「こちらに来てから、お嬢さんは映画に出演しましたか？」

「小さな役で何回か――なんと言うんでしたっけ、あの通行人や何かの役は？」

「エキストラ？」

「そう、エキストラ。娘はエキストラで映画に出たの」

「お嬢さんは昔から演技することに興味を持っていたのですか？」

「あの子は小さい頃からずっと映画の虜《とりこ》になっていたのよ」母親のおしゃべりは続いた。「それはたぶん、わたしの手柄だと思う。それとも責任と言うべきかしら？」

「つまり、お母様は映画ファンで？」

「ええ、もう。昔から映画が大好きで。ほんの小さい頃からベティと下の娘のミュリエルを映画に連れていっていたわ。週に二回も三回も。ベティはディアナ・ダービンに似ているって、みんなに言われるのよ」

「確かにそっくりですね」

「ベティのもうひとりの妹のジニーも、とても才能があるのよ。オペラの勉強をしているんだけど。ふたりはラジオを聴くとなったら必ず喧嘩よ――ジニーは例の髪の毛の長い人が作ったような音楽を聴きたがるのに、ベティはポピュラーソングが大好きで。そのミス・サンタモニカのコンテストでは特技も審査の対象になったのかしら？　娘はダンスをした？　ベティはダンスがすごく上手なんだけど」

「ああ、いや、わたしはコンテスト会場には行かなかったもので。ミセズ・ショート――ベティと連絡をとりたいのですが。一番最近の住所をご存じありませんか？」

「なんだかへんな話ね。娘が美人コンテストで優勝したのなら、当然あなたは住所を知ってる――」

「お嬢さんの名前は商工会議所から聞いたんです」わたしは口から出まかせで言った。自分がどれほどの嘘つきか思い知らされた。「そこがコンテストを後援していたので。ただ、マスコミ用の発表資料から住所が落ちてしまっていたんです」

「最近の住所は知らないわね――サンディエゴにいたのだけれど。少なくとも二週間前まではね」

リチャードソンがわたしの顔を見てうなずき、声に出さずに「いいぞ、いいぞ」と言っていた。

「でも、もうハリウッドに戻っていても驚かないわ」母親は言った。

「どうしてです、ミセズ・ショート？」

「あのね、エリザベスが言うには、サンディエゴに行ったのは映画のユニオンがストライキに入ってしまったからという、ただそれだけの理由だったんですって。映画関係のところは全部店を閉めてしまっていたそうで。でも、娘はもうすぐハリウッドに戻る。それはまちがいないわ」

「どうしてですか？」

いかにも誇らしげな口調でミセズ・ショートは言った。「ベティはもうすぐスクリーンテストを受けるの」

「ほんとうに？　どこの映画会社かご存じ？」

「映画会社じゃないのだと思う。娘は相手は監督だって言ってたから。有名な映画監督だって」

「ほう、それはすごい。その監督の名前はお聞きですか？」

「いいえ——ただ、すごくすごく有名な監督だっていうだけ。〈ハリウッド・キャンティーン〉で知り合ったんですって」

「ああ、娘さんは〈キャンティーン〉で働いていらしたんですか？」実はそのことはもう知っていた。ベスから聞いたのだ。〝有名な映画監督〟のことも。ただ、そのことはまだ誰にも話してなかった。

「正式にあそこの従業員になったわけではないと思うの。でも、ジュニアホステスのリストに名前が載ってるって、娘は言ってたわ。そして、あそこで食事ができるんですって。無料でね。ときどきらしいけど」

「〈ハリウッド・キャンティーン〉ね。それはすばらしいじゃないですか。そうやって兵士たちの支えになっているなんて」

ミセズ・ショートは軽く笑った。「話しても別にあの子の恥にはならないと思うけど、うちの娘は制服姿の男性に弱くて」

「最近じゃそういう若い女性はおおぜいいますよ」

「それはそうね……」ここで相手の口調が暗くなった。「……エリザベスは陸軍航空隊の少佐と婚約していたの。それも三年近い間。ところが、その人が勤務中の事故で亡くなってしまって」

「それはお気の毒なことを。ところで、ええ、娘さんがサンディエゴでどこに滞在しておられたか、ご存じありませんか？」

「言ったでしょう。今はもうあそこにはいないだろうって」

「娘さんがサンディエゴを離れたあとで、連絡がありましたか？」

「いえ、ないわ——でも、あの子を泊めてくれていた親切な人たちが、あの子の移動先の住所を知っていると思うわ……ちょっと待って、手紙を探してみるから……このまま待っていてもらってかまわない？　だって、長距離電話で、すごくお金がかかるでしょう？」

「かまいませんよ。どうぞ手紙を探してきてください。お願いします」

「わかったわ」

受話器を置いたミセズ・ショートが、間借り人に興奮したようすで話しているのが聞こえてきた。エリザベスがハリウッドで美人コンテストに優勝したのよ。

「ヘラー」リチャードソンが言った。「みごとな腕前だぞ」

「おれのケツにキスでもしろよ」

「してやるよ。今の住所を聞き出したらな」

しばらくして、ミセズ・ショートが電話口に戻ってきた。「みつけたわよ！　ちょっと手紙を読み返してみるわね。そうすれば記憶が戻ってくるから……娘はサンディエゴの海軍病院でパートの仕事をしていたの。ドロシー・フレンチという女の子の友だちのところに泊めてもらって。ドロシーのお母さんのミセズ・エルヴェラ・フレンチの家で、場所はパシフィックビーチ。サンディエゴの郊外よね、確か。鉛筆、お持ち？」

「ええ」わたしが答えると、彼女は住所を読みあげた。

わたしはファウリーとリチャードソンのほうを見た。受話器を手でおおって、言った。「ほら、住所を聞き出したぞ」

「よし、やれ」リチャードソンは言った。

「えっ？」

「あのことを話すんだよ」

「あんたってやつは、どこまで見さげはてた……」受話器に向かって、わたしは言った。「ミセズ・ショート、すみませんが、実は申しあげずにおいたことがあります。今、椅子にかけていらっしゃいますか？」

「ええ、すわってるけど——なんなの？　何か悪い話？」

「最初から正直に話さずに申し訳ありませんでした。相手がまちがいないか十分に確かめる必要があったものですから……あなたがエリザベス・ショートの母親にまちがいないと、同姓同名のエリザベス・ショートと混同していないかと……」

「あの子に何かあったのね？」

「申し訳ありません——実はそうなんです。若い女性が殺されました。火曜日の夜と思われます」

「ああ、神様……ああ、神様、なんという……」

「水曜の朝、遺体が発見されました」

「それは、つまり……殺されたの？　わたしのベティが殺されたというの？」

「その若い女性は、おたくのお嬢さんと思われるのですが、はい、殺されました」

「確かに……確かにベティにまちがいないの？」

「髪は黒で、体重は百十五ポンド程度、身長五フィート五インチで、ブルーグリーンの目に白い肌の美人です」

「そんな娘はハリウッドにいくらもいるでしょう？　その女性は背中に傷跡があった？　エリザベスは肺の手術の跡が背中に残っているのよ——小さいときに胸膜炎を患ったの。それで肋骨を一本切除しなければならなかったのよ。その女性に傷跡がなかったら、だったら——」

「お気の毒です、ミセズ・ショート。被害者にはそのような傷跡があります」

「ああ、どうしよう……ああ、どうしよう」

彼女は泣きだした。

「ミセズ・ショート、お気の毒ですと申しあげるほかありません。はじめにだますようなことを申しあげたこと、お詫びいたします」

突然リチャードソンがわたしのうしろに立っていた。ファウリーの隣から移ってきたのに気づかずにいた。驚いた。映画のジャンプカットのようだった。

手で受話器をおおうと、かがみこみ、わたしの耳に口を寄せて猛烈な早口でささやいた。「めいっぱい同情的なことを言え——一緒に泣け——《エグザミナー》からもお悔やみ申しあげると。うちが葬式の費用を出すと言え。彼女と娘たちをこちらに呼んでやると。費用は全部うちが持って……」

「自分で言えよ」わたしは彼の手から受話器を引き離した。「ミセズ・ショート、もう一度心からお詫び申しあげます——こちらの編集長からお話ししたいことがあるそうです」

彼に受話器をわたすと、椅子から立ちあがり、すわれと合図した。

彼はすわり、まったくリズムを乱すことなく、言葉巧みに話を続けた。「ミセズ・ショート、《ロサンゼルス・エグザミナー》のジェイムズ・リチャードソンです。このまま電話を切らずにいてくださいますか？ たいへんな悲劇に直面された奥様のために、わたしどもでできるだけのことをして差しあげたいと思いますので……このままお待ちいただけますか……ありがとうございます」リチャードソンは手で受話器をおおった。「ヘラー、ファウリーと一緒にサンディエゴに行け。大急ぎだ」手帳を手に、すでに立ちあがりかけていたファウリーに、彼は言った。「今のメモを整理部員にわたしていけ。住所だけ控えていけばいい。第一線の記者なら、それだけあれば十分だろう、ビル？」

「まあ、そうですね」ファウリーは言い、わたしは彼のあとについて会議室を出た。リチャードソンはバターを融かしそうな声音で、エリザベス・ショートの母親をなだめ、なぐさめ、あやつっていた。

騒々しい編集室を抜けていきながら、ファウリーは言った。「編集長があの女を言いくるめて、こっちに出かけてくるように仕向けたら、当分の間彼女が警察と接触しないようにしておいて、山ほど手がかりを引き出すことができるぞ。うちのボスはなかなかのものだろう？」

「やり手だな」わたしは言った。

それから彼を待たせてトイレに行き、朝食に食べたものを吐いた。


ロサンゼルスの郊外は、どこが境ともわからぬままに、やぐらが林立する油田地帯の荒涼たる風景へと移り変わっていくが、そこが今は急速に野菜農場と果樹園に変貌しつつあった。その少し先でハイウェイ一〇一号線は海に出る。青く輝く美しい海面とみごとな対照をなす海岸線は岩がむき出しで、灌木《かんぼく》の茂みが点々とする丘が連なる中、ところどころに農地やリゾート施設が姿を見せていた。

その日の朝はよく晴れていたが、空気はひんやりしていた。海岸線を走るサンディエゴまでのドライブは——今回もファウリーが運転する四七年型の青のフォードだ——相棒がどんな人間かを考えれば、ありがたいほど快適だった。

「とんだハネムーンになっちまったな、ヘラー」ファウリーが言った。帽子をあみだにし、口の端にたばこをくわえ、開けた窓から吹き込む風になぶられている。

「おれがこっちでも少し仕事をすることは、ペギーも承知の上だったから」

「美人だな。あんたも運がいいよ。気だてもよさそうじゃないか。理解があるってタイプか？あんたの稼業じゃいろいろおかしなことが起こるものだとわかっているわけか？」

「それは彼女も理解しているよ」

それどころか彼女はわたしを許してくれた。夜中にベッドの彼女の横にもぐりこんでいったわたしを。そしてわたしも彼女を許した。それどころか、また愛し合った。激しく、がむしゃらに求め合い、クライマックスに達したときには赤ん坊のように泣きわめいていた。たぶんわたしたちにはそれが似つかわしかったのだろう。子供を堕ろしたがっている妻と、その妻を殺すと脅す夫という新婚カップルには。

今朝早く、彼女を見送った。ホテルの売店で買った花を贈り、ハリウッドではじめての映画撮影の初日がうまくいくようにと祝福した。メイクなしで、ターバンをかぶり、ボーイッシュなコットンのTシャツにグレーのパンツという彼女は、とびきり美人に見えた。

「傷つけ合うのはもうやめましょう」彼女は言った。

「約束だよ」

彼女にたっぷりキスし、撮影所差しまわしのリムジンまで送っていった。

「なあ、どうなんだ、ネイト?」ファウリーは言った。風の音と、雑音混じりのフランク・シナトラの歌声に負けまいと声を張っている。シナトラの曲は〝おれの結婚相手《ザ・ガール・アイ・マリー》〟——結婚生活についてのアドバイスを彼に求めるのはお門違いだろうに。

「どうって、何がだい、ビル?」

「パートナーのルビンスキーはどう言っているんだ? ヒットラーのパパのコンドームが破れて以来の大事件に〈A-1探偵社〉がかかわることになって」

わたしはうなった。「われわれでこの事件を解決することが大事だって、彼は考えているよ。このことがプラスの宣伝になるようにするためにはね」

「おれたちで解決できるさ。だってそうだろう。警察がおれたちの先を行けるわけがないじゃないか」

「そうだろうな。《エグザミナー》があんなに手がかりを抱えこんでいて、子供に小遣いをやるみたいにちびちび渡しているのではな」

「そりゃあ言いすぎだろう」

「いずれは《エグザミナー》の記者にふさわしいデリケートなものの言い方を身につけるべく精一杯努力しますよ。それはともかく、少なくともハリー・ザ・ハットはまともに仕事のできる警官だぞ」

「それはつまり、〝ハット〟はおれたちの肩越しにのぞきこんで見るだけの知恵があるということだろう。だけど、あいつは例外だよ」ダッシュボードのライターで、ファウリーは新しいたばこに火をつけた。「ロサンゼルス市警のおまわりの半分はミッキー・コーエンのポケットの中だ。で、残りの半分はジャック・ドラグナに飼われている。おまけにここの刑事たちときたら、ミシシッピ川のこちら側ではだんとつの間抜けどもなんだ」

「聞いたことあるだろうけれど、シカゴにも腐敗警官はごまんといるんだよ」

「うん、そうだな。だけど、間抜けな腐敗警官じゃないだろうが！」ファウリーは教え諭すように指を一本立てて言った。「未解決の殺人事件の件数は、対人口比で言うとロサンゼルスがアメリカの大都市の中で一番なんだ」

「ファイナス・ブラウンみたいなのが殺人課にいるんじゃ、それも不思議はないな」

ファウリーはわたしに顔を向けて、にやりとした。「サド・ブラウンって知ってるか？」

「刑事部長だろ？」

「そのとおり——ファット・アスはやつの弟さ」

「まさか！　サド・ブラウンといえば優秀で正直な警察官として有名じゃないか！」

「そうだよ、ネイト。で、やつの弟はミッキー・コーエンの賄賂分配係だ。たまげた話だろう。不思議なのはな、ロサンゼルスでも制服警官はまっとうなのが多いんだ。両手で探って、てめえのケツもみつけられないのは私服刑事たちで」

「どうしてなんだ？」

「そうだな、たとえば白バイの警官だ。あれになるにはたいへんな試験に合格しなければならない。めちゃめちゃむずかしい試験なんだ。それから、警察では制服警官に大学の聴講生になることを奨励している。犯罪学の勉強をさせて、おかげで警察の仕事はずいぶん効率があがっているんだよ。それがひらの警官たち……で、お偉い刑事になるには？　試験なんかない。ただ任命されるだけ」

「任命の根拠は？」

ハンドルを両手でつかんだまま、ファウリーは肩をすくめた。「刑事たちのお友だちの輪にしっくりなじむかどうか。それと、保釈金保証業者や刑事訴訟専門の弁護士と取引関係があるかどうか。コーエンのポケットの中にいるのは、そういう刑事たちだよ。というかコーエンか、さもなければドラグナのな」

またコーエンとドラグナか。ファウリーの口からこの名前が出るとは不思議だ。前の晩、ロサンゼルスの仕事のパートナー、フレッド・ルビンスキーに電話して、うちの事務所と《エグザミナー》および〝狼男殺害事件〟とのかかわりについて、差し障りのない範囲で話をしたのだが、そのときフレッドもこのふたつの名前を口にした。

「あんたの言うことに一理あるかもしれない」フレッドは言った。「被害者の口が切り裂かれていたという点に関してだが。ここの警官も新聞記者も、おれたちとちがってシカゴを知らない。つまりそういう傷がつけられていることの意味に気づかないんだ」

「口を耳から耳まで切り裂かれていたら、おしゃべりがすぎたぞという意味に決まっているじゃないか。そのくらい誰にだってわかるさ」

「いいか、よく聞けよ、ネイト。死体が発見された空き地は、ジャック・ドラグナの自宅からほんの二、三ブロックのところなんだ」

「えっ？　ほんとか？」

「ああ。やつはライマートパークの住人の中じゃ有名人だ」

ジャック・ドラグナは〝カリフォルニアのカポネ〟と呼ばれる男だ。本名をアントニー・ロゾッティというドラグナは、典型的な禁酒法時代のギャングのボスだった。ロサンゼルスのイタリア人街で、酒の密売にギャンブル、売春を仕切っていた。四〇年代はじめにはニッティもこの男と取引していた。その頃にウィリー・ビオフとジョージ・ブラウンが映画のユニオンに影響力をおよぼすようになったのだ。

思うにドラグナは――わたしはまだ会ったことがなかったが――二、三年前にベン・シーゲルがロサンゼルスに進出してきたことに憤慨していたのだろう。東海岸のボスのマイヤー・ランスキーとラッキー・ルチアーノが、知らぬ顔でシーゲルを彼に押しつけ、カリフォルニアのドンのなわばりを臆面もなく荒らしたのだから。そして数か月前に、今ではラスベガスのホテル兼カジノ〈フラミンゴ〉に専念するようになったシーゲルの代わりにロサンゼルスの商売をまかされたのが、元ボディガードのミッキー・コーエンだった。なりは小さいが小粋な伊達《だて》男、少々頭が弱いのが玉に瑕《きず》という男だ。

「コーエンとドラグナは商売仲間なのか？」わたしはフレッド・ルビンスキーに尋ねた。「それとも商売敵《がたき》？」

「噂では」フレッドは答えた。「ドラグナはミッキーの裏をかこうとしているらしい。もっともすべては闇の中だが。あんたはミッキーは少し知っていたよな？」

「まさに少しだけどね。シカゴの頃から知ってはいた。二、三か月前にベン・シーゲルにあらためて引き合わされたんだ。トニー・コーネロのカジノ船で」

「ああ、惜しくも沈没した〈ラックス号〉か」フレッドは言った。「いや、ミッキーは〈シェリーズ〉の常連なんだ。小柄な、愛想のいい男だよ。ギャングにしてはね。彼とはもっと知り合いになったほうが、あんたのためにもなるよ」

「ミッキー・コーエンがあんたの店をひいきにするのは結構だと思うよ。でも、彼が〈A－1〉の客になるのはどうかな。うちではすでにベン・シーゲルの貸し金の取り立てなんて仕事を引き受けてしまっているし、おれのいわゆる〝カポネ＝ニッティ・コネクション〟のおかげで評判に傷がついているんだ」

「コーエンはそういう類のギャングじゃない。賭元なんだ」

「なるほど。それで商売敵の賭元を次々に消している？」

「それはおれの知ったことじゃない。〈シェリーズ〉で撃ち合いをおっぱじめない限り、おれには関係ないことだろう？」

「あんたはどう見る、フレッド？　密告屋を示す傷をつけられた女の死体がドラグナの自宅のすぐ近くに捨てられていたわけだろう」

「コーエンのドラグナに対する警告の可能性がある――あるいはドラグナのコーエンに対する。どっちも成り立つな」

「ミッキー・コーエンと話をする必要があるかもしれないな」

「ネイト、その件ならおれが役に立てるよ」

「フレッド、また連絡するよ」

海に臨む崖にブーゲンビリアが咲き乱れるドヒニー公園を通りすぎたところで、ファウリーがいきなりエリザベス・ショートに関する自分の考えを披露しはじめた。

「まさに完璧なハリウッド物語だな」ファウリーは言い、ラジオからはペリー・コモの歌う〃愛の虜《プリズナー・オブ・ラブ》〃が流れてきた。「小さな町の出身の娘が、美人コンテストに優勝して、栄光を求めてやってきた……そして悲惨な結末となった」

「彼女の目標は映画スターになることではなかったんじゃないか？」

「何言ってんだい。おふくろさんの話を聞いたじゃないか――まさに典型的な映画スター病さ。昔から相も変わらぬ、スクリーンの名声を追い求める、目に星がきらきらというタイプ」

「目に星と横縞《スターズ・アンド・ストライプス》だろ」

「ええっ？」

「エリザベス・ショートは制服の男に弱かった」わたしは言った。「これもおふくろさんが言ってたことじゃないか」

ファウリーは肩をすくめた。「それはそうだけど、女優志願の女の中には兵隊に弱いビクトリーガールがおおぜいいたぜ。戦争中はな。あんた、兵隊に行ったんだよな、ヘラー？　海兵隊だっけ？」

「ああ」

「おれは沿岸警備隊だった。なあ、海兵隊にはおよびもつかないがな、おれたちだってドイツの潜水艦を二回撃沈したんだぜ。二回とも輸送船団の護衛をしていたときだった。それでな、おれのお粗末な沿岸警備隊の制服すら、女たちにはまるで魔法みたいに効いたんだ。おれは新婚旅行に出かけたモルモン教徒よりベッドの相手に恵まれていたぞ」

「その話はスライドショウつきじゃないのか？」

「なんの話か、わかるだろう。あのビクトリーガールたちときたら——エリザベス・ショートもそうだったわけだが——制服が目に入ればそれだけで十分だった。勲章が一、二個ついていたり、明日戦地に送られるなんて悲しい話があれば、それで決まり。さっさと仰向けになって、脚でVサインを——」

「そこだよ、ビル。あの娘は映画の世界に入り込もうと努めるよりも、兵隊の相手をして過ごした時間のほうが多かったと思う。まわりの者は口をそろえて、彼女くらい美人なら映画スターになれると言ったのだろうが、本人がほんとうに欲しかったのは亭主だったんじゃないかな」

「マイホームに白いフェンス、おおぜいの子供たち……そうかもしれんな。そっちの線でも行ってみよう。ハリウッドの話に新鮮味がなくなってきたらな」彼は首をふり、呆けた顔でにやりとした。「〈モカンボ〉事件を思い出すよ」

「〈モカンボ〉事件？」

「ああ、例の豪勢なナイトクラブに強盗が入ったんだ。ずっとその事件を追っていたんだけど、そこへ今度の〝狼男〟が登場して、退屈な人生に活を入れてくれたわけさ」

「その事件の記事は読んでいなかったんだ。話してくれないか」ほかにすることもなかったのだ。車は白い化粧漆喰の壁に赤い屋根の家の並ぶ、サンクレメンテのスペイン村ふうの町を通り抜けるところだった。

強盗事件があったのは前の週の、一月六日月曜日だった。豪華絢爛たる〈モカンボ〉――ほとんどすべてのハリウッドのスターたちの一番のお気に入りの店だ――が武装した強盗団に襲われたと聞くと、銃を手にした男たちが夜の闇から現われて、また闇の中に消えていったというイメージが浮かんだ。毛皮をまとった美女や、タキシード姿のハンサムな男たちがふるえあがる中、豪華な店内に荒っぽい声の命令が響きわたる。

だが実は、事件があったのは午前十時半で、〝大胆不敵な白昼の強盗事件〟の犯人は、フェルトのスローチハットをかぶり、レインコートを着て、銃を手にした三人の男たちだった。三人は裏口から入り、四人の従業員（うち三人が女性だった）を狭いオフィスに閉じこめて、落ち着いたようすで金庫を開けると、現金で一万五千ドルと一万ドル相当の貴金属類を持ち去った。現金は店の週末の売り上げで、貴金属はビバリーヒルズの宝飾店の展示品だった。犯人の一人は身長が六フィート四インチもあり、顔がにきびの跡だらけだった。だが警察がその後逮捕した四人の容疑者の中に、その特徴に当てはまる者はいなかった。

「黒幕はボビー・サヴァリーノという男だ」ファウリーは言った。「ほかに三人逮捕されている——どうやら何件も立て続けに起きた強盗事件はこいつらの仕業らしいんだ——警察では一連の銀行強盗もこいつらがからんでいるのではないかとにらんでいる。そのうち一件では窓口係が撃たれたんだが」

「あんたがさんざん馬鹿にしているロサンゼルスの警察が、どうしてその連中を逮捕できたんだ？」

「確かサヴァリーノとやつの相棒は——そいつの名前は忘れてしまった——何かこの事件とは関係のない些細な窃盗罪で引っ張られて、面通しさせられたんだ。〈モカンボ〉の従業員たちが顔をおぼえていた」

「なんだか不思議な話だな、ビル。気を悪くしないでほしいが、でも、兵隊とすぐ寝るビクトリーガールの話で、どうして〈モカンボ〉の強盗事件を思い出すんだ？」

ファウリーはにやりとし、背中をのばして、ハンドルを抱きかかえるようにした。「そのサヴァリーノって野郎がさ、半分天才の、百パーセント馬鹿ってやつなんだ。逮捕されると、心証をよくしようとして、判事に自分は戦争の英雄だと言い立てたんだよ。それもただの英雄じゃない、名誉勲章を授与されたというんだ」

「ほう？」

「そうなんだよ！　書類も持っていた——退役証明書には、この人物は欧州戦域においてもっとも数多くの勲章を授けられたと書いてあった」

「オーディ・マーフィ（第二次大戦中に多くの勲功をあげ、戦後映画界入りした俳優）には知らせたのか？」

ファウリーは鼻を鳴らした。「まあ、聞けよ。書類によれば、われらが武装強盗は名誉勲章をハリー・トルーマン大統領から直々《じきじき》に授けられただけじゃない、殊勲十字章に銀星章に青銅星章にと、おぼえられないほどの勲章をもらっていた」

「で、それが嘘だったのか？」

「真っ赤なね。ワシントンの陸軍省に電話一本。そんな野郎のことは聞いたこともないという返事だった」

わたしは笑った。「あんたらのおかげでお楽しみをふいにされる前に、そいつも少しは楽しんだんだろうな」

「そうだと思うよ。小柄だがなかなかの曲線の赤毛の女房がいるんだが、その女はやつの話を信じていた。おれが取材してたら、やつは笑い出して、確かに女にもてもてだと認めたよ。戦争の英雄と言えばいちころだったって……おれは頭に来たね」

「女をだましてものにしようとする男を、あんたが非難しようっていうのか？」

「おい、ネイト、おれだってこの男よりは良心的なくらいだぜ。つまりな、そのサヴァリーノの女房ってのが、実にいい女なんだ。おまけに妊娠八か月か九か月ってところ。なのに、その野郎は外で女のケツを追っかけまわしていやがった！」

わたしは肩をすくめた。「だって、プロの泥棒なんだろ」

ファウリーはため息をついた。「まったく性懲《しょうこ》りもない野郎でな。おとといのことだけど、今度はある情報と引き替えに釈放してくれと警察に持ちかけたんだ。その話ってのが、また傑作で」

「どんな？」

「何週間か前に、二千五百ドルの報酬でミッキー・コーエンを殺さないかと持ちかけられたっていうんだ」

わたしはさっと緊張した。「なんだって？」

「そうなんだよ。サヴァリーノの言うところでは、やつも仲間もその誘いは断わったそうだけど……つまり、われらがボビー・サヴァリーノは嘘つきの泥棒かもしれない。でも、ボビーも彼の仲間も人殺しなんか絶対にしないってこと」

「つまり、その……サヴァリーノは、コーエンを消したがっている連中の名前を材料に警察と取引しようとしているわけか？　教える代わりに——」

「情状酌量しろとか、刑を軽減しろとかいうわけさ。ただ、きのうになってやつは態度を変えて、口をぴったりと閉じてしまったそうだ。遅まきながら少しは頭を使いだしたわけだ。そもそも誰かコーエンを消したがっているやつがいるとして、それはたぶんジャック・ドラグナだろうが、どうしてドラグナほどの男がサヴァリーノとその仲間みたいな組織の一員でもない、ちんけな小悪党を使ったりするんだ？」

それはドラグナはコーエンと協力しろと命ぜられているからだ。外部の者に暗殺を請け負わせれば、東部のボス連中——マイヤーにバグジーにラッキーとその仲間たち——の怒りを買わずにすむからだ。

「それに」ファウリーは言いながら、ぎりぎりまで吸ったたばこを窓の外に放り捨てた。「ドラグナに関する情報をロサンゼルスの警察に売るなんて馬鹿なこと考えるやつがいるか？　この街の警官の半分がドラグナからお小遣いをもらっているのを知らないっていうのか？」

「知らないんじゃないか？　そいつらは地元の人間なのか？」

ファウリーは片方の肩をすくめて見せた。「もともとは東部の出だと思う。でも、こっちに来てずいぶんになるから、あれこれ知っててておかしくないはずだ」

「じゃあ、あんたの言うとおりなのかな。そいつは大馬鹿なんだ」

「いや、サヴァリーノってのはなかなかしゃれた、ハンサムボーイなんだぜ。一度見てみろよ。おととい の新聞に出てるから……興味があるなら、モルグを見てみな」

ファウリーが言っているモルグは、裁判所の地下にある死体置き場のことではなく、車の後部座席のことだった。彼はそこに少し前からの《エグザミナー》を積んでおいて、そのとき担当している事件についての参考資料として使っているのだった。

すぐに一月十四日の新聞がみつかった。めくってみると、三ページに写真があった。セントラル署の壁際に立たされた写真だった。浅黒く、あごの先にくぼみのある長身の美男子ボビー・サヴァリーノが、こちらを見て気取ったようすでにんまり笑っていた。さしずめ裏社会の黒の習作といった格好だ——黒いスポーツジャケットの下に黒いシャツ、カールした黒い髪に、きらきら光る黒い目。サヴァリーノの隣に彼の共犯が立っていた。小柄な男で、しわだらけの明るい色のスポーツコートを着て、ゆがんだシャツの襟のまわりにしわくちゃの黒っぽいネクタイをゆるく巻いている。ヘンリー・ハッソウだ。まるで真夜中にいきなりテントから引っ張り出されたラクダ商人のようで、黒い目に驚愕の色を浮かべていた。幅の狭い顔は頰骨が突き出ていて、鉤鼻だった。まばらな口ひげともじゃもじゃのあごひげという結構な飾りがついて、いっそう男ぶりがあがっていた。

「この男っぷりなら」昼のメロドラマの主演男優のようなボビーの顔を指さして、わたしは言った。「女をものにするのに戦争の英雄のふりをする必要はないだろうに」

「ああ、ちゃんといいものを持っているのにな。こいつはとことん強欲な小悪党なんだ。こいつを見てると、沿岸警備隊で一緒だった男を思い出すよ。縛り首になったけどな、そいつ。まるで……」

おしゃべりファウリーが話題を変えたので（主題はそのままとしても）、そしてラジオではダイナ・ショアが〝シューフライパイ・アンド・アップル・パイ・ダウディ〟を歌いはじめたので、わたしはその両方を頭から追い出した。

《エグザミナー》の記事（〝賭元に暗殺指令〟）の意味するところを、わたしは必死で考えていた。これはつまり、自称戦争の英雄というハンサムボーイが、火曜日にギャングのボスのジャック・ドラグナを脅していたということではないか……

……そして彼は知った。今のわたしが知っているのと同じように。翌日の水曜日に、ドラグナの家のすぐ近くの空き地で美女の死体が発見されたことを――密告者への見せしめの傷をつけられた死体が。

9

パシフィックビーチは、サンディエゴのすぐ北の郊外に位置する小規模農場とリゾート施設が点在する地域だが、海軍のベイビューテラス住宅計画が実施された場所でもあった。どれも同じプレハブ住宅が一面に並ぶ団地は、戦争中に海軍工廠《こうしょう》の労働者とその家族を収容するために作られたものだった。計画的に建設された住宅群の取り柄と言えば、芝生が青々としているだけでなく真っ平らだということと、小さな白塗りの段ボール箱のような家の壁が少なくとも段ボールよりは厚そうだということだけだった。カミーノ・プラデーロ二七五〇番地のミセズ・エルヴェラ・フレンチの住まいは、そんな家のひとつだった。

ファウリーが呼び鈴を鳴らした。小さなコンクリートの玄関ポーチに立っていると、かすかにくぐもった電気掃除機の音が聞こえた。二度目に鳴らしたベルの音も、フーバー社製のマシンの轟音にかき消されてしまった。そこでドアに近づき、数回拳で叩いた。聞こえるように強く、ただし願わくば家を叩き壊してしまうほど強くはなく。

掃除機が止まり、ドアが開いた。スクリーンドア越しに、ほっそりした、ハニーブロンドの女性の姿が見えた。年齢はたぶん四十五ぐらい、白いコットンのブラウスに、ブルーデニムのペダルプッシャー（くるぶしまでの丈の女性用ズボン）という服装で、少し長くした髪をポニーテールに結っていた。化粧気はなかったが、チャーミングだった。わたしたちをにらみつけていたにもかかわらずだ。青い目、リンゴのような頰で、額に汗が浮いていた。

「あなたたち、そこに書いてあるのが見えないの？」彼女は言い、スクリーンドアの枠にはさんであるカードを指した。手書きの字で〝セールスお断わり〟と書いてある。

「セールスではないんです、奥さん」ファウリーが言った。「《ロサンゼルス・エグザミナー》の者です」

「あら！」しかめていた顔が今度は考え深げな表情に変わった。「でも、購読の勧誘じゃないわよね……ショートさんのこと？」

「はい、そうです。わたしはファウリー、こちらはミスター・ヘラーです」

女性は悲しげにため息をつき、首をふった。「どうぞ、入って。さあ、どうぞ」

ドアを開けてくれた。入ってすぐのところが、狭いがきちんと片づいた居間だった。電気掃除機をどけると、バラ色の分厚い生地を張ったユニット式のソファをわたしたちに勧め、自分はそのそばの同じデザインの椅子に腰をおろした。内装は家の主人の髪に似た薄い色合いで、クリーム色の漆喰を塗った壁をはじめ、徹底的にモダンなしつらえだった。

「ドロシーもわたしも新聞に載っていた特徴がベスにぴったりだと思ったの」まだ首をふりながら、彼女は言った。両手は膝に載せていた。「ドロシーって、わたしの娘ですけど……いずれ誰かが訪ねてくるだろうと娘と話していたのだけれど、正直言って、来るのは警察だろうと思っていたわ」

ファウリーはうなずいた。「まもなく警察からも何か言ってくるでしょう。ミセズ・フレンチ、《エグザミナー》とロサンゼルス市警は緊密な協力関係にありましてね。力を合わせて、犯人の狂人をすみやかに逮捕しようと努めているのです」

「そのためのお役に立てるなら、わたし、なんでもするわよ。なんでも。ねえ、たばこ、持ってない？」

ファウリーが立ちあがり、キャメルの箱をふって一本出した。彼女はそれをつまんで取り、ファウリーが火をつけてやった。消したマッチは薄黄色のエンドテーブルの上の幾何学的デザインの灰皿に捨てた。

ため息とともに煙を吐き出して、彼女は言った。「あなたたち、わたしをつかまえられたのは運がよかったのよ。今日はたまたま仕事が休みだったんだから。未亡人なの。夫が戦死して、国からいくらかもらっているけれど、それじゃ足りなくてね。海軍病院で働いているのよ。事務所で……休みは不定期なの」

「なるほど」ファウリーは言った。「確かエリザベス・ショートも海軍病院で働いていましたね」

ミセズ・フレンチは笑った。だが、すぐに自分を抑えた。「ごめんなさい……言っとくけど、亡くなった人を悪く言うつもりはぜんぜんないのよ。ベスは好きだったわ。欠点の多い子ではあったけれど。ただ、あの子は生まれてから一日も働いたことがないと聞かされても驚かないわね」

「母親に出した手紙には病院で働いていると書いてましたけど」

ミセズ・フレンチはまた笑った。鼻からたばこの煙がもれ出た。「それにも驚かないわ。ねえ、わたしの娘はわたしよりもっとずっと気がやさしいのよ。そういうわたしもやさしいほうだと思うわ。とにかく、わたしたち、はじめて会ったあの子をうちに連れてきて泊めてあげたのよ。一晩だけと言って。その一晩が一か月になったんだけど」

ファウリーは手帳を取り出し、必死で書き留めていた。

十二月のはじめ、エリザベス・ショートは、ミセズ・フレンチの娘のドロシーが案内係兼会計係として働いている〈アズテク劇場〉に現われた。

「ドロシーがあの子をかわいそうに思ったの」ミセズ・フレンチは語った。「〈アズテク〉は少し前までオールナイトの映画館だったのよ……ほら、映画館の入場料だけのお金で、一晩過ごせる場所が確保できたわけ。ドロシーは一目であの子には泊まる場所が必要だとわかったの。それに彼女はとてもきれいで、以前はもっといい暮らしをしていた人が運に見放されてそうなったみたいな雰囲気があったのよ」

ファウリーはうなずいた。「娘さんが見ず知らずの人間を連れて帰ってきて、どう思いました？」

「そんなに深くは考えなかったわ。住宅事情は悪いし、兵隊に行っていた男の人たちが帰ってきたために失業する女の子がたくさんいるし、ものの値段はぐんぐんあがるしで……わたしたちは家賃の上限が決められている家に住めているからまだ恵まれているのだけれど……すてきな女の子がなんとか自立できるように手を貸したっていいじゃない？」

「で、一日のつもりが一か月になったわけですね？」

「だいたいね。ベスは列車に乗り損なって、足止めを食ってしまったという話だったわ。それで一晩だけ、うちのソファで〝仮眠する〟ということになったの。最初の晩、一緒にコーヒーを飲んで、サンドイッチを作ってあげたの。そうしたら、実はお腹がぺこぺこで、住む場所がなくて、一文無しだってことがすぐにわかったわ。顔は青白いし、咳が出て、鬱血か何かあるみたいだった。今言ったように、わたしはもともと気がやさしいほうだし、あの子が夫を亡くしたという話になって――マット少佐だったか誰だったかが、インドで飛行機事故で亡くなったと聞いて、きっとあの子と自分を重ね合わせて考えてしまったんでしょうね」

「二、三日泊まっていきなさいと言った」

「ええ……息子のコリーが――十三歳なんだけど――ベスに夢中になってしまったみたいなの。彼女に甘い声で頼まれて、息子は放課後にバスでグレイハウンドのターミナルまで行って、彼女のスーツケースを取ってきたのよ。コリーが言うには、スーツケースはすごく重くて、石でも詰まっているのかと思ったって……でも、中身は服だった。それも高価な服ばかり。シルクにサテン。彼女がいつも着ていた黒のエレガントな服がどっさり」

わたしは言った。「彼女がスーツケースを持ち込んだのを見て、一晩だけ泊めるはずだった客が、しばらく滞在するつもりでいるなとわかったわけですね？」

ミセズ・フレンチはうなずき、ほんのかすかに苦笑いしながら、キャメルを吸った。その煙を吐き出しながら、彼女は言った。「本人はほんの一日か二日だけだと言ったけれど。誰かに電報為替で送るように頼んだお金が届くまでのことだと。それに、面倒をかけた分、わたしたちにお金を払うとも言ったわ……もちろん、わたしは〝馬鹿なこと言わないで〟と答えたわよ。

あなたはお客さんとして歓迎しているんだからって。確かに大歓迎だったわ」

ベスが家に来て二日目に、ミセズ・フレンチが昼食に帰宅すると、ベスはまだソファで眠っていたが、居間はまるでショウルームと化していて、派手な服や下着が——黒のレースの下着や、黒のシルクのストッキングまで——あたり一面に並べ立ててあった。

「部屋中に強い甘ったるいにおいがたちこめていたわ。彼女の香水だった。体につけただけでなく、服にもふりかけたのかと思うほどだった。わたしが部屋に入っていくと、目をさまして、遅くまで寝ていてごめんなさいとあやまった。前の晩は二時まで出かけていて、自分を雇ってくれるかもしれない人の相手をしていたのだとか言い訳してたわね……〈ウェスタン航空〉の求人に応募したという話だったわ」

夜更かしをして、次の日は昼まで寝ているというのが、この客の習慣になった。ベスは毎晩ちがう男と出歩いているようだった。「寄る辺のない哀れな身の上のわりには、あの子のまわりには彼女にあこがれる男たちがおおぜい集まっていたのよ！」そして翌日は昼まで眠り、午後はずっと黒のサテンのパジャマの上に、あるいは素肌に直接、黒地に花と龍の模様のある中国のローブをはおって、コーヒーをちびちび飲み、冷蔵庫の中身をあさり、手紙を書き、雑誌を読んで過ごした。あるいは服を出して、広げて眺め、ときどきアイロンをかけたりした。それから化粧をし、足の爪を赤く塗った。

「息子が家にいるときは、もう少しちゃんとした格好をしてくれるように頼んだの」ミセズ・フレンチは言った。「コリーは感じやすい年頃だから。きれいな女の人が裸みたいな格好で家の中をうろうろして、ローティーンの男の子に体を見せびらかしているというのは……そう、ちょっと許せる限度を超えていたわね」

ローティーンの男の子自身の意見はまた別だろうが。

「うちの居間を自分用の寝室にしちゃったの」ミセズ・フレンチは首をふりながら言った。「次にコリーをうまく言いくるめて、彼の寝室を自分のものにしようとした。息子にはソファで寝ればいいと言って。息子はすっかり乗り気だったわよ……でも、わたしが許さなかった。もうまるでふつうじゃない状態になってしまって。あの子はうちの息子を苦力《クーリー》みたいに——あら、変な言葉つかってごめんなさい——こき使って、香り付きの便箋だとか、映画雑誌だとか、あげくのはてには生理用ナプキンまで買いに行かせたのよ。わたしの息子に！」

「こんなことを言っては失礼かもしれませんが」わたしは言った。「さっさとかわいいお尻を蹴飛ばして追い出せばよかったのではありませんか？」

ミセズ・フレンチはまたため息とともにたばこの煙を吐いた。「ベスとドロシーがすっかり仲良しになってしまったの。コリーは彼女に夢中だし。彼女がラジオのスターのものまねをすると、息子はもう大笑い……」

おまけに彼女は裸みたいな格好で歩きまわっていた。

「……それに、わたしも、あの子を相手にキッチンのテーブルで、戦死した互いの夫のことを延々と話したのよ。あの子が言うには、今もそのパイロットをとても愛していて、そのために新しい相手を好きになることができないんですって。いくらたくさんの男性とデートしてもね。〝運命がもう少し親切なら〟というのが彼女の口癖だった。そうしたら今、自分はその少佐と一緒にどこかの小さな家で暮らしていただろうって……ここみたいな、すてきな小さな家で」

「仕事には就かなかったのですね？」ファウリーが尋ねた。

「ええ、ぜんぜん。海軍病院でも、航空会社でも、どこでも。面接は何度か受けた――少なくともそう言っていたけれど。でも、それだけ。だんだん気に障ってきた。クリスマスが近くなった頃にね。つまり、このわたしが自分の家で、足音を忍ばせて歩いているわけよ。こっちはこれから仕事に出かけるというのに、怠け者の若い娘を起こさないように気をつかっている。ほんとならさっさと起きて、服を着て、仕事を探しにいくべきなのに。だって彼女、どんなにお金が必要かってしきりに言っていたのよ」

「生活費はそんなにかかっていなかっただろうに」ファウリーが言った。「なんで金が必要だったんです？」

「それは言わなかった。ただ、〝ある特別なこと〟のためにお金を貯めなければならないというだけで」

たとえば妊娠中絶とか。相場は、ハリウッドだと――一流どころのもぐり医者にかかろうとしたら――五百ドルというところだ。

「わたしにわかるのは」ミセズ・フレンチが話していた。「誰かに何かおごってあげると言われて、あの子は断わったことがないってことね。そしてうちにいる間、絶えず手紙を書いて、ボーイフレンドや家族の人たちにお金をせびっていた。兵隊のボーイフレンドのひとりから、郵便為替で百ドル届いたことがあったわ。クリスマスの直前に。それからハリウッドの女優をしている友だちから二十五ドル送られてきた」

ファウリーが尋ねた。「で、奥さんの知る限り、彼女はその金をまったく使わなかったんですね？」

「ええ、お金はせっせと貯め込んでいたわ。ただ、クリスマスにはわたしたちにちょっとしたプレゼントをくれたわよ。〝恩返し〟のささやかな品を。ドロシーは、ベスがお金を貯めているのはスクリーンテストのための特別な衣装を買うためだと思っていた」

「スクリーンテストというと？」

「いえ、まあ、そんなものはなかったのかもしれないけれどね。とにかくハリウッドのこととなると、あの子は大げさなことばかり言っていたから。ストライキが終わったらあそこに戻って、〝小さな役〟から始めてだんだん大役をもらえるようにするって。あるハリウッドの大物が手を貸してくれることになっていると言い張るの——誰だか有名な映画監督が」

その話に興味をそそられて、ファウリーは身を乗り出した。「名前は言ってませんでしたか？」

「いいえ——ああ、言ったかもしれない。その有名人を指して、二、三度〝ジョージ〟とか〝ジョージー〟とか言ってたわ」

「もう一度お尋ねしますが」わたしは言った。「どうして追い出さなかったのですか？」

ミセズ・フレンチは眉を吊りあげた。「こちらから泊まりにくるように言った相手に、出ていってくれとは言えないじゃない！　結局彼女にパートの仕事の斡旋《あっせん》所の場所を教えたの。彼女は電話すると言ったけど、わたしは直接出向いたほうがいいと言った……しばらくして着替えて出かけていったけれど、職探しというよりデートに行くという感じだった。手袋に帽子にベールですもの。そのときは珍しくひとりで出かけたのよ。ドロシーとも、取り巻きの男性の誰かとも一緒でなく。ふだんはひとりで家を出るのを怖がっているみたいだった」

「怖がって？」わたしは尋ねた。「ほんとうに恐怖心をいだいていた？」

ミセズ・フレンチはうなずいた。「あのときは別に気にもとめなかったのだけれど、でも今になってみると……あの子があんな恐ろしい目にあったと知って……ベスは何かにおびえていたという気がするの。誰かが家を訪ねてくると、彼女は……そわそわしていたわ」

「そわそわして？」

「おびえていた――具体的なことは何も言わなかったけど。話をするといえば亡くなったご主人のことと、ハリウッドでの夢についてばかりで、それ以外は彼女……うち解けない人だったわ。とても礼儀正しいのだけれど、本心をさらそうとはしない。一度何を怖がっているのかと尋ねたことがあるのだけれど、〝金ぴかの町〟ハリウッドには頭のおかしい、あぶない人がおぜいいるんだっていうのが答だった。たとえば、ある女に追われてハリウッド・ブールヴァードを走って逃げたことがあるんだって。殺すと言って脅されたそうよ」

ファウリーが尋ねた。「いつの話ですか？」

「サンディエゴに来るすぐ前のことだと思うわ。ええ、そうよ。〝イタリア人のボーイフレンド〟のことを言ってたわね。その男が……恐ろしいとまでは言わないまでも、面倒なんだって。サンディエゴまでやってきたのは、その男から離れるためだったのかなと思ったくらい。ここに姿を隠そうとしているんじゃないかとまで考えたわ」

わたしは尋ねた。「そのイタリア人のボーイフレンドの名前は言っていましたか？」

「いいえ。ただ、とってもおかしなことがあったの――彼女がここを出ていく直前に」彼女は煙を吐きながら考えをまとめた。「家の前に茶色のクーペがとまって、男がふたりと女がひとり、玄関口にやってきたの。ノックして、待っていたわ。ベスは正面の窓からその人たちのようすをうかがって、自分の姿は見られないようにしていた。またノックされて――それでわたしは目をさましたの。昼寝してたのよ――急いで寝室を出て、玄関に行こうとした。ところがベスにとめられたの。必死の目をして、首をふって、だめ、だめ、だめって」

わたしは尋ねた。「あなたはその人たちを見ましたか？」

「よくは見なかったわ。男はひとりがもうひとりより背が高かった。ふたりともコートを着ていたわ。あれ、なんていうんだっけ、ああ、トレンチコート。帽子を目深にかぶって。映画のギャングみたいだった。女はブロンド――ちらっと見ただけだけど、毛皮のコートを着て、なかなかのスタイルに見えたわよ。ただ、顔つきは険しかった」

「歳はどのくらい？」

「二十代後半から三十代前半。正直言って、そんなによく見たわけじゃないのよ。もう一度会ってもわからないと思う。もしかすると、女はわかるかもしれないけれど。とにかく、ノックしても誰も出ていかなかったら、走って車に戻っていったの……変だと思わない？　走って車に戻って、さっといなくなったのよ」

「誰だったのか、ベスは何も言わなかった？」

「ええ――ひどく取り乱していて、その人たちのことはいっさい話そうとしなかった」

「それはいつです？」ファウリーが尋ねた。「だいたいの日付でいいですから、教えてくれませんか？」

「あら、日付なら正確におぼえているわ。あの子が出ていく前の日だったから——つまり、一月七日ね。わたしもとうとう限界だと思って、出ていってほしいと言ったのよ。見ればわかるでしょ。うちはとても狭いの。とにかくこの家に人が多すぎるって言ったのよ」

「彼女はどんな反応を？」

「礼儀正しかったと言うべきでしょうね。ほんとに、これは彼女のために言っておくべきでしょうけれど、わたしにお礼のプレゼントをくれたのよ。見たい？」

「ぜひ」

ほとんど吸いきったキャメルをガラスの灰皿に置いて立ちあがると、彼女は玄関近くのクローゼットのところに行った。ハンガーの上の棚から、帽子を取った。そうやって背伸びすると、デニムのパンツが引っ張られて、引き締まった形のよいヒップが丸見えになった。戻ってきて、帽子を見せた。

「〈レオ・ジョゼフ〉よ。いいなと思って見ていたら、ベスがくれたの。世話になったお礼にって。彼女、シカゴで帽子のモデルをしたことがあるのよ」

ファウリーがまた乗り出した。「シカゴ？」

ああ、くそっ。

「ええ、確か秋にあそこに行ったのだと思う。つまり、少なくとも一度は仕事をしたことがあるわけね。ああ、そうだ、彼女がここを出ていったときに一緒だった男の名前を知りたいでしょ？」

ファウリーは尻の穴に指でもつっこまれたのかと思うくらい背中をぴんとのばしていた。

「えっ？　ええ、もちろん！」

「たばこ、もう一本くださる？」腰をおろし、脚を組んで、彼女は言った。派手ではないが、実にいい女だった。亭主だった男は運がよかった——戦死したことを除けば。

滞在中にベスがデートした何人もの男たちのうち、ミセズ・フレンチの言うところの〝リピーター〟はひとりだけだった。

ロバート・〝レッド〟・マンリーという男で、フレンチ家に数回ベスを迎えにきた。〈ウェスタン航空〉に勤めていて（と本人は言っていた）、仕事に応募してきたベスと知り合ったのだった。ベスは就職できなかったが。十二月の中頃、ふたりは一週間ほど毎晩デートしていた。そしてミセズ・フレンチがベスに、カミーノ・プラデーロの家に滞在するのもそろそろ終わりにしてほしいと言いわたすと、夕方彼がベスを迎えにきた。

わたしは尋ねた。「何日だったか、おぼえてますか？」

「わたしにとっては記念すべき日だったもの。居間を取り戻せた日——一月八日よ。夕方六時頃迎えにきて、明るい色のクーペに彼女のスーツケース二個と帽子ケースを積みこんでいったわ」

「そのレッド・マンリーという男の風体は？」

「ちょっとハンサムよ——ひょろっとしていて、あだ名で想像がつくでしょうけど、赤毛。耳がちょっと飛び出ていたかもしれない。歳は二十五くらいかしら。おしゃれでね——ベスを迎えにきたときは茶のピンストライプのスーツを着ていたわ」

ファウリーが言った。「彼女はそのときどんな服装を？」

「彼女の言うところの〝旅行用の服〟――黒の襟なしスーツ。いい仕立てだったわ。それに白いフリルのついたブラウスに、白い手袋……ああ、それから、黒いクラッチバッグを持って、黒のスエードの靴をはいていた。そして、もちろん、シーム付きの黒のストッキング。ベージュのキャメルヘアのコートを腕にかけていた……ほかにお話しすることあるかしら？」

ミセズ・エルヴェラ・フレンチはすでにたっぷり話をしてくれていた。ファウリーが写真を撮らせてくれるかと尋ね、彼女は同意した。ただ、ちょっと化粧をするから待ってくれと言われた。

「はっきり申しあげて」わたしは言った。「今のままでも百万ドルの美貌だと思いますよ」

「二分ちょうだい」軽くほほえんで、彼女は言った。「そうしたら、もう百万ドル足すわ」

そんなわけで、わたしはキッチンで彼女の写真を撮った。長逗留《ながとうりゅう》の客と彼女が何度もコーヒーとサンドイッチを前に腰をおろしたテーブルで。

「娘さんからも話を聞きたいのですが」玄関に向かいながら、ファウリーは言った。「もしさしつかえなかったら」

「仕事に行ってるけど」ミセズ・フレンチは答えた。「でも、二、三分なら抜けられると思うわ」

〈アズテク劇場〉はサンディエゴの五番街に建つ第二次興行専門の映画館だ。メキシコ・モダニズムふうのミッションスタイルの建物は、一九二四年の竣工時にはおおいに人目をひいたことだろう。入り口のひさしには、アラン・ラッド主演映画の二本立てと大書してあった。『潜航決死隊』と『青い戦慄《ブルー・ダリア》』で、封切りのときには、わたしは二本とも見損なっていた。

ドロシー・フレンチは——赤のボレロジャケットに白のブラウス、脇に赤線の入った青のパンツという小粋な格好で——売店で仕事をしていた。ブロンドの利発そうな美人で、歳は二十代前半、母親にそっくりだが、ことによると器量はもっと上かもしれない。母親より大きく、色の淡いブルーの目。よりふっくらとした唇には、より色鮮やかな赤の口紅をさしていた。髪はちりちりにカールしているが、きちんと整えられていた。案内嬢の赤い小さな制帽が不釣り合いで、彼女のような美人にかぶせるものではなく、オルガン弾きのマスコットのサルにふさわしい代物だった。

午後の時間で、映画の途中だったので、ドロシーと話をしている三十分の間、ひとりの客にも邪魔されずにすんだ。話をしながら、ドロシーはキャンディバーの並ぶガラスのショウケースにもたれて、ガムを噛んで（ときどき風船をふくらませて）いた。だが、こちらの質問には真剣に答え、友人の悲劇的な死に対してしかるべき敬意を払っていた。

われわれがくるのはわかっていた。母親から電話があったのだ。

「母が話したことに付け加えることがあるかどうかわからないけれど」彼女は言った。

十二月九日午前三時、〈アズテク劇場〉の客席の照明がともされたとき、布のすり切れた座席にすわって眠っている黒い髪の美人にドロシーは気づいた。彼女に起こされて混乱したようすで、ベス・ショートは口ごもりながら、外に終夜上映と書いてあったと言った。

「少し前に営業方針が変わったのだけれど」ドロシーは言った。「外の看板はまだ書き替えてなかったのよ。わたしがそのことをあやまると、ベスはいいのよと言ったけれど、咳をしはじめたの。紙コップに水をくんできてあげて、それからおしゃべりをした。ハリウッドから来て、友だちが出迎えてくれるはずだったという話だったわ。でも、会えなかったって……それでほんとに困ったことになっていた。まず手始めに、一文無しだった」

「助けてくれと言われた？」ファウリーが尋ねた。

「いいえ」ガムを嚙む彼女の口元に白い歯がのぞいた。「彼女が言ったのは、自分も東部のどこかの映画館で案内係と入場券売り場を担当したことがあるってこと。そして、〈アズテク〉で臨時雇いの従業員を募集していないだろうかって。おかしいのは、あとで、彼女がうちに泊まるようになって二、三日経ったところで、わたしがマネージャーに話をしてベスを雇ってもらおうとしたのよ……そしたら妙なことになってしまって」

「というと？」

「就職の面接に来た彼女が、デートに行くことになったの」

ファウリーは眉をひそめた。「マネージャーと？」

「ええ。ふたりは二、三度デートしたわ。そしたら、ベスが言うには彼は態度が大きくなって、彼女を劇場に雇うのを拒否したんですって。彼女に惚れ込んでしまって、ほかの男の目にさらしたくないからって！」

わたしは尋ねた。「ほんとうの話だと思う？」

「適当な作り話だと思うけど、絶対とは言えないわ。男の人がベスに関して嫉妬深くなるのは想像に難くないから」

「どうしてそう思うの？」

「ベスは美人だったもの」ドロシーはせつなそうな口調で言った。「自分もあのように美しくなれればと思っているようで、今でも十分に美しいことに気づいていないようだった。「ふたりでバスに乗ったりすると、男の人たちがじっと彼女を見つめていた。彼女には何か……オーラのようなものがあって、それはひとつには彼女の服装が原因で、もうひとつにはいつもきっちりお化粧をしていたせいなのだろうけれど、とにかく彼女は……常にすきがなかったの。男の人たちは必ず彼女をデートに誘おうとしたわ」

ファウリーが尋ねた。「ベスとはどの程度親しくなった？」

「友だちと言える仲になったわ。そのときによってぜんぜんちがう雰囲気になる人で、ハリウッドの話をしているときなんかはとてもよくしゃべって陽気なんだけど、がらっと変わって、暗い感じになることもあったの。それが何か、計算しているような感じで、特に亡くなった彼の話をするときにはそうだった。まるで映画の中にいて演技しているみたいだったわ。また別のときには、ひどく無口になってしまったりもしたの。どこか寂しげなところがあったわね。心の奥深くでは、彼女は誰にも頼れない孤独な人だったみたい」

ドロシーはベスがエレガントな高価な服をたくさん持っているのに驚いたという。

「セーターなんか、スパンコールやビーズやパールがついていて、そのまわりに細かい刺繍で小さな輪が並んでいるの。デートに行くのに服を着ると、わたしの前でぐるりとまわって見せて、〝どう思う？〟ってきくのよ。わたしがどう思ったかというと、自分にはとうていあんな色の服は着られないってこと……でも、彼女ならすごく似合った」

ファウリーが言った。「お母さんがスクリーンテストのことを言っていたけれど……」

「ええ。とても楽しみにしていたわ。大物映画監督なんだって」

「でも名前は言わなかった」

「ええ。そもそも名前があったのかどうか、わからないわ。ハリウッドについてのいろんな話ね。わたしはどこまでほんとかしらと思ったけれど、彼女は次々にそんな話をして、自分で自分に信じ込ませようとしているみたいだった。何度も何度も言っていれば現実になると思っているみたいに」

わたしは尋ねた。「彼女はほんとは映画に出てはいなかったと思う？　みんなただの夢物語だったと？」

ドロシーは眉を寄せて考え込んだ。「あのね、わたしは彼女にとってほんとうに大事だったのはハリウッドではなかったと思っているの。さんざん映画のことを話していたけれど、彼女にとっての一番の問題は、自分にふさわしい男性をみつけることだった……それが彼女の夢だったんじゃないかって。一度わたしにこんなことを言ったのよ。〝ハンサムな陸軍の将校か、海軍の人か、海兵隊員か、航空隊員をみつけて、その人が、わたしが愛するのと同じくらいわたしを愛してくれるなら……そしたら明日という日はこの上なくすばらしいものになるわ〟って」

ファウリーは馬鹿にしたように鼻を鳴らした。「それこそ芝居みたいだ」

「いいえ――彼女はほんとうにそう思っていたのよ」ガムを嚙みながら、ドロシーは夢見るように視線をさまよわせた。「彼女の目を見ればわかったわ。あのきれいな青い目を」

夏空のような青い目をした女性が、こんなことを言っている。

ドロシーはほほえんだ。亡くなった友人について話をしていて、はじめての笑顔だ。ただし、苦みを含んだ笑みだった。

「変でしょう？」ふくらましたガムをぱちんと割って、彼女は言った。「つまり、変な偶然」

「というと？」わたしは言った。

「あなたたちがこの話をしにきたときに、『ブルー・ダリア』を上映していたってこと」

「どうして？」

長いまつげを動かして、彼女はまばたきした。「わからないの？　聞いてないのね……ママは知らなかったのかもしれない。それとも話すほど大事なことじゃないと思ったのかしら」

「何が？」ファウリーが言った。

「ベスのニックネームよ。ロングビーチにいたときに男の人たちにつけられたんですって。彼女が黒髪で、いつも黒いエレガントな服を着ているから。それに彼女は……馬鹿みたいな言い方だけど……〝花ざかり〟だったから。とにかく、その男の人たちとベスがよく行ったドラッグストアの近所の映画館で『ブルー・ダリア』を上映していたんですって。それがきっかけだったの」

「何の？」わたしは尋ねた。

彼女はまたまばたきした。「彼女のニックネーム――〝ブラック・ダリア〟よ」

ファウリーはわたしを見た。わたしも彼を見た。それからファウリーは手帳にその名を書き留めた。〝狼男殺害事件〟という見出しはもう使われなくなるという強い予感がした。

「ほかに考えつくことと言えば」ドロシーは言った。「思い出ノートくらいね」

「思い出ノートというと」わたしは言った。「スクラップブックのこと？　それとも日記とか……？」

彼女が肩をすくめると、カールしたブロンドの髪が揺れた。「はっきりはわからない。見たわけじゃないから。あるときベスが言ったの。置いてきちゃって残念だって。ノートを。亡くなった彼の写真をわたしたちに見せられたし、ママとわたしの写真を貼ることもできたのにって」

ファウリーが問いただした。「置いてきたって、どこに？」

「トランクの中によ」

「そのトランクは誰に預けたって？　友だちかな？」

「一時預かりだって」

「どこの一時預かり？」

「ロサンゼルス——あそこのアメリカン・エクスプレスのオフィス」

誰も引き取りにいっていなければ、トランクは今頃は預かり期限切れの荷物として倉庫にしまわれているだろう。ありかをつきとめるのは簡単だ。ベス・ショートの〝思い出ノート〟に、シカゴで知り合った私立探偵のことは書いてあるのだろうか？

「ロバート・〝レッド〟・マンリーについては、何か知っている？」ファウリーが尋ねた。

「あまり知らない」彼女は答えた。首をふりながら、ガムを惰性のように嚙んでいる。「もっと何か話せることがあればいいのにと思うんだけれど。ああ、そうだ。レッドがベスを連れていったモーテルの名前なら知ってるわよ。うちに迎えにきたあとでね」

わたしは口をぽっかり開いた。なんとか一言だけ発した。「モーテル？」

「ええ、彼とベスが泊まったところ。彼がロサンゼルスまで車で送っていく前の晩」長いまつげが動き、ガムがぱちんとはじけた。「それが何かの役に立つ？」

10

レッド・マンリーは女房をだますことに慣れていなかったのかもしれない。あるいはどうしても領収書が必要だったのか。宿泊費を経費で落とすために。それとも、ただの馬鹿なのか。理由はなんであれ、ロバート・マンリーは浮気のルールの第一条を破ってしまった。一月八日の晩、〈パシフィックビーチ・モーターキャンプ〉で、彼はモーテルの宿帳に本名を記入した。それどころか、信じがたいことに、その夜の同宿者エリザベス・ショートの名前まで。マンリーの住所――ハンティントンパーク、マウンテンビュー八〇一〇番地――と、彼の車のナンバーも記入されていた。

エリザベス・ショートは住所の欄に〝シカゴ〟とだけ書いていた。それ以上のことが――〈セントクレア・ホテル〉とか〈A－1探偵社〉とかが――書いてないことは、たいした慰めにはならなかった。

「またシカゴか」モーテルの宿帳を見て、ファウリーは言った。そしてわたしに狼のような笑みを見せた。「おい、この〝ダリア〟のお嬢さん、あんたの昔のガールフレンドじゃないのか？」

「かもしれないな」わたしは言い、笑みを返した。うなじの毛が逆立っていた。

ハンティントンパークはロサンゼルスのダウンタウンから南へ五マイルほどの、工場地帯の真ん中だ。マウンテンビュー・アヴェニューは、その名が期待させるほど景色《ビュー》がよくないのは事実だが、住居の並ぶ静かな通りは、ベイビューテラスの団地に比べれば数段上だった。夕暮れどき、ハリウッドの映画人が〝マジックアワー〟と呼ぶ時間の、一日の最後の陽光を浴びて、小さなマンリー家の住まいはカリフォルニアの田園風景を思わせた。控えめなグリーンの瓦屋根に薄黄色の化粧漆喰の壁のスペイン植民地ふうの家が、手入れの行き届いた芝生に囲まれ、砂利を敷いた小径《こみち》の縁には色鮮やかな花をつけた生け垣が続いている。茨《いばら》の藪が家を取り囲んでいるところは、まるでとげで武装した守護隊のようだ。

ファウリーが呼び鈴を鳴らした。すると――超自然現象かと思うほどすばやく――ドアが開き、美しい若い女性が現われた。〝シーッ〟というように立てている指の爪は、ふっくらした唇を彩る口紅と同じ色調のキャンディーアップルの赤だった。ハニーブロンドの髪に、ハート形の顔、大きな青い目に、つんと上を向いた鼻、バラ色とクリーム色の肌で、むだのないみごとな曲線の体を白いサッカー地のサンドレスに包んでいるが、なめらかな両の肩はむき出しになっていた。

「静かにしてくださいな」声をひそめて彼女は言った。「赤ちゃんが眠っているので」わたしはファウリーをちらりと見た。彼もわたしをちらりと見た。互いに相手の考えが読めた。こんないい女をほうっておいて、よその女に手を出すとは、なんという大馬鹿野郎だ。

「すみません、奥さん」ささやくような声でファウリーは言った。バッジを掲げた――ロサンゼルスの保安官事務所が新聞記者の一部に支給している名誉保安官補のバッジだ。新聞記者はしばしば、これを見せて法の執行官を装うのだった。「ミセズ・ロバート・マンリー？」

バッジをほんの一瞬見ただけで、青い目はわれわれに向けられた。二十二歳ぐらいだろうか、彼女自身がまだ赤ちゃんだ。その美しい顔には、まだ赤ん坊のようなふっくらしたところが残っていた。

「はい、そうです」大きな青い目に警戒の色を浮かべて、彼女は答えた。

わたしは言った。「ご主人はご在宅ですか、ミセズ・マンリー？」

「いいえ。仕事でサンフランシスコに行っています。セールスマンなんです。金属製品《ハードウェア》の」

どこか滑稽味を感じさせる答だと思った。考えれば、すぐになぜかわかりそうだったが、やめておいた。

「いくつかお尋ねしたいことがあるのです、ミセズ・マンリー」ファウリーが言った。「よろしければ、中でお話ししたいのですが？」

彼女の眉のあたりがこわばり、間に縦にしわが寄った。それ以外は完璧にすべすべの顔に、たった一か所のしわだった。「ロバートがつきあっていた女性のことでしょうか？」

ファウリーとわたしはふたたび目を見合わせた。

うなずいて、わたしは言った。「エリザベス・ショートという女性のことです」

「知ってます」疲れたような声でミセズ・マンリーは言った。「新聞で読みました……キッチンに行って話しません？　コーヒーがあります。ただ、静かにお願いします。ロバート・ジュニアが眠っているので。言っときますけど、彼を起こしたら後悔するわよ」

彼女が先に立って、家具類は少ないものの、品よく配置された家の中を進んでいった。ブラインド越しに射し込む光が、よく磨かれた堅材の床を照らしている。ぬいぐるみの動物が散らばるベビーサークルが、ワインレッドのアンゴラモヘア張りの応接セットの間に置かれていた。居間の内装はどことなくスペインふうで、マホガニー調の合板が使われていた。すべてが新しく、いかにも新婚夫婦が分割払いで買ったという雰囲気だった。

キッチンはこぢんまりとした機能的なデザインで、白と二種類の色調の青で仕上げられていた。最新の調理器具がカウンターの上に並び、一緒に哺乳瓶も置いてあった。ガスコンロでは、別の哺乳瓶が煮沸されている。壁に掛けた赤い電話が、まるで白いタイル張りの壁に飛んだ血痕のようだった。青い縁取りをした白のプラスチックとクローム製のキッチンセットに腰をおろし、彼女が出してくれたコーヒーを口にした。

「わたしはファウリー」手帳を出しながら、彼は言った。「こちらはミスター・ヘラーです」

「ハリエット・マンリーです」彼女は言い、コーヒーを一口飲んだ。目を大きく見開いているが、その目はややどんよりとし、そしてよく見ると、わずかに血走っていた。声は耳に快いアルトだったが、少なくとも今は、単調で、感情がこもっていなかった。「ボブは今夜帰ってきます。上司のミスター・パーマーと一緒にサンフランシスコからこちらに向かっているところで……それはもう言いましたっけ？　ごめんなさい」

「ミセズ・マンリー」ファウリーが尋ねた。「ご主人とエリザベス・ショートのことについて、どんなことをご存じですか？」

「今朝ボブがサンフランシスコから電話してきました」やはりほとんど単調な声で彼女は答え

た。「向こうで新聞を読んで、女性の写真に気づいたんです。もちろん、わたしも読みました。一面に大きく出ていましたから」

ファウリーがわたしを見て、自分がメモするから、おまえが質問しろと合図した。

そこでひとつ質問した。「その女性について、ボブはなんと？」

彼女はコーヒーに目を落としていた。「サンディエゴから車に乗せてきてあげたそうです。ただの親切心からだと、彼は言っています。ふたりの間には何もなかったと」

「なるほど。それで、この件について、あなたはなんとおっしゃいましたか？」

「わたし……わたし、恥ずかしくて言えません」

「そこをなんとか」

「……あなたがやったのかとききました」

「やった？」

「主人があの女性を殺したのかと」

「で、答は？」

「夫は言いました。〝もちろん、そんなことはしてないよ、ハニー。どうしてそんなことを思ったんだい？〟って」

その口調に皮肉っぽいところはないかと相手を観察したが、そんなようすはなかった。「それに対してなんと言ったのですか？」

彼女はわたしを見た。人形のガラスの目をのぞきこむような思いがした。「どうしても答えなければいけない？」

「いいえ。もちろんそんな必要はありませんよ」

彼女はコーヒーに視線を戻した。唇がふるえていた。ほんのかすかにだが。「それは……あなたに精神的なトラブルがあるからよって」

「精神的なトラブルというと？」

「ボブは……ボブは陸軍を除隊になったんです。〝第八項〟というので」

それならわたしも知っている。いやというほど。

「彼は実戦を経験した？」ファウリーが手帳から顔をあげて尋ねた。「それで戦闘神経症に――」

彼女は首をふった。「いいえ、そういうわけじゃないの。彼は実戦に近い場所にいたの。海外で。ＵＳＯ（米軍慰問協会）のツアーで」

わけがわからずに、わたしは尋ねた。「ＵＳＯのツアー？」

「ボブはミュージシャンなの――陸軍航空隊のバンドにいたのよ。サックスで」

「へえ。今も演奏している？」

「ときどきね。ユニオンには加入しているわ。週末に仕事が入ることがあるの。バーやナイトクラブで」

つまり、地方まわりのセールスマンであると同時に、週末はミュージシャンとしてバーで演奏しているわけか。こういう組み合わせのふたつの仕事を持つ男が、ちょこちょこ女をつまみ食いしたとしても驚くにはあたらないだろう。ただし、今テーブルの向こうにすわっている、びっくりするような美人を妻にしているとなると話は別だ。

わたしは尋ねた。「サンフランシスコから電話してきて、ご主人はなんと言いましたか？」

ふっくらした唇がゆがんだ。ほほえんだからではなかった。「遅かれ早かれ警察が訪ねてくるだろうと思うと。わたしが他人から聞かされるのではなく、自分から直接話したかったって。自分から警察に話をしにいったほうがいいと、わたしは言ったの。そのほうが……印象がいいだろうと」

「そのとおりですよ」わたしは言った。「で、ご主人はなんと？」

「自分からトラブルの種を探しにいくようなまねはしたくないって。客のところに行かなければならないし、ボスと一緒だし、それに体裁が悪いじゃないかと……主人は金属パイプ類の部門の責任者なんです」

いくらでもジョークのネタにできそうな話だったが、このときはそんな気分ではなかった。

「結婚してどのくらい？」

「十五か月。ロバート・ジュニアは今四か月」

ロバート・シニアというのはとんでもない野郎だ。

「ご主人がサンディエゴから車に人を乗せて戻ってきた日ですが」言葉を選んで、わたしは言った。「先週の木曜日ですよね。ちょうど一週間前だ。ご主人が家に着いた時間をおぼえていませんかね？」

彼女はすでにうなずいていた。「夕飯の時間に間に合うように帰ってきたから、たぶん六時半頃だったと思うわ。あの日はブリッジをするので、お友だちを呼んでいたの。その人たちの名前を言いましょうか？」

「お願いします」ファウリーが答えた。

「ドン・ホームズご夫妻です」何やら形式張った口調で、彼女は夫妻の住所などを言い、ファウリーがそれを書き取った。

そこでわたしは尋ねた。「その後数日間はどんなでした？」

「ボブは毎日家にいて、仕事をしていたわ。顧客に電話をかけて。それからミスター・パーマーとサンフランシスコに出かけていったの――それは月曜日だった」

それが事実なら、殺人が行なわれた可能性が一番高い時間帯には、マンリーはこの街にいなかったことになる。

電話の甲高いベルの音に、三人ともぎくりとした。ハリエット・マンリーははじかれたように立ちあがった。もう一度ベルが鳴って赤ん坊が目をさますことがないようにと思ったのだろう。

「もしもし」彼女は言った。

一瞬、その目の表情が固くなったが、すぐにやわらいだ。

「あら、あなたなの、ベイビー」

ファウリーとわたしは顔を見合わせた。彼女にはもうひとり赤ん坊がいるのか。

受話器を手でおおい、目を大きく見開いて、美人妻はささやき声で言った。「ボブよ……話をする？」

首をふりながら、ファウリーは空中で何かを軽く叩くような身ぶりをした。そして同じくささやき声で言った。「われわれが来てることは言わないほうがいいですよ」

声は平静なままだったが、彼女はせわしなく視線を動かしていた。ふたつに引き裂かれたようになって、夫に警告すべきかどうか迷っているのだ。

「ええ、わたしは大丈夫……わたしもよ、愛してるわ……信じてるわよ……信じてる……信じてる……もちろん、そうしてくれるわよね……そうよね……わたしだって、そうよ……わたしもよ、早く帰ってきてね……それじゃ」

受話器を置いて、彼女は言った。「公衆電話からだったわ、食堂の。今夜十時か十一時までには戻ってくるって……ボスの家に寄ってこなければならないの。そこに自分の車を置いていったので。そこからミスター・パーマーとサンフランシスコに向かったのよ」

わたしは尋ねた。「ミスター・パーマーの家はどこです？」

彼女はカウンターにもたれていた。目の前に哺乳瓶があった。「イーグルロック。住所を言いましょうか？もし……もし、そこで彼に会うほうがいいなら。ここでじゃなく」

「あなたはそのほうがいいですか、ミセズ・マンリー？」

「ええ」

「ボブはほかに何か言ってました？」

「ええ。どの男が妻を愛するよりも彼はわたしを愛しているって」

唇がふるえていて、泣きだすのではないかと思った。だが彼女は泣かなかった。われわれの前では取り乱したところは見せまいと決心していたのだろう。

プラスチックとクロームの小さなテーブルから立ちあがりながら、ファウリーが尋ねた。

「ご主人の最近の写真で、貸してもらえるものがありますかね？　顔を見分けるためなんですけど」

そして紙面に載せるため。「少し前に何枚か撮ったところよ」彼女は言った。「プロの写真家に頼んでね……ちょっと待って……」

キッチンを出ていったが、すぐに写真を三枚収めた額を持って戻ってきた。そこから夫のにんまり笑った写真を取り出した。若くてハンサムだが、ちょっと耳が飛び出している。「こちらも必要？」彼女は残りの二枚の写真を指した。一枚は彼女とロバートが笑顔で見つめ合っている写真、もう一枚はロバート・ジュニアを母親が抱き、両親が愛情あふれるまなざしを息子に向けているところだった。

ファウリーが言った。「よかったら」

「どうぞ」

わたしは写真を受け取った。写真のハリエット・マンリーは光り輝いていた。写真のできもよかった。

「できれば、お願いしたいのですが」居間を通っていきながら、ファウリーが言った。「このことを人に話さないでもらえますか？ 特に新聞記者連中が押しかけてきたときには」

「ええ、新聞記者には何も言わないわ」

廉恥心というものを持たないファウリーは平気な顔だった。「それから、もしまたご主人から電話があったら――」

「何も言わないわ。わかってます。今度のことに彼は真正面から立ち向かうべきなの」

「潔白ならね――」

「刑事さん、夫はあの女性を殺してはいません。でも、夫はけっして〝潔白〟ではないわ」

「あくまでご主人をかばうつもりで？」

われわれはもう玄関まで来ていた。

「よく考えてみるわ。なんといっても子供がいるし、夫をとても愛しているの。ボブには欠点もあるし、問題をかかえてもいる。だけど、まさかと思っていたわ、彼がわたしを……裏切るなんて。夢にも思わなかった――」

わたしは言った。「無理に話さなくていいですよ」

ハリエット・マンリーはごくりと唾を呑み込んだ。大きな青い目が半分まぶたにおおわれた。

「恐ろしいこと……恐ろしいことね」

「そうですね」

「あの女性に起きたことがよ」

「確かに」

「その人、とても……とてもきれいだったんでしょう？」

「エリザベス・ショートがですか？ ええ。でも、ぶしつけなことを言うようですが、あなたと比べたらたいしたことはありませんよ。あなたの美しさには遠くおよばない」

彼女はなんとかかすかな笑みを浮かべた。「やさしいのね、ミスター・ヘラー」

「そんなことじゃありません。事実を言っているだけです。ご主人は大馬鹿者ですよ」

「わかってる……わかってるの。でも、それでも彼を愛しているのよ」

砂利を敷いた小径を歩きながら、ファウリー〝刑事〟は言った。「なんてこった、彼女、亭主を許す気だぞ。あんないい女……どこに行けばああいう女に出会えるんだ？」

ふり返って見ると、あたりはもう暗く、ロバート・マンリーの息子の美しい母親は、歩み去るわれわれを見つめていた。戸口に立つ彼女を、家の中からの光が後光のように包んでいた。マウンテンビュー・アヴェニューに建つ、かけがえのない小さな家。レッド・マンリーは男が望みうるすべてを手に入れた。そして——殺人を犯したのかどうかは別としても——そのすべてをささやかな情事のために危険にさらした。

やがて彼女は姿を消し、泣き声がかすかに聞こえた——ロバート・ジュニアの泣き声だった。だが、泣いているのは彼ひとりではないだろうと思った。

マンリーが戻るのは十時過ぎということなので、その前に腹ごしらえをすることにして、コロラド通りの安食堂でハンバーガーを食べた。

「かりにレッド・マンリーが殺人犯でないとしても」ケチャップの川の中でフライドポテトを泳がせながら、ファウリーは言った。「エリザベス・ショートをサンディエゴからロサンゼルスに連れてきたのはやつだ」

「彼女が遺体で発見される六日も前のことだぜ」ブースの向かいにすわっている彼に、わたしは事実を指摘した。

「ああ」ポテトを嚙みながら、彼は言った。「でも、ボブがどこで彼女を降ろしたかがわかれば、その後の彼女の足取りを追えるじゃないか。それに、そもそもやつのアリバイが崩されないって保証はないだろう？　今はあのかみさんがかばっているのかもしれない。で、亭主の浮気のことを考えているうちに、彼女も気が変わるかもしれない」

わたしはチーズバーガーをちびちび食べた。「検死官が推定したエリザベス・ショートの死亡時刻に、レッドがボスと一緒にサンフランシスコにいたのなら、やつの最大の問題はどうやって女房をなだめるかということだけになる」

ファウリーは首をふった。「やつに会うのが待ちきれないよ。おれだったら、あの女房と一晩過ごせるのだったら〈メイカンパニー〉(ロサンゼルスの高級デパート)のショウウィンドウの中でローマ法王を殺すことだってするよ」

「その前におれがあのじいさんを絞め殺していなければな」

イーグルロックはグレンデールとパサデナの間の丘陵地帯の高台の住宅地だ。マンリーのボスのミスター・パーマーの家はマウントロイヤル・ドライブ沿いにあった。ここも静かな、だがマウンテンビューよりも住む者を選ぶ地域だ。目指す家は先ほどと同じスペイン植民地ふうの造りだが、こちらは大邸宅だった。街灯の光が白い月の光とともに、赤い瓦屋根にオフホワイトの化粧漆喰で粧った広壮な屋敷を照らしていた。母屋《おもや》の片側にはパティオがあり、母屋の一階は二台収容のガレージになっていた。屋敷は斜面を登るように広がっていて、周囲はヤシの木やリュウゼツランやサボテンを植えて、丹念に造園してあった。家の中には明かりがついていた。少なくとも二、三か所は。

その夜はひんやりとした陽気で、寒いと思うほどだった。われわれの四七年型フォードは道の反対側の、家から少し離れたところにとめておいた。ガレージの窓から中をのぞきこんでいるファウリーを残して、わたしは砂利を敷いた小径を登って玄関に近づいていった。

てきた。ドアをノックすると、薄いグリーンのお仕着せを着たでっぷりしたメキシコ人のメイドが出てきた。ミスター・パーマーはご在宅かと尋ねると、ミスター・パーマーはお出かけだが、ミセズ・パーマーならいらっしゃるとの答だった。自分はミスター・パーマーに用があって来たのでと言い、小径を戻った。

「ガレージにはマンリーの車しかない」ファウリーが報告した。「モーテルでやつが宿帳に書いたのと同じナンバーだ。戦前の型の薄茶のスチュードベイカー」

「パーマーはまだ帰ってきていない。かみさんならいるそうだけど、会うのはやめておく」

「いいだろう――じゃあ、待つとするか」

窓を開いたフォードの中で、ふたりで待った。ファウリーは次から次とキャメルに火をつけた。しばらくするとどうにもがまんができなくなり、わたしも二、三本吸った。シカゴのハースト系の新聞《ヘラルド・アメリカン》に電話してエリザベス・ショートについて調べさせるように、リチャードソンに話をしようと思うとファウリーが言いだした、そのあとのことだったと思う。

「あんたにあっちに行ってもらうのがいいかもしれないな」ファウリーは言った。

「おい、ハネムーンを中断させようってのか？」

静かなマウントロイヤル・ドライブを登っていく車がときおり通りかかり、ヘッドライトがわたしたちを照らした。このあたりを通過する車はほとんどない。すべて近隣の住人たちだ。十時少し過ぎ、ハイビームにした強力なヘッドライトの光に、わたしたちは目をくらまされた。大型車がドライブウェイへと向きを変えると、赤いガレージの扉が照らし出された。

わたしたちが車を降りると、ちょうど運転していた人物が——背の高い馬面の男で、スーツ姿だが帽子はかぶっておらず、禿げた頭頂部があらわになっていた——リンカーン・コンティネンタルから降り立つところだった。濃紺の車体は夜の闇に融け込んでいた。

「動くな！」ファウリーが呼び止め、保安官補のバッジをかかげた。

相手にバッジを一瞥するだけの余裕しか与えずに、ファウラーはまっすぐに伸ばした腕で背中を押して、男をガレージの扉に押しつけると、そのままじっと立っていろと大声で命令した。

助手席からロバート・〝レッド〟・マンリーがコンクリートのドライブウェイに降りようと、と言うより、忍び出ようとしていた。マンリーの上司のパーマーと思われる人物にファウリーがかかずりあっているすきに、こっそりとこの場を逃れようとしているようだった。

マンリーは——狂おしい表情の目を大きく見開き、口をぽっかり開けていたが——身長は六フィートほど、しゃれた茶のスポーツジャケットに褐色のスラックスをはいていた。フットボールのディフェンスエンドのような体格で、まさにフットボール選手のようにダッシュした。ネクタイをなびかせながら、珍しい植物の間をぬって芝生の上を走りだした。

彼はわたしを見ていなかった。だが、もちろん、わたしは彼を見ていた。

サボテンをまわりこんでいって、彼にとびついた。ハードタックルで地面に倒し、一緒に芝生の斜面を転がった。歩道の縁石を越えて車道に落ちた。路面に叩きつけられて、右手をすりむいた。痛みに思わず声を発し、反射的に彼をつかんでいた手の力を抜いてしまった。彼は必死で立ちあがり、わたしの手を逃れて、道路を走っていった。両腕をぐるぐるまわして、まるでズールー族の男が、同じズールー族の投げた槍をかわそうと全力疾走しているようだった。

わたしは槍は持っていなかった。そして九ミリ口径のオートマティックも。だが、走って追いかける気はしなかった。それで片方の靴を脱ぎ、ねらいを定めて投げつけた。

フローシャイム製の靴の踵が、マンリー家のアキレスの踵のごとき男の後頭部をとらえた。その音は、あたりが静かだったので、シャンパンの栓をぬいたときのように響いた。衝撃で彼はバランスをくずし、尻尾を踏まれた犬のような叫び声を発すると、脚をもつれさせて道端に倒れた。

わたしはそちらに歩いていって靴を拾い、はいて、それからロバート・マンリーを拾った。

「最初は自分のチンポコにつまずいて」わたしは言った。「今度は自分の脚につまずいたわけか、ボブ」

わたしに腕をつかまれて立ちあがらされて、彼はわめいた。「そっちの考えはわかってるぞ！」

「そりゃ結構」わたしは言い、武器を持っていないかと彼の体をさぐった。何もなかった。

彼は言われる前に両手をあげた。カールした赤毛がくしゃくしゃになっていた。顔は朝剃ったきりのひげが伸びはじめている部分以外は真っ白だった。「聞いてくれ。ぼくはベス・ショートと知り合いだったんだ」その声は若く、弱々しかった。「今朝、サンフランシスコで新聞を読んでひっくり返りそうになったよ」

「それなのに警察に行って知ってることを話そうという気にはならなかったんだな」

「馬鹿言うなよ！　そんなことをしたら世間のさらし者だ！　ぼくには美人の女房と四か月の

息子がいるんだぞ！　あんた、自分だったらどうしたっていうんだ？」

「チンポコはきちんと自分のパンツにしまっておいただろうな」わたしは言い、彼を家のほうに引き立てていった。

マンリーの上司は、今やすっかり有名になった〝狼男事件〟と部下とのかかわりについては何も知らないと言った。そして寛大にも――少々不安そうではあったが――部下の尋問に自宅のキッチンを提供してくれた。ダイニングルームの戸口越しにスペインふうの居間をのぞくと、マンリーの禿頭のボスが妻に急いで事情を説明していた。やや疲れたようすながら快活そうな、ブルネットの四十代の女性だったが、部屋着姿の妻を夫は、ロバート・マンリーを逮捕した〝警察〟の目の届かないところに連れていった。

マンリー家のと同じように、パーマー家のキッチンも機能的で、真っ白で、モダンだった。ただし広さは三倍あり、青ではなく緑のツートンカラーでアクセントがつけてあった。クロームとスティールを組み合わせた緑と白のキッチンテーブルに、ふたりでマンリーをはさんで腰をおろした。たばこを吸わせてやった。スポーツジャケットは脱いで、椅子の背にかけていた。シャツ姿で、サスペンダーを見せて、緑と茶のネクタイを締めてすわっていたが、おもしろいことに、ネクタイはキッチンの色遣いと完璧にマッチしていた。

「もう吐きそうなくらいなんだよ」確かに顔面蒼白で、今にも吐きそうだった。「女房がかわいそうで。ひどいことをしてしまった。ああ、女房にすまなくて」

今度もファウリーがメモをとり、質問はもっぱらわたしがすることになった。

「いつ、どこで、エリザベス・ショートと知り合ったんだ？」

「十二月のある日の夕方だった――クリスマスの二、三週間前。黒髪の美人が〈ウェスタン航空〉のオフィスの近くの道の角に立っていたんだ。ただ立っていたんだよ。信号が変わるのを待っているのでもなんでもなくて。何やら……ぼーっとしているようだった。そのブロックをひとまわりして戻ったら、まだそのまま立っていた。それで近くにいって、車に乗らないかと言ったんだ。はじめは渋っていたよ。それで言ったんだ。出張で来ているのだけれど、一緒に乗ってくれればサンディエゴの道がおぼえられてありがたいんだって。そうしたらようやく……じゃあ家まで送ってちょうだいってことになった」

「家？」

彼はうなずき、鼻からたばこの煙を吐いた。「パシフィックビーチの、泊めてもらっていたうちだよ。フレンチという母娘のところ。その後二、三度デートした――何もなかった。何度かキスしただけ」

「彼女はあんたが女房持ちって知ってたのか？」

「ああ。ただ、女房とはうまくいってない、たぶん別れることになると思うと言っておいた。それに、はじめはベスも結婚していると思ったんだ。結婚指輪みたいなのを着けてたから。だけどあとになって、亭主は――マットっていうやつで、彼女は年中そいつのことを話してた――戦死したと聞いたんだ。陸軍航空隊の将校だったとかで。ぼくも航空隊にいたことがあるんで、それで彼女は気に入ってくれたんじゃないかと思う」

「〝第八項〟で除隊になったことは言わなかったんだろう？」

彼は身をすくめ、緑色のベークライトの灰皿にたばこの灰を落とした。「知ってるのか？

どうしてわかった?……ま、とにかく、名誉除隊だったんだから。〝第八項〟で除隊になったやつはおおぜいいたよ」

「知ってるよ。おれもそうなんだ」

それを聞いて彼はすわりなおした。わたしに対する印象をあらためたようだった。「あんたも? 復員兵なのか?」

「ああ。海兵隊。きみは陸軍航空隊のバンドにいたのだったね」

「そうそう。そうだよ。うれしかった——つまり、兵隊にならずにすんだのでね。軍隊のやり方にはなじめないんだ。規則だとか訓練だとか」

「自由奔放な性格だからな」

「いや、まあ、ぼくはミュージシャンだから。サックスを吹いているんだ」

「今も?」

「週末とかにね。ほんとのプロとしてやってくのはたいへんなんだ。音楽で食っていくのはね——何か人とはちがうものがないと。ぼくは腕は悪くない。でも……特別なところは何もない」

「いったい何を考えていたんだ、レッド? あんな美人の奥さんを裏切るなんて」

「どうして美人だってわかるんだ? 確かに美人だけど……どうしてあんたが知ってるんだ?」

「会ったんだよ」

彼はうなだれ、首をふった。「ああ、くそっ。なんてこった」そして顔をあげた。「彼女、大丈夫そうだった？」

「取り乱したりはしなかったけれど」

「ああ……そう、そういうことはしないだろうな」

「だけどな、レッド——亭主に浮気されて、女房が〝大丈夫〟でいると思うか？」

ため息とともに煙を吐き出し、彼はたばこをふり動かした。「なあ……あんたにわかってもらえるとは思わないけれど、でも……自分に対してちょっとしたテストをしただけなんだよ」

「テスト？」

「そう——ベス・ショートみたいな美女の魅力に抵抗できるかどうかって。自分が今も妻を愛しているかどうか」

「で、結果は？」

彼は思わず身をふるわせた。「わかってもらえるとは思わないって言っただろう。子供が生まれたばかりだったんだ。あんた、結婚は？」

「してるよ」

「子供は？」

「これから生まれるところ」

「いずれわかるよ、あんたにも。誰も口に出しては言わないんだけどね——誰もはっきり言わない……妻がセックスをしたがらなくなるんだよ、ほら、子供を産むと。しばらくの間はね」

「回復期の間だろう。そりゃあ子供を産むのは重労働なんだから」

「わかってる、わかってるよ……それでだ……妻がまたセックスを求めるようになったとき……今度はこっちが同じではいられないんだよ」

「同じではない？」

「妻はすっかり……別の人間みたいになっているんだ。ハリエットはすごくセクシーな女だった。結婚前はね。でも今じゃ……何よりもまず〝ママ〟なんだ……彼女の体から赤ん坊が出てきた。あそこからね。そして赤ん坊ってのは年中泣いているんだ、一晩中ね。赤ん坊と一緒だと、ぼくは……神経が参ってしまう。もともと神経は丈夫じゃないわけで。だって、〝第八項〟に当てはまったくらいだから。悪いと思ってないわけじゃないよ。ぼくが自分で見さげはてた男だと思っているのがわからないかな？」

「そうなのかい？」

「ああ、そうだよ。復員兵病院で医者に何度か診てもらった。薬をくれたよ。神経を楽にしてくれる薬をね。医者に言ったんだけど……つまり、妻の中に入ると、赤ん坊を産んだあとで、あそこに入れると、変な感じがしてしまったんだ——ああ、もう、ぼくの言うこと聞いていると、まるで変態男だろう？」

「そうだな」

「ああ、まったく。あんただっていずれ思い知るさ。再調整期間が必要なんだ。男にはね。妻が出産したあとには。で、ベス・ショートは……」彼は肩をすくめ、たばこを吸った。「……彼女はたんにぼくの再調整の一部だったんだよ」

「彼女を使って自分をテストしたわけか」

「うん。そしてぼくは彼女とは関係しなかった。わかるか？　一度もやってない！　何度かダンスに誘ったり、飲みにいったり、一緒に食事をしたりした。ただそれだけ。たいていは〈ハシエンダクラブ〉という店に行った。サンディエゴに顧客まわりをしにいった一週間くらいの間のことだったんだ。金属製品《ハードウェア》のセールスマンをしているんだけど——言ったかな？」

「パーマーの下で、パイプ類を扱っているんだろ？」

彼はわたしのようすを観察した。皮肉な調子がないかと思ったわけだが、観察力が足りなかった。

「とにかく」彼は言った。「結婚生活に関しては、行ったり来たりだったんだ。つまり、精神的に。幼い息子を愛しているけれど、妻にはもう惹《ひ》かれない。病院の医者に、このままだとノイローゼになりそうだと言った。そしたら医者は大丈夫だと言って、また別の薬をくれた。そんなこんなで、あの娘のことが頭を離れなくなった」

「ベス・ショート」

「すごくきれいだったんだ。ハリエットとはぜんぜんちがう……いや、ハリエットは美人だよ。ほんとに美人だ。でも、ベスは、なんというか、エキゾチックなところがあった。あのぞくっとするような色の薄い目とか、黒々とした髪。黒ずくめの服に、黒いストッキング。そして髪に白い花を挿《さ》したりしてね。彼女のニックネームが〝ブラック・ダリア〟だったって、知ってた？」

「聞いたよ」

「それに、ベスってとても……世慣れた感じだった。歳よりずっとおとなで。ほら、彼女って映画の世界にいて、有名人の友だちがいっぱいいただろう。例の映画監督みたいな。彼女がスクリーンテストをやってもらうことになっていた」

「彼女から名前は聞いた？　その監督だけど」

「いや。ただ、にんまりしたり、笑ったりして、びっくりするわよと言うだけだった。まるで、実はアルフレッド・ヒッチコックだとかジョン・フォードだとか、そんな話になるみたいな感じだった……そもそも、ぼくが知ってる映画監督って、これくらいなんだけど。それで、またサンディエゴに行くことになったので、彼女と会おうと思ったんだ。今度の仕事はアフターサービスだったんだけど」

あまりにあからさまなネタで、わざわざジョークを考える気もしないくらいだ。まったく、なんて男だ。

「フレンチ家には電話がない」彼は言った。「だから、ベスに行くって電報を打ったんだ。着いてみると、もうこれ以上あの家の好意に甘えることはできなくなったので、ロサンゼルスまで乗せていってくれないかと言われた」

「それは一月八日だな？」

「たぶんね。この前の水曜日だった。つまり、先週の。それが八日？」

「ああ」

「じゃあ、そうだ。その晩は、彼女をロサンゼルスまで送るわけにはいかなかった。まだ訪ねなければならない顧客がいたので。翌朝会うことになっていたんだよ。で、またふたりで出かけた。おかしいのは、彼女はあんなに世慣れた感じで、とても着飾っているのに、デートの費用はあまりかからない相手だったんだよ。高級レストランよりドライブインの食堂のほうが好きで」

「その晩も行ったのか？　ドライブインへ？」

「〈シェルドン〉という小さなハンバーガーショップに。フレンチ家の近くのね。でも、そのあとで〈U・S・グラント・ホテル〉にも連れていったんだよ。そこがふたりで行ったうちで一番高級なところだったかな。その晩はとびきり腕のいいバンドが出演していて、ぜひ聴きたかったんだ」

「で、最後は〈パシフィックビーチ・モーターキャンプ〉に泊まったんだろう？」

「ああ。その前にクラブを何軒かはしごしたけどね……彼女はいつもよりちょっとよけいに飲んだ。酒はほとんど飲まないほうなんだけど。で、ちょっと気分が悪くなって、ちょっと機嫌も悪くなった。最後にモーテルに入って、彼女が服を脱ぎだしたとき、あることに気づいたんだ。ほら、あとから考えると重要な意味があったのかもしれないという気になるようなこと」

「なんだ？」

「腕に赤いひっかき傷があったんだ。肘より前の部分に。どうしたのかときいたら、嫉妬深いボーイフレンドがいるのだという話だった。モーテルの部屋で、目の前で服を脱ぎかけている女性から聞く話としてはうれしくないだろう」

「名前は言った？」

「いや――ただ、イタリア系で、〝かわいい〟けれど、〝いい人とは言えない〟ということだった」

「傷は新しかった？」

「そう思ったよ。少し血がにじんでいたからね。でも彼女が言うには、やられたのはサンディエゴに来る前だって。ただ、悪い癖で傷を掻いてしまうからだと」

「で、一緒に一夜を過ごしたわけか？」

「うん――だけど、一緒に寝たんじゃないぞ！　そもそも彼女、体調をくずしてしまったんだ。暖炉に火をおこしてやったよ。いや、しゃれたモーテルでね。ロマンティックな夜にぴったりという感じだったのだけれど、そういう具合にはいかなかった」

「どんな具合だったんだ？」

「彼女はふるえていた。風邪をひいたみたいで、咳をしていた。暖炉のそばの椅子にすわって、体に毛布を巻きつけていた。ベッドで横になるように言ったのだけれど。ぼくは椅子で寝るからって。でも、彼女は断わった」

「で、あんたがベッドで寝たのか？」

「ああ。で、朝目がさめてみると、彼女が隣にいた。寝てたわけじゃなくて、枕によりかかってすわっていたんだ。すっかり目をさましていて、少しは眠れたのかと尋ねたら、首をふった。時計を見ると、その日の最初の約束に遅れそうな時間だった。大急ぎでモーテルを出たのだけれど、チェックアウト時間の十二時に戻ってくるから、それまでに少しでも眠ったほうがいいと彼女には言っておいた」

「それで、十二時にサンディエゴを発ったのか？」

「午前中の仕事が長引いてしまって、出発したのは十二時半か四十五分くらいだった。ロサンゼルスに着くまでに二、三回電話をかけたよ。彼女はいやな顔はしなかった。というより、車中では彼女はとても愛想がよかった。ぼくに手紙を書いていいかなんて言ってね。女房に怪しまれないように仕事の手紙に見せかけるからって。そんなことをしてまでも、ぼくという人間をもっと知りたいと言うんだ。ぼくはやさしいって」

「途中で何回車をとめた？」

「電話するんで三回。給油で一回、あと一回は食事のために。彼女は結婚している妹と合流するつもりだと言っていた。バークレーに住んでいる妹がロサンゼルスにやってくるそうで。そのあとはボストンの実家に帰る予定だった」

「スクリーンテストはどうなるんだ？」

「それについては何も言わなかった。それと、そんなふうに移動する予定でいることと、ぼくとまた会うことが、どうかみ合うのかもね。つまりね、ベス・ショートが相手だと、どこまでが予定で、どこからがただの夢想なのかがわからなくなってしまうんだよ。彼女自身もよくわかっていなかったんじゃないかな」

「その日の彼女の服装は？」

「ファッション雑誌から抜け出てきたみたいだったよ——黒の男仕立てのカーディガンジャケットに、対のスカート、レースの襟の付いた高そうな白のブラウス、そして黒のスエードのパンプス……色の薄いコートを腕にかけて持っていた。そして、黒のストッキング」

「彼女にすっかり参ったんだろう？　どうなんだ、レッド？」

「参らない男がいるか——あのすばらしい曲線に、澄んだ青い瞳……それにあの香水。ああ、彼女はこっちの心の中にぐんぐん入ってくるような女だったよ」

おまえさんは彼女の中に入れなかったわけだけどな。

「ロサンゼルスに着いて」わたしは尋ねた。「どこで彼女を降ろした？」

「えーと、最初は七番街のグレイハウンドのターミナルに連れていったんだよ。あのあたりは少々物騒だから、一緒に行って、スーツケースと帽子ケースをロッカーに預けるのを手伝ったんだ」

ファウリーが手帳から顔をあげた。スーツケースはまだそのまま、バスターミナルのロッカーにしまいこまれているだろう――仕事熱心な新聞記者にとって、なんという掘り出し物か。

「それから〈ビルトモア・ホテル〉まで送っていった。オリーブ通りの……」

そこから彼女はわたしに電話してきたのだ。ロビーから、めでたいとは言えないニュースを伝えてきて、わたしをびびらせたのだった。

「……五番街の角に車をとめて、彼女についてロビーまで行った。そこで妹と待ち合わせているので、フロントできいてみてくれと頼まれた。すると、妹はチェックインしていないし、部屋を予約してもいないようだった。いずれにしても時間が遅くなってきていたし……もう六時半近かった……ぼくが、それじゃこれでと言ったら、彼女はにっこりした――ありがとうという感じで――そして、ぼくの腕にさわって、軽くつねるようにしたよ。美しい目だった。きらきら輝いて、澄み切ったブルーで。その目でぼくをまっすぐに見ていた。まっすぐにぼくを見つめていた……ぼくは彼女の頬にキスして、ホテルを出てきた」

「それが彼女を見た最後になったのか？」

「いや、玄関を出て、ふり返ってみたんだ。もう一度手をふろうと思って。彼女はたばこ売り場で両替をしてもらっていた。見ていると、公衆電話のほうに歩いていったよ」

彼女が電話した相手は、わたしひとりだったのだろうか？

わたしは尋ねた。「ほかに何か、今度の件と関係がありそうなことはないか？」

「いや。ほんと、正直言ってぼろぼろに疲れているんだ。永遠に眠っていられそうな気がするよ」

何か嘘をついているとしても、それはカリフォルニア州が扱うべき問題だ。

ファウリーに目を向けると、手帳を閉じていた。「なあ、ミスター・パーマーのところにいって、電話を貸してもらったらどうだ？」わたしは言った。

ファウリーは眉を吊りあげた。「ハリー・ザ・ハットとファット・アスに電話しろってか？お宝をわけてやれって？」

「それがいいんじゃないか？」

ファウリーは欲張りの子供のような顔でにんまりし、走るようにキッチンから出ていった。

「たばこ、もう一本ある？」マンリーにきかれた。

「いや。相棒が持ってる――すぐに戻ってくるから、やつからもらえよ」

「おれのこと、大馬鹿だと思っているだろう？」

「ああ。だけど、男はたいがい大馬鹿だよ」

「あんたも？」

「ときどきね」

彼は笑った。「まったくね。男ってやつは、あそこをくわえられたら、なんだって――」

「何?」

「……なんでもない」

わたしは背中をのばした。「あんた、ベス・ショートとセックスはしなかったと言ったな」

「してないよ」

「でも、彼女は口でしてくれたんだろう? どうだ、レッド?」

彼はもうわたしと目を合わせようとしなかった。「そんなことは言ってないよ」

「いや、言ったさ。確かに言ったぞ」

ダイニングルームからファウリーがわたしを呼んだ。「ヘラー!」

部屋の境のアーチ型の戸口まで行って、返事をした。「どうした?」

「〝ハット〟とファット・アスがこっちに向かっている……車からカメラを取ってこいよ……ここの坊やに会いに、誰か来たみたいだぞ」

ファウリーがそう言ったとたんに、ハリエット・マンリーが——ブロンドの髪を花柄のスカーフでおおい、みごとなボディを黒っぽいレインコートで包んで、美しい顔に薄化粧をほどこして——家に飛び込んできて、ファウリーの横をすり抜けて、必死の形相でキッチンに向かってきた。

わたしが〈スピードグラフィック〉を持って戻ったときには、レッドとハリエットはひしと抱き合っていた。妻は夫を見あげ、赤い口紅に彩られた唇をふるわせ、青い瞳を涙でうるませ、爪を赤く染めた指で夫の顔をなでている。その表情はやさしさと苦痛がないまぜになったものだった。ふたりは手を取り合い、抱き合い、キスした。わたしはそのすべてをフィルムに収めた。

「うまく逃げおおせやがったな」ファウリーが首をふりながら言った。

彼が言うのは、マンリーが美しい妻の愛情をつなぎとめることができるという意味だった。

だが同じことがブラック・ダリアを殺した人物にも言えるのだろうか？

11

翌朝、《エグザミナー》は大勝利をあげた。ロバート・〝レッド〟・マンリー逮捕をただ一紙報じたのだ。ただし《ヘラルド・エクスプレス》がブラック・ダリアというニックネームを探り当てたことで、その勝利はほんの少し割り引きされた。《ヘラルド》の記者ビーヴォ・ミーンズがロングビーチのドラッグストアの主人から情報を得て、前日の夕刊で報じていたのだった。

パーマー家の外で、わたしたちはハリー・ザ・ハットの写真を何枚か撮った。彼らが容疑者を逮捕するところだ。それに加えてわたしが撮った、傷ついた美しい妻と和解しようとするレッドの写真が載ったのだから、同じ事件を扱う他紙の記事は見るも無惨なありさまだった。逮捕現場でファウリーは、〝ハット〟とブラウン巡査部長に、マンリーを本署ではなくホレンベック署に連行したらどうかと提案した。本署には警察無線を傍受している記者たちが大挙して押し寄せているだろうからと。〝ハット〟はその提案を受け入れ、近くの分署に嘘発見器を取り寄せ、殺人課の応援チーム、さらには警察付きの精神科医まで呼び寄せた。だが、わたしたちはご招待にはあずからなかった。

「いい仕事をしてくれたな」小さな口元にほんのかすかな笑みを浮かべ、真珠色のフェドーラ帽のつばの下から、眠そうな目でこちらを見て、彼は言った。片手をわたしの肩に置き、もう一方をファウリーの肩に載せた。「だけど、朝刊に載せる記事のネタとしては、今あるのでもう十分だろう」

「なんだ、おい、ひどいじゃないか、ハリー」ファウリーは抗議した。「おれもホレンベックに行くぞ!」

それでなくてはまったく意味がなかった。せっかくよその記者を本署に引きつけておいたのに。

〝ハット〟は片方の肩をすくめた。「なんなら会見室で待っていてくれてもいいよ……進展があったら、ひとつふたつ情報を流してやろう――だけど、それで全部だぞ」

ファウリーはため息をつき、うなずいた。それでも何もないよりはましだった。

わたしの肩に腕をまわして、〝ハット〟はわたしをパーマー家のガレージに連れていった。マンリーのスチュードベイカーがまだ置いてあった。静かなところで話がしたいらしかった。

「ほかに何か気づいたことはないのか?」〝ハット〟は言い、ドライブウェイに立って、野球の仲間に入れてもらえなかった子供のような顔をしてこちらをにらんでいるファウリーのほうにうなずいて見せた。「きみがつるんでいる、あの尊敬すべきマスコミ人の目にはとまらなかったようなことが」

何か投げ与えてやれるものはないかと考え、とっさにサンディエゴのフレンチという母娘から事情聴取するといいと答えた。いずれマンリーの口からフレンチという名前は出るだろうから、今しゃべっても実害はない。

〝ハット〟はわたしの言ったことをメモし、うなずきながら、言った。「いい子にしてたみたいだな、ネイト――わたしが提供した例の情報を漏らしていないようで」

彼が言うのは、あの胸の悪くなるような話のこと――エリザベス・ショートは殺される前に人間の大便を食べた、あるいは食べさせられたということだった。それは〝ハット〟が公表せずにいる三つの重要な事実のうちのひとつだった。

「おれは頭がよくないかもしれないけれどね、ハリー、あんたの機嫌をそこねるようなまねをするほど馬鹿じゃないよ」

「結構」

「じゃあ、もうひとつは？　もうひとつ教えてくれても、まだあんたはひとつ手元に温存しておけるじゃないか」

彼はまたかすかな笑みを浮かべた。「それを知れば、きみの調査に役立つと思うのか？」

「それは中身を聞いてみないことには。でも、どっちにしても邪魔にはならないと思うけど」

うまくいくはずがないと思っていたのだが、〝ハット〟は驚くような反応を見せた。

「いいだろう、ネイト……もうひとつ、気味の悪い話を聞かせてやろう。エリザベス・ショートの左の太腿の外側の皮膚の一部がはぎ取られていたんだ……そこにはバラの花のタトゥがしてあった」

「それはこちらも前から知っていたと思うよ」頭をかきながら、わたしは言った。「あるいは、知っているべきだったと言うべきか。現場で遺体の太腿の一部が切り取られているのには気づいていた。そこにバラのタトゥがあったことは、サンタバーバラの逮捕記録で知ったんだろう？」

「イエスでもあり、ノーでもあるんだ。実はタトゥのある皮膚の断片をみつけたんだよ」

「みつけた？　いったい、どこで？」

「それが二番目の秘密のお話なんだよ。きみには教えてやる。きみだけにな、ネイト」

「どこでみつけた？」

「そう、われわれはどこでそれをみつけたのか？　というより、検死官はどこでみつけたのか？」

「どこなんだ、早く言ってくれよ」

「あのかわいそうなご婦人の尻の穴につっこんであった」

考え込んでしまったわたしに、〝ハット〟は帽子の縁に手を触れながら言った。「もう家に帰れよ、ネイト。ホレンベックには映画館もないぞ……それはそうと、ネスに電話をしてくれてありがとう」

「ああ、そうだ——彼から連絡はあった？」

「あったよ。きみにも何か言ってくると思う。明日の列車でこっちに来ることになったから。事件についてわれわれと協議するためにね」

「それはあんたが言いだしたことか？　それとも彼のほうから？」

「両方からだな……おやすみ、ネイト」

それでわたしは家に帰った。つまり、〈ビバリーヒルズ・ホテル〉のバンガローに。すると妻が、すでにベッドに入り半分眠っていたのだが、同じことを教えてくれた。ベス・ショートのバラのタトゥのことではなく、エリオットから電話があって、明日の夜七時にユニオン・ステーションに迎えにきてほしいと言ったということ。それ以上の伝言はなかった。

ペギーは、ハリウッドの端役女優としての第一日はすばらしかったと言った。前の日の言い争いのことは、すっかり水に流してくれたようだった。そのままベッドにもぐりこむと、静かにいびきをかきはじめた。こうして、今度の波瀾万丈のハネムーンではじめて、セックスなしの一日が過ぎていった。翌朝、わたしが目をさましたときには彼女はもうスタジオに出かけてしまっていた。パラマウントスタジオ差しまわしの車で。

それで今、わたしはまた《エグザミナー》の会議室にいた。コーヒーを前に、ファウリーと、ワシのような顔をした、すが目のリチャードソンと三人だけで。

ホレンベック署からの報告は、ロバート・〝レッド〟・マンリーに関する限り、あまり見込みのありそうなものではなかった。ひとりの人間として、マンリーはいただけないやつだったが、容疑者としても、やはりいただけない男だった。レイ・ピンカーが彼を嘘発見器にかけたが、結果は〝結論にいたらず〟だった。二度目のテストにはハリー・ザ・ハット自身が加わってピンカーを助けたが（おそらくは公表されていない三点について探りを入れたのだろう）、総じてマンリーの供述に信憑性ありという結果となった。さらにマンリーのアリバイにも穴はないようだった。

だがリチャードソンとしては、それで大満足だった。はじめから事件の早期解決など望んでいないのだ——こんなに新聞が売れているのだから。

「きみたちがみつけだした鞄は宝の山だったぞ」リチャードソンが言っているのは、われわれがグレイハウンドのターミナルに預けたとマンリーから聞き出した、二個のスーツケース（と帽子ケース）のことだった。

わたしは言った。「警察にだまってそいつを持ってきたのか？」

「ファウリーがホレンベック署から電話で知らせてきたので、シド・ヒューズに取りにいかせたんだ」たばこに火をつけながら、リチャードソンはにんまりとした。「この街じゃ、たった十ドルでたいしたものが買えるものだよ」

固い椅子の上ですわり直し、わたしは言った。「自分だけいい子ぶるつもりはないけれど、だけど、証拠品を警察に隠したまま勝手にいじくるなんてことして、ただじゃすまないんじゃないか？」

編集長は手で何かをふりはらう仕種をした。「殺人課のドナホーに電話してやったよ。今朝一番にな。そんなものが手に入ると知って、もう感謝感激さ。三十分前にファット・アス・ブラウンが取りにきた」

わたしはコーヒーを一口飲んだ。「その前にあんたたちが中をさんざんかきまわしたんだろう」

彼は両手をテーブルについて、わたしに満面の笑みを見せた。遅いほうの目が追いついた。「《エグザミナー》の森のこびとたちが徹夜で働いて、あのがらくたの山から手がかりをどっさりみつけだしてくれたよ」

「がらくたというと？」

彼が話すとたばこがゆれ、傷だらけのテーブルの上に灰をまき散らした。「お気に入りだったつるつるの黒いセクシーな服が山ほど。ぴらぴらの下着に、シルクのストッキングも。でも、それだけじゃないんだよ、諸君。きのうは記事を飾れるものといえば、あの空き地の気味の悪い写真と、サンタバーバラで逮捕されたときの警察の顔写真しかなかった。それが今はどうだ？　今じゃセクシー写真がたっぷりだぞ。ピンナップ写真だ。プレイスーツに水着、黒髪に白い花を挿してナイトクラブで水兵たちに囲まれているところまで」

わたしはうなった。「よだれを拭けよ、ジム──みっともないぞ」

「それだけじゃない。元ボーイフレンドやルームメイトの名前を書いた分厚い住所録もあった……いや、もう、わが社は手がかりの山に埋もれちまいそうだよ」

ファウリーが言った。「じゃあ、おれたちにもひとつくださいよ」

リチャードソンは手帳のページを破りとった。「最高の手がかりを、最高のスタッフのために残しておいたぞ──〈フローレンタイン・ガーデンズ〉だ」

「裸のねえちゃんか」ファウリーは言った。「悪くないすね」

ファウリーの反応ももっともだった。〈フローレンタイン・ガーデンズ〉とは、この街のナイトクラブで、そこのフロアショウのただいまの出し物〝一九四七年ビューティフルガール・レビュー〟は街で一番の露出度を誇っていた──ミルズ・ブラザーズが主演しているのを考えると異例のことだった。黒人とはいえ、彼らはレビュー界の本流を行く芸人なのに。

長年にわたって〈ガーデンズ〉は、サンセット・ブールヴァードとヴァイン通りの角に建つ豪勢なナイトクラブ〈アール・キャロル〉の後塵を拝してきた。〈アール・キャロル〉といえば、ほとんど裸のショウガールと、ハリウッドの有名人のほとんど全員が寄り集《つど》うことで有名だった。だがフローレンス・ジークフェルド子飼いのスカウト係――伝説のスター製造人ニルス・ソア・グランランド――が興行主を務めるようになって以来、このナイトクラブは大繁盛となった。

「どうやら去年の暮れ近くまで」リチャードソンが話していた。「あのショートって女はマーク・ランサムのハーレムの住人だったらしいんだ。〈ガーデンズ〉の裏の、サンカルロス通りに面した例のお城だよ」

「マーク・ランサムって？」わたしは尋ねた。

「〈ガーデンズ〉のオーナーだ」ファウリーが答えた。「ほかにも映画館を何軒もと、一曲十セントでダンサーが相手をするダンスホールも何軒か持っている」

わたしは言った。「〈フローレンタイン・ガーデンズ〉といえば、ＮＴＧの持ち物だと思っていた」

ＮＴＧはニルス・ソア・グランランドの有名なふたつのニックネームのうちのひとつだ。もうひとつは〝お婆ちゃん《グラニー》〟。

「グランランドは〈ガーデンズ〉のマネージャーだ」リチャードソンが言った。「だけどオーナーはランサムで、グラニーに劣らずこの男もあの店には力を注いでいる」

「〝ハーレム〟とか、ナイトクラブの裏手の〝お城〟とか、なんのことだい？」

「ランサムは根っからの女たらしでな」ファウリーが答えた。「やつのでっかい家にはコーラスガールやウェイトレスがおおぜい住んでいるんだ――プールだのなんだのがそろった豪邸に」

「ねえちゃんたち専用の寮だよ」横目でわたしを見て、リチャードソンは言った。「で、ランサムが寮母さん」

ファウリーがランサムについていてかいつまんで説明してくれた。そもそもは酒の密輸を稼業にしていた男だが、今ではハリウッドの住人の中でも一目置かれる存在となり、ジュニア交響楽団の後援者まで務めているという。妻とは離婚したが、共同名義の不動産があるために完全に縁を切ることはできずにいる。その元妻はビバリーヒルズでひとり暮らしをしていて、彼のほうはサンカルロス通りに女たちを侍らせている。

「ジム」わたしは言った。「グラニーとは多少面識があるんだ。彼がシカゴでレビューの興行をしたときに会ったので」

「それで?」

「いや、グラニーくらいマスコミの扱いに長《た》けている男はいないんだ——よかれ悪しかれね。だから、おれがひとりで行って、オフレコだと保証すれば、何か聞き出せるんじゃないかと思って」

ファウリーは背筋をぴんと伸ばした。「けちけちすんなよ、ヘラー! 自分は新婚で、女のケツならたっぷり味わってるくせに」

わたしはファウリーに冷たい視線を長いこと向けた。「あんた、ノエル・カワードのゴーストライターやってるって、ほんとうか?」

リチャードソンは部屋の中を歩きまわりながら、うなずき、たばこを吸っていた。「いい作戦かもしれんな、ヘラー。おれたちにこっそり話をしてくれれば、やつの名前は警察には漏らさないとグランランドに言うんだ」

「そんなことできるのか？」

「おれたちにできないことはないさ」

「だって、この手がかりは今朝あんたが警察に引き渡したものから得られたんだろう？」

「そうかもしれんな」

「おい、ジム！　何かわたさずにいるものがあるのか？」

「おまえさんの給料をわたさないかもしれないぞ。うるさくあれこれきくのをやめないとな」ファウリーに向かって彼は言った。「おまえにも結構な仕事があるぞ——ロングビーチの〈アトウォーター・ホテル〉で女たちから話を聞いてこい……これが住所だ」

顔をしかめて、ファウリーは住所を書き留め、次に女性たちの名前を書き取った。

「ランサムのところに移る直前まで」リチャードソンは言った。「エリザベス・ショートはこの女たちのところにいたんだ。バーにたむろして客をとっているが、ほんとうは歌手志望や女優志望という女たちだよ。エリザベスはそこのホテルの小さな部屋に、四人の女と一緒に詰め込まれていた」

「『オペラは踊る』(マルクス兄弟の喜劇映画)の船室の場面みたいだな」ファウリーは言った。与えられた仕事に対する彼の意欲は、目に見えて高まってきていた。「ただし、こっちはおっぱい付き」

「それじゃ」部下の単刀直入な発言を無視して、リチャードソンは言った。「カメラを持っていけ。昼までかかっているんじゃないぞ。午後にはクック基地に行ってもらうからな」

「そっちはシド・ヒューズが担当しているんじゃなかったですか？」

「ああ、そうだ。ところがシドのやつ、しくじりやがった。バッジをちらつかせて、ハリー・ハットになりすまそうとしたんだ。それを知ってハリーはつむじを曲げるし、合衆国陸軍での《エグザミナー》の評判も落ちてしまった」

ファウリーは親指で自分を指した。「おれが行けばなんとかなるって、どうして思うんです？」

「《ヘラルド・エクスプレス》の記者だと言え。どうせ同族会社なんだから」

ファウリーとわたしは別行動をとることになって、彼は《エグザミナー》のフォードに、わたしは〈A－1探偵社〉のビュイックに乗りこんだ。

〈フローレンタイン・ガーデンズ〉はハリウッド・ブールヴァード五九五五番地にあった。最大のライバルの〈アール・キャロル〉からほんの二、三ブロックのところだ。朝の日の光を浴びて、真っ白な建物はまぶしく輝いていた。巨大な建物はモダンな造りだが、クラシックな雰囲気も加えてあって、ネオンを配した円柱などがその一例だった。スペインふうの鋳鉄製の門が二本のヤシの木の間に設けてあり、太いネオン管で描かれたクラブの名前の上に、ミルズ・ブラザーズの名を記した横断幕が掲げてあった。

店は閉まっていたが、ドアは開いていた。ロビーの壁は曲線を描いていて、薄いブルーに金の縁取りがしてあった。豪華な花模様のカーペット。左手のクロークの窓口は無人だった。右手の戸口の奥は、白黒の色遣いのジャングルのような内装を施された〈ザンジバル・カクテルラウンジ〉だったが、そちらも無人だった。正面には大広間に続く両開きのドアがあって、それは閉まっていた。だがドアの向こうの大きな部屋に響きわたるピアノの音が、ドア越しに聞こえてきた。コール・ポーターの荒唐無稽なカウボーイソング、〝ドント・フェンス・ミー・イン〟だ。

二、三年前にこの店を買収したとき、ニルス・ソア・グランランドは、イタリアの古都フローレンスを思わせるエキゾチックな装飾を取り払い、フローレンス・ジークフェルドを連想させる造りに変えた。それでも、メインルームは広々とした空間のまま残され、曲線を描く薄いブルーの壁に配された鏡が中央の円形のダンスフロアを映していた。両側には、広々として背もたれの高い、金色の布張りのブースが並び、人目を避けられる小空間が壁をうがつ形で設けられていた。

ダンスフロアへ続く金色のカーペット敷きの広い通路を歩いていくと、広々とした部屋の奥にステージがあった。バンドスタンドは窓がひとつ開いた巨大なシルクハットに似せて造られていて、そのつばがステージを取り囲むかたちになっていた。階段状の楽団席は無人で、ただひとり、退屈そうな顔をした大柄の男がシャツ姿で、葉巻をくわえたままピアノを弾いていた。ステージの上には十人あまりの美女たちが横一列に並び、ダンスの稽古をしていた。

コーラスガールは各人各様にカジュアルな、脚をあらわにした服装をしていた――サンスーツ、ホルタートップ、半袖ブラウス、ショートパンツに短いスカート――髪はうしろでポニーテールにしたり、カーラーで巻いてスカーフでおおったりしている。誰も化粧はしていなかった。だがわたしの目には、すっかり化粧しているよりもずっとセクシーに見えた。

「ちがう、ちがう、ちがう！　ああ、もう、能なしの雌牛どもめが！」ステージの前のダンスフロアに立っていた振り付け師は、年齢四十歳くらい、半袖の白いセーターによれよれのジーンズ、そして靴はモカシンという格好だった。

脚を振りあげかけたところで女性たちは凍りついたようになり、ピアニストは手をとめると、ゆっくりと葉巻に火をつけ直した。

振り付け師が歌いながら、最初から全部のステップの手本を演じはじめると（〝ドント・フェンス・ミー・イン　オー・ギヴ・ミー・ランド　ロッツ・オブ・ランド〟）、コーラスガールの面々は緊張をゆるめた。確かに彼のほうが女性たちよりも動きが優雅で、ついでに言えば女っぽさにおいてもひけをとらなかった。

コーラスガールたちは振り付け師の技量の高さを認めてうなずき、ふたたび踊りだしたが、先ほどよりも上手になっていた。あの男はなかなかできる。

わたしはぼんやりと踊る女性たちを見つめ、心配事を忘れ、彼女たちの体の動きの美しさを堪能しながら、カリフォルニア州にはなんとまあ大量の美女がいることかと考えていた。これだけいるのだから、わたしの結婚相手の美女ひとりぐらい、この州にいなくても困らないだろうにと。そのとき、しわがれた声がわたしに呼びかけた。

「まだ生きてたのか？」

ふり向くと、そこにいた。ブースのひとつに腰を落ち着けていたのが、〈フローレンタイン・ガーデンズ〉の常任演出家、ＮＴＧその人だった。

「やあ、グラニー」わたしは言い、ブースのほうに歩いていった。

グランランドは団子鼻の大男のスウェーデン人で、畑の真ん中に鋤《すき》を持って立っていてもまったく違和感がないだろうと思われた。ただし、今のように誂えのグレーのシャークスキンのスーツに、シルクの白黒模様のネクタイなどという格好では無理だが。白髪をオールバックにし、濃いブルーの目を輝かせて、親戚のおじさんのような顔でほほえんでいた。年齢は五十代後半。金の指輪をいくつもはめた手であごを支えている。金のカフスボタンと金の腕時計は、せいぜいプリマスの新車程度の値段だろう。

「こっちに来てると聞いてたぞ」隣にすわれと合図しながら、彼は言った。「おまえさんとフレッドとで、ますます商売繁盛だな」

グランランドはフレッド・ルビンスキーもわたしも以前から知っていた。一九三〇年代なかばにシカゴの〈コングレス・ホテル〉で彼のレビューが上演され、その際にわたしが警備を担当したのだ。

「それはどうも、グラニー。いい店を持っているんだね」

「正確にはおれの店というわけではないんだが、でも、ありがとう、ネイサン。うちの女たち、どう思う？」

「今もスカウトの勘は鈍っていないようじゃないか」

「ああ、まだやれてるよ」振り付け師が鞭をふるうようにして仕込んでいるコーラスガールたちを、ほとんど夢見心地の顔で見つめながら、彼は言った。「それはそうと、ショートって娘はコーラスガールじゃなかった。ウェイトレス以外のことはさせてない――マークが雇ったんだ」

それはまさに不意打ちだった。わたしは言った。「相変わらず鋭いな」

スウェーデンの大きな妖精のように、彼はにんまりとした。「おまえさんの名前が《エグザミナー》の記事に出ていた。でかでかとな。いずれ警察かマスコミの人間がここに来るだろうと覚悟していたんだが、おまえさんだったので、正直ほっとしたよ」

「おれの知る限りでは、警察はベス・ショートと〈ガーデンズ〉との関連には気づいていないよ」

笑みを浮かべ、満足のため息をつき、自分が集めた美女の群れで目を楽しませて、グラニーはブースの背もたれに身をあずけた。内ポケットから金のシガレットケースを取り出し、わたしに一本勧めてくれた。わたしは断わり、彼はたばこに火をつけた。

「いずれ警察も、うちと彼女の関係を知ることになるだろう」あっさりと彼は言った。「《エグザミナー》が記事にすれば」

「《エグザミナー》では、記事に〈ガーデンズ〉の名前を出さずにおいてもいいと言っている――警察が自分たちで関係に気づくまでは、あるいは気づかない限りは」

片方の眉を吊りあげて、彼は言った。「ほんとうか。なぜだ？　突然ジム・リチャードソンが同情心の塊になったのか？」

「あんたなら被害者に関してほかでは得られないような情報を提供してくれるのではないかという期待からだよ」

「オフレコでどうのこうのってやつか？」

わたしはうなずいた。

彼はすわったまま、たばこをくゆらし、踊る女性たちを見つめていた。たぶん一分間ほど。

長い一分だった。退屈したピアニストは、やけになったように〝ドント・フェンス・ミー・イン〟を弾きまくっていた。

やがてグラニーが言った。ささやき声だった。「あの娘とはほんの二、三度話しただけだった。今言ったように、マークが雇ったんだ。仕事はウェイトレスだけ。確かにウェイトレスにしては美人すぎるようだが、それを言うならうちのウェイトレスは全員がとびきりの美人なんだ……〈フローレンタイン・ガーデンズ〉には並以下の女はいない」

「ウェイトレスが美人だと、男性の贔屓《ひいき》客が増えるしね」

軽くほほえんだ彼の頬にえくぼができた。「ネイサン……おまえさんの考えはお見通しだよ。うちのウェイトレスは裏で客をとっているんじゃないかと言いたいんだろう？　それはない。うちでは売春はやっていない。去年ちょっと面倒なことがあって――」

「未成年の双子の姉妹」

今度は両方の眉があがった。鼻からたばこの煙が流れ出た。「知ってるのか？」

「うまくごまかせると思えば、あんたはいつだって未成年の少女を雇っていたじゃないか」

彼は肩をすくめた。「十五、六の美少女以上に美しい女がいるか？　そういう少女の魅力で客の目を楽しませて何が悪い？　ちゃんと品よくやっているのに。ただ、女の子のひとりが客とややこしいことになってな。それで……未成年を〝好ましからざる環境〟に置いたかどで告発されたんだ。それからは十分に気をつけているよ」

「気をつけていると言っても、おたくのランサムって男は、自分の家に店の女たちを住まわせているんだろう？　〈ガーデンズ〉のすぐ裏で」

グラニーの顔が笑みでひきつった。「オフレコって、どの程度にオフレコなんだ？」

「すっかり、完全に――ランサムのことを残らず話してくれよ。おれのためだと思って。リチャードソンのためではなく」

濃いブルーの目が細まった。「この事件に何か……個人的なかかわりでもあるのか？」

「ああ」

「おれに言えるのはそれだけか？」

「ああ」

ピアノに合わせて飛び跳ねている女性たちを彼は眺めた。「〈ガーデンズ〉を辞めようかと思っているんだ」

「ほんとうに？」

「ああ。なんというか、ボスとは……すっかり息が合うわけではなくてな」

「それはまた、どうして？」

グラニーの薄い唇にかすかな冷笑が浮かんだ。「エリザベス・ショートの話に戻ろうじゃないか。今一番の問題は彼女だろう。さてと、マークは女たちをウェイトレスとして雇うんだが、そのときに、これはいずれこのおれに見出されるための一段階なんだというような話をするんだ」

「そしてあんたにコーラスラインに抜擢される」

「そう。あるいは、女優志願の場合は、おれが映画に出してやるかもしれないってな」

別に根拠のない話ではなかった。長年にわたってスターを発掘してきたグラニーの功績の中には、ジョーン・クロフォードやバーバラ・スタンウィック、ジンジャー・ロジャース、マーサ・レイ、アリス・フェイなどの人材を発掘したことがあげられるし、最近では〈フローレンタイン・ガーデンズ〉で、ベティ・ハットンや、イヴォンヌ・デカーロ（彼の発見した未成年のひとり）、そしてマリー・〝ザ・ボディ〟・マクドナルドなどをデビューさせている。

「グラニー、気を悪くしないでほしいんだけれど、噂ではあんたは、〝掘り出し物〟と……ごく近い関係になって仕事をするというじゃないか」

振り付け師がまた女性たちを叱りつけていた。

グラニーは言った。「ネイサン、おまえさんは天使じゃない。おれもちがう。マークが親切に部屋を提供してくれていてね。自宅のガレージの上の部屋を。そこでおれは、発掘した人材を……指導するわけなんだ」

そこなら妻の目は届かない。彼と妻は〈グリーク・シアター〉近くの豪邸に住んでいるのだが。

「グラニー、それは別にかまわないと思うよ。ランサムが美人を雇い、あんたに別宅を提供して、そこで雇った女性が使い物になるかどうか試させるということだろう」

彼はわたしを見て眉をひそめた。その声が突然きつくなった。「ネイサン、おれは女たちに空約束をしたりはしないぞ。彼女たちのおれへの友情につけ込みもしない……そう、友情なんだ。おれは彼女たちから見ればでっかい兄貴みたいなものでね」

しばしば近親相姦の罪を犯すが、まあ、でっかい兄貴にちがいはない。

「グラニー、あんたの話は微妙すぎて、ついていけないところがあるよ」

いらだって、彼は顔をしかめた。「おれは自分の立場を利用して女をものにしたりはしないってことだよ——NTGはそんな男じゃないんだ。おれは女の美しさの鑑定人、目利きなんだよ。おれは自分の地位を利用して、与える用意のない報酬をちらつかせて、女性たちに奉仕させるようなまねはしていないということ」

必死でこらえて、なんとか笑わずにすませた。グラニーとベッドに入るのは、コーラスラインのオーディションではないということだ。女たちはまずオーディションにパスしなければならない。それからグラニーにベッドに引っ張り込まれるのだ。人それぞれ、それなりに自分と折り合いをつけていくものだ。

「女をほかの男のベッドに送り込むための手段として使われるなんて、まっぴらだ」控えめながら堂々と、彼は言った。「オーナーだろうとなんだろうと、マークだってよくわかっているはずなんだ。キャスティングに関してはおれがすべての権限を持つと契約書に書いてあるんだから。空約束をしているのは、やつなんだよ。やつはうまいことを言って女をものにする。女はオーディションを受けるが、結果はみじめなものだ。あとはやつが持っているダウンタウンの安ダンスホールで働くしかなくなる」

「ベス・ショートもオーディションを受けたのか？　みじめな結果だったかはともかく」

「それが問題なんだ——マークは彼女におれのレビューに出させると約束した——それも大きな役、今おれがリリー・シンシアーにやらせている役でだぜ」

「しかし、キャスティングに関してはあんたに百パーセント権限がある」

「そのとおり。いや、ショートって女は美人だったよ。体つきもよかった……たぶん、バタフライにハイヒール、アンクレットなんて衣装を着れば舞台映えしただろうな」

衣装を着るのではなく脱ぐのだろう。

「エリザベス・ショートはなかなかの才能があったという話だけど」わたしは言った。「歌とダンスがそこそこできたって」

グラニーはまたあごを手で支えて、踊る女性たちを見つめていた。ピアニストは待ってやるものかというような調子で、コール・ポーターの〝カウボーイ〟ソングを弾きまくっていた。まるでうわのそらのように、グラニーは言った。「それはわからんな――彼女のオーディションはしなかったから。マークが勝手に役をつけたんだ。おれの承諾も許可もなしに。彼女をおれに押しつけてきやがった」

「で、あんたはどうした？」

「彼女をくびにしたよ」

「それはずいぶん手厳しいな」

「マークが勝手なまねをしたというだけではなかったんだ。くびになったについては、彼女自身にも原因があった」

「というと？」

彼はわたしをじっと見た。親戚のおじさんのような顔つきはすっかり別のものに変わっていた――さっきまでは愛想のよかった顔に、今では無骨な、容赦のない本性が表われていた。

「あのショートって娘は、この街で成功するに十分なだけのものは持っていなかった。いや、美人だったし、セックスアピールもあった。それに野心もあると、本人は言っていた。だがな……友だちを、つきあう相手を選ぶことをしなかった」

「マーク・ランサムなんかとつきあったってこと？」

「やつのことを言っているんじゃない」

「じゃあ、誰のことを？」

「彼女にはちんぴらのボーイフレンドがいた」

少し考えて、わたしは言った。「もしかして、イタリア系の？」

「そうだと思うよ、うん。それはともかく、あんたもおぼえているだろう。シカゴの頃から同じだ。うちで働く女がギャングと関係を持つことについての、おれの考えはな」

グラニーも――ショウビジネスの世界の人間、特にナイトクラブの関係者は誰でも同じだが――裏社会の連中とのつきあいはあった。だが、ジークフリードでの彼の配下のショウガールのひとりが、レッグズ・ダイアモンドとのつきあいを大きく取りざたされて評判を落として以来、彼は自分が指揮する聖歌隊の少女たちにはっきりと言いわたしてきた。ギャングとベッドに入ったら、うちは辞めてもらう。

「そのボーイフレンドって、誰だい？」

彼はまた肩をすくめた。「名前は知らない。ただ、信頼できる筋から話を聞いたんだ。マークに近い筋だ」

「というと、誰だ？」

「マークの家に住んでいる女優のひとり。名前はきくな。自分であそこに行って、かぎまわったらいいだろう。マークにも会えるぞ」

「わかった――そうするよ」わたしはそこでギアを入れ替えた。「噂じゃあ、あんたとランサムは女の子たちに言って、有名人の客や特別な常連の相手をさせているそうじゃないか」

グランランドはきつい目でわたしを見た。「そういうことが行なわれているのを否定はしない……だが、けっして売春じゃないぞ！」

「おれもそうは言ってないよ――はっきりとはね。ベス・ショートは誰の〝相手をした〟のかな？」

「その〝相手をする〟というのが、セックスをするという意味なら、彼女が誰かの〝相手をする〟ことがあったのかどうか、おれは知らない。ただ、プロデューサーのマーク・ヘリンジャー（『裸の町』などの映画の製作者。一九〇三～四七）とは親しかったな」

ヘリンジャーは少し前に死んでいる。心臓発作だった。

「ほかには？」

「俳優のフランチョット・トーン（『空駆ける恋』などに出演した俳優）――確か一、二度彼女とデートしているはずだ。それと、アーサー・レイクも」

「誰だっけ？　映画でダグウッドの役やっている男？（アーサー・レイクは映画版〝ブロンディ〟のシリーズに出演した）」

「そいつ」彼は薄いブルーの灰皿でたばこをもみ消した。「それに、もちろん、オーソンとは特に親しくしていた」

わたしはまた目を丸くした。彼は投球ピッチをあげていた。おまけに全部の球がビーンボールのように飛んできた。「ウェルズ？」

「そうだ。どうやら以前から知り合いだったらしい――前に何度か会ったことがあって。オーソンは気前よく軍の基地に出かけていっちゃ、マジックの舞台を披露していただろう。彼女はそんな基地のどこかで働いていたんだと思う。確か〈ハリウッド・キャンティーン〉で知り合ったんじゃないかな？　彼女はあそこでウェイトレスをしていたから。履歴書にそう書いてあった」

ウェルズならベス・ショートが受けることになっていたスクリーンテストの〝有名な監督〟にぴったり当てはまる。「ふたりはデートしていた？」

「知らんね。親しかったことは確かだが」

わたしはなんとか事態を理解しようとしていた。「だって、グラニー、ウェルズはリタ・ヘイワースを女房にしているんだぜ」

「女房持ちの男がほかの女にちょっかいを出すのは珍しいことじゃないだろう、ネイサン」

「リタ・ヘイワースという女房を持っている男でも？」

彼は新しいたばこに火をつけた。女性たちは次の曲の用意をしていた。体を伸ばしたり、柔軟運動をしている。「オーソンとリタは、ついたり離れたりだったんだ。この一年くらいな。そう言えば……いや、別になんでもないと思うけど」

「何が？」

振り付け師がカウントし、ピアニストが〝アクセンチュエイト・ザ・ポジティヴ〟を弾きはじめた。女性たちが楽しげに飛び跳ねた。

「いや」グラニーは言った。「ちょっと思っただけなんだが――ウェルズが軍人の慰問で演じたマジックショウには、よくリタも加わっていたんだ。マジシャンの助手を務めたりして。出し物はごくありきたりだったがな」

踊っている女性たちからグランランドに目を移して、わたしは言った。「どんな？」

「ほら、女の体をのこぎりでまっぷたつにするという、あれだよ」

12

珍しい植物や格子細工の向こうできらきら輝いている丸窓が、わたしを見て険しい表情をしているようだった。〈フローレンタイン・ガーデンズ〉の裏手の、オフホワイトのスペイン植民地ふう二階建ての家だ。ハリウッド・ブールヴァードとサンセット・ブールヴァードの間にある住宅の建ち並ぶ道だが、中でもこの大邸宅は何本もの塔が立ち、棟と棟、そして瓦屋根のベランダが複雑に組み合わされ、それらがヤシやエヴァグリーンやペッパーツリーの木立に守られている。マーク・ランサムの屋敷をお城と呼んだリチャードソンは、別に冗談を言ったのではなかった。

同時に、このお城に近い大邸宅が、一種のアパートとして使われていることも見てとれた。そして――自分で入り口をみつけて、塀で囲まれたプールに入っていったときに――新聞記者たちがわけ知り顔に言っていたランサムのハーレムというのも、同じく事実を語っていたのだと悟らされた。

籐《とう》のビーチチェアや寝椅子で、あるいはプールの水面からの青い光が踊る煉瓦敷きのパティオに広げたタオルの上で、六人の水着姿の若い女性が日光浴をしていた。ブロンドが三人に、ブルネットがふたり、そしてひとりは赤毛だった。よりきれいに肌を日に焼こうと、水着のストラップをはずして横たわっている彼女たちの配置は完璧で、空き地のエリザベス・ショートのように慎重に位置を決められ、同じように素裸に近いように思われた。

ブラック・ダリアもこの女性たちの一員だったのだ。それもそれほど遠い過去ではない頃に。生きて、こうしてくつろいでいた……ひとつながりの体で。

一番近くに横たわっていた褐色の背中に自分の影を落としながら、彼女のうなじの産毛に汗が玉になっているようすに見ほれていると、彼女がふり向いて、わたしを見ようとした。とたんに白地に赤い水玉のビキニのトップから胸がこぼれ出た。ピンクの頂点を持つ白い肌と、体の残りの部分の褐色との対照は、その完璧なふくらみに負けずおとらず衝撃的だった。

わたしはハネムーン中なのに。

女性の目は、白いフレームにオレンジ色のレンズのサングラスに隠されていた。髪は上にまとめてピンで留めてあった。口紅を塗った唇が深紅のOの字を作った。「マークじゃないのね」彼女は言った。

「ああ、ちがうね」わたしは言い、帽子を取った。

彼女はスーザン・ヘイワードよりほんのちょっと美人という程度だった。

さりげなく、腹を立てたようすも恥ずかしがるようすもなしに、彼女は水玉模様のおおいの下に胸を戻した。まるで西部劇のガンマンが拳銃をホルスターに戻すところのようだった。背中でストラップを結ぼうとしたが、うまくいかなかった。

「やって」彼女は言った。

その日で最高の申し出だった。

やってあげた——つまり、膝をついてビキニの紐を結んであげた。すると彼女は仰向けになり、ひざまずいて自分を見おろしているわたしを見た。みごとな曲線を描く体は、身長五フィート五インチ（横になった状態で）、わずかにぽっちゃりした体型なのが、成熟した女性という印象を与えていた。

「すてきな顔ね、あなた」彼女は言った。

「すてきな顔といえば、きみのほうだよ」

「でも、俳優じゃない」

「わかる？」

「ショウビジネスの世界の人でもない」

「服装が地味すぎる？」

彼女はサングラスを取って、マホガニー色の瞳と、手入れの行き届いた皮肉屋らしい弧を描く眉を、わたしに見せてくれた。サングラスの柄の端を完璧な並びの歯で嚙んでいる。「服装は問題ないわ。すてきなスポーツジャケットじゃない」

「それはありがとう」

「あなたが俳優でないとわかるのは、馬鹿っぽくないからよ」

「もう一度、ありがとう」

「そして、エージェントでも映画会社の重役でもないとわかるのは、あなたの笑顔のせい」

「ほう？」

「誰かに見せるための笑顔じゃないでしょう？　ただ気分がいいからほほえんでいるだけ」

わたしは彼女に、次に周囲で日光浴している女性たちに目を向けた。わたしたちにいくらかでも注意を払っている女性はひとりもいなかった。「ここなら思わずほほえんでしまう」

「あなたならね。アン・トムスンよ」

「何かに出ているのを見たよ」

ビキニのトップの位置を直して、彼女は軽く鼻で笑った。「あなた、ちょっと前に、わたしが何か出しちゃってるのを見たじゃない。映画なら五、六本出たわ。台詞も同じく五、六行」

「ネイト・ヘラーだ」暖かい日で、日射しはかなり強かったが、けっして不快ではなかった。

「ここで泳ぐ人もいるのかな？」

「何か特殊な場合にね。あなた、おまわりさん？」

「のようなもの。見え見えかな？」

「話し方でそんな感じがしてきたの。どうして〝のようなもの〟なの？」

「民間企業なんで。フレッド・ルビンスキーっていう男と組んで仕事をしているんだ」

「あら！〈シェリーズ〉ってレストランの人でしょう？　元警官の？」

「そう、その男」ほかの日向の美女たちをちらりと見て、わたしは言った。「ここには何人ぐらい住んでいるのかな、アン？」

「そのときによってちがうわ。多いときは十人以上」

「家賃は払ってる？」

「わたしひとりのこと？　それともここの女の子全般？」

「まず、きみのことから教えてくれ」

「わたしは払ってない。わたし、マークと……近いので。ほんのわずかの額の家賃をマークに払っている子もいるけど」

「エリザベス・ショートはどうだった？」

爆弾を落としたつもりだったが、彼女の反応は首をかしげるだけのことだった。「いつになったら、ここにも人が来るのだろうと思っていたのよ。でも、あなたはどうして調べているの？ 私立探偵《ディック》なのに」

彼女の〝ディック〟という言い方が気に入った。まるでちんぽこ《ディック》と言っているようだ。なんという単純な喜び。「《エグザミナー》に頼まれて仕事をしているんだ。死体を発見した記者と一緒にいたものだから」

「ああ、そうよ！ 新聞であなたの名前を見たわ。手を貸してちょうだい」

手を貸して彼女を立たせ、あとについて籐の飲み物ワゴンのところに行った。彼女のあとについて歩くのは最高だった。まるまるとしたヒップがビキニのショーツからはみだして、えくぼが見えている。そして脚は、まるでベティ・グレーブル。

「何がお望み？」ピッチャーから自分のマティーニを注ぎながら、彼女は尋ねた。

「ラム・アンド・コークを」わたしは答え、質問の裏の意味には気づかないふりをした。彼女はわたしを試しているのだった。じゃれ合おうとしているのではなく、わたしを誘惑するのでもなく、ただわたしが簡単にその気になってしまう男かどうかを見極めようとしている……そして、わたしがどのくらい彼女と真剣に向き合っているかを。

黄色いキャンバス地のビーチパラソルの下の籐の丸テーブルに向かって、籐椅子に腰をおろした。彼女はマティーニを、わたしはラム・アンド・コークを、ちびちび飲んだ。

「わたしの名前は出さないでほしいの」彼女は言った。

「ただ背景調査をしているだけだから」わたしは帽子を脱ぎ、テーブルに置いた。「新聞記者じゃないし」

「わたしを出さないでおくって、できる？　名前をという意味だけど」

「もちろん。どんな話を聞かせてくれるんだい？」

「たいしてないのよ。ベスとは同じ部屋だったんだけれど」

「つまり、ここで同じ部屋にいたと？」

「ええ」彼女は建物の二階を指した。「ベスは男の人たちといっぱいデートして、映画に出ることについていっぱい話をして、もしかするとラジオで歌うかもしれないなんてことも言ってた。つまり、マークはあらゆるところにコネがあるわけよ。それにもちろん、〈ガーデンズ〉のフロアショウに出たがっていたわ……でも、言うだけで、ほんとうに必死になってはいなかったと思う」

「ショウビジネスの世界で成功するためにってこと？」

「そうよ。ベスは……彼女は怠け者だった……家の中をぶらぶらして、手紙を書いたり、映画雑誌をめくったり、マニキュアを塗ったり、髪をいじったり」

「ここには出てこなかった？」

「ええ——ときどき一泳ぎしにくることはあったけれど、日光浴はしなかったわ。お肌をクリームみたいに真っ白で、しっとりさせておきたかったのよ」

「彼女がここにいたのはいつ頃？　期間はどのくらいだった？」

「一か月か二か月……八月のいつ頃だったかに来て、十月のはじめまでいたわ。シカゴに行く前まで」

その話はそれ以上続けたくなかった。

「彼女のデートの相手は？」

「男よ――格好いい男なら誰でも。有名人も二、三人いたわね」

「グラニーは、彼女はオーソン・ウェルズといい仲だったと言っていたが」

マティーニグラスの縁を見つめて、彼女は眉をひそめた。「もうグラニーと話をしたの？」

「ああ、彼とは古くからのつきあいでね。ここへも彼に言われて来たんだ」

「あら！　だったら、かまわないわね」

「で、彼女とウェルズはどうだったんだい、アン？」

「いい仲だったかどうか？　わたしにはそこまで言いきれないわね。親しくしてて、二、三度一緒に出かけたりはしていた。彼女がデートしていたほかの俳優たちの名前をグラニーは言ってた？」

「ああ――フランチョット・トーンとか。ダグウッドの」そこで突然思い出した。エルヴェラ・フレンチが言っていた。女優をしている友だちがベスに金を送ってきたと。「きみ、彼女にお金を送ってやったね？　クリスマスの頃に。二十五ドルだったかな？　彼女がサンディエゴにいたときに」

驚きに目を丸くして、彼女は言った。「あなた、どんな水晶玉を持ってるの？　どうして、それがわかったの？」

「どういう理由で金を貸してほしいと言ってきたんだ？」

「お金がいるって、ただそれだけ」

「手術の費用だったんだろう？」

わたしに目を向けずに、彼女はうなずいた。

「中絶？」

「彼女はそうとは言わなかった……でも、たぶんそうだろうと思ったわ」

この線で話を進めるのは危険だった。だが、ほかにどうしようもなかった。「彼女が診《み》てもらっていた医者は知ってる？」

「いいえ――昔から家族でつきあっていた人だと言っていたわ。郷里の、ほら、ニューイングランドのお医者さん」

「アン、彼女はどれくらい必死で金を集めようとしていた？　何かペテンめいたことをするほどだろうか」

「いいえ！　あなた、何か勘違いしているみたい――ベスはちょっと怠惰なところがあったけれど、でもいい子だったわよ。たばこは吸わないし、お酒もめったに飲まなかった……それに、あれだけいろんな人とデートしたけど、誰とも最後までは行ってないと思うわ。グラニーが彼女をくびにするのをマークが黙って見ていたのは、そのせいだと思う」

「グラニーが彼女をくびにしたのは、イタリア人のボーイフレンドのことがあったからだろう？」

「ええ。ハンサムな人で、彼女もかなりのお熱《ねっ》だった」

「名前は？」

「失礼」柔らかく深みがあるが、ナイフのような鋭さを感じさせる声が割りこんできた。アンはぎくりとして、すばやくふり向いた。わたしも椅子の上で体の向きを変えて、まったりした声の主のほうを見た。

身長はたぶん五フィート九インチ、体重百八十ポンドほどのぽっちゃりした体を、膝丈のパイル地のガウンに包んでいた。胸に金のMとLを組み合わせた刺繍がある。これだけの日光浴の場所に恵まれていながら、マーク・ランサムは四季を通じてナイトクラブに起居する者に特有の青白い顔をしていた。白髪をオールバックにし、半眼にした青い目のまわりにはどす黒い隈がある。鷲鼻に、華奢なあご、ふっくらした顔。アンの横に立って、彼女をにらみつけている。

「マーク、こちらはミスター・ヘラー」彼女は言った。少々声がひきつっていて、自分がホステス役をやりすぎてしまったことを意識しているようだった。

「ネイサン・ヘラーだ」わたしは言い、片手を差し出した。「今度フレッド・ルビンスキーとコンビを組むことになってね」

彼は半眼の目をわたしのほうに向けたが、握手をしようとはしなかった。「知ってるよ——《エグザミナー》と協力しているだろう」

「ショートという女性の殺人事件に関してね。で、彼女はあんたと一緒に暮らしていたとか」

「おれと一緒にではない。ここの部屋を借りていたんだ。おれはやる気のある女優の卵を援助しているのでね……アン、スクリュードライバーを作ってくれないか?」

「オレンジジュースはここにはないけど」

「ああ——中から取ってこい。ゆっくりでいいぞ」

彼女はうなずき、家の中に入っていった。

「今、〈ガーデンズ〉がこういう話に巻きこまれるのは困るんだ」アンがすわっていた椅子に腰をおろして、ランサムは言った。

「実は、あんたと話をするといいと言ってくれたのはグラニーなんだ。彼と取引をしてね——そっちがいくつか手がかりを提供してくれれば、ブラック・ダリアが〈フローレンタイン・ガーデンズ〉にいたことは記事に書かない。と言うより、ランサム家にいたことをかな。もちろん警察が独自にかぎつけた場合は別だが」

彼はかすかにほほえみ、首をふった。「警察はおれたちに手出しはしない」

「ほう? 高い地位についている、低い志の友だちがいるのかな、マーク?」

ぽっちゃりした顔に冷笑が浮かんだ。「道徳心が許さないか、ネイト? あんた、確かシカゴ出身のはずじゃないか」

「道徳心なんか関係ない。ただ、あんたは〈ガーデンズ〉を根城《ねじろ》にコールガール商売をしているわけで、そうなれば警官を何人か抱き込まないと——」

鋭い口調で、彼はわたしをさえぎった。「〈フローレンタイン・ガーデンズ〉は売春宿じゃないぞ」まったりした声に怒りが満ちていて、驚かされた。

「だが、エリザベス・ショートは商売女だったと思っている連中がいる」

彼は鼻で笑った。「そういうやつらは彼女を直接知らなかったんだ。彼女は手練手管で男を利用しようとする女だったが、商売女ではなかった。商売女なら、金で体が買えるじゃないか」

「つまり、彼女は仰向けになって部屋代を払うことはしなかったというわけか?」

冷笑があざけりの表情に変わった。「あの女はカマトトぶって男をじらすのが得意だった。まあ、口でのサービスはなかなかのものだったけれど、それ以上は絶対にさせなかった。で、おれから金を盗んだ。アドレス帳も盗んだ——みつかったかな?」

それが心配の種らしかった。

「聞いてる限りでは、出てきてないね」

「あれが妙なやつらの手にわたったりしたら」ランサムは言った。考え込んで、目つきが鋭くなっている。「おたくのボスのリチャードソンとか……」

「そしたら、あんたはおしまいだな」

彼の視線を浴びて、鞭で打たれたような気がした。そのままいつまでも口を開かず、どちらかが先に眠り込んでしまうのではないかと思った。「あんたに話してやれるようなことは、もうないと思うぞ、ネイト。ショートって女についても、ほかの誰についても」

「彼女とオーソン・ウェルズの関係については?」

肩をすくめると、彼は白いプールがたたえる青い水にきらめく日の光に目を向けた。

「イタリア系のボーイフレンドの名前は?」わたしは重ねて尋ねた。「彼女がくびになるきっかけになったちんぴらさ」

彼は首をふった。話は終わりだ。

「それじゃ、飲み物をどうも、マーク」わたしは言い、最後にもう一口ラム・アンド・コークを飲んだ。立ちあがりながら、女性たちのほうにうなずいて、言った。「たいしたコレクションじゃないか。商売をまちがえたよ――今度生まれ変わったら領主様になろう」

テーブルをまわりこんで、家の両翼の間のアーチのかかった通路に向かっていった。そこから外の道路に出られるのだ。だがそのとき、その通路をぶらぶら歩いてくる見慣れた人影に気づいた。見慣れてはいるが、見て楽しい姿ではなかった。

馬にまたがってでもいればましに見えるかもしれない、だぶだぶの茶色のスーツに、くしゃくしゃのフェドーラ帽という格好で、ファイナス・ブラウン巡査部長がプールのほうに歩いてきた。相棒のハリー・ザ・ハットの姿はない――ファット・アスがひとりでよろよろ歩いてくる。

「警察もようやくあんたのところまでたどり着いたのかもしれないな」近づいてくるブラウンを見て顔をしかめているランサムに、わたしは言った。

「ここで何してるんだ、ヘラー？」丸い顔をまだらに紅潮させて、ブラウンはわたしに向かって吠えるように言った。

「手がかりを追っているんだよ」わたしは答えた。

ずんぐりした刑事は太い指を三本出して、わたしの胸をこづいた。「ミスター・ランサムに近づくんじゃない」

ランサムはため息をついて首をふった。「ブラウン巡査部長、ミスター・ヘラーはお帰りになるところだ。女の子たちの前で騒ぎを起こすのはよそうじゃないか」

その言葉を無視して、ブラウンはまたわたしの胸をこづいた。「わかったのか、ヘラー？」

「ああ、よくわかったよ、ブラウニー。あんたら警官が、ベス・ショートの足取りをたどって〈フローレンタイン・ガーデンズ〉に来なかった理由がね……サド・ブラウンの弟はマーク・ランサムの手下なんだものな」

まだらが消えて、顔が真っ赤になった。その真ん中の血走った目が石炭のように光った。「ここはおまえの町じゃないぞ、ヘラー」鼻をわたしの鼻に押しつけるようにして、彼は言った。「それに、これはおまえの事件じゃない」

目の前に迫る顔に、わたしは笑いかけた。「で、今日はどんな仕事なんだ、ブラウニー？このマークは女を賃貸している。もしかしてミッキー・コーエンがちょっと味見したくなったっていうんで、あんたが金を預かって注文にきたのかな？」

ブラウンがわたしの襟をつかんで地面から持ちあげたところで、わたしは彼の睾丸《こうがん》に膝蹴りをくらわせた。

プールサイドの女性たちは水着のトップと、タオルやローション、その他の持ち物をまとめて、急いで家の中に入っていった。

ファット・アスがパティオの煉瓦敷きの床を転げまわり、股間を押さえて苦痛の叫びをあげている間に、わたしはランサムに向き直って、言った。「殺される前の何週間か、ベス・ショートは金を集めようとしていた。あんたからいくらか盗んだわけだな、マーク——金と、それからアドレス帳を」

「さっさと帰れよ、ヘラー」ランサムは言った。わたしを見ようとしなかった。

ブラウンの苦悶の叫びに負けないように、わたしは声を張りあげなければならなかった。

「ベス・ショートはあんたをゆすろうとしてたんだろう、マーク？　あんたが〈ガーデンズ〉を本拠にコールガール商売をしているのを知って、得意客の名前が書いてあるアドレス帳を盗んだわけだ」

「そいつは見当ちがいだ。さあ、消えろ」

テーブルに片手をつき、わたしはランサムをまっすぐに見た。彼はわたしと目を合わせようとしなかった。「だけど、それで彼女を殺すか？　あれをあんたが自分でやったわけがないよな。あんな外科手術みたいなことまで。そこのファット・アスならどうだろう？」

ブラウンのほうを指してそう言ったとき、彼が立ちあがるのが目に入った。そんなに早く回復するとは思っていなかった。そもそも回復するかどうかわからないと踏んでいた。そして苦痛と怒りの叫び声がした。角で一突きされたサイのような、傷ついた獣の太いうなり声だ。ずんぐりした警官はまっすぐに突進してきて、タックルし、煉瓦の床にわたしを突き倒した。

背中を強打して、肺から息が抜け、しばらく身動きできなかった。その間にブラウンは復讐を試みた。そのままわたしの上にまたがって、めちゃめちゃにわたしを殴る代わりに——まともな頭のやつならきっとそうしただろうが——彼は立ちあがり、いったんうしろにさがってから、わたしを蹴りにきた。わたしにされたように睾丸を……

……ねらってはいた。だが命中しなかった。息ができるようになったわたしは横に転がって足をかわし、ブラウンの茶色《ブラウン》の靴をつかんで、ぐいと引いた。彼は勢いよく倒れて、尻をついた。

彼は叫んだ。「ああ、くそっ！　やれるもんなら、やってみろ！」

申し出に応じて、彼の上に飛び乗り、顔を三発殴った。鼻が真っ赤な塊になり、つぶれた鼻孔から血が噴き出した。ほとんど意識をなくした彼の襟とベルトをつかみ、引きずっていってプールに投げ込んだ。

というより、押し込んだ――あまりに太っていて重く、ほかにどうしようもなかった。わたしも非力なほうではないが、あの体を持ちあげるほどの力持ちではない。

ファット・アスはしばらくばしゃばしゃやって――プールは深くなかった――わたしをののしっていたが、それ以上向かってこようとはしなかった。リボンのようになって流れる血が、青い水を台無しにした。

「これが賢明なやり方だと思うか？」帽子を拾っているわたしにランサムは言った。

「やつに言っといてくれ」ふるえる声で、わたしは言った。「今度おれにさわったら、殺すとな」

ランサムはわたしをじっと見た。ぽっちゃりした顔だが、青い目は険しい表情だった。「ああ、あんたならきっとやるだろうな」

「人を見る目があるじゃないか、マーク」

服のほこりを払い、息を弾ませながら、アーチの下をサンカルロス通りに向かって歩いていくと、アン・トムスンが――まだ水玉のビキニ姿だった――玄関から飛び出して、わたしのほうに駆けてきた。

「キッチンからすっかり見ていたわ」彼女は言った。目を丸くし、きらきら輝かせて、子供が喜んでいるような笑顔になっていた。「あなた、なかなかやるじゃない」

「きみだって捨てたものじゃないだろうに」

彼女はわたしの腕に手を置いた。「彼女のイタリア人のボーイフレンドの名前を知りたい？」

「サヴァリーノか？」

驚いて、彼女はまばたきした。「ええ、そうよ！　その人、例の〈モカンボ〉の強盗事件にかかわっていたの。ここからほんの二、三ブロックのところのカフェで、彼女はその男と知り合ったのよ……名前を知っていたのに、どうしてきいたの？」

「きみが教えてくれるまでは」うなずいて別れの挨拶をしながら、わたしは言った。「ただの勘だった」

13

アギー・アンダーウッドもわたしも、コーンビーフハッシュを注文した。〈ブラウン・ダービー〉のお勧め料理のひとつだ。混雑するレストランで、わたしたちはブースに陣取っていた。額に収めた映画スターの似顔絵を飾り、店の名にちなんだダービーハット型のランプシェイドが柔らかい黄色い光を投げかけている。ランチの時間の真っ最中に、この店でブースをひとつ確保するには、何かコネがなければならない。だが、わたしの連れの赤毛の小柄な女性は――いつも変わらぬ白い水玉模様のブルーのドレスという服装で、まるで学校の先生のような雰囲気なのだが――ハリウッドでは恐れられ、尊敬されている人物なのだ。

そこは〈ブラウン・ダービー〉の二号店で、ヴァイン通りにある、帽子の格好をしていないほうの店だった。わたしたちのブースに飾られている四枚の似顔絵のうちの二枚がアラン・ラッドとヴェロニカ・レイクであるという皮肉な事実を、アギーはすでに指摘していた。映画『ブルー・ダリア』に出演したふたりだ。

「あの〝ブラック・ダリア〟というニックネームは、うちのビーヴォ・ミーンズのでっちあげだと言いたくなったわよ」ハッシュを食べる合間に彼女は言った。「できすぎですもの――でも、いろんな人の口から同じことが出てくるわね」

「ああ、サンディエゴのフレンチ家の娘も言っていたよ」料理をつつきながら、わたしは言った。

「ねえ、どうしてわたしのところにこんな招待があったのか、その理由を話してよ」宝石をあしらった黒縁のめがねの奥の目は厳しい光をたたえていた。小さな歯が並ぶ小さな口には、小型の捕食動物のような笑みが浮かんでいる。「あなたはライバルの新聞社で仕事をしているというのに」

わたしは肩をすくめ、コークを一口飲んだ——今はラムは入れてない。「《エグザミナー》に《ヘラルド・エクスプレス》……両方ともミスター・ハーストの持ち物じゃないか」

おもしろくもなさそうに彼女は笑い、ハッシュをほうばったまま言った。「おたくじゃもう、父親にインタビューしたの？」

「エリザベス・ショートの父親？　いや。そっちは？」

彼女はうなずいた。「今日の夕刊に載るわ——純粋混じりけなしの変人よ。二〇年代には実業家みたいなことをしていたらしくて、ミニゴルフのコースをいくつも作っていたの。そこへ大恐慌が起きて、ご多分に漏れず彼も破産。さて、苦難に直面したクリオ・ショートは、いったい何をしたでしょう？」

「そういう名前なのか？　男なのにクリオって？」

「そう、クリオよ」あごを突き出して、彼女はフォークでわたしを指した。「何をしたと思う？　自殺したふりをして、姿を消したのよ！」

「驚いたな——自殺のふりって、どうやったんだい？」

「エンジンをかけたままの車を橋の上に置き去りにしたの。氷のように冷たい川の縁に遺書を残して。何年も経って、家族に手紙をよこしたのよ。〝じゃーん、びっくり。わたしは生きているのだ〟って。そして娘たちに自分を訪ねてこいと言った」

「行ったのか？」

「しばらく経ってからね。母親はそんな気にはならなくて、そのくそったれ野郎とは二度と口をきかなかったそうだけど」

「ベスは？」

「エリザベスは四三年に、彼がメア島の造船所で働いているところに訪ねていって、しばらく滞在したの……娘が家事をしてくれれば、父親が彼女の職探しを手伝うという話だった。ところが二、三週間後に、父親は娘を追い出した」

「どうして？」

小柄な新聞記者はフォークを指揮棒のようにふり動かした。「わたしの記事に彼の言葉をそのまま載せたんだけど、確かこうだった。〝娘は怠け者の、欲深な、男狂いの、あばずれ女だった〟」

「娘を失ってさぞ痛手だったんだろうな」

「四三年にケツを蹴飛ばして追い出して以来、娘には一度も会っていないと言っているわ。二度と会いたいとは思わなかったって。〝娘は娘の道を行き、わたしはわたしの道を行ったのだ！〟ですって。遺体の確認すら拒否したのよ。公式にはベス・ショートはいまだに身元不明の死体」

わたしは首をふり、食べかけのハッシュの皿を押しやった。「そのつらい役目は母親がはたしてくれるだろう――今日の午後、こっちに着くから」

「ええ、聞いたわ――ジム・リチャードソンが航空券を送ったんでしょ」宝石をちりばめたためがねの奥の目を細め、輝かせて、彼女は妖精のようにほほえんだ。「父親がどこに住んでいたか、わかる？」

「いや、アギー――どこなんだい？」

「サウスキングスレー通りのアパートよ。ライマートパークのすぐ近く」

あとわずかでも目を大きく開いたら、わたしの目玉はこぼれ落ちてしまっただろう。「えっ？」

彼女は得意そうにほほえんでいた。「例の空き地から十五分のところ」

「なんてこった。それじゃ容疑者にされかねないじゃないか」

アギーは肩をすくめた。「ハリー・ザ・ハットはもう容疑者と決めてるわ。でも、わたしはそれはちがうと思う。クリオはただのろくでなしの能なし野郎よ」

「ああ、そうか。でも、見た目じゃわからないこともあるだろうし……それにエリザベス・ショートの荒れた精神状態を考えると、あの家族には近親相姦の前歴があったなんて話になっても驚くにはあたらないんじゃないかな」

「それはそうね」アギーは皿を――すっかり空になっていた――脇にどけ、たばこに火をつけた。「だけど、パパがかわいい娘とセックスするのと、彼女をふたつに切断するのとでは話がちがうじゃない……デザートはどうする？」

ふたりともチーズケーキを食べた。そしてアギーは当然の質問をした。

「で、どうしてわたしなんかをデートに誘ったわけ？　こんなハーポ・マルクスのかつらをかぶったこびとみたいな女を。この町には美女があふれていて、そのうちのひとりとあなたは結婚したばかりだというのに」

「それはまず、あなたもこの町の美女のひとりだから」

「いいお答ね」

「二番目には——ああ、まったく、アギー。わかっているだろう。町一番の事件記者にしか仕入れられないような情報が欲しいんだよ」

彼女はにんまりして、きれいに食べ終えたチーズケーキの皿にたばこの灰を飛ばした。「ずいぶん口がお上手ね、この嘘つきが。あなたなら《エグザミナー》で、シド・ヒューズを筆頭に何人もの腕利きから話を聞いて、必要なことはなんでも知ることができるじゃない。何もライバル社の記者のところに来るにはおよばないはずよ」

「何言ってるんだい、おれは新聞記者じゃないんだよ——《エグザミナー》に頼まれて事件に関する調査をしているのは事実だけど、こっちはこっちで独自の線を追っているんだ」

アギーは目を細め、わたしに対する態度が変わりはじめた。「もう少し具体的に話してもらえる？」

「ほんものの新聞記者に打ち明けるわけにはいかないよ。それはだめだ。とにかく、誰も彼も今度の事件を性犯罪とみなしているだろう……それも無理はないけれど……でも、ベス・ショートがギャングの下っ端とつきあっていたという噂があちこちで聞かれて、それが気になって調べているんだよ。彼女の口があんなふうに切り裂かれているのを見ても、誰も〝密告屋〟という言葉が思い浮かばないみたいで」

今度は彼女は小さな口を開いて謎めいた表情で笑った。その口をさらに開いて、言った。

「その理由はあなたにもわかっているでしょう、ネイト？」

「と思うけど。新聞はとにかく性犯罪とみなしたいんだ――そのほうがおもしろい記事になる。そして警察はギャングとつるんでいるので、そっち方面には目を向けたくない」

「そのとおりよ」アギーはうなずいた。がっちりしたあごを突き出すと、小柄なのにわたしを見おろしているようだった。「ジョージェット・バウアードーフ殺人事件って聞いたことある？」

「いや」

「二、三年前に社交界の有名人が殺される事件があったの――かわいい、バラのような頰の女の子、ただしかなり奔放な性格だった――その子が首を絞められ、レイプされて、死体は浴槽にうつぶせになっていた」

わたしは考え込んで、彼女のほうに身を乗り出した。「その事件と今度の殺しに共通点があると？」

「いくつかね。ベス・ショートの遺体はバスタブの中で切断されたのだろうと言われてるじゃない……もしかするとバウアードーフ嬢を殺した犯人も同じことをしようとしていたのかもしれない。ただ、邪魔が入ってできなかった」

椅子の背に寄りかかって、わたしはさらに考えた。「美女が絞め殺されて、全裸の死体で発見された……なるほどね。でも、そのものずばりとまでは言えないと思うな」

たばこを持ったまま、彼女は手を大きくふり動かした。「じゃあ、これはどう思う？　バウアードーフ嬢とベス・ショートは友だちだったの――〈ハリウッド・キャンティーン〉でよく一緒にいたのよ」
二、三秒の間、わたしはただじっとすわったまま、今の言葉の意味をつかもうとしていた。ここでの会話そのものが――気味の悪い殺人事件と、その後の展開についての話全体が――〈ダービー〉の柔らかい黄色い電球の光の中にいると奇妙に抽象的なものに思えた。
「アギー」わたしはようやく言った。「それはすごいネタだ――それも今日の夕刊に出るのかい？」

「いいえ。このネタは〝ブラック・ダリア〟より完璧に息の根を止められたわ」皿に灰を落としながら、彼女はさりげなく続けた。「実を言うと、わたしはこの事件の担当を降りたの」

わたしは身を乗り出した。「いったいどうして……？」

「無理矢理ケツを引き離されたのよ。上からの命令で――ずっと上の方からの」

「まさか！　ハーストじいさんか？」

「そう、ウィリアム・ランドルフその人よ。被害者の父親のジョージ・バウアードーフとじいさんは親友らしいの。そしてバウアードーフとしては、娘の死と彼女の奔放だった生活ぶりがまた新聞の紙面を埋め尽くすのを見たくないというわけ。もうこれ以上家名を汚したくないと。そこでダグウッドの登場」

「アーサー・レイクだね。映画のダグウッドの。彼はベス・ショートとつきあいがあった。それは聞いてるよ」

「そうよ。でも、これは聞いてないでしょ、ハンサムボーイさん？　レイクはバウアードーフの娘ともつきあいがあったのよ。殺された女性ふたりと〈ハリウッド・キャンティーン〉で知り合ったの」

また目玉がこぼれ落ちそうになった。「なんてこった。〝ブロンディ〟のダグウッド・バムステッドがブラック・ダリアの殺害犯なのか？」

彼女は笑い、たばこでわたしを指した。「誰だって、そんな見出しはごめんだと思うでしょう？　レイクにはアリバイがあるわ。彼とはわたしも話をしたけれど、人畜無害の、気のいい半アル中よ。ただ、マリオン・デイヴィスの姪と結婚していて……」

「ハーストの愛人」

「そのとおり。ハーストとしてはダグウッドの名前に泥が塗られるような事態は避けたいと思っている。スキャンダラスな報道でバウアードーフの一族が苦しむのも見たくない。そもそも娘が悲劇的な死を遂げただけで、もう十分ではないかというわけ」

「それであんたはブラック・ダリア事件からはずされた」

彼女はため息をつき、強いて笑顔を見せた。「明日からは、わたしはデスクに向かって刺繍にいそしむことになるのよ。ほかには何もすることはなし……だからね、ネイト、わたしで役に立てることがあるなら、言ってちょうだい。でも、ダグウッドとバウアードーフ事件の話をジム・リチャードソンのところに持ち込んでもむだよ。ジムが絶対に逆らわないたったひとりの相手がハーストなの」

アギーはカクテルを――スティンガー（ブランデーのベースにペパーミントのリキュールを加えたカクテル）だ――注文した。わたしはコークのお代わりを――やはりラム抜きで――頼んだ。アギーの話を聞いただけで、十分に頭がくらくらしていたからだ。

最後に、そもそも今日彼女に尋ねたいと思ってきたことを話題にした。「〈モカンボ〉の強盗事件の容疑者について、何か知っている？」

「そうね」肩をすくめて、彼女は答えた。「四人が逮捕されたわ。最初にあのボビー・サヴァリーノとハッソウのふたりが。そして二、三日後にアル・グリーンとマーティ・エイブラムズが。でも、一味はもっと大きな規模のはずよ。たぶんあと数人は、善良なる市民が仲間にいると思うわ」

「強盗団というわけか」

「ええ。町のあちこちで中程度の規模の強盗事件を起こしてまわっているの。ノースマカデン通りにグリーンが出しているバー兼レストランを本拠にしてね。〈マカデン・カフェ〉という店。グリーンというのはグリーンバーグを縮めた名前。彼のことはミッキー・コーエンか、あなたのお友だちのベン・シーゲルにきくのね……東部出身の筋金入りのギャングよ」

「コーエンを殺すように依頼を受けたというサヴァリーノの供述については、どう思う？」

身をすくめて、彼女は首をふった。「どう考えたらいいか、わからないわ……それに、その話をしたすぐあとに彼は黙秘に入っちゃったでしょう。そのこととブラック・ダリア事件を結びつけようとしているの？」

ウェイターが伝票を持ってきて、わたしが受け取った。

「あんたはもうこの事件の担当じゃないんだよ、アギー。忘れたのかい？」

テーブル越しに手をのばして、彼女はわたしの手を軽く叩いた。「どういう事情なのかよくわからないけれど、ネイト……とにかく幸運を」

わたしは何も答えなかった――アギー・アンダーウッドはニュースをかぎ分ける鼻を持っている。彼女が友だちでいてくれてよかったと思った――そして事件からはずされて。

店を出る前に電話ボックスに入ってフレッド・ルビンスキーに電話した。有名人の住所を記した彼の黒手帳を取り出して、わたしがある人物と会えるように手配してくれと頼むためだった。

「オーソン・ウェルズ？」ルビンスキーは言った。

「そう――火星人はほんとうに地球を襲ってきたんだぞ」

「彼はコロンビアで映画を撮っているよ。女房も一緒に。ただ、今は開店休業の状態だな。ストのせいで。なんとか連絡をつけてみるよ」

「できれば今日がいいんだけど。午後が」

「オーソン・ウェルズはほかの予定を全部キャンセルしてでもネイト・ヘラーと会うってわけか？」

「一、二年前にあんたはウェルズの仕事をしただろう？」

驚いて、彼は強く息を吸った。「ああ――どうして知ってるんだ？」

「誰があんたをあの中年の天才少年に紹介したと思っているんだ？」

「ほんとに顔が広いんだな、ネイト。オーソン・ウェルズねえ――あの狂ったエゴの塊に会って、どうしようというんだ?」

「スクリーンテストを受けるんじゃないよ」わたしは答えた。


ノースハイランド・アヴェニューの繁華なビジネス街から目と鼻の先の、ユッカ通りを少しはずれた細い袋小路に、その漆喰塗りの一軒家はあった。裏手に砂利を敷いた駐車場がある。車はわたしのが一台だけで、ドアに札がかけてあった。〝閉店中――四時開店〟

しかし正面の窓の、ビールの名前のネオンサインと〝マカデン・カフェ〟と書いてある文字の間から――天井で回転するファンの落とす影を浴びて――背の高い、ひどくやせた男がエプロン姿で動きまわっているのが見えた。テーブルを布巾で拭いている。くわえたばこで、はっきりと片脚を引きずっていた。

正面のドアをノックした。ドアがゆれるほど強く。閉店の札の横からのぞいてみた。するとやせた男がわたしを見た。顔をしかめ、首をふって、大声で言った。「字が読めないのか?」

彼のほうは読めるようだった。少なくとも数字は。五ドル札をガラスに押しつけると、脚を引きずって近づいてきた。小枝のように細いが、見あげるほどの背の高さだ。ドアの鍵をはずすと、あばただらけの顔を突き出してきた。

馬面で、頬骨の秀でた、インディアンふうの顔立ちだった。細いブラウンの目、幅広だが先のとがった鼻、そしてふっくらとして先にくぼみのあるあご。髪は濃いブラウンで、額の生え際がV字型だった。油をつけてうしろになでつけてある。息が臭かった。先週ゲロを吐いて、そのまま歯を磨かずにいるのかと思うほどだった。たばこのヤニで黄色くなった歯を見ると、それもあながち突飛な空想ではなかった。

「五ドルで何をよこせと言うんだ？」彼は言った。声も体と同じく細かった。見あげて話さなければならなかった。体重は台所マッチ一箱分ぐらいしかないだろうが、身長は六フィート四インチはあった。「ちょっと尋ねたいことがあるんだ」

もともと細い目が、いっそう細くなった。「警官なら五ドル札じゃなくてバッジを見せるだろうな。新聞記者か？」

「ヘラーという者だ。私立探偵で、《エグザミナー》に頼まれた調査の仕事をしている」

イカボッド・クレーン（ワシントン・アーヴィングの『スリーピーホーロウの伝説』の登場人物）並の特大の喉仏が上下した。「名前、なんと言った？」

「ヘラー。ネイト・ヘラー。この五ドル札には兄弟がいるんだけど、少し時間をもらえないかな？」

気をそそられつつも考え込んで眉をひそめ、彼は言った。「夕方の開店までに片づけをしなければならないんだ——ランチタイムがえらい混雑で。それに厨房《ちゅうぼう》で仕込みもしなければならない。おれはコックでもあるんだよ。ショートって女のことか？」

「ああ。この店に来てたのか？」

彼は答えなかった。答える代わりに言った。「あんたのポケットに二十ドル札は入ってるのか？」

「かもしれない。それだけの値打ちのある話が聞ければな」

唾を呑み込んだ彼の喉仏が、また上下した。「記事に名前が出るのは困る」

「それはないよ――あんたは〝内密の情報源〟ってやつだ」

ため息をついて、彼は言った。「いいだろう……入りな」

わたしが入るとドアに鍵をかけ、彼は左の壁際のブースを指さした。〈マカデン・カフェ〉は〈ブラウン・ダービー〉とはだいぶ趣《おもむき》がちがった。壁は節だらけの松材だ。スツールを並べたカウンターが右側にあり、食堂車のような厨房から料理を出す四角い穴が正面の壁にある。テーブルにはクロスはかかっておらず、不揃いの椅子が中央付近にまとめて置いてあった。カラフルなコートを着た太った男のように、ジュークボックスが窓の前に鎮座していた。空気はすえたビールとたばこのにおいを半々に混ぜたようなにおいだった。床は小便のような黄色で、すり減ったリノリウムにはたばこの焼けこげがあちこちについていた。

直感的に思った。ここを根城にしているとしたら、その強盗団はけちな仕事をしているにちがいない。とはいうものの、もしかすると実に巧妙なカモフラージュなのかもしれない。

男はビールを注いだグラスを二個持ってきて、節だらけの松材でできたブースの、わたしの向かいに腰をおろした。エプロンは食べ物のしみだらけで、その下にはすり切れそうな青と白の縞模様のシャツの袖をまくって着て、色あせたジーンズをはいていた。

そこで、突然、彼は節だらけの手を突き出して、わたしを驚かせた。「アーノルド・ウィルスンだ、ミスター・ヘラー」

わたしはその手を握った。彼の握手は驚くほど力強かった。少々べとついていたが。

「よろしく、アーノルド。軍にいた？」

あばただらけの顔をほころばせて、彼はうなずいた。「太平洋戦線で脚をやられたんだ。ジャップの野郎に銃剣で」

明らかに彼のもっとも誇りとする話題だった。

「おれも太平洋だったよ。海兵隊で」

「こっちは陸軍だ」彼は首をふって、にんまりした。「人生最良のときだったよ。なあ……元兵隊同士ということだから正直に言うんだが……二十ドルもらうだけの話ができるかどうかわからないよ。ベス・ショートに関して」

彼女を〝エリザベス〟ではなく〝ベス〟と呼んだことに注意をひかれた。新聞ではもっぱら〝エリザベス〟なのに。

「彼女が客としてこの店に来たときの話から始めようか。いつ頃のことだった？」

彼はビールを一口飲んだ。喉仏を見ていると、野球のボールを呑み込んだのかと思いそうになった。肩をすくめて、彼は言った。「うーん、あの女を〝客〟と呼ぶのはどうかな。うちの店で十セントだってつかってないと思うから。ジュークボックスは別として。いつも居合わせた男の客にうまくねだって、コークとかサンドイッチとか、その両方とかにありついていたんだ。おれのグリルドチーズ・サンドイッチは天下一品だと言ってたがね。実は秘密があって――チーズと一緒にスライストマトをグリルしてから――」

「彼女がここに来ていたのはいつ頃？」

「秋だ。ただ、途中で一度、十月頃かな、東部のどこかに帰っていた時期があったがね。この近所に住んでいたんだよ」

「近所って、どこに？」

「二か所だ――八月には、九月もかな、ノースオレンジ通りのホテルにいた。それから十一月になって、チェロキー通りの〈チャンセラー・アパート〉に移った」

わたしはビールを口に含んだ。ほほえんで、言った。「アーノルド――ファーストネームで呼んでいいかな？」

「もちろん、ネイト」彼はビールのグラスを掲げてから、もう一口飲んだ。「元兵隊同士じゃないか」

「アーノルド、ベス・ショートはプロだったのか？」

「いや、そんなんじゃなかった。アルが――ここのオーナーさ――そういう女には出入りを許さない……アルは警察沙汰はいっさいごめんという考えで」

アル・グリーンバーグとボビー・サヴァリーノがこの店を強盗団のクラブハウスとして使っているのなら、それも当然だろう。

「彼女の場合は迷惑じゃなかったがね」ウィルスンは言った。「あんなべっぴんがカウンターにすわっていれば、商売に悪い影響があるわけがない」

「ひとり、特にひんぱんに彼女に酒をおごっていた男がいただろう――どうだ、アーノルド？」

喉仏がまた上下に動いた。「ボビーのことか？」

「そう――ボビー・サヴァリーノ」

あばただらけの顔の薄い唇がふるえていた。「その話はしないほうがいいと思う」

「二十ドル札のためには、したほうがいいと思うぞ、アーノルド」

何かを払いのけるように、彼は大きな骨張った手を動かした。「ボビーは例の勲功賞の話を彼女にさんざん吹き込んでいたよ――あのほら吹き野郎が。やつは戦地に行ったこともないんだぞ！　だけどあれだけ面がよくて、あれだけ大ぼらが吹ければな……くそっ、やつはシナトラよりもたくさん女のケツを拝んでるぜ」

「やつは結婚しているのだと思ってたけど」

うんざりした顔でウィルスンは首をふった。「ああ、それもいい女房だぜ。えらい美人で、もうすぐ子供も生まれる……いや、おれはボビーは好きなんだよ。いい男なんだ。ただ――女となると見境がつかなくなって」

「ベス・ショートはボビーが女房持ちだって知っていた？」

「はじめは知らなかった……それでボビーは彼女に結婚してくれとまで言ったんだ。信じられるか、やつに女房がいるとわかる前、しばらくふたりは婚約していたんだぞ――やつは指輪まで買ってやっていた」

「ダイヤの？」

「そう。ボビーは宝石業界に顔がきいてな。ダイヤならグループで扱い慣れているし」

「グループ？」

ウィルスンははっとしたようすだった。車のヘッドライトに目をくらまされて立ちすくんでいる鹿のような表情を見れば、彼がしゃべりすぎたと気づいたのは明らかだった。それでも彼はなんとか話を続けた。「ああ、えーと――マカデン・グループっていうんだ。この店の常連たちの集まりでね」

エルクスやキワニス（ともに慈善奉仕団体）みたいなものか。ただし、ときどき銃を持って強盗をやりにいくところがちがっているが。

「そのダイヤの指輪はどうなった？」

ウィルスンは肩をすくめた。「彼女が質に入れたって聞いたけど。彼女、まとまった金を作ろうとしていたんだ」

「なんのためか、知ってる？」

「知らんな……ボビーに種をしこまれちまったんじゃないか？」

「子種たっぷりのくそったれ野郎みたいだな」

「そうそう、やつはくそったれ野郎だよ——でも、おれはやつが好きなんだ。なぜだか自分でもわからないがな……なあ、十一月からこっち、彼女は店に来ていないんだ。十二月の最初の週からかもしれないが。ヘンリーの女房にきくといい。彼女はベスと仲良くしていたから……彼女からなら何か聞き出せるかもしれない」

「ヘンリーの女房？　ミセズ・ヘンリー・ハッソウか？　ボビーと一緒に逮捕された男の？」

やはりしゃべりすぎたと、ウィルスンは思い知ったようだった。「ああ——じゃあ、知ってるのか」

「新聞に出てたじゃないか。秘密でもなんでもないよ、アーノルド——あんたのボスのアル・グリーンバーグが郡の拘置所に入れられていることもな」

彼の口調はあまりにさりげなかった。「ああ、〈モカンボ〉の件でな」

「身長はどのくらいだ、アーノルド？」

細い目が数回まばたきした。「さあな。六フィート四インチくらいかな」

「不思議だな──あのときの犯人がちょうどそのくらいの身長だったって証言があるんだよ。顔にあばたがあったとも」

ウィルスンは大きな手を突き出した。てのひらを上にして。「約束の二十ドルをもらおうか。全部話してやったぞ」

わたしは愛想よくほほえんだ。「なあ、アーノルド──あんたのやせこけたケツを警察に売りわたそうなんて気はさらさらないんだ……だけど、どうしてあんただけ無事でいるんだ？この店にかかわりのある連中がどんどんしょっぴかれているのに？」

また喉仏が跳ねあがった。「おれは一週間サンフランシスコに行っていたんだ。そこへアルから電話があって、ぶち込まれている間この店を見ててくれって言われたんだよ。アルはもうすぐ出てくる──リングゴールドが保釈金を立て替えてくれる」

「リングゴールドね。リングゴールドって誰だ？」

大きく見開いた目をぐるりとまわして、彼は首をふった。どうやら自分に腹を立てているようだった。「もうしゃべりすぎるくらいしゃべったぞ……二十ドルはどうした？」

「ビバリーヒルズに〈リングゴールド宝飾店〉という店があるよな？　強盗に奪われた宝石類を〈モカンボ〉に陳列していたのは、その店じゃなかったかな？」

大きな手が宙を切った。「出ていってくれ、今すぐ。四時までにしなけりゃならない仕事があるんだ」

なるほど、〈モカンボ〉の事件は保険金目当ての狂言強盗だったのか。持ち主のために宝石を盗んでやる。持ち主は保険金を受け取り、宝石も手元に残る。ほかにも同じグループがリングゴールドの依頼で起こした宝石強盗が何件もあるのではないだろうか？　みすぼらしい店が与える印象よりも、ここの強盗団ははるかに上をいく仕事をしているようだ。

「アーノルド、おれがハリー・ザ・ハットの耳に一言ささやけば、あんたはボスの隣の個室に入ることになるんだぞ」

ぎくりとしてこちらに向き直った拍子に、ウィルスンは板張りのブースに頭をぶつけそうになった。「おれを脅そうってのか？」

「そんなことはしないよ、アーノルド——あんたとおれは元兵隊同士の仲じゃないか。それに、あんたとおれの内輪のおしゃべりの内容は誰にも漏らしたりしない。だがな、このおしゃべりをいつおしまいにするかは、おれが決める。いいな？」

彼はため息をついた。そしてうなずいた。

残っていたビールをグラスの中でまわしながら、わたしは言った。「あとひとつだけ質問したい——単純な質問だ。誰もが疑問に思うが、誰も口にはしない質問……」

わたしは彼をまともに見た——じっと見つめた。

「アーノルド、ベス・ショートはボビーにあるメッセージを伝えるために殺されたのだと思うか？」

ウィルスンはすぐには答えなかった。そして、ようやく返ってきた答は実に情けないものだった。「そんなこと、おれにわかるわけないだろ？」

「ただ事情通の意見を聞きたいだけなんだよ、アーノルド」

勢いづいたように言葉が飛び出してきた。「ミッキー・コーエンを殺せとジャック・ドラグナに迫られたって、ボビーは警察や新聞相手にべらべらしゃべった。その翌日、やつのガールフレンドがドラグナの家の裏の空き地で死体でみつかって、密告屋の印に口が裂かれていた。あんただったら、どう思うんだよ？」

「ドラグナがやったと思うか？」

ウィルスンはかかしのような肩の片方をすくめた。「人にやらせたんだ。ドラグナ以外にいるかよ？」

わたしの頭に絶えず浮かんでいた答もドラグナだった。

「だけどわからないな、アーノルド。なぜジャック・ドラグナがボビーにそんなことをさせようとしたんだ？」

ウィルスンは今度は両肩をすくめた。「たぶんボビーがミートボールのダチだからだろう」

ベニー・〝ザ・ミートボール〟・ギャムスンは競馬のノミ屋だったが、裏切りが発覚して、しばらく前に、噂によればミッキー・コーエンの命令で消された男だ。

「でも」わたしは言った。「ドラグナのようなギャングの大ボスが、なぜアル・グリーンバーグの手下なんかに仕事を頼むんだ？」

「確かに筋が通らないのは」うなずきながらウィルスンは言った。「グリーンバーグは東海岸出身で、ベン・シーゲルの親友だってことなんだ。コーエンはシーゲルの身内なんだからな」

「そうそう！」

「まあ、ひとつには、ボビーならコーエンに近づけたってことがあるかな……ミッキーは相手がグリーンバーグの身内の者なら怪しまないだろうから。それとアルは、彼は確かにシーゲルと親しいけど、でもアルはシンシン刑務所でお勤めをしたことがあるんだ。マフィアの生え抜きの中で一握りの、運悪くムショ勤めをしなければならなかった男なんだよ。だからアルとしては、自分は誰にも借りはないと思っている」

「だけど結局サヴァリーノはコーエンを消す話には乗ろうとしなかったんだろう」

ウィルスンは首をふっていたが、それは同意の意味のようだった。「ボビーには殺しなんかできない。やつはただの泥棒で、盗みしかできやしないよ」

残っていたビールを飲み、わたしは言った。「ボビーと話をしたいな。リングゴールドがやつの保釈金を出すって？」

「たぶんな。もし保釈になったら、ボビーと会う手はずを整えてほしいか？」

ポケットに手を入れて二十ドル札を取り出すと、わたしは札を持つ手を上にあげた。「そうしてくれたら、これをもう一枚だ」

ウィルスンは二十ドルを受け取った。彼に連絡先を教え、ビールの礼を言って、ブースを出た。

「アーノルド、電話を貸してもらえるかな？」

「ああ、いいよ――カウンターのうしろにある」

フレッドに電話した。

「信じられないだろうがな」彼は言った。「ウェルズがあんたに会いたいってよ。どこで彼と知り合いになったんだ？」

「彼の出発点はシカゴだったんだよ」

「とにかく、あんたにとても会いたがっている。コロンビアのスタジオにいるらしい。ストだろうとなんだろうと関係なしに。道順を言うから書き留めろ」

わたしは道順を書き留めた。

そして、天井のファンがすえた空気をかき混ぜる中、やせこけたアーノルド・ウィルスンがわたしを店から送り出してくれた。脚を引きずってはいるが、歩くのは遅くなかった。もしかすると、わたしと話をしたことのせいで興奮気味だったのかもしれない——あるいは二十ドル札のせいで。

「なあ、もしブラック・ダリアを殺させたのがジャック・ドラグナだったら」ドアの鍵をはずしながら、アーノルドは言った。「警察は手出ししないぞ。誰も何もしない。あれほどのマフィアの大物ときてはな」

「アーノルド」半分ドアから出たところで、うしろに手をのばして彼の骨張った肩を叩いて、わたしは言った。「そうとは限らないぞ」

14

西部劇に犯罪メロドラマ、ホラーにコメディ、その他ありとあらゆるB級映画が今もガウアー通りにほど近いサンセット・ブールヴァードの独立スタジオで作られていた。CSU――スタジオ労働者組合協議会――のストライキが続いているにもかかわらず、映画出演者たちが撮影用のメイクをしたままでぞろぞろとサンセット・ブールヴァードを横切り、ハンバーガーやホットドッグのスタンドに昼食をとりにいっていた。サンセットとガウアーの交差点のコロンビア広場にある〈ブリティナムズ〉は人気のレストランで、今日も俳優やエキストラといった常連を迎え入れていた。中には西部のガンマンもいたが、腰のホルスターは空だった（六連発は小道具係に召し上げられてしまったのだ）。ほかにはサングラスに白いブラウス、黒いパンツというういでたちの新進女優たちが、パーマをかけたての髪をカラフルなスカーフで包んで出かけてきていた。

こんなふうにストライキが無視されているのを見ても、わたしは驚かなかった。現にペギーのような端役まで、映画会社差しまわしの車で送り迎えされているのだ。それも毎日。CSUは左派の戦闘的な組合の連合体で、メンバーには木工係や塗装係、メカニックなども含まれていた。彼らは国際劇場労働者組合、IATSEに代わる存在だった。IATSEはフランク・ニッティの手下のウィリー・ビオフとジョージ・ブラウンが作った組織だったが、ふたりとも今もムショ暮らしをしている。だがCSUは、新たなリーダー、ロナルド・レーガンを得たSAG——映画俳優協会——に翻弄されている状態で、SAGに所属する俳優たちは——ほかの組合やギルドのメンバーも同様に——ピケラインを意に介していなかった。

ストライキ中にもかかわらずペギーがパラマウントの仕事ができるのはそのためだし、わたしとオーソン・ウェルズとの会見の場所がガウアー谷《ガルチ》の巨人ことコロンビアのスタジオになったのも同じ理由からだった。かつて日陰の雑草のような映画会社だったコロンビアは、辣腕社長ハリー・コーンのもとで大きく花開き、今や金ぴか都市ハリウッドの大手スタジオにまで成長した。そして昨年十月に始まったストライキの震源地もここだった。当時は千五百人がピケを張ってスタジオを包囲し、七百人近くが不法集会から凶器による暴行にいたるさまざまな容疑で逮捕された。

だがそれから数か月が経過した今、ロナルド・〝ダッチ〟・レーガンのSAGに裏切られて、ピケを張っているのはプラカードを肩に担いだやる気のない連中にすぎず、わたしが守衛所で手続きをしようとすると、モーゼの紅海のようにさっと両側に分かれた。まさに紅《あか》の海だ。組合活動に専念していたわたしの父親が見たら、やる気のないピケラインを恥ずかしく思ったろうし、そこを突破していく息子をも恥じたことだろう。

車をとめ、驚くほど粗末な造りのオフィスの前を通り、いかにも映画会社らしいにぎわいを見せている作業現場に進んでいった——工作室、編集室、映写室、そして防音ステージ。だが、フレッド・ルビンスキーから細かく道順を教わってきたにもかかわらず、気づいてみるとわたしは衣装を着けておしゃべりしているエキストラや、退屈そうな撮影助手や、作業衣姿の照明係といった人々の間をさまよい、人や機材を積んで走る車やトラックをよけて歩いていた。しまいにはただぼんやりと立ちつくし、頭を掻いて、私立探偵でも雇おうかと考えていると、何かが——誰かが——わたしの袖を引っ張るのを感じた。

下を見ると、大きなおとなの男の顔がわたしを見あげていた。

「ミスター・ヘラーですね？」背中にこぶのあるこびとは言った。ニューヨークはロウワーイーストサイドのなまりだった。

「ボスが待ってます」彼はわたしの前にまわりこみ、片手を差し出した。白いズボンに白いシャツ、白い靴という格好で、まるで小さなアイスクリーム売りだった。ただ、シャツには赤いしみがついていた。「ショーティ・チベロです、ミスター・ヘラー。ミスター・ウェルズの運転手兼身のまわりの世話役でして」

握手すると、彼の手はふつうの大きさで、力強く、しっかりしていた。「運転手だって？」

彼は笑って言った。「どうしておれに車の運転ができるのかってきくのは気まずいでしょうから、最初に教えておきますよ。ペダルに特製の木のブロックを取り付けてあるんです」

「ひげを剃っていて切ってしまったのか、ショーティ？」近くの防音ステージのほうに向かっていくショーティのあとについていきながら、わたしは尋ねた。

「ああ、これは絵の具です、ミスター・ヘラー」

「ネイトでいいよ」

「いや、そうはいかないんです。おれは〝ショーティ〟だけど、あなたは〝ミスター・ヘラー〟でなきゃいけない。ボスはその辺のけじめをしっかりつけたがるんで……古くからの友だちだって聞きましたけど」

「それはちょっと言いすぎだな、ショーティ。ただ、はじめてシカゴで会ったとき、あんたのボスは例のウッドストックのおぼっちゃま学校を出たばかりだったよ」

「そりゃすごい。ボスは噂どおりの天才少年だったんですか？」

「ショーティ、彼は今もそうじゃないか」

ショーティがドアを開けてくれて、わたしは全体が暗がりに沈んでいるスタジオに入っていった。そして見えたものに衝撃を受けた。薄暗がりからまたひとつ大きな頭が現われたのだ。だが今度は背中にこぶのあるこびとの顔ではなかった。もっとずっと上等で、もっとずっと奇妙なもの……目をむいた、どことなく中国風のドラゴンが頭上に浮かんでいた。床から四十フィートはあろうかという高さだ。頭は三十フィートほどのところにあって、上を向いて、長い銀色の舌がうねりながら伸びて、暗くて見えない天井へと達しているようだった。不気味なことにドラゴンの後頭部からも銀色の帯のようなものが飛び出して、床の大きな穴の中に垂れていた。

「なんだ、これは！」わたしは言った。暗さに目が慣れてくると、巨大なドラゴンはジェットコースターのような台の上に載せられているのがわかった。

ショーティがわたしの前をすり足で歩きながら、言った。「足元に気をつけてください、ミスター・ヘラー。ボスは会社に要求して、コンクリートを崩して、あの穴を掘らせたんです……削岩機の音のすさまじかったこと！」

深い縦穴の縁をまわりこんで進んでいった。長さがたっぷり八十フィートはありそうで、幅はその半分くらい。深さも同じくらいあるらしかった。

「ボスはカメラマンに、あの台の上を腹這いになって滑り降りさせたんです」ショーティが説明した。「カメラをマットの上に置いてね。そうやって、なんて言いましたっけ、そう客観的な映像にしたわけです」

それを言うなら〝主観的な映像〟だろうと思ったが、わたしは背中にこぶのあるこびとの揚げ足取りはしない。特にドラゴンが君臨する場所では。それがわたしの一般的行動方針だ。

巨大な滑り台のようなものの脇を通って、小さな男のあとについていった。彼の動きはまっすぐ前に進むというより、むしろ横歩きだった。やがてたどり着いたドアは、移動式の壁についていた。その壁は明らかにセットの裏側だった。スタジオの約三分の一が、これらの可動壁で仕切られていた。さまざまなアングルからの撮影を可能にするために移動できる壁だ。

ショーティがドアを開けると、黒い髪の男の姿が見えた。だぶだぶの黒いズボンに白シャツを着て、黒いネクタイをゆるめている。少なくとも六フィート二インチはある大男で、体重は軽く二百五十ポンドはありそうだった。小さな作業台の前に立ち、にんまり笑ったグロテスクなピエロの仮面に赤い絵の具を塗っていた。テーブルに平らに置いてある仮面は、まるで盾のようだった。照明の光は——天井の暗がりに伸びている延長コードのところどころから果物のようにぶらさがっている作業ランプの明かりだった——ぎらぎらとまぶしく、狭い範囲を照らすのみで、周囲には濃い影が生じていた。壁は傷だらけの白黒の壁面を模してあって、そこに気味の悪い、暴力的な図が所狭しと描き込んであった。解剖学の教科書の挿絵のようなものと、にんまり笑うピエロの顔の横で、骸骨が死のほほえみを浮かべて踊っている。

肩越しにわたしを見た黒髪の男はほほえんだ。強い光をたたえた黒い目が、いたずらっぽい表情を浮かべたソフトな童顔に埋め込まれたようについている。がっちりした頬骨が肉の下にかろうじて見てとれる。黒く細い眉は、常に皮肉っぽい表情を浮かべ、上を向いた鼻先は、まるで人をあざけろうといつも親指で押し上げているようだ。そして仕上げに、くぼみのあるあご。

「ネイサン、よく来たな」彼は言った。そのよく響く声に、アメリカ中のラジオファンがあこがれたのだった。その声の主の若者を忌み嫌った多くの者も含めて。「ぼくのクレイジーハウスはどうだい？」

「物議を醸したきみの発言はなんだっけ？」中国の筆でピエロの唇を赤く塗っている彼の隣に行って、わたしは言った。「映画スタジオは自分専用の鉄道模型セットだって？」

「うん、じゃあ、今は建設現場セットだ」彼は例の不良じみた薄ら笑いを浮かべた。その顔を見ると、彼とならどんな内輪のジョークでも共有できると思ってしまう。「知ってたかい？　われらが気高いふたつの労働組合が連帯できないでいるのは、たったひとつの言葉の定義をめぐってなんだよ。で、われらが木工班と画家たちと大道具係が、殴り合いをしかねないでいる問題の言葉というのは何か。なんと、組み上げ《エレクション》だよ」彼はため息をつき、ほほえみ、眉を吊りあげて見せると、ピエロの仮面の上にかがみこんで、巧みに彩色を仕上げた。

「エレクション？」

「そう。彼らはどっちとも決められないんだ。それはセットをはじめから組むことを指すのか、それともすでにできあがっているものを組み立てるという意味なのか」彼は上機嫌の妖精のような顔をした。「ぼくが教えてやるべきなのかな。自分の経験からすると、できあがっている女性はごく自然に男性の勃起《エレクション》を引き起こすものだと。どう思う?」

ショーティが塗料の缶を手にオーソンとわたしの間に割って入り、中世の徒弟のように主人の世話を焼いた。

「ミスター・ヘラーとぼくのふたりきりで話をしたいんだが」ウェルズは何でも屋の召使いに向かってやさしく言った。「すまないけれど、ちょっとはずしてもらっていいかな?」

ショーティは缶を作業台に置くと、OKの身ぶりをして、出ていった。

「あの小さな男は、どうして急に口がきけなくなったんだ?」わたしは尋ねた。「ここに来るまではえらくおしゃべりだったのに」

ウェルズはかすかな笑みを浮かべた。「ああ、ショーティの多弁癖は——少々ぶしつけなところもあって——いささか問題なんだ。それで天引きシステムを考案したんだよ」

「何システム?」

「ぼくのところに来た客や仕事の相手がいるところで口をきいたら、彼の給料から十ドル天引きするんだ」彼は蓋を開けたままの塗料の缶の上に、注意深く筆を置いた。「場内見学はどうかな?」

自分の撮影セットを案内してまわる、ずんぐりした、愛想はいいがなんとなく横柄な男は、三十一歳にしてすでに演劇とラジオと映画の世界で歴史に残る仕事をしていた。ブロードウェイで、政府の演劇プロジェクトと、自分自身の〝マーキュリー・シアター〟で行なったダイナミックな演出で、彼は名をなした。ラジオの『宇宙戦争』の放送では、ほんとうに火星人が地球を襲ってきたと信じ込んだ者が何千人もいて、彼は悪名を馳せた。ハリウッドでの仕事としては、三本の映画を監督し、脚本を共同執筆している。内二本はすでに現代の古典として高い評価を受けている。興行成績は別として。ときにはたっての願いに渋々応じて、ほかの監督の映画に出演したりもしている。一般には天才中の天才と目され、映画会社の重役室の閉じた扉の奥では、厄介者中の厄介者と目されている。その典型が、新聞王ウィリアム・ランドルフ・ハーストへの無分別であからさまな攻撃の映画、『市民ケーン』だった。

ウェルズがコロンビアで監督を務めている理由はひとつしか考えられない。彼の妻のリタ・ヘイワースはハリー・コーン社長にとって最大のお宝スターで……そして彼女がこの映画の主演女優だからだ。

十分くらいかけて、ウェルズは彼の〝クレイジーハウス〟、つまりほんものそのままに造られたカーニバルのびっくりハウスを案内してくれた。スライドドアや、傾いた床や、斜めの壁や、はてしなく続くように見える鏡の間《ま》の迷路など、すべてそろっている。鏡の間には縦七フィート横四フィートの鏡が何十枚も並べてあり、さらに像がゆがんで映る鏡が数十枚設置してあって、ウェルズの姿がやせこけて見え、わたしはちびででぶの馬鹿のような姿になっていた。

「若い頃に気づいたんだ」いたずらっぽい表情で迷路の中を案内していきながら、彼は言った。「この世のほとんどすべてが見せかけだけのものだって――鏡に映る虚像のようなものさ」

鏡に映ったふたりの姿が、どの通路をもふさいでいるように見える中で、わたしは彼に、こんなところでどうやって撮影するのかと尋ねた。こんなにたくさんの鏡に囲まれて。「ほとんどがマジックミラーなんだ」彼は答えた。「そうじゃない鏡には、カメラマンのために小さな穴が開けてある。おい、そっちじゃないよ！　こっちだ……ついてこいよ……」ウェルズのびっくりハウスは実に気味が悪かった。うれしそうにわたしの前に立って、キャンバス地の柔らかい壁の部屋や、薄いベニヤ板のふわふわの床が妙な角度に傾いている部屋や、ゆがんだにせの窓がペンキで描いてある部屋などを、彼は得意そうに見せてまわった。次第に『カリガリ博士』のひずんだ世界に入り込んでいくようだった。いたずら小僧のようににやにやしながら、ビーズや鎖が垂れ下がり、すり切れて裂けたカーテンがかかる部屋を抜け、黒白模様の壁に十九世紀末のサーカスのポスターのような奇妙な書体で〝立ち上がれ　さもなくば死ね〟と書いてある前を通って、紙細工の骸骨と牛の頭蓋骨、そしてグロテスクな笑みを浮かべるピエロの頭が並ぶところに連れていった。

何かがぶつかってきて、わたしはぎくりとした。ブロンドの髪のマネキンの頭がスプリングの先につけられて目の前でゆれながら、わたしをじっと見つめていた。美しい顔の下半分が腐れ落ちていて、骨だけになった口にタバコをくわえていた。ウェルズのよく響く笑い声は、その口から発してくるのかと思われた。

隣の部屋では、切断された女性の脚が天井からぶらさがっていた。形のよいマネキンの脚にハイヒールをはかせたものだった。シーム入りのストッキングをはかせたものもあった。そしてここにも見せかけの煉瓦の壁に気味の悪い絵が描かれていた。その中に、古風な水着を着た、カイゼルひげの三人の紳士の絵があったが、体の何か所かの肉がはぎ取られて骨がむき出しになっていた。

「ここが正面入り口だよ」通路を指して彼は言った。「映画の魔術の伝統に則って、裏側に設けてある」

入り口ははりぼての岩で、木の階段もそれに合わせてグレーに塗ってあった。まるでクレイジーハウスが洞窟の中に造られているかのようだ。そして入り口の周囲にぐるりとマネキンの手や腕が突き出していて、切断された肉体でできたドアフレームのようになっている。片側の壁に漫画調の女の絵が描いてあった。胴体を切断され、左の胸からはねじが飛び出して、血が滴《したた》っている。女は牛の背に横たわっているが、その牛は体の半分の皮をはがれていた。

ウェルズは木の階段に腰をおろし、スーツのポケットから葉巻を取り出した。彼の真上にロココ調の鳥かごがさがり、中でピエロの生首がにやりと笑っていた。「きみもどうだ、ネイサン?」

彼は葉巻を勧めてくれたので、ピエロの生首をひとつどうかと言ったのではなかった。

「いや」わたしは彼の隣に腰をおろした。「いや、結構」

彼はハヴァナ葉巻に火をつけ、マッチをふって消した。そこではじめて、わたしは気づいた。相変わらずぽっちゃりした顔だが、彼の目は血走っていた。

「いやあ、このセットがどうしても完成させられなくてね。今度の映画で、まずこいつに取りかかったんだけれど。九月の後半からね……メキシコにロケハンに行く前だ……今のストライキはぼくの責任なんだよ」

「責任って、どんな?」

彼は周囲の不気味な絵を指さした。「この絵を全部自分で描いてしまったから。少数の友人の手は借りたがね。このような……非常に個人的なものを……コロンビアの美術部のへぼ絵描きどもにまかせる気にはなれなかったのだよ。なにしろ彼らは〝三馬鹿大将〟に芸術的タッチをくわえたのと同じ連中なんだから」

「それがストライキの発端？」

色の濃い、薫り高い煙を彼はため息とともに吐き出した。「実はそうなんだ。映画セット画家組合……二七九支部……の連中がここのスタジオに来てみたら、自分たちの仕事を〝非組合員〟がすませてしまっていたものだから」

「あんたは熱烈なリベラル派だとばかり思っていたよ」

「いや、そうなんだよ。ただし、ひとつ大きな例外がある——ぼくの芸術に関する限り、ぼくはジンギスカンよりもうちょっと右寄りだ」

「おれが会いたいと言った理由をきかないんだね」

バラのつぼみ《ローズバッド》のような唇が曲がって、かすかな笑みになった。「去年、例の問題を処理するのに、きみの友だちのミスター・ルビンスキーを推薦してくれたお礼をまだ言ってなかったんじゃないかな？」

「ああ、そうだね。どういたしまして。それはつまり、フレッドが問題を……賢明に処理したということだね」

「そう、そのとおり……もちろん、あの女性には二万ドルわたさなければならなかったがね。問題を法廷と新聞社に持ち込まない代わりに。もちろん、ぼくは彼女をレイプしたりしていないよ――あれはまったくのたわごとだった」

「それはおれの口出しすることじゃないから」

「きみねえ、一度彼女を見てほしいな――すごいブスなんだから。ぼくはブスをレイプしたりしないし、美人はレイプするにはおよばないんだよ」

皮肉な口調だが声は緊張していた。そのベビーフェイスも――まるで胎児のような未熟な印象を与えるが――やはり張りつめていて、額はこわばり、眉間に深いしわが刻まれていた。

彼はわたしに身を寄せて、腕に手を触れた。「きみを無視したこと、あやまったかな?」

「いつのことだい?」

「一週間か二週間前、〈ラ・リュ〉で……ぼくはまもなく元妻となる女性と食事をしていた」

では彼は気がついていたのか。

「実は」彼は言った。「馬鹿げたことに、なんとか仲直りできないかとがんばっていたんだよ。この映画を完成させなければという思惑《おもわく》がだいぶ影響していたがね。そんなときに、きみを紹介したら――ぼくの友人で、シカゴで高名な、離婚がらみの調査が得意の私立探偵だなんて――リタが誤解したかもしれないだろう」

「いいんだよ。何も気にしてないから」

「おまけにあのときはひどく暗い気分になっていてね。アルコールがさらにそれを悪化させていた。一緒にいたあの美女は誰だい?」

「女房だよ」

「ほんとうか! それはおめでとう! いつ結婚したんだ?」

「わりに最近。今はハネムーンみたいなものなんだ」

「ミスター・ルビンスキーとの共同ビジネスの話を固めるために来ているのだと思っていたよ――そんなことが《エグザミナー》に載っていなかったかな？」

「ハースト系の新聞を読んでるのか？」

「今は特に熱心に読んでいるよ」

「どうして？」

ウェルズはその質問を無視して、葉巻の煙を吸った。「きみの結婚生活はぼくのよりも恵まれたものになるように祈ってるよ。しかし、不思議に思っているだろうね、ぼくのような〝怪童〟が――ハウスマン（『市民ケーン』の脚本の共同執筆者でもある映画監督ジョン・ハウスマン）の言いぐさだけどね――あれほど美しく、やさしく、繊細で知的な女性とうまくやっていけないのかと。つまり、マルガーリータ・カルメン・カンシーノ・ウェルズと」

「ふたりの間には子供もいるじゃないか」

「ベッキー。かわいい子だよ。すばらしい子供だ。父親が下司野郎なのに反比例してね」

「そんなに自慢げにいうことじゃないだろう。あんたに責任があると思うやつが出てくるぞ」

「そういうやつは大馬鹿さ。きっときみは、ぼくが妻を裏切って遊びまわっていると思っているだろうな――リタ・ヘイワースを女房にしていながら、家にあるもので満足できない。あのウェルズって欲ぼけ野郎は！」

「おれが口を出すことじゃないから」

「いや、ぼくは忠実な夫だったんだよ。最初は。とても長い間ではなかったけれど。でも彼女は絶えずぼくを浮気者と非難したんだ——実は彼女は精神的に不安定でね、あのべっぴんさんは……劣等感が強くて。その原因の大半は、あのとんでもない父親が彼女を学校に入れずに芸能界に入れてしまったからなんだけど。あの畜生はほかにもうんとひどいことを娘にしているんだ……ネイサン、彼女は不幸な女なんだよ。そして病的に嫉妬深い。結婚以来彼女は毎晩泣いていた。それなのに先週になって、ぼくと結婚していた間が人生で一番幸せな時期だったなんて言いだすんだ……信じられるかい？」

「あんたが言いたいのは、彼女にあまりしつこく浮気者呼ばわりされたから、いっそのことと思って実際に浮気をしたということかい？」

「だって、そうだったんだから。ぼくはいつまでも彼女を愛するよ……彼女もいつまでもぼくを愛してくれると思う」彼は葉巻を吸いながらすわっていたが、やがて首をふって、言った。「彼女がぼくをなんと呼んだか、知ってるか？　ジョージだよ。ぼくのファーストネームなんだ——忌むべき、ありふれた、ファーストネーム——彼女はいつもぼくをそう呼んだんだ」

「リタがいつもあんたをジョージと呼んだ？」

「リタじゃないよ、きみ——あのショートって娘さ。ぼくが殺したのかもしれないときみが考えている〝ブラック・ダリア〟」

オーソン・ウェルズはみずからを高尚な文化の紹介者とみなしたがる。シェイクスピアやコンラッド、カフカなどを大衆に伝えたものと。だが、忘れてはならない。このすばらしき大根役者は『ザ・シャドウ』（黒マント姿の英雄が悪と戦うラジオドラマ）の主役も演じたのだ。メロドラマは彼の得意分野だ。

とはいうものの、わたしはショーティのように口がきけなくなった。ウェルズのコマーシャル前のはらはら場面《クリフハンガー》の衝撃に、みぞおちを殴られたような気がした。

「ここ二、三日はハースト系の新聞を特に念入りに読んでいたって、言っただろう」彼は言っていた。「そして事件の捜査にきみがかかわっているのに気づいて、少なからぬ興味をいだいたんだ。正直言って、話す相手がきみになってほっとしているよ。ハーストの会社の新聞記者や、あるいはもっと悪いことには、ロサンゼルスのゲシュタポに押しかけられるのでなくてね」

「あんたは——」

「彼女を知っていたか？　もちろん、知ってたよ。聖書で言う〝知る〟（性交する）とは少しちがっていたかもしれないけれど……きれいな子だった。漆黒の髪に、カララ（イタリア北部の大理石の産地）産の大理石のような真っ白な肌。そして、その上に乗ってしまえそうな長いまつげ。彼女を見て、もうひとりのベティを思い出したよ。ベティ・チャンセラー、同じような黒髪に白い肌の女性だ……三一年、ダブリンの〈ゲイト劇場〉に出ていた頃のわが恋人。ベティ・ショートのほうは、クック基地で知り合った。〈マーキュリー・ワンダー・ショウ〉を率いて軍の基地を巡業していたときにね。そのあとで今度は、今はなき〈ハリウッド・キャンティーン〉で再会して、一番最近は〈ブリティナムズ〉で何度か飯をおごらされた」

「いや、きこうとしたのは、あんたが彼女を殺したのかということ」

ウェルズはため息をついた。「それがわかっていればね、ネイサン、きみにちゃんと言うよ」

わたしはベビーフェイスと、その悩ましげな目をじっと見つめた。「それはつまり、彼女が殺された晩、自分がどこにいたかおぼえていないということ？」

それに答えた彼の笑顔は、一見率直そうだった。「まるでわからない。ぷっつり記憶がとだえていて……もう古典的なお手軽ミステリーの設定だよ――男が目ざめると、体に血を浴びていて、隣に死体が転がっている……ところが、自分がそのようないまわしい行為におよんだという記憶がまったくない……とは言っても、およんでいないという記憶もないわけだ」

「だけど、あんたはあの空き地で、切断された死体の隣で目をさましたわけじゃないだろう」

「ああ……ぼくはブレントウッドの妻の家にいた」

「奥さんも一緒に？」

「彼女は入院していた。メキシコのロケハンから帰って、過労と下痢で倒れてしまってね。シヨーティはその晩は休みをとっていた。秘書も」

「つまり、アリバイはない」

「ああ、まったくね。記憶もまったくない。安手のスリラー映画なら、ぼくは頭を一発殴られて簡単に記憶喪失になれるんだろうがね、ぼくは自力で記憶を失ったんだよ。失われた瞬間はすべてぼくの努力の結果なんだ」

「どういうことだい？」

「きみにはショッキングな話かもしれないが――ぼくにはおおいにショッキングだ――ぼくの若さは急速に失われつつあって、体力ももはや無尽蔵《むじんぞう》ではないんだ。何日も続けて徹夜で働くには、ある種の薬学的補助措置が必要だ。同じ措置が、ぼくのボーイッシュな風貌を保ち、リーダーとしての任務をより十全にはたすためにも必要とされる。おまけに、知ってのとおり、ぼくはときたま酒も飲む」

「なるほど——酒と覚醒剤《アンフェタミン》か」

「有名な伝説的マジシャン、ホレス・ゴルディンがぼくの遠縁にあたるってこと、きみは知ってるかな？　〝女体切断〟のマジックを考案した人物だよ。女をのこぎりでまっぷたつにするトリック」

「それはつまり、ベス・ショートの体を切断したのはあんただということか？」

葉巻をまるで魔法の杖のように動かして、彼はクレイジーハウスの入り口を取り囲む切断された手や腕と、ふたつに切られた女の死体が皮をはがれた牛の背に載っている絵を指した。

「ぜひきみにこの恐ろしい絵を見てほしかったんだよ、ネイサン。ちなみにこの絵を描いたのはベス・ショートが殺害されるより前だったよ」目を大きく見開いて、彼は二本の指で自分のこめかみに触れた。「頭の中にあの絵があったんだ。悪夢のようなイメージを、こういう無害な形式で吐き出そうとしたんだよ」

恐怖に満ちた沈黙が続いた。やがて彼は立ちあがり、わたしを見ずに言った。「この話の続きは、もっと心の中をはっきりと映しだしてくれる場所ですることにしよう」

自分が作りだした、恐ろしい地獄図の世界から逃げるように出ていって、彼はびっくりハウスに姿を消した。あとを追って行ってみると、彼は鏡の間にいて、折りたたみ椅子にすわり、おそらく八十はあろうかという鏡に映った自分の姿をぼんやりと見つめていた。隣にもう一脚の折りたたみ椅子が用意されていて、わたしはそこに腰をおろした。

「ぼくが犯人という可能性はあるだろうか、ネイサン？」

彼は鏡の中のわたしに尋ねた。わたしも鏡に向かって答えた。

「オーソン、それはないと思うよ。あんたが誇大妄想狂なのは事実としても、だからといって殺人狂ということにはならない」

彼は鏡の中でわたしと目を合わせつづけた。その後の会話はほとんど鏡を介してのものになった。葉巻はなくなっていた。話をしていると、ウェルズ本人ではなく、スクリーンに投影された彼の姿に向かってものを言っているような気がしてきた。何十ものスクリーンに。

「あのボッシュの絵のようなグロテスクなイメージだけど」彼は言った。「あれは満たされない願望の表われなのだろうか？ あるいはもっと悪いことに、願望は満たされていて、ただぼくがそれをおぼえていないだけか」

「その背中で？」

その一言でメロドラマは中断し、彼は笑った。「ああ、それはぼくも考えたよ。最近じゃ一日の半分はあの金属製のくそコルセットをはめているありさまでね。ストレスを受けると、生まれつき脊髄に異常がある上にこの体重だから、ぼくはもうまるで役立たずで……同時にまるで無害になる……子猫みたいにね。だけど、薬とアルコールで痛みを感じなくなっていたら、どうだろう？ そして同じく薬と酒が殺人の衝動を誘発し、そのあとで記憶を消したのだとしたら？」

わたしは彼を見た。鏡の中の彼ではなく。「あんたが犯人だとは思えないよ。でも、いくつか質問に答えてくれたら、ぼくが犯人を見つけだす助けになるかもしれない」

「なんでもきいてくれ」

「ベス・ショートは売春婦だったのか？」

「ぼくの知る限りでは、ちがうね」

「彼女と最後に会ったのはいつ？」

わたしをすばやく一瞥してから、鏡に向かって彼は答えた。「〈ブリティナムズ〉で会ったのが最後だ――十月以来ずっと会っていなかったのだけれど。サンドイッチとコークをおごったんだ。あれは確か……一週間前だった……あの恐ろしい事件の」

「彼女とは偶然……？」

「あれは偶然ではなかったと思う――彼女はぼくを探していたんだ。ぼくに会いたがっていた――それは彼女も認めたようなものだった」

「なんのために？」

「金。手術を受ける必要があるとかで」

「妊娠中絶？」

「そう考えるのが妥当だろうね。デイリーという医者に診てもらうと言っていたからね」

うなじに鳥肌が立った。「どうしてわかる？　デイリーって誰だい？」

「ウォレス・A・デイリー――ロサンゼルス・カウンティ病院の元院長、今は病院は辞めて、開業医として尊敬を集めている……そして、噂によれば、現在ハリウッド一の人気堕胎医」

金鉱を掘り当てたと直感して、わたしはその名前をメモしながら尋ねた。「もしかしてそのデイリーって、もともとはニューイングランドの出身じゃないかな？」

そんなことを尋ねられて、彼はとまどったようで、何やらいらだったような、あるいは腹立たしげな声音で答えた。「知らないよ、そんなこと。そいつの住所も知らない。たぶん電話帳に載っているだろうけど。ただし〝堕胎医〟の項目で探してもだめだと思うよ」

「彼女、あんたをゆすろうとしたんだろう？」

「必ずしもそうではない。確かに……遠まわしに、こんなことになったら困るだろうというようなことは言われた……世間体があるだろうと。で、持ってた金をわたしたよ――五十ドル。身ごもっているという子供は、ぼくの子であるはずがなかったから」

「彼女とは親しかったんじゃないのか？」

「〝親しい〟という言葉の意味は？」

「チンポコをしゃぶってもらう相手なら親しいと言っていいんじゃないのか？」

それには彼も顔をしかめたが、事実は認めた。「確かに彼女はフェラチオの才能があった。でも、あのやり方で妊娠することはめったにないのだよ」

「彼女、ほかにも才能があったかな？　スクリーンテストをしてやると彼女に約束した？」

「したよ。空約束じゃなしにね。さっき言ったように、彼女はとても魅力的で、実に美しく、そしてなかなかの歌声だったと思う。どこで彼女とわたしの結びつきを知ったんだ？」

「〈フローレンタイン・ガーデンズ〉」

彼はうなずいた。鏡の中の何十人もの彼も。「ＮＴＧから？」

「ああ、彼と、女優のアン・トムスンから。ふたりともあんたのことを警察に話すことはないと思うよ。警察は彼女が〈ガーデンズ〉で働いていたことすら知らない。まだね。それに、あそこで彼女が接触を持った有名人はおおぜいいた。あんたは長いリストのうちのひとりにすぎない。たぶん〈ハリウッド・キャンティーン〉のほうも同じだろう」

今度は彼はわたしをまともに見た。とても若々しい。まるで大きな子供だ。そのベビーフェイスに途方に暮れた表情を浮かべている。「きみを雇えないかな、ネイサン」

「もみ消し工作のために？」

わたしと目を合わせたまま、彼は言った。「あの恐ろしい犯罪がぼくの仕業ではないことを確かめなければならないんだ。確かめる必要があるんだよ、ネイサン」

「で、もしあんたの仕業だとわかったら？」

するとまた鏡の中のわたしに向かって彼は言った。「今はそこまでは考えられないよ。一度に一つずつ片づけていかないと。ただ、これだけは聞いてくれないか。うちの家系には統合失調症の因子があるんだ。もしぼくがウェルズ一族のその要素を受け継いでいるのなら、この次にぼくが入る〝クレイジーハウス〟は撮影スタジオの中のものではないかもしれない」

「あんたが犯人じゃないよ、オーソン」

彼のとびきりチャーミングな笑顔が何十枚もの鏡からわたしに向けられた。「ネイサン、誰よりも高潔な人間のうちにも、悪への不合理な衝動がひそんでいるものなのだよ」

まるで彼の昔のラジオ番組のオープニングのようだった。〝人の心にはどれほどの悪がひそんでいることか〟（『ザ・シャドウ』の冒頭の台詞）

椅子の上で体の向きを変えると、彼はわたしを正面から見て、わたしの肩に片手を載せた。

「もみ消しと言っても、頼みたいのはひとつだけ。今の話の内容を《エグザミナー》には一言ももらさないでもらいたい。ブラック・ダリアとのつながりをハーストにかぎつかれたら、ぼくはおしまいだ――犯人だったのとたいして変わりがないことになってしまう」

ウェルズの言うとおりだった。『市民ケーン』の復讐をするチャンスにようやく恵まれて、ハーストは大喜びすることだろう。

「ぼくが力になるよ、オーソン」

「ネイサン、実はもうひとつ、ちょっとした問題がある」

「問題？」

「ぼくは文無しなんだ」

「リタ・ヘイワースのような女優を出演させる映画の監督をしているあんたが、文無し？」

「からっけつ。マジシャンとしてのぼくの得意技は、金を消してしまうことらしい。債権者がおおぜい、国税局も含めて、毎日押しかけてくる」彼は鏡の間を指して言った。「この映画については、ハリー・コーンからすでに五万ドルを前渡し金として受け取っているんだ。その金は『世界一周』の衣装のレンタル料を払うのにどうしても必要だった」

オーソンは少し前に、ブロードウェイで『八十日間世界一周』を上演した。音楽をコール・ポーターに担当させた豪華な舞台だったが、にもかかわらず興行は失敗だった。噂ではウェルズはこの舞台に有り金を残らず注ぎ込んだ上に、何十万ドルもの借金をしていた。

「通常の時間単位の料金を請求してくれ。次の作品の収益で払うことにするから」わたしをスタジオから送り出しながら、彼は言った。

「次の作品というと？」

「リパブリックで一本撮ろうかと、ハーバート・イエーツと話をしているんだ」

「あのB級ウェスタン専門の会社？　そんなことをしたら、ほかの映画会社から総スカンだよ」

はてしなく続くかと思われるドラゴンの滑り台の脇を通って、彼は薄暗がりの中、わたしを案内していった。

「悲観的になるなよ、ネイサン——ぼくはロイ・ロジャーズとジーン・オートリー（ともに歌う西部劇スターの第一人者）が悪者を正義の裁きにかけているのと同じスタジオでシェイクスピアを演じようとしているんだよ。なかなかおもしろい企画なんだ！　ホラー映画ふうに作ろうと思って。ほら、ユニヴァーサルがカーロフ（ボリス・カーロフ。フランケンシュタイン役で有名な俳優）とルゴシ（ベラ・ルゴシ。ドラキュラ役で知られた俳優）を使ってやったみたいに」

「シェイクスピアの何を？」

「マクベス——真夜中の殺人、それに続く悪夢、罪悪感と激しい強迫観念」

「なるほど」外の光の中に出ていきながら、わたしは言った。「少なくとも作品研究は十分にできてるみたいだね」

彼はポーカーフェイスで応じた。「自分がオセロの研究をしていなかったのだといいと思ってるよ」

そして暗がりに戻っていった。

向き直ったわたしは、ショーティにぶつかった。コロンビアの撮影現場から出口まで道案内をしてくれようと待っていたのだ。ここもウェルズの鏡の間に負けないほどの迷路だから。

15

ロサンゼルスのダウンタウン、三番街とブロードウェイの角に建つ〈ブラッドベリー・ビル〉は、不気味さという点ではウェルズのクレイジーハウスと比べても、さほど遜色はなかった。二十世紀はじめのスタイルの五階建てのビルは、外観は目立たないブラウンストーン造りだが、その中には秘密の奇っ怪な世界があった。装飾的な錬鉄製の手すりのついた階段とバルコニー、一方が吹き抜けの煉瓦とタイルを敷いた通路を照らす、ガラスボールでおおった天井の電球。エレベーターは金属のかごで、ケーブルと歯車と滑車も外から見えるようになっている。まるでジュール・ベルヌが描いた新奇な機械装置のようだ。そして巨大な温室のような天窓から射す光で、一階中央の広々したロビーのつやのある床が、気味の悪い白みがかった金色に輝いている。

うちのオフィスは五階のエレベーターの近くで、入り口のドアの磨りガラスには〝A－1探偵社　主任調査員フレデリック・C・ルビンスキー〟と書いてある（ただしビルの案内板にはわたしたちふたりの名前が載せてある――医者と弁護士だらけの中で、うちが唯一の探偵社だ）。入ってすぐの部屋には受付嬢――たえずガムを嚙み、爪を磨いているブロンド美人――

がいる。彼女は無給で働いていた。フレッドに電話の交換台を使わせてもらって、自分の留守番電話サービス業をしているからだ。その中側のオフィスはフレッドの個室だが、その横に小さく仕切った部屋があって、調査員が四人で使っている。

午後遅い時間、わたしはフレッドの前にすわって、本日の活動報告をしていた。

「警察官に暴行するとは」回転椅子の背にもたれ、もともとは上等な葉巻だったものの残骸を口の端にくわえて、フレッドはいたずらっぽい口調で言った。「商売に大きく貢献してくれるな……どうしてそう向こう見ずなんだ、ネイト？」

固いボールのような体型のフレッドは、エドワード・G・ロビンソンを禿げさせて、ほんの少し男前をあげたような風貌だ。いつものように、グレーのスーツにブルーとグレーのネクタイというきちんとした服装でいる。

「ファット・アスは警察官なんかじゃない」外のオフィスのウォータークーラーでくんできた水を飲みながら、わたしは言った。「ただの悪党だ。ただし市から給料をとっていやがる。とにかく、今日のことでやつから文句が来ることはないよ——誰にも一言も話すはずがない」

「ランサムのところにいて、やつのご用を務めていたから？」

「そのとおり。どうも、あのナイトクラブでは売春をやっているようなんだ」

フレッドは黒く太い眉を吊りあげた。「そんなことがあって、おれの耳に入っていないというのは変だぞ。未成年をコーラスガールとして使っていたことがばれた例の一件以来、グラニーは〈ガーデンズ〉をとことんご清潔に保っているはずだ」

「ほう？　じゃあ、どうしてグラニーがあそこを辞めようとしているんだ？」

「そんな馬鹿な!」

「グランランドが今日自分でそう言ってたよ。どうもランサムが何やらたくらんでいて、おかげで栄《は》えあるジークフリードの一座の名前に泥が塗られる心配があるらしい」

「そりゃあえらくおもしろそうな話だな……」フレッドは几帳面に片づいたデスクの上の真鍮の灰皿で葉巻をもみ消した。「……でも、やっぱり売春というのはちがうんじゃないかな。おまえさん、ブラウンの鼻の骨を折ったのか?」

「たぶんね。ファット・アスはおれに手出しはしないよ——おれのことをシカゴのおっかないお兄さんだと思っているから」

「そうじゃないのか?」

わたしは紙コップをにぎりつぶして、部屋の隅のくずかごに放り投げた。「おれなんか、ほんの小物さ。ただ、その点でやつの誤解を解いてやる気はないけどね。なあ、教えてくれないか……」わたしは手帳を見た。「……ウォレス・A・デイリー医師について」

フレッドは椅子の上で体をゆらした。腹の上、ネクタイの上で、両手の指をつきあわせている。「今では町で人気の堕胎医だよ」

「映画スター御用達の堕胎医」

「うん、それと上流の方々の」

「だけど、たかが開業医がどうしてそんなに出世したんだ?」

フレッドは笑い、肩をすくめた。「あそこは裏部屋でこそこそ赤ん坊を堕ろしているようなチンケな医院じゃないんだよ、ネイト。デイリー先生は、この地域の医師会の重鎮なんだ——

重鎮だったと言うべきかな」

フレッドによれば（彼の話でウェルズの言ったことが確認され、さらに詳しいことがわかった）、デイリー医師はロサンゼルス・カウンティ病院の元院長で、ごく最近まで、南カリフォルニア大学外科学科の教授を務めていた。

「ちょっとしたスキャンダルがあったんだ。なんとか蓋はされたけれど」フレッドは言った。「四五年のはじめに……医療過誤騒ぎがあった。金で解決し、内々にすますことはできたけど、先生は責任をとって両方の地位を辞さざるを得なくなった」

「その医療過誤の具体的な中身は知らないのか？」

「ああ。だけど、まあ、わかるだろう。先生はもう六十代後半だ。少なくともおれはそう見ている……で、最近は頭のほうが少々あやしくなってきたって、もっぱらの評判でね」

「どんなふうに？」

フレッドは肩をすくめた。「物忘れがひどくて、典型的なぼんやり教授って感じらしい。はっきりぼけが始まっているのかもしれない。患者の腹の中にメスを置き忘れて、そのまま縫っちまったとかじゃないかな」

どうも話がちぐはぐだ。「だったら、どうして妊娠した映画スターが彼のメスに身をまかせるんだ？」

「デイリーは立派な人物で、悪い噂などまったくない人物だった……辞任させられるまではね……それに、彼自身はもうメスを手にしていないと言ってまちがいないと思う。たぶん、実際にやっているのはアマゾネスだ」

椅子の背にもたれ、腕組みをして、わたしは首をふった。「おれがあんたの話をいくらかでも理解して聞いているんだったら、あんたもその医者に劣らずぼけはじめているぞ」

彫刻を施した木の箱から、フレッドは新しい葉巻を取り出した。ウェルズ同様、ルビンスキーもハヴァナ葉巻の愛用者だ。「デイリーがパートナーにしているメキシコ出身の女医のことだよ。マリア・ウィンター医師というね。四十代の、でっかい、顔立ちの整った女性で、一種の戦争難民らしい」

「戦争があったのは、確かヨーロッパじゃないか」

「いや、それがね」葉巻に火をつけながら、彼は言った。「ヨーロッパに留学していたんだそうだ。そこへ爆弾が落ちはじめた。プラハ大学だったか、どこだったかにいたらしいけど、なんでまたそんなところまで行っていたのかまでは、おれは知らない。とにかく、デイリー先生がまだカウンティ病院にいたときに、彼のところに流れ着いたんだ。彼の下で看護婦として働きながら大学に通って、カリフォルニア州の医師免許を取得した」

「他人のことをどうしてそんなに詳しく知っているんだ？」

「他人じゃないんだ」彼は葉巻を吸い、煙をしばらく口の中にためていたが、その煙を吐き出しながら、じっくり言葉を選んで言った。「彼らに患者を紹介しているんだよ。デイリー医院である種の医学的処置を受ける必要がある人たちをね」

「ほう」

「なあ、誰だってあのふたりのことは知ってるよ。つまり、ハリウッドならではっていう話なんだよ」

「と言うと？」

フレッドはにやりとして、首をふった。葉巻を歯でくわえて、まるでサーカスの射撃の名手がそれを撃ち落としてみせるのを待っているようだった。「立派な医者が、医者人生も終わりに近づいて、夫婦円満で、子供に孫までいた――そこへ煉瓦造りの野外便所みたいに頑丈そうなメキシコ女が、近隣国のよしみでってな調子で彼の人生に入り込んできたんだ」

わたしは考え込んだ。「つまり、その女はただのビジネス上のパートナーじゃないってことか？」

「そういうこと！　デイリーは妻と別居している。たぶん、もうすでに離婚を申し立てているだろう。笑っちゃうよ、まったく――デイリーってのは、実直そうな小柄な老紳士でね、そんな男が突然でっかい、グラマーな妖婦《ファムファタール》のとりこになってしまったんだから――」

「で、一緒に堕胎医院を経営しているのか？」わたしは言った。「そんなにおおっぴらに？」

フレッドは鼻で笑った。「ここはロサンゼルスだぜ。そんなにむずかしいことじゃないよ。警察の殺人課が嚙んでるんだ――特別保護枠のリストがあって、デイリーとウィンターはその上位に名前が載っている。医者やマッサージ師や産婆が赤ん坊を堕ろしてやっているという情報が入ると、州の医師会が調査するのだけれど、その結果は警察の殺人課に知らされることになっている。警察では保護枠の外にいるやつらは残らずしょっぴいてくるが……枠の中にいる相手だと、こっそり耳打ちしてやって、誰も逮捕しない……わかってきたか？」

「またファット・アスの登場か？」

「やつも殺人課に在籍しているわけだからな」フレッドはそう言って、うなずいた。「一方、ハリー・ザ・ハットはこういう汚い話にはいっさいかかわろうとしない」

「それなのに、あんたの話によれば〈A-1〉は以前から関係を持っていたというのか。デイリー医師と、そのパートナーの——」

「ウィンター医師。そうだよ。紹介料を受け取っている」

「キックバックか」

薄笑いを浮かべたフレッドのふっくらした頬にえくぼができた。「なんだい、気に入らないのか？ おれたちはハリウッドの水の中を泳いでいるんだぞ——当然プールの水だ、シカゴ川じゃなくて。かといって水がきれいってわけじゃないのは承知だろう」

わたしはすわったまましばらく考えていたが、やがて尋ねた。「今月のはじめに、女から電話がなかったか——低い、ハスキーな声の女から——おれに連絡をとりたいと言って」

フレッドは考え込み、どこまでも続く額にしわが寄った。「言われてみれば……ああ——昔の友だちの娘なんだと言ったっけ。あんたに挨拶したいって」

「で、〈ビバリーヒルズ・ホテル〉のおれの部屋の番号を教えたわけだ」

「教えたと思うよ。なぜだい？ 何かまずいことでも……？」

わたしは答えなかった。頭がくらくらしていた。自分の探偵社が患者を紹介している堕胎医をベス・ショートが選んだという事実を、なんとか呑み込もうとしていた。いったいどうなっているんだ！

「そのデイリーって医者と話をしたい」わたしは言った。「それと、パートナーのアマゾネスとも——早ければ早いほどいい」

フレッドはわたしをじっと見ていた。妙な顔をしている。「まあ、彼のところはあと三十分くらいは開いていると思うけど……おれに隠していることがあるだろう、ネイト？」

「知らないほうがいい」わたしは立ちあがり、ズボンのポケットから車のキーを取り出した。「デイリーの診療所はどこだ、フレッド？　今から行けば閉まる前に着けるかな？」

フレッドはまばたきした。「何かの冗談なのか？」

「おれが冗談言ってるように見えるかよ」わたしは大声を出し、彼のデスクに片手をついて身を乗り出した。「デイリーの診療所はどこなんだ？」

彼は唾を呑み込み、左のほうを指さした。「廊下の先だよ、ネイト」

廊下の先の、角を曲がったところだった。磨りガラスに〝医学博士　A・デイリー　外科／医学博士　マリア・ウィンター　婦人科〟と書いてあった。デイリーの診療所は〈ブラッドベリー・ビル〉の標準的なオフィスを三つか四つ合わせたほどの広さがあるようだった。

そういうことか。

エリザベス・ショートは医者のところに行った——彼女が金の工面をしようとしていたのは、その医者に払うためだったのだ——そして、行きか帰りかわからないが、近くに〈A－1探偵社〉のオフィスがあることに気づいた。〈A－1〉がわたしの会社であることを彼女は知っていたし、カリフォルニアに支社を作ろうとしているという話を聞いたことも思い出した。もしかするとビルの入居者一覧を見て、わたしの名前をみつけたのかもしれない。そこでフレッド・ルビンスキーに電話して、わたしのホテルを聞き出した。

そう考えると、彼女が身ごもっていた子供の父親は自分ではないと確信した。たんにわたしの名前を見て、もうひとり金をせびれる男の知り合いがいたことを思い出しただけだ。誰かの子供を堕ろすために必要な五百ドルの足しにしようと思ったのだ。

だが、わたしが父親でないなら、誰なんだ？

彼女を痛めつけ、体を半分に切断し、血を抜いて、空き地に放置した男か？

待合室に並ぶ椅子にかけている者はいなかった。受付嬢が――白い制服を着た、感じのいい二十代前半のブルネットの女性だった――顔をあげて、窓口からわたしにもうすぐ閉院だと告げた。

名刺をわたし、自分は〈A－1探偵社〉の社長だと名乗って、ふたりの先生に一言ご挨拶したいと思って来たのだと言った。

すぐにオフィスに通され、そこで待たされた。壁には額に入れた卒業証書や表彰状、病院や大学で撮った集合写真などが飾ってあった。デスクのこちら側に二脚あった、クッションを載せた木製の椅子の片方に腰をおろした。デスクはマホガニー製の巨大なもので、吸い取り紙台と、額に入れて立てた家族の写真以外は何も載っていなかった。最近このデスクを仕事に使ったのだとしても、その痕跡はなかった。木製のファイリングキャビネットが隅の目立たないところに置いてあった。奥の壁際には照明をつけたキャビネットがあって、かなりの数の翡翠《ひすい》の彫刻が飾ってあった。ほとんどがブッダやドラゴンといった東洋風のもので、棚の一段にはみごとな細工の貴金属類と、複雑な模様の中国の扇が飾られていた。

ドアが開き、茶のツイードのズボンと緑色のネクタイの上に白衣をはおった男が入ってきた。わたしがいるのを見て、頭をのけぞらせ、目をしばたたいた。六十代で、少々太り気味、ごま塩の口ひげをたくわえている。ひげはきちんと手入れされ、それは豊かな白髪の頭も同じだった。整った顔立ちで、金属縁のめがねの奥の涙っぽい緑の目もその印象を壊しはしていなかった。

男は言った。「おっと！　これは失礼」

そしてまたドアから出ていった。

わたしはそこにすわったまま、閉じたドアを見つめていた。すると二分くらい経って、また彼が入ってきて、またわたしを見て目をしばたたいた。

だが今度はわたしは立ちあがり、彼が部屋から飛び出していくのをくい止めた。「デイリー先生ですか？」

彼はわたしを用心深げに見た。「はい、そうですが？　わたしがいたのではお邪魔でないかな？」

「いいえ。先生をお待ちしていたんです。ネイサン・ヘラーといいます。こちらの受付の方、看護婦さんでしょうか、あの人にお話ししたのですが、先生に少しだけお時間をいただきたいと思いまして」

「いいですよ」彼はほほえみ、うなずいた。「かまいません」

彼はデスクの奥の自分の席につき、両手を組み合わせた。「で、どんなご用かな、ミスター・ヘラー？」

自分は〈A－1探偵社〉の社長だと自己紹介し、今度シカゴの自分の探偵社とルビンスキーの会社が合併したのだと説明した。

「それで、うちが先生のところに患者をご紹介していると聞きまして」

医師は眉をひそめて、考え込んでいるようだった。「そうかね？」

「はい。それで、そのうちのひとりの若い女性についてお尋ねしたいのですが——エリザベス・ショートという」

その名前は——新聞を読む者たちの間では、ロサンゼルス中でもっとも熱い話題となっている名前だが——見たところなんの反応も引き出さなかった。ただ首をふっただけだった。「その患者さんのことはおぼえていませんな。どうも最近、物忘れがひどくなったようで、ああ、ミスター……ええと……」

「ヘラーです。エリザベス・ショートという名前なのですが。昔家族でおつきあいのあった家の娘さんかもしれません」

うなずき、めがねの奥の目を細めて、彼は言った。「そう聞くと何か心当たりがあるような……名前ではないのだが……」

「デイリー先生、先生はカリフォルニアに移ってこられる前に、ニューイングランドで医療にたずさわっていましたか？」

彼は背筋をのばした。「わたしが？　そうかもしれんが……」

「でもデイリー先生、どこでお医者さんをなさっていたかを忘れるはずがないでしょう」

「確かに。あれはメドフォード・メモリアル病院だった」

今度はすぐさま、はっきりした答が得られた。

わたしは言った。「では、エリザベス・ショートは実際にこちらに来て、予約をとったのですね？」

「ほう？」

「美人です。黒い髪に白い肌——化粧がかなり濃かった」

「ゲイシャのように！」彼は言い、指を鳴らした。そして立ちあがった。急に目に生気がみなぎった。「わたしの翡翠のコレクションをお見せしよう」

「ああ……はい」

小柄な医師はすばやくキャビネットに近づいた。わたしもついていった。数分間、彼はひとつひとつの作品について詳細に語った。特に小さな香港製のドラゴンについては熱が入って、特別貴重なものらしかった。

「貸金庫にでもしまっておくべきものなのだろうが」首をふりながら、彼は言った。「だが、これほど美しいものを見えないところにしまいこむことがどうしてもできなくてね」

このミニ講義の間、デイリーの言うことは整然としていて、注意が散漫になることもなかった。かつての教授の姿を想像することはむずかしくなかった。確信を持ってものを指し示す手も、いかにも外科医として尊敬を集めていた頃を彷彿とさせた。

「お名前はなんとおっしゃったかな？」わたしに尋ねながら、彼はふたたびデスクの奥の椅子に腰をおろした。わたしも椅子に戻った。

「そうよ、名前は？」別の声がした——女性の声が。力強く、官能的な響きだ。

彼女はドアの枠に縁取られて立っていた。まちがいなくフレッドが言っていたアマゾネスだ。背が高く、たぶん六フィートはある。白衣を着て白いズボンをはいているが、その服装は彼女の体のみごとな曲線を強調することも隠すこともしていなかった。必ずしも美人ではないが、マリア・ウィンター医師は確かに〝整った〟顔立ちだった。楕円形の顔に、物憂げでありながら刺すような表情の、大きな濃いブラウンの目。鷲鼻で、薄い唇にはかすかに紅がさしてあった。顔の表情と同じようにしっかりしたあご。やや大きすぎる頭のブラウンの髪は、上にあげて丸めてある。なめらかで、しみのない肌は、オリーブ色がかっていた。

「ネイサン・ヘラーといいます」立ちあがって、わたしは答えた。「受付の方に名刺をわたしてあります――〈A－1探偵社〉の社長でして……同じフロアの」

わたしが差しだした手を、彼女はにぎった。しっかりした握手をしながら、自己紹介した。

「あなたがいらしていることを、シャロンがわたしに言うのを忘れたようね」彼女は言った。「今日はもう閉めるところなんですよ。仕事のお話かしら、それとも――」

「うちの事務所から患者さんを紹介しているので、ちょっとご挨拶をと思いまして」

「それはご丁寧に」

「ただ、ある患者さんについて特にお尋ねしたいこともあります」

そこまで言って、わたしは椅子に戻って腰をおろした。「今デイリー先生から、マサチューセッツでの職場についてうかがっていたところです」

彼女はまだ戸口に立ったまま、ガラスのようなふたつの目でわたしを見つめていた。

デイリーが彼女に向かって言った。「この方に翡翠のコレクションをお見せしていいかな？」

彼を見て、口元をほころばせたが、彼女のこわばった固い表情は変わらなかった。大股に彼に近づくと、片手を肩に載せた――やさしく――そして、言った。「今日は一日とてもたいへんで、あなたは疲れているのよ」

肩の上の手に自分の手を重ね、デイリーはうっとりと彼女を見あげた。「もううちに帰ろうか？」

「すぐにね」男の肩に手を置いたまま、彼女はわたしを冷ややかに見た。「ミスター・ヘラー、デイリー先生は立派な方です。医師としても優秀です……ただ、調子のいいときと悪いときがあって、頭がよく働くときと、頭が……」

「あまり働いてくれないときがある？」あとを引き取って、わたしは言った。

「先生は脳軟化症を患っていらして、脳と心臓に動脈硬化症も見られる上に、心筋梗塞《しんきんこうそく》の危険もあるの」

「老化が進んでいて、心臓発作の恐れがある」

「ええ」

デイリーはわたしを見てほほえんでいた。両手を組み合わせ、自分が話題になっていることにまったく気づいていないようすだ。

「先生とわたしは互いに補い合って仕事をしているの。調子のいいときには先生はとても頭脳明晰になるし、それに――ふたりでやれば――たくさんの患者の役に立てる」

「でも、先生は手術はしないんでしょう。今はもう……」

「ええ、そうよ……ええと、その、処置については……」

しょうに」

「堕胎のことですね」

険しく整った顔の目の表情がこわばった。「ミスター・ヘラー、あなたのようなお仕事をなさっている方が、そんなに不用意なものの言い方をするとは驚きですわ。こういうオフィスには簡単に録音機を仕掛けて会話を盗聴できるなんてことを、わたしの口から言うまでもないでしょうに」

わたしはほほえみ、肩をすくめた。「でも、おたくはその筋の保護下にあるのでしょう」

棚のように大きく突き出した胸の上で、彼女は腕を組んだ。不機嫌な魔女のようだった。

「それはともかく、処置はわたししか助手が行なっています」

「医師ではなく？」

「このような単純な処置であれば十分安全に行なえるだけの医学的知識を身につけている助手です」

「まあ、そうむきになって売り込まなくて結構ですよ。おたくのレベルが高いのはわかっています。そうでなければ、映画業界で一番人気の避妊ミス是正医院の地位は維持できないでしょうから」

しわひとつないなめらかな顔がしかめ面になった。「わたしどもがミスター・ルビンスキーにおわたししている紹介料が、あなたの見るところでは十分でないとおっしゃりたいの？　それはあくまであなたのパートナーとわたしが話し合って決めたことなのだけれど――」

「いいえ、それは問題ありません。実はエリザベス・ショートのことで来ました。ほら、例の――ブラック・ダリアですよ」

口元がほんのわずかひくついたことが唯一、わたしの言葉を彼女がどう受け止めたかを示す手がかりだった。彼女はあっさり言った。「わたしも新聞は読んでいます」

わたしは椅子の背によりかかった。「ゲームはやめましょう、ウィンター先生。あのショートという女性がここの患者だったことはわかっているんだ。あるいは、患者になる予定だったか。彼女は故郷にいる頃からデイリー先生を知っていたんですよ。きっとハリウッドで知り合った女性たちの間で先生の名前が取りざたされているのを耳にしたのでしょう。〝処置〟を受けるなら、あの先生が頼りになるって……そしてその人物が昔家族ぐるみでつきあっていた相手だと気づいた」

ウィンター医師はデスクのこちら側に来て、デスクの端に腰をかけ、わたしを見おろした。デイリー医師はだまってほほえんでいて、今の話に少しでもついてきているのかどうかは、まったくわからなかった。

彼女は言った。「医師と患者の間の秘密は神聖にして犯すべからざるものなのよ、ミスター・ヘラー」

「お高くとまってもむだだよ。ここは堕胎専門医院だ。やさしそうな老先生や、立派な診察室や、結構な翡翠のコレクションなんてものがあっても、その中身にはなんの変わりもない」

「エリザベス・ショートが当医院の患者だったかどうかという質問には、イエスともノーともお答えできません」

「ことは殺人事件なんだ。それだけでもあんたの関心をひきつけるに十分だと思うけれど、その上これはただの殺人事件じゃない。もしショートの足取りをたどってきた者があなたたちに、この診療所にたどり着いたら……そして〈A－1〉にも来たとしたら……おれたちは――」

ドアが開いた。医者の白衣を着た背の高い、肩幅の広い男が戸口から半身を入れて、言った。

「失礼――まだ何か用事がありますか？」

「デイリー先生もわたしも、もう今日はおしまいにしたわ、フロイド」ウィンター医師は答えた。「でも、あそこの備品をしまっておいてもらえるかしら。もしまだだったらだけど」

「いいですよ」フロイドは言った。明らかに四十代はじめの年配だが、顔は若々しく、髪はブロンド、目は薄いブルーだった。「二、三分ですんでしまいますから」

「助かるわ、フロイド」彼女は言った。「すんだら鍵をかけておいてね？」

「はい」彼は答え、戸口から出て、ドアを閉めた。

「あれがおたくの助手？」わたしは尋ねた。

「ええ」声にいらだちが表われていた。「ねえ、ミスター・ヘラー、そのエリザベス・ショートという女性が〈A－1〉の紹介でうちに来たことはないとはっきり申しあげたら、あなたの心配の種はなくなるかしら？」

「それはつまり、彼女はおたくの患者だったということ？」

わたしをにらみつけながら、彼女は馬鹿にしたようにため息をついた。「いいえ、そうは言っていないわ。もういいかしら、ミスター・ヘラー？」

とりあえず今日のところはと答え、笑顔のデイリー医師と握手をして礼を言い、翡翠のコレクションをほめた――彼は近くに行ってよく見るようにと勧めてくれたが、わたしは辞退した。ウィンター医師にうなずくと、彼女は冷ややかな表情ながらうなずきを返し、わたしのためにドアを開けてくれた。そこから先は自分で出口をみつけた。

廊下に出ると、ロビーを見おろすバルコニーの手すりに寄りかかった。めまいがしていた。高さに目がくらんだのではない。下を見てもいなかった。まだデイリーの診療所のドアの磨りガラスに目を向けたままだった。

話をしているところに顔を出した助手のフロイドは、わたしに気づかなかった。だが、わたしは彼が誰だかわかった。

彼の名前はフロイドではない。少しだけちがう。ロイドだ。ロイド・ワタースン。またの名をキングズベリー・ランのマッド・ブッチャー。

16

ユニオン駅の中央ロビーは、木や草を植えた心休まるパティオがあったり、板石を敷いた上にベンチが並んでいたりで、別れや再会の場としては、ほかの大都市の鉄道駅ほどは騒々しいところではなかった。日没近い時間で、涼しげな青い影が背の低い白い化粧漆喰でおおわれた巨大な建物を包みはじめていた。高い時計塔があたりを睥睨《へいげい》している。

自分でも驚くほどリラックスし、疲れもまったく感じずに、色つきモザイクで飾られた高い天井の下の広い出札室を抜けていき、でたらめな曲を口笛で吹きながら、音の反響を抑えたエレガントな待合室を急ぎ足に横切っていく人の群れに加わった。ずらりと並ぶ革張りの椅子では、浮浪者が眠り、乗客が列車を待っていた。洞窟のようだが明るく照明された乗客用トンネルは、八か所の出口から八つのプラットフォームに出られるようになっていた。トンネルは足音と人の声と、駅を発着する列車の車輪のきしむ音で満ちていた。わたしはユニオン・パシフィック号が到着したばかりのホームへの出口で立ち止まり、エリオット・ネスが革鞄一個を運んできた黒人のポーターにチップをやっているのを見た。

記憶にあったよりもエリオットは歳をとり、小さくなっていた。北欧系に特有のそばかすの多い少年のような風貌は、太ってむくんだせいでちがった印象になっていた。彼は四十代なかばだが——そう考えて、わたしはいささかショックを受けた——むしろ五十代なかばに見えた。いつもながら仕立てのよいグレーのスーツを着て、グレーと薄いブルーのストライプのネクタイを締め、スーツより濃いグレーのスナップブリムのフェドーラ帽をかぶっていた。トレンチコートは腕にかけて持っている。

トンネルのほうに歩きだした初老のアンタッチャブルは、わたしに気づいてほほえんだ。だが彼のグレーの目には思い悩むような表情があった。長い列車の旅で、誰でも参るだろうが、ただの疲れ以上のものがあるという気がした。何かよくないことが。

わたしのほうは、ポケットの中のコインをじゃらじゃら言わせながら、でたらめに口笛を吹いていた。

「ご機嫌だな」握手をしながら、エリオットは言った。わたしは彼に向かってにんまりした。

「ああ、今日はおおいに成果があってね」

悩みに満ちたグレーの目がこわばった。「それは申し訳ないが、せっかくの上機嫌に水をさすことになりそうだ。ちょっといいかな？　ホテルに行く前に、ふたりだけで内密の話をしたい」

ふたりだけで内密の話をするのに最適な場所は、言うまでもなく、人がおおぜいいるところだ。駅はアラメダ通りに面している。わたしはエリオットを、そこから少し西側の〈プラザ〉に連れていった。草が踏みしだかれ、鳩が群れるこの円形の広場が、ロサンゼルス発祥の地だ。マグノリアが茂る脇に、そのことを記した粗末な碑がある。東側はかつてはチャイナタウンだったところだが、今は土産物店とレストランが並んでいる。北側をオリビア通りが走っていて、ペギーとわたしはそこの観光客目当ての露店をひやかしたことがあった。西は〈オールド・ミッション教会〉の日干し煉瓦の壁で、建物の歴史的意義を語る銘板と落書き（〝キルロイ参上！〟）で飾られている。そして南側には白い塔のような二十階建ての市庁舎がそびえている。まるで現代が過去に向かって、中指を突き立てて挑んでいるようだ。

ベンチにすわったわたしたちの足元で鳩が餌をあさっていた——わたしは露店でポップコーンと冷えたコークを買い、エリオットは紙コップのブラックコーヒーをちびちび飲んでいたが、彼はコーヒーに銀のフラスクから何か注ぎ足していた。周囲のベンチでは、食べ物のしみのついたシャツを着て、すり切れたジーンズをはいた年配のメキシコ人たちが、ぼんやりと宙を見つめていた。自分たちの町が、なぜアングロ・サクソンの手に落ちたのだろうと怪訝に思っているようだった。中にはそのようなむなしい思索にふけるのをやめて、丸くなって午睡《シエスタ》を楽しんでいる者もいた。円形の広場の縁に沿って並ぶ石のベンチは、浮浪者とアル中の住処と化しているようだった。夕暮れ時の心なごませる涼気が、貧しい者たちと、秘密を打ち明け合おうとしているふたりの旧友を包んでいた。

「ここに連れてきてやったら、親父は喜んだだろうな」わたしは言った。

エリオットはわけがわからないようすだった。「えっ？」

「ここで大規模な労働集会が何度も開かれるんだ。そういう場所では親父はまさに水を得た魚だった」

「今も親父さんの銃を持っているのか？」

「ああ――あの九ミリ口径ならね。今持って歩いているわけじゃないよ……スーツケースに入れてある。身につけているほうがいいのだろうけれど――今度の仕事はそんな雰囲気になってきたみたいでね」

ファット・アス・ブラウンを殴った話をした。

「いやあ、ここの警察の腐敗ぶりは目にあまるな」首をふりながら、彼は言った。「わたしがクリーブランドを引き継いだときより、もっとひどい」

「少なくともシカゴの警官は、事件を解決しようと思ったときには――自分が事件を起こす代わりに――ちゃんとやることはやるよ」

「ハリー・ハンセンはどうなんだ?」

「〝ハット〟はほんものの刑事だ」わたしはコークを口に含んだ。ポップコーンの袋は脚の間に立ててあって、わたしは一、二粒つまんで口に運んだり、一粒を鳩たちに投げて喧嘩をさせたりしていた。「ハンセンは仕事ができて、正直な警官だ。ただ、手柄を立てて目立つのが大好きだけど」

エリオットはため息をついた。「彼が有能だと聞いて、残念な気がするくらいだよ」

「どうして?」

わたしが投げたポップコーンをつついている鳩を、彼は見つめていた。コーヒーを一口飲んだ。それから暗くなりつつある空を数秒間見あげ、最後にわたしに視線を向けた。そして言った。「ネイト、実は……ひどいニュースがあるんだ」

「個人的な?　それとも仕事上の?」

ない「両方だ」彼はまた首をふった。「われわれふたりだけの秘密にしておかなければならない」

……ふたりだけの秘密にして、ふたりだけで処理しなければならない……人に知られてはならない」

「了解」

「ネイト、信頼できるのはきみひとりで――」

「おい、エリオット。いいから、早く言えよ」

彼は肩をすくめ、両手を動かした――そんなことで彼の言葉の衝撃はやわらげられなかった。

「ロイド・ワタースンがカリフォルニアに来ている」

「へえ」

わたしの反応の鈍さに、彼は眉を寄せ、グレーの目に当惑した表情を浮かべた。だが、そのまま話しつづけた。「電話できみと話したあと、ワタースンのようすを確認することにしたんだ――個人的に。で、サンダスキー復員軍人施設に行ってみた。ロイドはそこの精神病棟に収容されていたので」

「ロイドが復員軍人とは知らなかったな」

「やつはちがうが、やつの親父さんのドクター・クリフォード・ワタースンが元軍人なんだ。それはとにかく、ロイドは自分の意志で入院した患者だったので、同じく自分の意志で退院できたのだという話だった」

それはおかしい。「あんたが先方とした取引では、そんな勝手は許されないことになっていたんじゃないのか？」

「もちろん」コーヒーを飲みおえると、彼は紙コップを丸め、近くのゴミ容器に正確なねらいで投げ入れた。こちらに向き直ったとき、グレーの目は鋼のような光を帯びていた。「ロイドは野放しにせずに拘禁し、社会との接点をいっさい持たせないという取り決めだった。それが、今になってわかったのだが、精神科病棟に収容された一九三八年八月から四四年九月までの間に、父親が手続きをして、やつは八回も一時退院させられていた。長いときには三週間にもわたって」

「そりゃひどい……四四年九月以降はどうなんだ？」

彼はゆっくりと息を吸い、同じようにゆっくり吐き出した。「その年の八月に父親が死んだ。そして翌九月に、やつは自分で手続きをして退院し……それ以来病院には戻っていない」

何かが変だった。「あんたのところに来ていた、例のいやがらせのはがきはどうなんだ？　消印はサンダスキーだったんだろう？」

わたしのポップコーンをつまむと、エリオットは鳩に投げ与えた。「昔ながらの聞き込みというのをやってみたよ。病院の職員や入院患者にロイドのことを尋ねてまわった。それでわかったのは、オハイオ州犯罪者更生農場と復員軍人施設は、設備のいくつかを共同で使っているんだ。どうやらそこでロイドはアレックス・コッチという男と知り合ったらしい。強盗で収監されていた男だ」

「そのコッチという男は、まだ服役している？」

「いや。少し前に釈放になった。クリーブランドの、そいつの下宿をつきとめたよ。はじめはわたしを見ておびえていた。そして非協力的だったけれど、わたしが事後共犯には問わないと約束したら態度を変えた」

「事後共犯って、何の？」

ふっくらした顔に、かすかな微苦笑が浮かんだ。「コッチとすっかり親しくなって、ロイドはあるとき告白した、というより自慢したらしいんだ……実は自分がキングズベリー・ランのマッド・ブッチャーなのだと。えーと、きみもおぼえているだろう、ロイドの性的志向は……ふつうではなかった」

わたしは肩をすくめた。「両刀使いだったね。それに、少々フェティシストの傾向があった。たいていの男は女にお口で奉仕してもらうのは歓迎するけれど、口のついた生首を冷蔵庫にしまっておいたりはしない」

エリオットはだまってうなずいた。「バイセクシャルに加えて死体愛好癖があるとなれば、これはかなりはっきりしたフェティシストだろうね。それと、アレックス自身が認めたわけではないが、彼とロイドはただの友だちではなかったのだと思う。とにかく、互いに恩恵を施しあっていたんだ」

わたしはコークを一口飲んだ。「つまり、ロイドはアレックス相手にセックスはしたけれど、彼の体を切り刻むことはしないでおいたとか？」

「そういうことだな。それから、ロイドはどうやら父親のサインを完璧にまねることができたようなんだ。処方箋を偽造して、アレックスのためにバルビツールを手に入れてやって、代わりにアレックスは外泊を許されたときに酒を仕入れてきて、こっそりロイドにわたしていたらしい。もちろんワタースン医師の死によって、それは続けられなくなった。それでも——こういうことがあるからロイドとアレックスの間にはことさら強いつながりがあるのだろうと思ったわけだけど——この数年間、アレックスはときどきロイドから封書を受け取っていたんだ。中身は投函していない郵便はがき——」

わたしは指を鳴らした。「あんた宛のいやがらせのはがきか。ロイドはアレックスに投函させたんだ、オハイオで!」

残念そうにほほえみ、エリオットは鳩にポップコーンを投げた。「オハイオからというだけじゃない。アレックスはわざわざサンダスキーまで出かけていって、はがきをポストに入れたんだ。ちゃんとあそこの消印が押されるようにとね」

「ロイドはそれをどこから送ってきたか、アレックスから聞き出せたのか?」わたしは尋ねたが、答はもうわかっていた。

「カリフォルニア。それも、ロサンゼルス」彼はまた首を左右にふった。「それだけでもいい加減不安になるのに、さらにぞっとするような発見があったんだ。クリーブランド警察署に行って、マーロ刑事と一緒にバラバラ殺人事件に関する三千ページ以上の資料に目を通したのだ。彼のことはおぼえているか? マーティン・マーロだが」

「もちろん——マッド・ブッチャー事件にとりつかれたようになっていたじゃないか。最後に話を聞いたときには、まだあの事件を捜査していた」

「今もやっているよ。公式には何年も前に担当をはずされているのだけれど。もちろん彼はワタースンのことを知らないからね。知っているのはごく少数の人間に限られている。だから彼は、今もブッチャーが犯行を重ねているにちがいないと言い張っているんだ——クリーブランドではなく、国のあちこちで……ペンシルヴェニア州ニューカッスルの殺人事件（一九二一年から四二年までの間に、ウェスト・ピッツバーグの沼地で九体のバラバラ死体が発見された事件）をおぼえているか？　あれもワタースンの仕業かもしれないと言っていたじゃないか」

「ああ」わたしはうなずいた。「でも、あのときはロイドはちゃんと監禁されているって、あんたが確かめただろう」

「そうだ――だが、あのときはパパがやつを壁にクッションを張ったスイートルームからときどき出してやっているとは知らなかった」彼はため息をついた。「マーロがこっちに来ると言ってくれたが、わたしが自分で来ることにした。自腹でね。もちろん、ハンセン刑事に名指しで頼まれたこともあるけれど……署長からも直々に依頼があったし」

「だけど〈ダイボールド〉であれだけ責任の重い仕事をしているのに、よくこの事件のために時間が割けたね」

　彼は肩をすくめた。「三週間の休暇をとったんだ」

「とんだ休暇だ」

「今言いかけたんだが、クリーブランドのバラバラ殺人事件の資料の中に不気味なデータがあるのに気づいて――」

「そりゃあ、あの事件の資料には不気味なものが山ほど含まれているだろうよ」

「ああ、だけど、これにはどきりとさせられたよ。一九三九年当時、マトウィッツ署長とわたし宛に、自分がマッド・ブッチャーだと称する人物からロサンゼルスの消印のある手紙が送られてきたことがある。そのときは気にもとめなかった。ワタースンは何もできない状態にあることがわかっていたから、と言うより、そう思いこんでいたから。柔らかい壁に囲まれた部屋に閉じこめられているとばかり。それで手紙のことはすっかり忘れていた。この間の晩、その手紙をふたたび手に取るまではね。手紙には、ブッチャーの次の獲物はセンチュリー大通りのウェスタン通りとクレンショウ通りの間でみつかるだろうと書いてあった」

確かに不思議だ。「エリザベス・ショートの死体がみつかったのは、正確にはそこではないけれど……でも、とても近い」

「そう。正直言って、あまりに近くて骨まで凍りそうな気がしたよ。パパに定期的に病院から出してもらっていたとき、ロイドはもっぱらロサンゼルスに遊びに来ていたのかもしれない……そして一九四四年十月以降は、ずっとカリフォルニアに住んでいた可能性すらある」

例のバスタブ殺人事件は正確にはいつのことだったのだろうと考えた。ベス・ショートの友人だった上流家庭の娘、アギー・アンダーウッドが言っていた〝バウアードーフ嬢〟が殺された事件は。

「それで今は当然」わたしは言った。「エリザベス・ショートを殺したのはロイドではないかと考えているわけだな？」

「そうだ。そしてわれわれふたりで警察より先にあん畜生をみつけられないかと考えている」

その意味がわからなかった。「どうして警察より先でなければいけないんだ？」

周囲ではメキシコ人たちが空を見つめたり、居眠りしたりしていた。ホームレスも眠っていた。夕闇が濃くなって、もう夜に近かった。オリヴェラ通りで灯がまたたいている。通りのほうで、カフェのミュージシャンがスペイン語の歌を歌っていた。〝アイ・イ・イ・イ〟という声が、はっきり聞こえるのに妙に遠くに感じられた。

エリオットはわたしの問いに答えなかった。その代わりに、彼は言った。「ロサンゼルス市警にしばらくつきあって、ブッチャーが今度の事件の犯人ではないと彼らに信じ込ませなければならない……手口に相違点があるから、それほどむずかしくはないだろうが」

「もしワタースンが犯人なのだったら、どうして手口がちがうんだ?」

彼はそれにも答えなかった。「手がかりがあるんだ——たいしたものではないが、手がかりにはちがいない。今言ったアレックス・コッチという男によれば、ワタースンはロサンゼルスのいかがわしい医者のところで看護師として働いているそうだ」

「まさか」

エリオットはうなずいた。「コッチは医者の名前は知らないと言っている。ワタースンの住所も。なあ、やつが誰かとつるんで悪さをしたのは、コッチが最初じゃないかもしれないぞ」

「ほう? やつは一匹狼だとばかり思っていたけれど」

「捜査の初期段階で、マッド・ブッチャーには助手が必要だったはずだと推測されたんだ。弟子というか、そういう人間がいなければ、あれだけの数殺人を犯して、死体の各部を処理することは不可能だろうと。容疑者を特定することまでしたんだよ——若いホモセクシャルの男で、セントクレア通りの食料品店の食肉部門で働いていた……しかし、その先の進展はなかった」

「もしコッチがただの刑務所内の恋人ではなく、その類の共犯者だとしたら、そいつの話は疑ってかかったほうがいいんじゃないかな……あるいはそいつがロイドに電話でもして警告しているかもしれない」

「いや、それはない――つまり、わたしは今もクリーブランド市警に友人がいるんだよ。彼らがコッチを放浪罪で勾留してくれている――分署から分署へとたらいまわしにして、早くとも来週のなかばまでは自由の身にならないようにしてくれているんだ。それまでになんとかハンセン刑事から、ロサンゼルスの堕胎医のリストを手に入れる。そしてそれをきみにわたすから、ロイドを探してきてくれ」

最初の質問をくり返してみた。「どうしてふつうに警察と協力して捜査しないんだ、エリオット？　どうしてふたりだけでやろうとする？」

半眼の目で彼はわたしを見た。「ネイト……もしこれが……わたしがかかわっていたことが明るみに出たら……つまり、一九三八年にわたしはマッド・ブッチャーをとらえていたのに、こんなふうに裏をかかれていたことが……ショートという女性をはじめ何人もが殺されずにすんだかもしれないのに……」

彼はすわったままがっくりと肩を落とし、両腕が腿の上に載っていた。まるで吐きそうなのをこらえているようだった。すると彼は目に手を当てた。なんてこった、泣いているのか？

「エリオット……わからなかったのは仕方のない……」

彼は首をふった。「言い訳にはならない。言い訳にはならないよ。それから……ネイト、わたしに手を貸して、あることをしてほしいのだけれど、それは道徳に反することなんだ……でも、ほかに方法がない」

「心配ないって。ふたりで野郎をぶっ殺して、砂漠に埋めてしまおう」肩をすくめて、わたしは言った。「頭をちょん切るなんていうのが、しゃれてていいかもしれない」

彼は笑った。わたしが冗談を言っていると思ったらしかった。そして言った。「いや……そういうことじゃないんだ。実は……もっとひどいことだ。〈ダイボールド〉にはわたしはまったくなじめないんだ――ネイト、どうしても公人の身分に戻りたい」

「わからないな」

大きく息を吸って、エリオット・ネスは背筋をのばし、わたしをまともに見た。「もう何年も前になるけれど、わたしのボスだったハロルド・バートンが市長の座を降りて、国会議員に立候補したことがあったのをおぼえているかな？　わたしは後継の市長になれと勧められた」

「おぼえてるよ――あんたはその勧めを断わった。公安局長という仕事に満足していると言って」

「あの機会を逸したのは、わが生涯最大の失敗だった」

バートンのあとの市長は対立政党の候補が選ばれ、公共の安全を守ろうと奮闘するネスの後ろ盾とはなってくれなかった。実は、あの不幸なひき逃げ事件のあと、彼を辞職に追い込んだのは、その市長だった。

「それが」エリオットは言った。「二度目の機会に恵まれたんだよ――クリーブランドの市長選に出ないかという誘いがあってね。秋の選挙に、共和党の候補として」

それでわかった。もしこのことが――マッド・ブッチャーのこと、ブラック・ダリアのことが――明るみに出たら、エリオットの政治生命はおしまいだ――どのようなものであれ、公職に就くことは絶望的になる。

「ワタースンの叔父と話をした」エリオットは言った。

「ワタースン議員か。彼があんたの選挙運動の応援をしてくれるとは思えないな」

ロイドの叔父のルイス・M・ワタースンはクリーブランドの民主党陣営の重鎮だ。皮肉なことに、彼はエリオットが公安局長を務めていたとき、ずっとエリオットを批判していた。議員いわく、かのアンタッチャブルは、ごく些細な警察官の汚職行為まで根こそぎ摘発しようと偏執的になっていて、その一方で〝狂った殺人鬼〟が〝クリーブランドの街に野放しになっている〟と難じたのだ。

それはもちろん、〝狂った殺人鬼〟が実は自分の甥だったと知る前のこと——そして議員が、ロイド・ワタースンが精神病院に収容されたことを知っているほんの一握りの者のひとりになる前のことだった。

「わたしはどうすべきだと思うかと、彼にストレートに尋ねたんだ」エリオットは言った。「スキャンダルになったら、われわれ全員の経歴にどれほど大きな打撃となるかという点を向こうは強調していた——彼にとっても、わたしにとっても、バートン元市長にとっても……」

元市長は今や合衆国上院議員だ。

「……そしてワタースン議員はわたしに、ロイドを自分のもとに連れ戻すよう要請した。そうすれば議員自身が個人的にわたしと同道して、ロイドをデイトンの精神病院に収容させる——永久に——と約束した」

「外出許可はなしか」

「鍵をかけて閉じこめて、その鍵を捨ててしまうんだ」

「さっきおれが言ったやり方のほうがいいとは思うがな」

「じゃあ、協力してくれるのか？」

「あんたには協力するよ。議員先生のご希望に添えるかどうかは保証の限りではないけれどね」

グレーの目がわたしを観察していた。エリオットは首をふった。「ネイト、きみのそういう態度は……きみはいつもものごとに無関心なところがあるが、でも、わからないな——マッド・ブッチャーが野放しになっていると言っているのだよ。それもこのカリフォルニアでと。それなのに、きみはまばたきひとつしないじゃないか」

「ああ、そのことか」わたしは言い、コークを飲み干した。「なぜかというと、やつなら縛りあげて、うちのオフィスのクローゼットに閉じこめてあるからだよ」

17

エリオットを〈ブラッドベリー・ビル〉まで送っていった。ユニオン駅からだと南へ八ブロックほどだ。そして車中で彼にこれまでのいきさつを話した——洗いざらい。フェドーラ帽を膝に置き、ブラウンの（白くなりかかっているが）髪を、いつものようにカンマの形に額に垂らして、彼は静かにすわって、じっと聞いていた。ときおり眉を吊りあげるだけだった。裏口の近くの路地に車をとめた。ビルは鍵がかかっていた。ロビーに夜警はおらず、出入りの記録を書き込む帳簿もない。だがわたしは入居者専用の裏口の鍵を持っている。

「きみには殺人の動機がある」エリオットは言った。彼の声と、わたしたちの足音が、煉瓦とガラスと鉄でできた大聖堂のような建物に反響した。「そんなきみが死体を発見するとは、なんとも不運だな……偶然と言っても陪審員には通用しないだろう。まちがいなくきみを絞首刑にする」

「この州では、それはないよ」元気よく、わたしは言った。「ここじゃガス室を使うんだ」

傾斜が急な、幅の広い鉄の階段を昇っていった。頑丈な手すりが付き、踏み板は凝った細工の格子造りになっている。エレベーターは止まっていて、オペレーターがいない。こういうときには勝手に動かさないようにと言われている。街灯のような形の照明は、三分の一ほどしかついていなかった。墓場のような静けさの中で、ガラスのボールが光っている。階段を昇りながら、わたしは周囲を見て、オフィスのドアの磨りガラスの向こうに明かりが見えないか確かめた。こんな時間まで居残っている者がいないかどうかを。金曜の夜とあっては、まずないことだが。

「偶然と言えば」踊り場で一息ついて、わたしは言った。「ロイド・ワタースンがデイリー医師に雇われていたという偶然についてはどうだい？　なんと〈A-1〉と同じビルだったんだぜ」

エリオットは手で何かをふりはらうような仕種をした。「腕のいい刑事弁護士なら、そんなものは軽くいなしてしまうさ——〈A-1〉とデイリーの診療所が同じ建物に入居しているのは、ごく当然のことだとね。患者を紹介していたのだから。それにロイド・ワタースンがほかのどんなところに職を求めると言うんだ？　堕胎その他のいかがわしい行為に手を染めている医者のところ以外に考えられないじゃないか」

「つまり、おれは殺人罪をうまくのがれても」ふたたび階段を登りはじめて、わたしは言った。声がうつろに響いた。「堕胎にかかわった罪を問われるのか？　それはありがたいことで」

「ロイドがきみの顔をおぼえていなかったのは、運がよかったんだぞ」

実はロイド・ワタースンはわたしの顔を一度しか見たことがなかった。それも十年近く前のことだ（短篇「ストロベリー色の涙」）。記憶に残る出会いではあったが。キングズベリー・ランの近くの彼の家の周囲を探っていると、彼が襲いかかってきたのだ。その質素な一戸建ての家の地下室に、ワタースンは〝殺人実験室〟を作っていた。なんといっても人体をばらばらにするというのは汚れ仕事だ。頸動脈から血が噴き出したりもする。死体を処理して、あとをきちんと片づけるには、人に邪魔されない専用の場所が必要だ。

ロイドの地下室は、病院のように真っ白に塗られていた。梁がむき出しで、壁はコンクリートブロック、床はセメントで固めてあった。琺瑯《ほうろう》びきの検査台に、白い医療用品キャビネットが備えてあり、カウンターにはガラス瓶や試験管、ビーカーなどがずらりと並んでいて、中には〝フォルムアルデヒド〟とラベルの貼られたまがまがしい大瓶もあった。彼はそこでわたしを縛りあげ、肉切り包丁を手に向かってきた。その包丁は肉屋の仕事には一度も使っていない、人間をばらばらにするための専用の道具だと、彼はわたしに請け合った。ロイド自身は、〝キングズベリー・ランのマッド・ドクター〟という呼び名のほうを好んで、〝マッド・ブッチャー〟は威厳がなく、なんだか侮辱されているようだと思っていた。

わたしはもっと直接的な方法で彼を侮辱した――睾丸を蹴りあげたのだ。彼はわたしの脚を椅子に縛りつけるのを忘れていた。ちょうどそのとき、外で待機していたエリオットの部下が、機転を利かせて銃を片手に飛び込んできて、彼を逮捕してくれたのだ。

「どうやってロイドをオフィスのクローゼットに閉じこめたんだ？」踊り場で立ち止まって息を整えながら、エリオットは言った。温室のような天井から月の光が射し込んで、わたしたちを照らしていた。わが旧友は――テニスとハンドボールが得意で、柔道を熱心に学んでいたものだが――少々小太りになって、体力が衰えているらしいことに、わたしは驚きを禁じ得なかった。

「別にドラマティックなことじゃないよ」わたしは言った。「やつが診療所を出るのを待って――幸い遅い時間で、ほかには誰もいなかった――うしろから近づいて、銃を突きつけた。そのままオフィスにお入り願ったわけ」

さらに階段を登った。

少々息を切らして、エリオットが言った。「九ミリ口径はスーツケースの中じゃなかったのか」

「そうだよ」次の踊り場で、わたしはスポーツジャケットのポケットに手を入れて、三八口径の短銃身型拳銃《スナブノウズ》を取り出した。「〈A‐1〉はフルサービスの探偵社なんだ。フレッドはデスクの引き出しの一番下に、ちょっとした武器庫を用意しているんだよ」

「フレッドもこのことは知っているのか？」

わたしはまだ周囲に目を配って、その辺のオフィスに居残っている邪魔者がいないかと警戒していた。「いや――お客様をお連れしたときには、彼はもう仕事を終えて帰宅していた」

「きみがやったのは誘拐だぞ」

五階にたどり着いた。〈A‐1〉のドアまでは、ほんの二、三フィートだ。凝った透かし装飾のエレベーターの影が磨き上げたタイルの床と、さび色の煉瓦の壁に射して、蜘蛛の巣のような模様を作っていた。

「そのとおりだよ、エリオット――で、あんたはその幇助罪」

彼は一瞬考えていたが、肩をすくめた。「精神病患者を、心配している親戚のところに連れ戻す――それが犯罪とは思えないな」

「エリオット、おれはあん畜生を銃で脅して連れてきたんだ」わたしは彼の肩に片手を置いた。「どうやってやつをオハイオまで連れていくつもりなんだ？」

彼はあっさりと答えた。「列車で」

「列車で。でも、どうやってやつを列車に乗せる？」

「ほかの選択肢がどんなものかを説明すれば、ロイドは自分から列車に乗ると思うよ」

わたしは首をふった。「ボーイスカウトの遠足じゃないんだぞ、エリオット。あんたが今いるのは、おれの世界なんだ――そこじゃ悪人がなんのとがめも受けずに涼しい顔をしていることがあり得るんだ。わかるか？」

片側が開けた廊下に出たので、前ほど声が反響しなくなった。だが、それでも、わたしの言葉はいつまでも空中にただよっているようだった。

しばらくして、彼は言った。「それも選択肢のひとつだ」

オフィスに近づくと、木と磨りガラスのドアの向こうから、くぐもった音が聞こえてくるような気がした。

鍵を差し込みながら、わたしは言った。「どうやらお客さんがルームサービスを頼もうとしているみたいだ」

オフィスに入ると、音が大きくなった。入ってすぐの部屋は、薄ぼんやりと光が射しているだけだったが、明かりはつけなかった。音は明らかに事務用品をしまってあるクローゼットからのものだった。どすんという音とともにドアがゆれて、まるでクローゼットが呼吸しているようだった。

クローゼットのドアを開けると、椅子にすわったロイド・ワタースンは——猿ぐつわ代わりに巻きつけられた小包用の茶色い粘着テープの上にのぞく薄いブルーの目を大きく見開き、狂おしい表情を浮かべて——クルミ材の秘書用椅子のキャスターを転がして、まるで雄牛が闘牛士に向かって突進する前のように後退しているところだった。

わたしは彼にうしろ手に手錠をはめ、手錠の鎖を背もたれに通しておいた。そして太い茶色の包装用の紐で椅子に縛りつけた。両足首をそろえて縛り、紐を椅子の後部にからませておいたにもかかわらず、彼はなんとか足で床をかいて移動し、分厚いドアに望みのない突進をくり返していた。

額に静脈が浮かび、首の筋が張りつめている。ブロンドの髪に広い肩幅で、ハンサムと言ってよさそうなほどの容貌のワタースンは、看護師の白いズボンに白いシャツ、白いソックスに白いバスケットシューズという、雪男のように真っ白な格好だった。太い茶色の紐で体をぐるぐる巻きにされている——その表情はマスターベーションをしているところをみつかった子供のようだった。

「おや、そこから出たいのか、ロイド?」わざとらしく、わたしは尋ねた。「おやすいご用だ」

彼のシャツの前をつかみ、思い切り引っ張った。キャスター付きの椅子が一緒に動いてきた。そのまま部屋を横切らせた。彼は秘書のデスクに激突し、デスクの縁で背中を強打して、止まった。椅子は彼を載せたまま倒れそうになり、キャスターの上でゆれた。

荷造り用テープで口をふさがれたまま、ワタースンは何やら言おうと、あるいは叫ぼうと、あるいは抗議しようとしているようだった。

「ああ、何か言いたいことがあるのか、ロイド?」わたしは言った。「じゃあ、しゃべれるようにしてやろう」

小包のように彼の頭を扱って、わたしは巻きつけてあるテープをはがしにかかった。最後の一巻きをはがすときには、ロイドもこたえたようだった。粘着テープに髪の毛をむしりとられ、皮膚をひきちぎられそうになって、彼は悲鳴をあげた。

「絆創膏をとるときと同じなんだよ」わたしはやさしく言った。「一気にやってしまったほうがいいんだ」

椅子をぐるりとまわして、こちらを向かせた。部屋の明かりはつけてなかったので、エリオットの姿は暗がりに人が立っているのがわかる程度にしか見えなかった。

「まだおれが誰だかわからないのか、ロイド?」わたしは尋ねた。

薄いブルーの目が細められた。首を左右にふった。妙におだやかでやさしい声で彼は言った。

「今日……今日、デイリー先生のところに来たな」

「もっと前のことを考えてみろよ、ロイド……おれはおまえを〝フロイド〟と呼んでないだろう。それがヒントだ。もうひとつ、ヒントをやろう。この前会ったときは、こんなふうに縛られたのはおれのほうだった」

ふたたび目が大きく見開かれた。童顔の顔がこわばった。「ちょっと待った……ちょっと……確かに見た顔だ……」

「明かりをつけてくれないか?」わたしはエリオットに言った。「今入ってきたドアのすぐ左側にスイッチがあるから」

天井の電灯がともり、オフィスが照らし出された。そこではじめてキングズベリー・ランのマッド・ブッチャーはエリオット・ネスの姿を認めた。

「ああ、くそっ……」ロイドは言った。

「おまえと親父さんにはすっかりだまされたよ、ロイド」陽気な声でエリオットは言った。ワタースンの真ん前に立ち、腕を組んで、静かでやさしい表情を浮かべていた。「いや、ほんとうにうまくかつがれたよ」

いつまでも大人になれないでいる男の顔に、気味の悪い笑みが広がった。ぞっとするほど官能的な唇がふるえている。「お医者さんたちに治してもらったんだよ、ミスター・ネス！　ぼく、もうよくなったんだ」

「ほう、そうかい？　聞くところによると、きみはまた例の悪い癖が出ているみたいじゃないか」

剃刀研ぎ用の皮砥を片手に近づいてくる親から逃れようと部屋の隅にちぢこまっている子供のような顔で、ワタースンはエリオットを見あげた。首をふり、何度もふりながら、言った。「いや……ちがう。ぼくはよくなったんだ。もう病気じゃないんだ。セラピーを受けたんだよ、ミスター・ネス。お医者さんと一緒にがんばったんだ。もうあんなことしたいという気は起きないもの。今じゃ人の役に立っているんだよ」

エリオットの目がきつくなったが、口元はほほえんでいた。「子供を堕ろすのが人の役に立つことなのか？」

ワタースンは大きくうなずいた。「そうしてほしいって女の人には、そうしなければならない女の人にとっては、とても役に立ってるはずだよ」そして、この世の不公平さを思って顔をしかめた。「ほかにぼくにできる仕事なんかないじゃないか。医師免許がないんだから」

エリオットと同じことを言っている。

脇に立っていたわたしが口をはさんだ。「どんないきさつでデイリー先生のところで働くことになったんだ、ロイド？」

ワタースンは顔だけ動かして、わたしを見た。体のほかの部分は椅子に縛りつけられて動けないのだ。「あの人はハーバードでパパと一緒だったんだ。同級生。パパが死んだあと、この町に来て、デイリー先生に働かしてくれないかと頼んでみた……助手をさせてくれないかって。ぼくだって医大に行ったんだからね」

エリオットは言った。「医大に行って、退学処分をくらったんだろう、ロイド」

ワタースンはまたエリオットの顔を見あげた。何やらきまりが悪そうな表情をしていた。「成績はよかったんだよ。酒を飲み過ぎるようになるまでは。それで手がふるえてしまって。今は仕事中は飲まない」

「でも、飲むことは飲んでいるんだな」

「飲むよ――夜になったら、友だちと、バーなんかで。みんなと同じだよ。でもね、ミスター・ネス、もうああいう変なことをしたいって気持ちは起きなくなったよ。ちゃんと自分をコントロールできている」

エリオットは身をかがめ、鼻と鼻がつきそうになるほどワタースンに顔を近づけた。「女の体をまっぷたつにするのは、自分をコントロールできる人間のすることじゃないぞ、ロイド」

エリオットの息が臭いとでもいうように、ワタースンは顔をそむけた。「ぼくはやってない」

「やってないって、何を？」

彼はエリオットのほうに顔を戻した。「新聞に出てる、あの殺人事件だよ——ブルー・ダリアの」

エリオットはため息をつき、立ちあがると、踵に重心をかけて体を前後にゆすった。「ブラック・ダリアだろ、ロイド。あの事件にはおまえの指紋がべたべたついているようなものだぞ——胴体を切断して、血を抜いて、きれいに洗って……」

ワタースンは誇りを傷つけられたというような顔をした。「だけど、頭がついてたじゃないか！　頭はついたままだって新聞に書いてあるぞ。ぼくのやり方とはちがう」

エリオットは手をのばし、ワタースンのシャツの前を、紐と一緒につかんだ。「そうなのか、ロイド？　それとも、女の頭を切り取る代わりに、口を切り裂いて、笑っているように見せたのか？　おまえの代わりに、女にわたしを笑いものにさせたのか？」

「ちがう！」

「ああやって顔を切って笑っているようにしたのは、わたしにはがきを送る代わりにしたことなんだろう？」

「ちがう！　あれは、ぼくがやったんじゃない——ちがうじゃないか、ほら、ぼくとは……手口が！」

エリオットは相手から手をはなし、椅子にすわったワタースンの前の狭い範囲をゆっくりと歩きまわった。「おまえの手口は一定していなかったぞ、ロイド。ときには頭だけ切り取って体は手つかずにしたこともあった」

縛られたまま、ワタースンはなんとか肩をすくめた。「それは男だろう」

「そう、男だ——おまえは男は性器を切り取り、女はふたつに切断したんだ」

「そして手足を切り取ったんだ。忘れたのかい？　ミスター・ネス、あのダリアって女はふたつに切られただけじゃないか。手も足も全部ついていた。あれはぼくのやり方じゃないんだよ！」

この超現実的な問答に——エリオット・ネスとキングズベリー・ランのマッド・ブッチャーが、連続殺人の手口の細部について議論している——わたしはウェルズのクレイジーハウスと、あそこにあったもぎとられたマネキンの手足を思い出した。

わたしがワタースンの前に立ち、エリオットは横にどいた。「ロイド、まさにおまえの手口と言えることがあるんだぞ。三七年のはじめにおまえに殺された女性は、最後まで身元不明だったが、胴体を切断されていたじゃないか……歳は二十五くらいで、スタイルがよく、白い肌に茶色の髪をしていた」

わたしのねらいがわからずに、エリオットは尋ねた。「百三十六丁目の川岸に打ち上げられていた胴体の一部のことか？」

「そう」わたしは彼に答え、次にワタースンに向かって言った。「あの死体にはもうひとつ、おまえならではの気まぐれな細工がしてあった——尻の穴にものをつっこんでおいただろう……尻ポケットだと言って」

「あのときは病気だったんだ」静かな威厳をもって、ロイドは言った。「今はもう治った」

「それは朗報だ」わたしは言った。「それはそうと、新聞には載っていないが、こんなこともあったんだ。エリザベス・ショートも尻にあるものをつっこまれていた――彼女の腿から切り取った皮膚の断片だ。バラのタトゥがしてあった部分だよ」

わたしが脇に動くと、エリオットが進み出て、指を銃のようにワタースンに突きつけた。

「おまえがやったんだ、そうだろうが、このけだもの野郎！」

「ちがう！　ぼくじゃない。誓うよ。ぼくはもう病気じゃない。治ったんだ！」

エリオットにわたしは言った。「悪いけど、ドアを頼むよ」

「ドア？」

「そう、ドアだよ、エリオット。開けてくれ」

またもわたしのねらいがわからないままに、エリオットはわたしに調子を合わせてくれた。

「わかった」そう言うと、戸口に行ってドアを開き、脇にどいた。

ロイドの頭頂部のブロンドの髪をつかむと、わたしは彼を引っ張って廊下に出た。廊下と言っても、片側は五階下のロビーまで吹き抜けになった比較的狭い通路だ。ブッチャーを紐でくくりつけた椅子は、キャスターをきしませながら押されていき、鉄製の中央階段を八段、がたんがたんとくだった。椅子の上で彼は大きくゆれ、飛び上がり、かしぎ、跳ねた。やつの恐怖と苦痛の叫び声が、がらんとした大きな建物に反響し、必死で命乞いをするやつの犠牲者たちの声を思わせた。その声をこいつは無視したのだ。

斜めに影を投げかける月の光の中、わたしたち――ロイドとわたし――は階段の踊り場に着いた。まだ五階近い高さがあるところだ。そこはまるでわたしたちのささやかなメロドラマのために用意されたステージのようだった。熱心に見つめる観客——エリオット・ネス——はゆっくりと鉄の階段をおりてきた。椅子に縛られたままのワタースンを、前を向かせて踊り場の手すりに押しつけ、次いで手すりの上に載せても、エリオットはわたしを制止するどころか声を発することもしなかった。手すりはとても頑丈な造りで、高さは腰のあたりまでだった。椅子の背を手すりに載せ、傾けて、ワタースンに下のロビーのつややかな床を見せた。

大きく息をする程度の声で、わたしは言った。「エリザベス・ショートはデイリーのところの患者だったんだろう、ロイド？」

「殺さないでくれ！」

「もう一度そう言ったら、殺すぞ。彼女はおまえの患者だった、そうだろう、ロイド？」

「ちがう！」

「何があった？　おまえがへまをやって手術が失敗したのか？　気がついてみたら、目の前に若い美人の死体があった？　それで昔の性癖がよみがえったのか、ロイド？」

「ちがーーう！」彼の悲鳴が大きな建物に響きわたった。「ぼくが殺したんじゃない！　手術もしていない！　彼女はウィンター先生の患者だったんだ。ぼくのじゃない！」

椅子をもう少し手すりの外に押し出した。紐が持ちこたえるだろうかと思ったが、ほんとうは切れたら切れたでいいという心境だった。「それはつまり、エリザベス・ショート、ブラック・ダリアは、たまたまおまえが働いていた診療所に患者として来ただけだったということなのか？」

「そう！　そうだよ！」

「そうってのは、自分がやりましたってことか？」

「そう、ただの偶然だったんだ」

探偵は偶然を信じない。運命を信じている探偵もいるし、神を信じている者までいる。だが、偶然を信じる探偵はひとりもいない。

椅子を引っ張り、踊り場の床に叩きつけるようにしておろした。あとずさりしてやつから遠ざかると、思わず階段にすわりこんでしまい、エリオットがわたしと交代してくれた。

「今度の事件に関しておまえが自白しようがしまいが、それはどうでもいい。おまえはわたしと一緒にオハイオに帰るんだ」

息を切らし、頭をふり動かし、狂おしい目を大きく見開いて、ロイドは叫んだ。「いやだ！ ぼくは病気じゃない！ 治ったんだ！ ぼくはきちんと手続きをして退院したんだ。あんたらと同じに正気なんだ。あんたらのほうが頭がおかしいくらいじゃないか！ あんたらにはなんの権限も、なんの根拠も――」

エリオットは腕を組んで、静かに立っていた。「おまえの叔父さんに、連れ戻すように頼まれたんだ」

ワタースンの顔がこわばった。聞きちがいではないかと思っているようだった。「叔父貴が？」

「叔父さんのところに戻って、また病院に入るか――それとも警察に行って、キングズベリー・ランのバラバラ殺人事件の犯人だと名指しされ……ブラック・ダリアを殺した狂人であると槍玉にあげられるか、そのどちらかしかないぞ」

ロイドはしばらく考えていたが、やがて、忌々しいことに、そしてぞっとすることに、にっこりとほほえんだ。「あんたはそんなことはしない」

エリオットは目を細めた。「しない?」

ワタースンは自信ありげにうなずいた。「そうだよ、ミスター・ネス。そんなことをしたら、あんたの不名誉になる。だから、しない。それに、警察はぼくを逮捕したりしないよ」

「ほう、そうかい?」

今ではワタースンははっきりとおもしろがっていた——得意そうな顔さえしていた。「ぼくを逮捕したら、デイリー先生と彼の診療所のことがおおっぴらになってしまう。あそこから賄賂をもらっている警官たちのこともね」

おかしくもなさそうにエリオットは笑った。「これほどの大犯罪をロサンゼルス市警がもみ消すだろうと、本気で思っているのか?」

「もみ消すと思うよ。あんただって、やったじゃないか」

エリオットはよろめいて一歩後退した。

だが彼はワタースンのシャツをつかんで、言った。「ここにいるわたしの友だちに、おまえを預けようか? 彼はおまえの首をちょん切って、死体を砂漠に埋めたいと言っているんだ。わたしもシャベルを取りにいこうかという気になってきたぞ」

「ぼくがやったんじゃないんだ、ミスター・ネス!」得意そうな態度は消え去り、ワタースンはまたおびえた顔をした。「全部ただの偶然なんだって——ほんとに、まったくの偶然なんだよ!」

わたしは立ちあがった。しばらくその場に、階段に足をかけたまま立っていた。きっと傍目《はため》には上に行くか下におりるか、迷っているように見えただろう。

コロンビアのスタジオのオーソン・ウェルズのセットを思い出した。彼はみずから作りだした悪夢の中を、切断された手足や、不気味な影や、にんまり笑うピエロに囲まれてさまよっていた。ウェルズが殺人犯なのだろうか？　それとも彼が、このロイドのようなたわけ者を操っている黒幕だろうか？　われながら馬鹿げた考えだと思う。とはいえ……

……何者かが糸を引いている。『市民ケーン』の監督が指示を出しているのではないにせよ――だが、まちがいなく、病める心を持つ何者かが……

わたしは言った。「エリオット――ちょっと話が」

少々混乱した表情で、エリオットはわたしについて階段をあがってきた。鉄の階段をあがりきったところで話をした。ロイドは――椅子に縛りつけられたまま――うつろな薄いブルーの目でこちらを見あげていた。

「警官については、やつの言うとおりだ」わたしは小声で言った。「デイリーは警察の殺人課が裏で保護している堕胎医のひとりなんだ」

「なんてこった！　ハンセンはまっとうな警官だって言ったじゃないか」

「彼はそうだよ。でも、ほかの警官のほとんどがとことん腐りきっているんだ――〝ハット〟の相棒のファット・アス・ブラウンも含めてね」

「じゃあ、殺人課の刑事とは接触しないようにしよう――声明文を作ってマスコミに流すというのはどうだろう――」

「エリオット」ささやき声でわたしは言った。「今度のはやつの仕業じゃないかもしれない」

エリオットの目がぎらりと光った。「何を寝ぼけたことを言っているんだ。キングズベリー・ランのマッド・ブッチャーが堕胎医のところで働いていて、ブラック・ダリアがそこの患者だったというんだぞ」

わたしは首をふった。「偶然が重なりすぎだ。ひとつかふたつなら――たとえば警察に通報があったときに、たまたまおれがファウリーのパトカーに乗っていたとかなら――まあそういうこともあるかと思うがね。でも、ほかのことについては……無理だよ」

「何が言いたいんだ？」

「この件を裏で操っている人間がいるってことさ。偶然だと必死で思いこもうとしていることはすべて……仕組まれたことなんだ。いいか、おれたちはチェスの歩駒《ポーン》ですらない。ひと山いくらのチェッカーの駒みたいなものなんだよ」

エリオットは顔をしかめた。「で、黒幕というのは誰なんだ？」

「わからない。ロイドも知らないと思う――ただ、裏で糸を引いているのは、ロイドともかかわりのある人物である可能性が高い」

エリオットの顔がゆがんだが、笑ったからではなかった。少なくとも彼はわたしの話をまじめに受け止めてくれていた。「どうしたらいいと思う？」

わたしは彼の腕をとり、廊下を少し先まで進んだ。踊り場のワタースンの姿はまだ見えていた。

「ふたりで捜査を続けよう」わたしは言った。「今もあの死体の姿が頭に浮かんで、美しい顔の口が切り裂かれているところが目に浮かぶんだ。あれは〝垂れ込み屋〟に対するみせしめだよ。まだドラグナの線を探っていないし、それを言うならミッキー・コーエンにもあたっていない。あんたはハリー・ザ・ハットの相手をしなければならないだろうけれど、ついでに堕胎医院の背景を探ってみてもらえないかな……そこから何か出てくるかもしれない。デイリーは見かけどおりのぼけ老人ではないのかもしれない。ウィンターって女はとんでもない妖婦なのかもしれない。まだわからないが……それからアーノルド・ウィルスンという男と、やつの仲間のマカデン・グループのこともある」

「アーノルド・ウィルスン？」

「戦争で負傷して脚を引きずっている背の高い男だよ――やつは〈モカンボ〉に押し入った一味のひとりだ。ところがサヴァリーノやハッソウとはちがって、警察につかまらなかった」

「妙だな……アーノルド・ウィルスン――どこかで聞いたような……」

「エリオット、それは〝ジョン・スミス〟や〝ジョー・ドークス〟なんてありふれた名前に聞きおぼえがある気がするのと同じだろう」

彼は真剣な目をして考え込んだ。「いや――最近どこかで目にしたんだ」

「それはいい。じゃあ、それについても調べておいてくれ」

「いったいどういうやり方でいこうとしているんだ、ネイト？」

「ロイドに、おまえは無実だと納得がいったと言おうと思う」

「なんだって？」

「手荒いまねをして悪かったとあやまる。どうかわかってほしいんだが、おまえがかかわっていないという確証を得たかったんだと言って。そして、われわれをうまくまるめこめたと、やつに思いこませる。実はまるめこまれるのはやつのほうなのだが。犯人がエリザベス・ショートをまっぷたつにしたのは、われわれみたいな優秀な探偵にブッチャーの仕業だと思わせるためだということにするんだ」

今度はエリオットが目の色を変えた。「やつを解放してしまうのか？　気が変になったんじゃないのか？　やつはさっさと逃げ出すぞ！」

「もちろん、おれは気が変だよ。第八項で除隊になったんだから。ただ、われらが友人の変態紳士は逃げないと思うよ。われわれがやつを信じていると、やつに信じさせさえすればね」

「そのあとは？」

わたしは〈A－1〉のオフィスのほうにうなずいた。「やつを二十四時間見張る。そんなにむずかしいことじゃない。うちの事務所の隣で働いているんだから。フレッドとおれとでフルタイムの調査員を四人かかえている。彼らにこの仕事をさせるよ」

ようやくエリオットもこの作戦が気に入ってきたようだった。「そしてロイドが誰と接触を持つかを見届ける」

「そのとおり」

うなずきながら、エリオットは言った。「いいだろう。どうせ二、三日して気が変わったら、いつでもロイドをとっつかまえられるだろうから……ただ、新たに切り刻まれた死体が発見されたら、夜の寝つきが悪くなるだろうな」

「今はよく眠れているのか？」

「そうでもない」

それからふたりで階段をおりていき、ロイド・ワタースンに丁重にわびた。彼の言うことを信じるというわれわれを、彼は信じたくてたまらなかったようだ。だから（いましめを解いてやると）そのまま信じてしまった。

18

エリオットと一緒に〈ビバリーヒルズ・ホテル〉に着いたとき、時刻はもう九時近かった。ふたりで戦前の型のシボレーに乗り、下宿に戻るロイドを尾行した。彼は東三十一丁目の古ぼけた木造の二階屋に部屋を借りていた。そこからフレッド・ルビンスキーに電話して、監視態勢を整え、交代要員の到着を待った。とても若々しい顔つきのテディ・ハーテルという〈A‐1〉の調査員に持ち場をゆずり、それからホテルに向かった。ワタースンは危険人物だとテディに警告しておいたが、わたしはそれほど心配していなかった。ハーテルは子供みたいな顔をしているが、ブラディノウズ・リッジ（フィリピン戦線の激戦地）の戦いを生き延びてきた男なのだ。広々としたホテルのロビーの、みずみずしい観葉植物や豪華な生花が並ぶ中に入ると、ここはブラック・ダリアが殺されたのとはまったく別の世界だと実感した。マッド・ブッチャーを相手にしたあとでは、この心地よいパステル調の世界はオーソン・ウェルズのクレイジーハウスにおとらず超現実的なものに思えた。フロントに行き、エリオットはチェックインの手続きをした。フロント係は、手はずどおりに明日の朝、ホテルの前にレンタカーを用意すると請け合った。

エリオットはわたしについてバンガローに来た。涼しい夜気の中、手入れの行き届いた生け垣や花をつけた灌木を配したカラフルな庭園の眺めを満喫した。部屋の鍵をはずし、ドアをわずかに開いて、声をかけた。「ペギー！　ちゃんと服着てる？　お客さんなんだけど」

「大丈夫よ、入ってきて、ダーリン」快活な声で彼女は答えた。「実はもうお客さんがひとりいらしてるの」

部屋に入って見ると、勢いのない火が燃える暖炉の横のソファに、ペギーが――撮影の長い一日を過ごして生き生きとした表情をし、薄いブルーのTシャツにあっさりしたデザインの紺のパンツという姿で、オープントウのサンダルから赤く染めた足の爪をのぞかせて――客と並んですわっていた。

「ミスター・ウィルスンが寄ってくださったのよ。古くからのお友だちなんですってね」そう言って、隣の男を指した。「大事なお話があるそうで、あなたが帰ってくるまで待つとおっしゃってたの」

わたしの〝古くからの友だち〟（つまり今日の午後からのつきあい）は、あのアーノルド・ウィルスンだった。〈マカデン・カフェ〉の死人のような風貌のコックだ。このエレガントなスイートルームで見ると、簡便料理が専門のむさ苦しい料理人は、子供の〝まちがい探し〟の絵の中の、周囲とは無関係の置物のようだった。

「あなたと戦争で一緒だったときのお話をしてくださっていたのよ」ペギーは言った。

ペギーがこの男を部屋に入れたのが信じられない思いだった。あばただらけのアパッチのような顔つきのウィルスンを。今にもすり切れそうな青と白のストライプのシャツに、色あせたブルージーンズという格好なのに。エプロンははずして、代わりにネズミ色がかった茶のスポーツジャケットをはおっていた。にやりと笑った口元からは、ペンキ屋のサンプルより多種多様な黄色の色見本がのぞいていた。

よほどうまい話をでっちあげてペギーをまるめこんだにちがいない。

わたしはそこに立って、グラスの中の氷を融かすような、ついでにグラスも融かしてしまいそうな目つきでウィルスンをにらみつけていた。その間にわが妻はソファから飛び上がり、エリオットにかけよって、抱き合って挨拶を交わした。

ふたりは近況報告を始めた。ペギーとわたしが駆け落ち同然の結婚をして以来、エリオットにはこれまで花嫁を祝福し、キスをする機会がなかったのだ。のっぽでやせっぽちのウィルスンは、豪華なソファから立ちあがり、ふるえながら、にやにや笑いを引っ込めて、すまなさそうに口を突き出し、大きな骨張った手を広げて、懇願するような態度を示した。

わたしがその小枝のような腕に手を置き、つかみ、細い目と、わたしに向けられた先のとがった鼻を見あげると、彼はささやき声で言った。「でたらめを言って申し訳ない、ネイト……ミスター・ヘラー。ただ、すぐに話にきたほうがいいだろうと思って」

「どんなことを？」

「ボビー・サヴァリーノが保釈になった——リングゴールドが言ったとおりにしてくれて。きっとそうなるだろうと思っていたけどね。やつはもう家に帰っている。話をする気があるそうだ。やつと会う手はずをつけたら、もう二十ドルくれるって、あんた言ったよな？」

わたしは彼の腕を放した。「よく来てくれた」

ほっとして、ウィルスンはため息をついた。古い運動用のソックスのようなにおいがした。

「ああ、よかった」

がりがりの肩に手を置いて、わたしはほほえみ、言った。「だがな、アーノルド――自宅に押しかけられるのは困る」

「いやあ、それはどうも――でも、ここはホテルだし。それに、何かあったらここに連絡するように言われたから」

「仕事とプライベートな生活は切り離しておきたいんだ――特に妻とはね。わかってもらえるかな、アーノルド？」

「はい、それはもう、ミスター・ヘラー」

「ネイトと呼んでくれよ、アーノルド。それじゃ友だちのボビー・サヴァリーノのところに連れていってもらおうか」

ウィルスンはエリオットを気にしてそわそわしていた――彼がエリオット・ネスのことを知っているのかどうかはわからないが、エリオットは見るからに警官という雰囲気を持っている（実はもう警官ではないのだが）――そこでわが旧友には、部屋に行って一息入れたらどうだと言った。あとでペグと遅めの夕飯を食べにいくから、そのとき声をかけるよと。

エリオットは言われたとおりにしたが、わたしの意図は見抜いていた。サヴァリーノは、わたしと一対一のほうが口が軽くなるだろう。

すぐにわたしはビュイックのハンドルをにぎり、ウィルスンのおんぼろフォードのあとについてサンセット・ブールヴァードを走りはじめた。そして右折して、ノースラブレア通りに入った。サヴァリーノの家は、ハリウッド・ブールヴァードを少しはずれたノースシカモア通りにあった。この金ぴか町の繁華街の近くだ。繁華街の今夜のハイライトは〈グローマンズ・チャイニーズ・シアター〉のプレミアショウで、映画スターにサーチライト、リムジンにラジオ局のレポーターとすべて勢揃い、ロープで仕切ったカーペットの通路から警官たちがファンを押し戻していた。数知れぬ人々があこがれる豪華絢爛たる世界。

だが、ほんの一、二ブロック離れて、角をひとつ曲がると、そこは静かな住宅地だった。わたしのような人間があこがれる世界。化粧漆喰で飾った平屋あるいは二階建ての瀟洒なバンガロータイプの家が――白にグリーンに黄色にピンク、そしてブルー――並んでいる。ドライブウェイと二台分のガレージ、手入れの行き届いた芝生に、ところどころに植えられたヤシやペッパーツリーの木々。象牙色の月光を浴び、街灯の明かりに照らされた家々は、かく申すわたしのような復員兵にとっては、ほとんど夢のような存在だった。けちな詐欺師が、戦争の英雄になりすまして、こんな戦後のパラダイスを手に入れたのかと思うと、いささか腹が立った。

ウィルスンのうしろに車をとめ、ジーンズをはいた案山子のような姿のあとに続いて、そのブロックでも特に大きな家の、カーブを描く私道を歩いていった。ピンクの化粧漆喰の壁に赤い瓦屋根の二階建ての家だ。小さなコンクリートの上がり口に立って、わたしを見おろし、神経質そうににやりと笑って、ウィルスンは呼び鈴のボタンを押した。家の中から、電気椅子に電流を流したような音がかすかに聞こえた。

「あんたが新聞記者だと知ったら、ボビーはいやな顔をすると思うよ」ウィルスンは言った。

「言っただろう、新聞記者じゃないって。探偵で、ある事件の背景調査をしているだけだ」

「ああ、そうそう。そのほうがずっといいな。銃を持った新聞記者なんてのより」

ウィルスンはいい目をしていた。確かにわたしは左の脇の下に九ミリ口径を吊っていた。着ているスポーツジャケットは、銃を持っているのがわからないように仕立てられているはずなのだが。武装強盗の一味の自宅を訪ねるとあって、わたしもそれなりの用意をしてきたのだ。

ドアが開き、とびきり美人でグラマーなブロンド女性が姿を見せた。三十そこそこの歳で、パーマをかけた髪に、けだるげなブルーの目、赤い口紅をはみ出すほど塗った唇の脇につけぼくろをしている。唇からは火をつけたばかりのたばこが垂れさがっていた。顔の肌の色は、分厚いファンデーションに隠されていて不明だ。だが、そのみごとなバストの体の線は少しも隠されずに、Vネックで半袖の薄いブルーのアンゴラのセーターと、ぴっちりしたグレーのスラックスに包まれていた。真っ赤なマニキュアを塗った手にビールのグラスを持っていた。

「やあ、ヘレン」ウィルスンは言った。

口を開いた彼女の声は、鼻にかかって甲高く、車のクラクションのようなメロディアスな響きを持っていた。少々酔っぱらっている。「ボビーと話したいって、その人？」彼女はウィルスンに尋ねた。

「うん」

彼女はわたしを試すように見てから、これならよかろうというようににっこりした——歯並びは悪くなく、歯も真っ白だった。「ちょっといい男じゃない」

「あなたこそなかなかの見ものですよ」

「女を喜ばす台詞を心得てるわね。入ってちょうだい」

手を大きく動かして、彼女はわたしたちを招き入れた。入ったところは、二所帯の住居の玄関だった。二階にあがる階段が目の前にある。ヘレンは右側のドアに手をかけていた。ウィルスンに続いて入っていったわたしが前を通るときに、ヘレンはアンゴラに包まれた胸をわたしにぶつけ、何かを期待させるような笑みを見せた。今日一日で最良の瞬間だった。

内部の壁も化粧漆喰塗りで、外壁と同じトーンのピンクだった。この家は裏返しにしても誰も気づかないだろう。居間に通された。隣がダイニングルームで、そのドアの先の廊下が浴室と、おそらくは寝室に通じていた。ダイニングルームの向こうにキッチンが見えた。

すべてのものがとても上等で、とても新しく、そしてとても不調和で、まるで〈シアーズ〉の特売場のようだった。クルミ材の縁取りのあるロイヤルブルーのモヘアのソファ、その上に大きなベンガラ色の縁の鏡が取り付けてある。房飾りをボタンで留めた安楽椅子はミントグリーンだ。マホガニーのキャビネットに収まったラジオ付きレコードプレーヤーからはベニー・グッドマンのソフトな演奏が流れていた。現代ふうと植民地ふう、両方のスタイルの家具調度が混在している。クルミとオーク。黒と金。

これらはすべて——キッチンでぴかぴか光っている真っ白な調理用具の数々も——盗んだものか、故買屋から買ったものか物々交換したものだ。ボビー・サヴァリーノとマカデン・グループの一味は、このようにして戦後アメリカの夢を実現する方法を発見した——盗むことで。

感じのよいあばずれ女という風情のブロンド女性は、グレーのスラックスにぴちぴちに詰め込んだすばらしい形のヒップを見せて寝室のほうに進んでいった。そして言った。「子供たちを呼んでくるわ」

彼女の姿が見えなくなると、勝手に安楽椅子にすわり〈チェスターフィールド〉に火をつけていたウィルスンに、わたしは尋ねた。「子供たち？」

「彼女はあの幸せカップルをそう呼ぶんだよ」ドラゴンのように鼻からたばこの煙を吐きながら、ウィルスンは説明した。「ボビーとパッツィ……パッツィは昔はパッツィ・グリーンっていうストリッパーだった」

わたしは目をしばたたいた。「まさか。あの〝スパンコールいらずのパッツィ・グリーン〟じゃ」

「そうだよ」

「そりゃたまげた。彼女はシカゴで舞台に立っていたんだぜ。〈レアルト〉で」

五年くらい前だったと思うが、彼女の舞台を見たことがあった——個人的に会ったわけではない。胸の大きな童顔の赤毛女で、最後の挨拶のお辞儀をする直前に乳首をおおっていたスパンコールをはずすので有名だった。

ダイニングルームから居間に入ってきたボビー・サヴァリーノは、妻と手をつないでいた。小柄な元ストリッパーは、まだ器量は衰えていなかった。豊かな赤毛を肩まで伸ばし、大きな、強い光をたたえたアーモンド型のグリーンの目にはマスカラとグリーンのアイシャドウがたっぷり使ってあった。ふっくらした唇には鮮やかな赤の口紅をさし、売り物だった胸は前以上に大きくなっていた。それも驚くにはあたらず、彼女は見たところ妊娠七か月くらいだった。青とピンクの花柄のマタニティウェアを着て、デニムのペダルプッシャー、オープントウのサンダルをはいていた。

サヴァリーノの顔には新聞の写真で見おぼえがあった。ハンサムな男だ。ウェーブのかかった黒い髪に、まつげの長い黒い目。かわいいとさえ言いたくなるほどだ。白いシャツの袖をまくり、ネクタイをゆるめ、タック入りのズボンをはいている。やや肩を落とし、何やらきまりが悪そうなようすだった。

サヴァリーノのあとについてきた男も、新聞の写真で見たことがあった。ボビーの共犯者ヘンリー・ハッソウだ。鉤鼻の小男で、まばらな口ひげをたくわえている。すぐにわかったことだが、どんな手を使ったのか、ハッソウはあの巨乳のブロンドを女房にしていた。

どうやらハッソウ夫婦が二階に住んでいるようだが、二組の夫婦は年中一緒にいるらしかった。もっぱら一階のサヴァリーノの住まいで。

互いが紹介された。サヴァリーノと、次いでハッソウと握手し、〝女の子〟に敬意を払って帽子を脱いだ。妊娠七か月の女性を女の子と呼ぶのが適当なのかどうかは別として。誰かが持ってきてくれたクッションのない椅子に腰をおろして、ソファのサヴァリーノ夫妻と向き合った。ウィルスンは安楽椅子でたばこを吸っていて、ハッソウの夫婦はダイニングルームのテーブルについてすわった。両方の部屋は仕切られておらず、ふたりにはわれわれの話が残らず聞こえ、ときおり口をはさんできた。

ミセズ・ハッソウにビールはどうかと勧められたが、遠慮しておいた。飲んでいるのは彼女ひとりだけのようだった。

本題に入ろうとすると、ミセズ・サヴァリーノがベティ・ブープのような、しかし固い芯のある声で、単刀直入に切り出してきた。「ミスター・ヘラー、まず最初にはっきり決めておきたいことがあるの」

「いいですよ。どんなことです？」

「ボビーの話を聞きたかったら、百ドル払ってくださらない？」彼女は言い、しっかりとにぎりあった夫の手を持ちあげた。

「ちょっと高くないかな」

「あたしたち、お金がいるのよ」

「金だったら、宝飾店をやっているお友だちから借りたらどうです。リングゴールドさんだったかな」

彼女はソファの上で居心地悪そうに身じろぎした――たんに身重の体がきついからではないようだった。「いえ、あの……あそこからはもうずいぶん貸してもらっているので。ボビーの保釈金のためにね」

「よし、わかった。じゃあ、百ドル札一枚ということで」

彼女は赤い爪の指を一本立てた。「あたしたちの名前はいっさい出さないこと――新聞にも、警察との話にも。あたしたちはあなたの仕事のための材料を提供する。それで終わり」

「了解」わたしは言った。「ボビーはそろそろ口がきけるようになるのかな？」

「利口ぶって減らず口をたたくと」冷ややかに彼女は言った。「高くつくわよ」

降参というように、わたしは両手をあげた。相手はただの主婦ではない。財布を取り出し、二十ドル札二枚と十ドル札一枚を彼女にわたした。

「これじゃ五十ドルじゃない」彼女は言い、金を夫にわたした。受け取ったボビーは札を折りたたんでズボンのポケットにしまった。

「もう五十ドルは、話のあとで――五十ドル分の価値のある話が聞けたらということにしたいんだがね？」

一瞬考えていたが、彼女はうなずいた。

「じゃあ、ボビー」わたしは言った。「二千五百ドル出すからミッキー・コーエンを消せと言ってきたのは誰なんだ？」

グリーンの目をらんらんと光らせて、彼の妻が答えた。「ジャック・ドラグナのくそったれ野郎よ！」

彼女の夫に、わたしは言った。「ジャック・ドラグナが自分で？　どういうことだ、やつがこの家に来たっていうのか？」

それはルイス・B・メイヤー（映画会社MGMの創設者の一人）が自分で映画館にフィルムを配って歩くみたいにありそうもないことだった。

「ドラグナ本人じゃない」サヴァリーノは答えた。ハスキーな、中くらいの高さの声だった。話しながら、要点を強調するように頭を動かす癖があり、そのたびにウェーブのかかった髪がゆれた。「見たことのない男が三人来たんだ。ゆうべから数えて三週間前、木曜の夜だった……『バーンズ・アンド・アレン・ショウ』（グレイシー・アレンが演ずる八方破れの妻と、ジョージ・バーンズ扮するまじめな夫という夫婦が登場するラジオコメディ）を聴いてたからわかるんだ。ヘンリーと、そこにいるヘレンとアーニーがうちに来ていて、一緒にビールを飲みながら、あの馬鹿みたいな女が出てくるラジオを聴いてた」

「あのグレイシー・アレンには笑わされるよ」ぼんやりした顔でほほえんで、ハッソウが言った。

彼が妻にしたブロンドはビールをちびちびやっていた。

盗賊たちのくつろいだ夕べのひとときとはどんなものだろうと考えることはせずに、わたしはサヴァリーノに尋ねた。「その三人には一度も会ったことがなかったのか?」

「そんなに驚くことはないだろう。おれたちはこの町の人間じゃないんだ。東海岸から移ってきたんだよ。仕事をしながらな。こっちに来て、まだ一年も経っていない。その三人から、コーエンを消せば二千五百ドルやるって言われたんだ」

「あんたは殺し屋じゃないだろう、ボビー。どうしてあんたにそんな話が来たんだ?」

彼は肩をすくめ、ため息をつき、妻の手をにぎりしめた。赤毛の美人は彼を励ますように見つめていた。「おれ、ベニー・ギャムスンと友だちだったんだ——知ってるだろう、〝ミートボール〟って?」

そのあだ名は彼の体型から来ていた。脚など、肉団子に刺した楊枝に見えた。

「シカゴでギャムスンを知っていたが」わたしは言った。「その頃、やつとコーエンは親しかったぞ。〝ミートボール〟はコーエンのいかさま賭博場でカード係をしていた」

サヴァリーノは首をふった。「こっちへ来てからは、もう親しくなかったさ。コーエンは町中の賭元から週二百五十ドルだったかのみかじめ料を取り立てているんだ……〝ミートボール〟だけがおととい来やがれって断わった」

ギャムスンは十月に射殺されていた。

「あんたはどうしてギャムスンと親しくなったんだ?」わたしは尋ねた。

「おれはやつのところで賭けをしてたんだ。喜んで信用貸ししてくれたし、脅したり、脚を叩き折ったりなんてことはしない。すごくいいやつだった。だけど、別に親友だったってわけじゃない。あいつのためにミッキー・コーエンを殺すなんて気はないよ。あれだけの金を積まれたってな」

彼の妻が口をはさんだ。誇らしげな口調だった。「うちのボビーは殺し屋じゃないのよ」

隣の部屋からハッソウが、か細い甲高い声で言った。「ドラグナのところから来た連中は、おれたちがアル・グリーンの仲間だって知ってた。アルはベニー・シーゲルと親しい。ということは、おれたちはコーエンに警戒されずに近づくことができるってわけだ。コーエンとシーゲルは友だち同士だから」

犯罪社会の相関図の説明に明らかに退屈して、ハッソウの妻は立ちあがってキッチンに入っていった。

「そういえば」わたしはハッソウに言った。「例のリングゴールドが、グリーンと、もうひとり、あんたの仲間の保釈金を出したんだよな?」

「マーティか?」ハッソウは答えた。「マーティ・エイブラムズ? そりゃちがうよ。やっとアルなら、保釈金くらい自分でなんとかできる。リングゴールドがおれたちの保釈金を出してくれたのは、アルひとりに、なんというか、経済的負担がかからないようにってことなんだ」

アンゴラのセーターのブロンドが、新しいビールのグラスを手に戻ってきた。そして夫に言った。「その三人の話を断わったらどうなったのか、話してあげなさいよ」

だが、その話を引き継いだのはサヴァリーノだった。「二、三日して、パッツィが玄関に出ていったら、やつらはこの子を押しのけて家に入ってきたんだ。こんな身重《みおも》の体なのにだぜ。ケガさせたり、赤ん坊に害になったりしたかもしれないのに」

「おれたちはカードをしていた」ハッソウが言った。「女連中と」

思い出して身震いしながら、サヴァリーノが続けた。「でかいイタ公だった。三人とも……ひとりが銃を抜いて、ほかのふたりがおれたちをこっぴどく殴ったんだ。ひとりずつ」

ウェーブのかかった髪を妻が指ですき、夫をなだめ、落ち着かせた。

「あん畜生ども」ハッソウが言った。「女房の目の前で！」

ヘレン・ハッソウは素知らぬ顔でビールを飲んでいたが、テーブルの上に半身を伏せるようにしたので、アンゴラの胸が平たくなってしまっていた。

「おれにはゴムホースを使いやがった」サヴァリーノが言った。「そして、かわいそうにヘンリーはピストルで殴られた」

「一週間こぶが消えなかったよ」大事にしていたビー玉をガキ大将に取られた子供のような顔で、ハッソウは言った。

「あんたらがコーエンのところに行ってよけいなおしゃべりをしないようにってことだったんだろう？」わたしは言った。

「そうなんだ」首をふりふりサヴァリーノが答えた。「ジャック・ドラグナはコーエンと親しげにしているけど、実はあのちびのユダ公を毛虫みたいに嫌っているんだ。ドラグナにしてみれば、コーエンとシーゲルは東部の組織から無理矢理押しつけられた相手だからな」

「じゃあ、殺しの計画についてコーエンに警告はしなかったのか？」

「するもんか。それに、その計画は取りやめになったんだと思うよ。ミッキーが弾を浴びせかけられたって話は聞いてないから」

「おれたちを痛めつけた野郎どもに借りを返してやりたいぜ」ハッソウがか細い声で言った。

彼のブロンドの妻はビールをあおっていた。まったく、ベッドに引っ張り込むためなら人を殺してでもと思うような女だった。そして、隣で目をさましたら、こっちが死んでしまいそうな女。

「そいつらはドラグナのところの者にまちがいないのか？」わたしは尋ねた。「コーエンにはほかにも敵がいるだろう。特に上前をはねられている賭元の中には」

それまで黙ってたばこをふかしていたウィルスンが口をはさんだ。「そいつらのことは探りを入れてみたよ……ドラグナと、やつの右腕のジミー・アトリーは、毎日〈ルーシーズ〉で昼飯を食うんだ」

〈ルーシーズ〉なら知っている——パラマウントの撮影所からメルローズ通りをはさんで反対側にある映画人御用達の店だ。

ウィルスンはさらに言った。「二千五百ドルの話を持ってここに来た三人のうちのふたりをあそこで見たんだよ——昼飯がすんで、あの店を出るドラグナに付き添っていた」

「ボディガードか」わたしは言った。

ウィルスンはうなずき、ウィンクした。そんなことをすると、やせこけた顔が漫画のようになった。

「なあ、ボビー」しょげかえっているサヴァリーノに、わたしは尋ねた。「どうしてその話を警察でする気になったんだ？」

「取引しようとしたんだ——と思う。ドラグナみたいな大物を差し出せば、おれや仲間みたいな雑魚は見逃してくれるんじゃないかと」

「そして小さな魚さんたちはどんどん泳いでダムまで行きましたって？」少し前の流行り歌〝スリー・リトル・フィッシーズ〟（一九三九年のナンバーワンヒット）を持ち出して、わたしは言った。

「そんなところ」暗い声でサヴァリーノは答えた。

「でも今じゃロサンゼルス市警の警官はドラグナに飼われているんだってことがわかっただろう？」

「全部が全部じゃないぞ！」サヴァリーノは言った。何やら憤然としている。「たとえば、あのハンセンって刑事——あいつは本気でドラグナの首根っこを押さえようとしているぜ……それに新聞も——新聞ならあの話に飛びつくだろう？」

「たぶんな」わたしは赤毛に尋ねた。「旦那が警察でおしゃべりを始めたあと、ドラグナのところの三人組はまたここを訪ねてきた？」

ミセズ・サヴァリーノは首をふった。「いいえ。ただ、脅しの電話がかかってきたわ。ヘレンにも、あたしにも。気味が悪くて、怖くて、ひどいことを言われて……」彼女は口を手でおおった。目が潤んでいた。

ようやくブロンドが口を開いた。ダイニングルームから彼女は言った。「郵便で脅迫状も来たわ。例の新聞から切り抜いた文字を張り合わせたやつ」

「郵便じゃないわ」ミセズ・サヴァリーノは言った。「郵便受けには入っていたけど。誰かがうちの前まで来て、あれを入れていったのよ」彼女は身震いした。「この家の前まで来たのよ。玄関のすぐ外まで」

「赤ん坊をどうかするぞと脅されたこともあったらしい」サヴァリーノが言った。

「そうよ」ブロンドが応じた。「一度電話で、パッツィのお腹をねらうバットを用意してあると言われた」

まだふるえながら、ミセズ・サヴァリーノは夫に身を寄せた。彼はその体に腕をまわした。

わたしが次の話題を持ち出すと、その腕がひきつった。

「となると、次はエリザベス・ショートの話だな」言いながら、その名前を聞いてサヴァリーノ夫妻の間に火花が散るだろうかと思った。

「彼女はヘレンの友だちだったのよ」ミセズ・サヴァリーノは言った。

「わたしと大の仲良しだったの」ヘレンは応じた。

なるほど——共通の知り合いというやつだったのか。

「それで」わたしは言った。「あんたたちはどう思う？　ジャック・ドラグナがあの女を殺させて、口を切り裂かせたのだろうか……密告者への伝言として……身近な者を見せしめにすれば、ボビーはよけいなことをしゃべらないだろうということで」

「正直言って」サヴァリーノが答えた。「電話や脅迫状のことを聞いても、別に気にならなかったんだ。やつらがおれやおれの家族に手出しをするとは思えなかった。こっちはあれだけのやばい話を知っているんだから。それに、あのときのおれの立場じゃ……それは今も同じだけど……なんとかあの話を材料に取引をするのが一番だと思っていた……」

「ところが翌日、ショートという娘が、ふたつ切りにされて空き地に転がっていた」

わたし以外の全員がうなだれた。

「ああ」サヴァリーノはため息をつき、うなずいた。「それでおれは口をぴったり閉じたんだ――あのあとは一言も話していない……で、ドラグナもいっさい手出しをしてきていない。まったく何もなし」

元ストリッパーは夫の腕にしがみついた。「あたしたちが知っているのは、これで全部よ。残りのお金、もらえる？」

「それなのに、おれに話をするなんて危険すぎるじゃないか」腑に落ちない気がして、わたしは言った。「名前を出されなくたって、この話が新聞に載ったら、ドラグナだってすぐにぴんと――」

ミセズ・サヴァリーノがわたしをさえぎって言った。「あのギャングだって、今はおとなしくしていたほうがいいくらいのことは考えつくんじゃない？　あの殺された女のことは戦争以来のビッグニュースになっているんだから」

彼女はあごを突き出し、細めた目をらんらんと輝かせていた。タフな女だ、ミセズ・サヴァリーノというのは――そして、とびきりの美人。こんな女の裏をかいて別の女に手を出すとは、なんという間抜けだろう。これほど美しく、これほど強い女を。

「残りの五十は進呈するよ、ミセズ・サヴァリーノ。ただ、その前にボビーとふたりだけで二、三分話をさせてもらいたい」

「あたしたちの間に秘密はないわよ」彼女は言った。

だが隣にすわっている男の負け犬のような表情は、別の事実を語っていた。

「こっちはあんたの条件を呑んだんだ、ミセズ・サヴァリーノ――今度はそっちが譲る番だよ。それとも五十ドルだけで満足するか」

元ストリッパーは何も答えなかった。冷ややかな目で数秒間わたしを見つめていたが、次に同じ目で夫を観察した。そして首をふった。

わたしは肩をすくめ、立ちあがった。「そういうことなら」

サヴァリーノが、自分の腕をつかんでいた妻の手を軽く叩いた。「ベイビー、ミスター・ヘラーとふたりだけで話をさせてくれないか。ほんの一分だけ。もう五十ドル入ったら大助かりじゃないか」

彼女はため息をついた。そのみごとな胸が上下するのを見るのは、わたしにとってその日二番目に喜ばしい経験だった。彼女は唇を突き出し、腕を組んで、夫にすばやくうなずいた。

ポーチで話をした。夕刻の涼しい空気の中、コンクリートの階段に腰をおろし、静かな近隣の界隈を越えてかすかに聞こえてくるハリウッド・ブールヴァードの物音に耳を傾けた。化粧漆喰を施した小さな家々は特異な景観を形作っていた。とてもハリウッド的な景観。白雪姫のこびとたちが住んでいるのではないかと思ってしまいそうだ。

「ベス・ショートはほんとうにヘレン・ハッソウと友だちだったのか?」サヴァリーノにわたしは尋ねた。「正直に言えよ」

「あのふたりは友だち同士だったよ。いや、ベスに会ったのはおれのほうが先だったけど……〈マカデン・カフェ〉で会ったんだ。彼女はあの近所に住んでいたじゃないか。いつもの戦争の英雄って話をしたら、彼女はめろめろになっちまったよ。もうおれに夢中でね。それでしょっちゅう会うようになったんだけれど、その頃ベスはヘレンとえらく仲良くなったんだ。ベスとおれの女房はほとんど話もしたことがない。実を言うと、女房はヘレンがあまり好きじゃないんだ……大酒のみの、いばりたがり屋のいやな女だと言って。おれもそう思うんだけど、ふたりともがまんしているのは、ヘンリーがおれの友だちで、泥棒稼業の仲間だからだ」

最後の部分は茶目っ気たっぷりに言った。まるで事実ではなくジョークか何かのように。

わたしは言った。「ベスがこの家に来たことは？」

「ある……いや……うちのほうへじゃない。パッツィが留守のときに一、二回はあったけど。ほら、わかるだろ？　でもヘレンはときどき呼んでいた……泊まっていったこともあるよ。二階のハッソウ夫婦のところにだけど。あの直前まで。つまり、殺される……」

「ベスはあんたのガールフレンドだったのか？」

「ああ。そう言っていいと思う」

「何がガールフレンドだ、ボビー。女房がいるんじゃないか。それもあんな美人の。おまけにもうすぐ子供が生まれる」

彼が首をふると、ウェーブのかかった黒髪がゆれた。「ああ、ああ、わかってるよ。おれだって自分で自分を蹴飛ばしてやりたいと思ってるくらいなんだから」

「思うだけか？」

「なあ、あんただって男前は悪くないじゃないか。向こうからかまかけてくる女がいないなんて言わせないぞ。そんなとき、何もせずにすませるのかよ？」

「結婚してからはな」

「結婚してどのくらい？」

「一か月とちょっと」

「ふん、今にわかるさ！　子供ができて、かみさんの腹がせり出してきても、まだほかの女に目がいかないかどうかな！　人のことをあれこれ言うのは、それからにしろよな」

「ベスに婚約指輪を贈ったって、ほんとか？」

「ああ……あれは馬鹿だった。ただ、ああいった宝石類はいつだって手近なところにあるし、あのときはパッツィと大喧嘩して、本気で別れようかと思っていたんだ。それで……そう、指輪をやったよ。馬鹿なことしたもんだと思う」

「あんたが女房持ちだってことは、結局はベスにもわかったんだろう？」

「そりゃ、もちろん。ただ、びっくりするくらいさばさばしていたよ。男ってのはどうしようもないものだって、もうさんざんわかってるって感じだった。それに、おれはパッツィとは別れようと思っていると言ったんだ——ただ、ほら、子供が生まれる前はまずいって」

「それはそうだな。子供が生まれるまでは女房を捨てるわけにはいかないよな」

ハンサムな顔がゆがんだ。「いい加減にしろよ。あんた、なんて名前だっけ？　ヘラーか？　なあ、おれはありのままに話そうとしているんだぞ。ベス・ショートを愛していたんだ」

わたしは笑いをこらえた。「かみさんはもう愛していない？」

彼は肩をすくめた。「あいつも愛しているよ。ひとりと一緒のときは、その女を愛していると思う。別のと一緒になると、そっちがよくなる。そんな経験って、ないか？」

「ベスは妊娠していたか？」

「だと思う」

「思う？」

「だったとしても、おれの子じゃないぞ」

「確かに？」

「確かだ。おれは彼女とセックスしていないんだから」

「セックスしなかった」

「ああ——結婚するまで待ってくれと言われたんだ」

「それで彼女と〝婚約〟したんだな……そうすれば彼女も体を許すんじゃないかと……」

「うるさい！　ま、とにかく、それでもだめだったよ。やっぱり初夜のために〝きれいな体で〟いたいと言って」

わたしは大きく息を吸った。見あげると、〈グローマンズ〉のサーチライトが夜空を切り裂き、まるで脱獄囚を追ってでもいるようだった。「こういうことか。奥さんはセックス面であんたを満足させられない。今の状態では……それで別の女性とつきあいだしたが、その女性は結婚するまでセックスはしたくないと言ったわけか？　その生娘《きむすめ》みたいなことを言う女性も、実は妊娠していた。ただ、まだあまり目立つ状態ではなかった。何か聞き漏らしたことがあるかな？」

彼はため息をつき、首をふった。「あんたにはわからないよ」

「ああ、忘れてた——あんたは彼女を愛していたんだっけ」

「いや……そうじゃない。おれが言ってるのは、ほら……フェラチオだよ」

わたしは無言だった。

「信じられないような口をしていたんだ」彼は言い、首をふった。エロティックな回想に酔っているようだ。「その口を使ってすごいことをしてくれた。あんたには想像もできないだろうよ」

いや、できると思う。

「とにかく」わたしは言った。「妊娠していた以上、誰かが彼女とセックスしたわけだろう」

「彼女が自分で妊娠していると言ったわけじゃないよ。きっとそうだろうと思っただけだ。手術を受けるのに金がいると言っていたから」

「五百ドル必要だっていうんだろう？　子供を堕ろすのは、そのぐらいが相場だからな」

「そういうこと。それだけの金を用意しようと、誰彼かまわずたかっていた。それで〈モカンボ〉での仕事のあとで、金なら必要なだけ出してやるって言ったんだ。ところが、そのときになって彼女の態度が……おかしくなったんだ」

「おかしくって、どう？」

黒髪をゆらして、サヴァリーノはまた首をふった。「変わった女だったんだよ。一見とても……世慣れたふうだった。そんな言い方するよな？　つまり、遊んでいて、あやしげなことも経験しているみたいな。ほんと、男たちに酒をねだるところなんか、まるで商売女みたいだったよ……彼女に飯をおごっていたのはおれひとりじゃなかったような気がするんだ」

「何が言いたいんだ？」

「だけど、そうかと思うと彼女、えらく、なんて言うんだっけ、えーと、ナイーブなところがあったんだ。そう、彼女は黒い服ばかり着ていた。芸能界に首をつっこんで、世間のまともな連中じゃなく、おれみたいなあぶれ者とつきあっていた。だけど、あんたにも見せたかったよ。黒いドレスを着て、黒いシーム入りのストッキングなんかはいても、あのかわいい無邪気な顔は夜の暗がりの中で輝いて、まるで天使みたいだったんだ」

「だから?」

「おれの稼業について、彼女は何も知らなかった。〈マカデン・カフェ〉にしょっちゅう出入りして、泥棒の巣窟にいて、まるで何も気づかずにいた。だから〈モカンボ〉での仕事の話をして、その分け前の中から彼女に必要な金を出してやると言ったら、彼女はかんかんになったんだ。めちゃめちゃ腹を立てて、おれをひっかいたり、ひっぱたいたりしたんだ」

「で、あんたも少々手荒い扱いをした」

黒い目が光った。「そりゃまあ、腕をつかんで、押しのけるくらいはしたよ。あんただってそうするだろう?」

「それで彼女はサンディエゴに行ってしまったのか?」

彼は驚いて目をしばたたいた。「どうしてそれを知っているんだ――ああ、そうか、新聞に出ていたっけ。そうだろ?」

「そうだ。あんたとヘレンとヘンリーの三人で、彼女を追っていったんだろう? 彼女が居候していた家まで行ったんだ」

「ああ、彼女を探しにいったよ……ヘレンに電報で金をせがんできたんだ……まだ金を集めようとしていて。それで居所がわかった」

「なぜはるばる出かけていったんだ、ボビー？　なぜわざわざ藪をつつくようなことをした？」

「それは……それは、心配だったからだと思う。あれだけ必死で金を集めようとしていたから、知っていることを誰かに売ろうとするんじゃないかと思った……〈モカンボ〉での仕事の計画とか。どこかに垂れ込むんじゃないかと」

「でも彼女はそうはしなかった」

「ああ。そして仕事のあと、彼女は戻ってきて、ヘレンのところに泊まるようになったんだ。隠れていた」

「なぜ？　誰から身を隠していたんだ？」

「警察だよ。〈モカンボ〉の件では自分も共犯だとベスは思っていた。前もって知っていたのに何もしなかったのだからって」

それは彼女の思ったとおりだ。共犯者とされる可能性はあった。

「とにかく」サヴァリーノは先を続けた。「おれたちは喧嘩をしちゃ仲直りし、また喧嘩して仲直りするって調子だった。行ったり来たり。いずれは彼女のパンツの中に入れるかと思ったけれど、とうとうだめだった。口までで終わり」

「奥さんは何も気づいていなかった？」

「ああ。女ってのは自分の信じたいように信じるものなんだ。ともかく、あのおかしな女はいなくなったわけで、今は近くにいる女で満足しているよ」

意味のはっきりしない彼の言葉をしばらく反芻《はんすう》してから、別のことを尋ねた。「あんたへの警告としてドラグナがベス・ショートを殺させたのにまちがいないと思っているか？」

「ああ、まちがいないね。確かにセックスがらみの殺しに見えるけど、そこがうまいところで、馬鹿な警察を煙に巻いているんだ。だけど彼女の顔がどうなっていたか、耳から耳まで切り裂かれていたって聞いて、おれにはその意味がすぐにわかった。それでおれは口を閉じたんだ――ぴったりとね」

わたしは立ちあがった。彼も立った。

五十ドルをわたして、彼に言った。「奥さんにわたせよ。さもないと、おれは彼女に追いまわされることになる」

彼は笑った。「ああ、気性の激しい女だよ」

「彼女の舞台を見たよ。シカゴの〈レアルト〉で。たいしたものだった」

誇らしげに顔を輝かせて、彼は言った。「そりゃそうさ。おっぱいにつけた房を左右反対の向きにまわすの、見たか？」

「ボビー、自分がどんなに幸運か、わかってるのか？　美人の女房に愛されているんだぞ。おまけにもうすぐ子供ができる」

「わかってるよ」彼は言った。髪をゆらして、首をふった。足元に向かってため息をついた。「これで二十年のお勤めってのが目の前になけりゃな」

そして家に入っていった。

19

日没後のサンセット・ブールヴァードをきらびやかに飾るブレスレットの宝石――〈トロカデーロ〉や〈クレセンド〉、〈ラ・リュ〉や〈シロズ〉といったナイトクラブ――の中で、〈モカンボ〉はもっとも明るく派手に輝いている。この典型的なハリウッドのナイトスポットは、戦勝景気の反動の不況にもめげず、常に記録破りの客の入りを続けていた。ただ、店の外装は見る者を欺く簡素さだった。二階建ての一階部分は、赤い壁に店の名が大胆な筆跡の白い文字で書かれている。二階は白壁で、赤い鎧戸のついた窓が並び、控えめなネオンサインが取り付けてあった。ただ、入り口の赤白縞模様の特大サイズの天蓋だけが、中には何かすばらしいものがあるらしいと感じさせた。

クラブの内装のモチーフは、極端にエキセントリックなラテンアメリカふうだ。サルバドール・ダリ描くところのカーメン・ミランダ（果物をあしらった帽子などの派手な衣装で知られたブラジルの歌手・ダンサー・女優）の心の内といったところ。壁には花やピエロや踊り子をかたどった特大のロココ調ブリキ細工が飾ってある。壁自体は派手なベンガラ色と落ち着いた色調のブルーが交互に使われているが、後者はいたるところストライプ模様だらけの室内をいくらかなりとも沈静させようという試みのようだった。

なにしろ壁掛けから柱までストライプで、おかげで棒飴のように見える円柱にはクロームメッキの柱頭が載せられ、巨大な玉飾りをつけた房が垂れさがっていて、まるで発狂した牧童《ガウチョ》のソンブレロだった。エキゾチックな鳥小屋が配され——中にいるのはバタンインコに、数羽のコンゴインコ、四羽のボタンインコ、そして二、三十羽のパラキートインコ——フィル・オーマン（〈トロカデーロ〉から引き抜いたのだった）率いるハウスバンドのラテン音楽に絶えず小鳥のさえずりが彩りを添えていた。

〈モカンボ〉の料金は高い——ひとり十ドルだ——が旅行者にとっては安いくらいの値段だ。ここには映画スターたちが続々やってくるからだ。高級ボディガードのようなエリオットに背後を守られて、わたしとペギーは混み合うクラブの中をマネージャーのアンドレ（ニューヨークの〝21〟から引き抜かれてきた）のあとについて進んでいった。途中でジュディ・ガーランドとそのお相手、マーナ・ロイとそのお相手、ラナ・ターナーとトニー・マーティン、マレーネ・ディートリッヒとジャン・ギャバン、そしてロザリンド・ラッセルと老紳士の前を通った。最後の老紳士は、妻がこっそり教えてくれたところによれば、アーヴィン・ラッセルだった。もしここに爆弾が落ちたら、アメリカのショウビジネスの世界にはリッツ・ブラザーズしか残らないだろう。

わたしと妻は手をつないでいた。わたしはダークスーツに黒とグレーのネクタイというしゃれた格好だった。ペギーは黒いレースにおおわれていた。肩とウエストの少し上までが薄いレース越しに見えている。口には鮮やかな赤の口紅。彼女はとうていスターとは言えない身だが、テーブルの間を歩いていくと男たちは全員彼女に目を留めた。それは彼女が美人だからでもあるが、新聞にでかでかと載っている殺された女性の写真にそっくりだという理由もあったにちがいない。

その夜、人生の大問題について議論する前に、わたしたちはすでに一度喧嘩していた。ちょっとした喧嘩をホテルでしたのだが、その後、より大きな問題に直面して、とりあえずはキスをして、仲直りしたのだった。

喧嘩の種は、遅い時間に出かけて（十一時半に予約を入れていた）昔なじみとダンスをして一杯飲もうというこの企画だった。その昔なじみのひとりがバーニー・ロスだったからだ。ペギーが――わたしに内緒で――バーニーとまもなく離婚する予定のケイシーと相談して、会う手はずを整えたのだ。ケイシー自身、バーニーが麻薬中毒専門病院を退院してはじめて彼と会うのだが。

ペギーからその話を聞いたとき、わたしはすでに夜の外出については同意し、〈ビバリーヒルズ・ホテル〉のバンガローの広々とした浴室で身支度していた。わたしはパンツ一枚で鏡の前でひげを剃り、ペギーは浴槽の中でやはり剃っていた――顔と脚を。

「バーニーが来る？　ぼくが行くってことを彼は知ってるのか？」

「いいえ。ケイシーが知らせないでおいたほうがいいって」

「そんなふうにぼくとバーニーを鉢合わせさせるなんて、ひどいじゃないか！　もう何年も口もきいていないのに」

彼女は肩をすくめ、泡におおわれた形のよいふくらはぎに注意を戻すと、〈レディ・ジレット〉を使いはじめた。「彼があなたに対してちょっと機嫌をそこねているのは知ってるけど

「……」

「機嫌をそこねる！　彼は麻薬中毒で、ぼくは彼の薬の供給源を断ってしまったんだぜ！」

「でも、もう治ったんでしょ」

頭に浮かんだのは、ロイド・ワタースンも同じことを言っていたということだった。

「麻薬中毒を克服できる者がどんなに少ないか、知らないのか？」鏡の中の彼女に言った。怒った顔をしてはいたが、実は彼女の胸が水に濡れて、いっそうなめらかで、まるまると、輝いているのを見て目を楽しませていた。「ほとんどいないんだぞ！」

「幼友だちじゃない。彼は人生をやり直そうとしているのよ。何か役に立ってあげるべきじゃないの？」

「こんなふうに驚かせたって、なんの役にも立ちやしないよ！」

彼女は浴槽の栓を抜き、立ちあがると、シャワーノズルを動かして髪を洗う用意をした。浴槽から湯が抜けていく音に負けないように声を張って、彼女は言った。「だったら、わたしひとりで行くわ。バーニーにきかれたら、あなたは彼に会いたくないと言っていると答えるから」

そしてシャワーを出し、わたしの返答をシャットアウトした。

湯気で鏡がくもってきた。わたしも頭から湯気を立てていただろう。鏡の一部をぬぐってひげ剃りを続けた。ぶつぶつとひとりごとを言いながら、シャワーを浴びている彼女を見ていて、顔を切ってしまった。ほっそりとした、すばらしい曲線を描く体を湯が滴っていくようすに注意を奪われていたからだった。引き締まった完璧な形の乳房が形作る小さな断崖から滝のように落ち、股間の草むらを細流となって伝っていく……

下着姿でベッドに腰をおろしていると、髪をタオルで巻き、〝ＢＨＨ〟というホテルのロゴを金糸で刺繍したパイル地のバスローブに身を包んだ妻が浴室から出てきた。

「ぼくは行かないよ」わたしは言った。

「行かなきゃだめよ」彼女は答えた。「第一、遅めの夕飯を食べにいこうってエリオットに言ったじゃない」

彼女はベッドに近づき、わたしの横にすわって、大きな、芝居がかったと言いたくなるほどのため息をついた。そして、言った。「それはともかく……もっと大事なことがあって……」

眉をひそめて、わたしは彼女を見た。「何？」

「話があるの」

またこの台詞だ。今ではわたしも、結婚生活にとってこの台詞がどれほどの脅威であるかを理解するようになっていた。これをうわまわるものと言えば、もう究極の〝言いたいことがあるの〟しかない。

だが、何かほんとうに具合の悪いことがあるようだった。すみれ色の目につらそうな表情が浮かび、すべすべの額にかすかにしわが寄っている。

たちまち腰くだけになって、わたしは言った。「話って、なんだい？」

「聞いたら、あなた、がっかりするわ」

わたしは彼女の肩に腕をまわした。「何？」

「ああ、ネイサン……あなた、すごくがっかりするわ……」彼女は涙を浮かべ、唇をふるわせていた。

「どうしたんだい、お人形さん？」

「……お友だちが来たの、今日」

「お友だち？」

「わたしのお友だちよ……ほら——月のものが」

「そんなはずがないじゃないか——妊娠してるのに」

「してないのよ。それを言おうとしてたの——あれは錯覚だったのよ」

彼女が言うには、これまで生理は時計仕掛けのように正確に来ていたので（それはわたしも知っている——ひどいときには一日か二日寝込んでしまうことも）十日ほど前に遅れているのに気づいて最悪の事態を覚悟したのだった（彼女はこのとおりの言い方をした。〝最悪の事態〟と）。

「でも、医者に診てもらったじゃないか」

彼女は唾を呑み込み、ばつの悪そうな顔をした。「いいえ。予約はしたけど、行かなかったの……必要ないと思って……生理日がずれたことなんか、あんなに遅れたことなんか、一度もなかったから——ああ、ダーリン、あなたがとっても子供を欲しがっていたのはよくわかってるわ。でも、まだまだ可能性はあるのよ」

空虚な気分にとらえられた。ここ数日間の、ペギーとわたしのジェットコースターに乗っているような感情の起伏は、実は存在しない子供をめぐってのことだったのか。そしてジェットコースターは脱線してしまった。長い長い一日の疲れがどっと襲ってきた。ベッドに仰向けに倒れ込んだ。なぜ知らず涙が出てきた。さまざまな感情が体から流れ出ていくようだった……

ペギーがベッドによじ登ってきて、わたしの上におおいかぶさった。その顔は、いっさい化粧気がなかったが、実に美しかった。「ネイト、ダーリン、いずれ時が来たら、あなたが望むだけの大家族を作ってあげるわ——わたし、あなた専用の赤ん坊製造マシーンになる」

くそまじめな顔をわたしの上に突き出して、そんな馬鹿なことを言うので、つい笑ってしまった。ほほえみながら、彼女はわたしに身を寄せてきた。

「大丈夫？」彼女は言った。

「ああ」

「もっと大丈夫にしてあげる」トランクスの前から彼女の手が入ってきて、わたしをつかまえ、引っ張り出して検分した。「ちっちゃいわね」

「美人からそう言われるのを、すべての男が恐れているんだよ」

「わたしがなんとかしてあげる」

わたしの横に膝をつくと、彼女はわたしを大きくしてくれた。頭を上下させ、ゆっくりと上へ、ゆっくりと下へ、ゆっくりと、すばやく、ゆっくりと。目がくらむほどセクシーで、気が遠くなるほどの快感だった。いきそうになって、そう言ったのだが、彼女はやめなかった。やめる気は毛頭なかった……

これまでで最高のフェラチオだった。

エリザベス・ショートに次いで。

これほど親身に世話を焼いてくれた女性には、男はどこへでもついていくだろう。だからわたしは今〈モカンボ〉にいた。妻と手をつなぎ、アル・カポネの仇敵をあとに従えて、もうひとりの親友が元ショウガールの妻と一緒にいる席へと向かっていった。

わたしのパートナーのフレッド・ルビンスキーも一緒だった。隅の広いブースで、バーニーの隣にすわっている。三人とももう飲みはじめていた。フレッドはさらにハヴァナ葉巻の煙をまき散らしていた。

クロスのかかったテーブルに向かってすわっているバーニーとケイシーの背後、頭のすぐ上の壁に、巨大な鉄板製のオブジェがかけられていて、見えないところにしつらえられた照明器具の光を下から浴びて、浮かびあがっているように見えた。等身大の南アメリカの先住民が、鉄板を曲げて作った髪飾りをつけ、円形の台の上に立っていた。エキゾチックな草花が足元に散らばり、骸骨のようにやせた体を帯紐や玉飾りで装われて、両腕を突き出している。片手には精巧な細工の燭台を持ち、もう一方の手には小さな鉄製の鳥かごをさげていた。あるいは麻薬中毒患者の夢に出てきたら。

鉄板の像はウェルズのクレイジーハウスに置いたらぴったりだろう。あるいは麻薬中毒患者の夢に出てきたら。

そんなシュールな彫像を頭から飛び出させたような姿ではあったが、バーニー・ロスは少しも麻薬中毒患者のようには見えなかった。彼はただバーニー・ロスに見えた――やや小太りの、ブルドッグのような顔をした、茶色の目の、三十代後半の元ボクサー。髪は若白髪で灰色になっているが、病院を出たばかりにしては実に小じゃれた格好で、茶と白のチェック柄のスポーツジャケットに赤い蝶ネクタイで決めていた。

わたしはそこに突っ立って、唾を呑み込みながら、少々居心地の悪い思いを味わっていた。

証言台で屁をしてしまったときと同じような気分だった。

ケイシーは見るもあでやかな姿だった。モーリン・オハラふうの風貌で、黒い長い髪もそんなイメージにぴったりだ。薄いブルーのドレスの片方の肩に、紺の花が刺繍してある。まわりの席の映画界の女神たちにけっしてひけをとらないシックな美しさだった。

だが彼女のほほえみは——ふだんなら、その笑顔に男たちは膝の力が抜けてしまうのだが——今は強《し》いて作ったもののようだった。いつもなら明るく輝いているブルーの目には、不安の影が見え隠れしていた。

ケイシーはバーニーの肘をしっかりとつかんで——彼は目を丸くしてわたしを見あげていた——耳元でささやいた。「わたしの考えだったの——気を悪くしないでね、あなた」

「いや、悪かった」わたしは彼に言い、少しあとずさりした。ペギーがわたしを守るように腕を抱きかかえてくれた。「びっくりさせられるのは、おれだって好きじゃないんだ——もうこれで失礼するよ」

バーニーは黙ってわたしを見あげていた。凍りついたようになっていた。

「バーニー」緊迫した雰囲気を無視して、エリオットが言った。テーブル越しに彼が差しだした手を、バーニーはにぎった。まったくうわの空で。ふたりも古くからのなじみで、一緒に柔道を習った仲だ。「万事うまくいっているようで、よかった——元気そうじゃないか」

バーニーはただだまってそこにすわっていた。生気のない顔で、まるでハムが転がっているようだった。表情の豊かさもハムといい勝負だ。

やがて口を開き、ケイシーに言った。「通してくれ」

「バーニー……」

「通してくれないか」単調な声だった。

夫の意に従って、ケイシーはブースを出て、彼の通り道を空けた。彼はわたしを殴る気だろうか？　ありがたいことだ――こうしてぼんやり突っ立って、ウェルター級とライト級の元世界チャンピオンのパンチを待ち受けるとは。

「バーニー」片方のてのひらを彼に向けて、わたしは言った。「お手柔らかに頼むよ――あんたが自分で自分をめちゃめちゃにしているのを見るに忍びなかったんだ。ほかに方法はなかった。ああするしかなかったんだよ」

バーニーはじっとそこに立ち、わたしを見つめ、身をふるわせ、両手をにぎりしめ、唇と目をひくつかせていた。なんだこれは、まるで麻薬中毒患者じゃないか……

すると彼がわたしを抱きしめた。

わたしも彼を抱きしめた。

わたしたちはそのまま長いこと抱き合っていた。そして、少し泣いたかもしれない――少なくとも翌日の新聞のコラムにルーエラ・パーソンズ（ハースト系の新聞で映画関係のゴシップ欄を担当したコラムニスト）はそう書いた。周囲の者たちは無関心だった。ここはハリウッドだ。感情表現はオープンだし、男たちは好んで抱き合う。

次に新婚のペギーとわたしへの祝福の言葉が続いた。そしてバーニーとケイシーから（さらにはエリオットからも）なぜ結婚式に呼ばなかったのかと非難された。ラスベガス式の電撃結婚だったと言っても、そんなことは理由にならないと決めつけられた。

ケイシーが席をゆずってくれ、わたしは幼なじみの隣にすわった。彼女はペギーと並んですわり、ふたりで手をにぎり合い、くすくす笑っていた（これも別にどうということはない――ハリウッドでは女たちも好んで抱き合う）。みごとに計画を成功させたふたりの陰謀家というわけだ。

エリオットとフレッドは、シカゴ時代からの知り合いで、ふたりであれこれ話をして互いの近況を伝え合っていた。わたしとバーニーも同じことをした。

「どうして公立病院になんか入院したんだ？」わたしは尋ねた。「私立のサナトリウムに入る金ならあっただろうし、ああいうところなら口も固くて患者のことを口外したりしないのに」

ケイシーがその質問に答えた。少なくとも最初の部分を話した。「バーニーは秘密にしておきたくなかったのよ――自分のことを公表したいと言ったの」

バーニーは肩をすくめた。笑うと、しわの多い顔がさらにしわくちゃになった。「本気で治したければ公立病院が一番なんだ。厳しくしてくれる――ヤクを断ち切るには軍隊式の鉄の規律が必要なんだよ」

「今ケイシーが言ったのは、どういう意味だい？　公表したいと思ったって？」

彼はまた肩をすくめ、ビールを一口飲んだ。「ヤクにはまってしまって、だけど怖かったり、自分を恥じるあまりに助けを求めることができないやつらがおおぜいいるんだ。中にはほんの子供もいる。おれみたいな人間が表に出れば、少しは役に立つことがあるんじゃないかと思ってさ」

ブルーの目を輝かせて、ケイシーが言った。「あなたは知らなかったでしょうけど、そもそもの手はずを整えるのに、エリオットが手を貸してくれたのよ」

自分の話になっていることに気づかず、エリオットはフレッドと話しこんでいた。

「まさか!」わたしは言った。「どういうことだい?」

バーニーが答えた。「レキシントンの公衆衛生病院は、犯罪を犯してつかまった麻薬中毒患者のための施設なんだ——ほら、裁判でここに入院することという判決が出る場所。ここに自分の意志で入院するとなると、多少の裏工作が必要になってね」

「それをエリオットが?」

「ああ。財務省の知り合いを通じて話をつけてくれた。あの地区の麻薬取締官のところにおれが出頭できるようにしてくれたんだ」

わたしはラム・アンド・コークを口に含んだ。なんと答えようかと考えたが、結局口から出るままに言った。「なあ、どんなにきつかったかなんて尋ねはしないよ。きつかったに決まっているんだから……」

その一言が蛇口をひねることになった。

「これだけは言えるよ」バーニーは話しはじめた。言葉が口からほとばしり出た。「離脱の途中はそりゃあみじめなものだよ。モルヒネの量が減って、痙攣や発汗を抑えることができなくなるんだ。ヤクをやめることを、なんで〝蹴る〟と言うのかは、すぐにわかった。少しずつ薬の量を減らされていくと、手足が痙攣するんだ。そうしようと思わないのに、おれはコーラスガールみたいに脚を蹴りあげてた。それと、悪夢と幻覚……おれはあそこに戻っちまったよ、ネイト。あの島に。すり鉢穴の中で泥まみれになってジャップどもと戦った。何度も何度も……それが今はどうだ？　おれはもうあそこに戻らなくていいんだ」

彼はわたしの腕を、手首のすぐ上を、つかんだ。わたしはその手を軽く叩いた。

「そうさ、相棒」彼が言うのがガダルカナル島のことなのか病院のことなのか判然としないまま、わたしは言った。「もう戻らなくていい。完全にクリーンになって、どのくらい経つんだ？」

「三か月」

「どうしてやせていない？」

彼はにやりと笑った。「中毒患者のほとんどが入院してくるときは骨と皮の状態だ。だから病院では高カロリー食をとらせる。肉と卵とポテト。まったく、おれもすっかり太っちまったよ。ジムに通わなきゃな」

「これでもうすっかり退院なのか？　病院とはきれいさっぱり？」

バーニーは首をふった。「公式には今のはただの一時帰宅だ。二か月経ったら、また病院に行く——そして瞳孔が拡散していないかとか、腕に針のあとがないかとか、鼻水を垂らしていないかとか、そんなことをさんざん調べられる……三日かけて検査するんだ」

「それで……？」

「それで終わり。おれは自分の人生を取り戻す。あとは自分の女房を取り戻せるかどうかだ」

ケイシーは今の話をずっと一緒に、夫を励ますような笑顔を見せて聞いていたが、急に身を固くして顔をそむけた。

「この話はしちゃいけないことになっているんだ」バーニーは言い、つらそうに笑った。声がふるえていた。彼が妻を狂わんばかりに愛しているのは明らかだった。そして、これほど夫を気遣っている彼女が、なぜそれほどまでに離婚を主張するのかと不思議に思った。

そのわけはバーニーがペギーをダンスフロアに連れていったあとでわかった。

とても静かな声で、ケイシーはわたしに言った。「ネイト、今から言うことは絶対に内緒よ。バーニーにはけっして話さないと誓ってちょうだい」

「おいおい、彼からヤクを取りあげたのはこのおれだよ。忘れたのかい？」

「あんなつらい思いをしたことはなかったわ」首をふりながら、彼女は言った。「バーニーにわたしのところに戻ってこないでと言わなきゃいけないなんて。でも、レキシントンのお医者さんたちに言われたの。必ず離婚しろって」

「ほんとかい？　どうして？」

彼女はバーニーとペギーのほうをちらりと見た。ふたりは〝降っても晴れても《カム・レイン・オア・シャイン》〟に合わせて踊っていた。「バーニーに言ったの。自分を証明してみせてって。そうすれば、わたしはまたあなたのものになるって。今彼を受け入れたら、ほんとは死ぬほどそうしたいんだけど、彼はやる気を失うとお医者さんに言われたのよ」

わたしは思わず顔をしかめた。「今でも彼の〝やる気〟は十分だとは思わないか、ケイシー？」

彼女はきっぱりと答えた。「今から一年経っても、まだ薬に手を出していなかったら、再婚を考えてもいいと言ってあるの。今は離婚の手続きをどんどん進める。一つ屋根の下で暮らすこともしない」

「だって、一緒に暮らしていれば、見張っていられるじゃないか――」

彼女はまた首をふった。黒髪が肩ではずんだ。「彼が自力でしなければだめなのよ、ネイト。最初に自分の意志で入院したようにね。もし、すぐにわたしと一緒になれないことで意志がゆらいだとしたら、ひどくぐらついて、また薬に頼るようになったとしたら……彼は治っていなかったということになるの」

「うーん、それはちょっと、どうなのかな……ケイシー」

「約束よ、ネイト。この件についてはわたしの希望を尊重してちょうだい」

彼女の顔を見て、ほほえみ、わたしはうなずいた。「わかった。ただ、きみさえよかったら、おれはあの野郎と今すぐに昔の間柄に戻りたいんだけど」

彼女は顔を輝かせて、わたしの手を強くにぎった。

エリオットがペギーと踊り、バーニーはケイシーと踊った。フレッドと彼のでかいハヴァナ葉巻がわたしの隣に移動してきた。「ロビーに山ほど積まれたダイヤを見たかい？」

「いや、見てないんだ――なぜか見落としてしまって」

彼はエドワード・G・ロビンソンに似た顔に薄ら笑いを浮かべた。すっかりご機嫌のようだった。「壁のくぼみにはめこんだガラスケースに入っているんだよ。帰るときに一目拝んでいけよ――なにしろ三万ドル分のダイヤだからな」

フレッドが少し前に言っていた〈リングゴールド宝飾店〉の新たな陳列のことだ。今日がそのお披露目で、マカデン・グループに強奪されたダイヤの代わりが飾られたのだった。

「おれが言ったとおり、今夜はリングゴールド兄弟がお出ましだ。新しい陳列品を披露するんでな。フィル・オーマンが紹介して、お客様方に挨拶するそうだ。ほら、あそこにいる。特等席に」葉巻を指揮棒のように使って、フレッドは離れたところのテーブルを指した。「頭の禿げた大男がブロンドを連れているだろう――あれがシドだ。頭の禿げた小男でブルネットを連れているほう――あれがエイブ」

「どんな連中なんだ？」

「今ではかたぎのビジネスマン。かつてはギャング。シカゴ出身」

「なのにおれが知らないのは？」

「あんたの歳だと知らないだろうな。兄貴のエイブは、ハイミー・ワイスのボディガードだったんだ。ハイミーが襲われたときには、うまく切り抜けた。あれは、確か、二六年だったかな？　指を二本なくしたが、マシンガンで撃たれたことを思えば運がよかったとしか言いようがない。ニューヨークに移されて、ルチアーノのところで働いた。弟のシドは会計士で、ランスキーのところにいた。エイブは銃の不法所持で二年ほどくらっている。そのあとで兄弟でこっちに移ってきて、かたぎになろうと決心し、宝飾店を始めたというわけ」

「かたぎって、どの程度に？」

「たいした程度じゃない。シドは二、三年前に偽証罪で二千ドルの罰金刑を受けている。一万二千ドル相当のダイアモンドの〝取得〟に関して疑義が生じたときのことだけれど。運が悪かったんだな――たまたまクリーンな判事に当たってしまって。この十年間でやつらが強盗の被害にあったのは、この間のここ〈モカンボ〉の事件で六回目だ」

「わざと強盗に入らせて、保険金を受け取り、宝石はこっそり売り払う？」

「ああ——ただし〝内輪の〟者は使わない。必ず今度のマカデン・グループのような外部の人間に襲わせるんだ。そうなると保険会社としては支払わざるを得ない」

十分ほど経って、ちょうどバーニーがケイシーを連れてブースに戻ってこようとしていたときに、エイブ・リングゴールドがトイレに立った。

バーニーが腰をおろす前に、わたしは立ちあがり、元ボクサーの筋骨たくましい腕をつかんで、耳元でささやいた。「手を貸してくれ。まだそれほどなまっちゃいないだろう？」

「今この店にいるへなちょこ野郎どもなら、誰だってたたきつぶしてやるぜ」

「へなちょこじゃないやつは？」

彼は肩をすくめた。「そいつらも」

店のトイレはバズビー・バークレー（映画監督・振付師）のセットより狭い程度で、店内のほかの部分と同じ狂ったような内装がほどこされていた。銀の縁取りのある赤い壁紙に、南アメリカの踊り子を描いた表現主義ふうの絵が額に入れて飾ってある。従業員の姿はなかった。小便器が六つ並んでいるところに男がふたり立っていた。ひとりはヘンリー・フォンダで、もうひとりは知らない顔だった。個室はひとつだけが使用中で、ドアの下から見えている脚とさげたズボンは、明らかにエイブ・リングゴールドのものだった。

ヘンリー・フォンダともうひとりの男が小便をすませ、手を洗うまで待った。バーニーはドアの外に立ち、客たちにトイレは故障中だと言っていた。わたしも小便をした。ついでだったから。

わたしもとことん人が悪いわけではないから、仕立てのいいダークスーツを着た、しっかり日焼けした不細工な顔にめがねをかけた小柄な禿げが、たっぷりの宝石で飾った手を洗い終えるまで待ってやって、それから相手の体をつかみ、銀と赤の壁にたたきつけ、九ミリ口径の拳銃の鼻先を彼の鼻の横に押しつけた。

「誰だ、おまえ？」エイブ・リングゴールドは鋭い声を発した。目には狼狽の色が浮かんでいるが、顔の筋肉をひきしめているところは、いかにも修羅場をくぐり抜けてきた男にふさわしかった。兄弟のうちでは小さいほう、指が二本足りないほうだ。ワイスのボディガードをしていた男。

歳は六十くらいで、わたしにも難なくあしらえそうな相手だった。体をさぐって武器を持っていないことが確かめられると、とにかくそんな気がした。だが、この宝飾店主は若い頃にはわが故郷の町のギャングで、ほかのギャングを銃で撃っていたのだということを忘れないようにした。

「ネイト・ヘラーだ」わたしは名乗った。九ミリ口径の銃口を彼の唇に当てた。まるで拳銃が彼にキスしているようだった。「知っているんじゃないか？」

「フランク・ニッティの仲間だな」銃を口に押し当てられているとは思えない平静な声で、エイブは言った。

わたしはうなずいた。ずいぶんな過大評価だが、この際あえて反論する必要はないだろう。

「シカゴ式嘘発見器にかけられたことあるか、エイブ？」

「ない」彼はぶっきらぼうに答え、目を伏せた。「だけど、どんなものかは知っている。そんな手間をかけなくていいから、ききたいことをさっさときけよ。その上で、おれの答が気に入るかどうか考えればいいだろう」

「よし」わたしは銃口を動かして、あごの下の垂れさがった肉に食い込ませた。「エリザベス・ショートを殺させたのは、あんたなのか、エイブ？」

今度は彼も心底狼狽した表情を目に浮かべた。「何？　ちがう！　とんでもない！　なぜおれがそんなことをする？」

「ボビー・サヴァリーノの阿呆に口を閉じていろと警告するために」

「おまえ、頭がおかしいぞ」

「確かにおれのことを知っているようだな」わたしは拳銃の撃鉄を起こした。

彼はあわてて言った。「サヴァリーノがあれこれ言っていたのはドラグナのことだぞ。おれのことじゃない。おれでも、おれの弟のことでもない。それに、あの馬鹿がおれたちを売ろうとしたって、何ができるというんだ？　おれたちがこの町で商売をするのに、まさかのときの用心をしてないとでも思うのか？　おれたちがふだんから警察に付け届けをしていないとでも思っているのか？」

「つまり、ドラグナがやったということか？」

「おれが知っているわけがないだろう！　やつなら人を殺させることはできるさ。だけどあのブラック・ダリアの事件は、やつらしくない。やり方が極端すぎる。あれじゃ目立ちすぎだ」

「やつは別に目立ってないぞ。警察も新聞も、あれはセックスがらみの犯罪だと言っている」

「ああ、まったくぼんくらどもの集まりだよな。なあ、直接ドラグナに掛け合えばいいだろう、ヘラー。それに、いいか、もしおれがサヴァリーノをびびらせたいと思ったら、あんな尻軽女なんかを材料にしたりはしない。やつには身重の女房がいるんだ。そこがやつの弱点じゃないか」

わたしは銃を押しつける手に力をこめた。肉に銃口が深く食い込んだ。「ワタースンという名前に聞きおぼえはないか、エイブ？　ロイド・ワタースンという男を知らないか？」

彼は身をすくめたが、目の表情には嘘をつこうとするようすはなかった。「ない。誰のことやらさっぱりだ」

確かにおびえてはいるが、その態度はなかなかのものだった。けっしてパンツを濡らすほどびびってはいない。背は低いがタフな男だ。

エイブはわたしをにらみつけた。「そいつをおれの口につっこんだっていいぞ。ひざまずかせて、いつもの手順でやればいい。何をしたって、おれの答は変わらないぞ、ヘラー」

わたしは彼の喉から銃を放し、一歩さがった。

「ああ、そうだろうな、エイブ」

「おれの言うことを信じるのか？」

「ああ、信じる」

「よかろう」

上等の服を着込んだ不細工な小男は、体をまっすぐに伸ばし、スーツの前をならして、鏡で身なりを点検した。鏡の中で、わたしではなく自分を見ながら、彼は言った。「ほかに何か？」

「いや。荒っぽいまねをしてすまなかったな。悪く思わないでくれ。時間に追われて仕事をしているもので」

彼はわたしをちらりと見た。「かまわんよ。この世界のことはおれも心得ている」

わたしは彼の顔をのぞきこんだ。「今夜は片目を開けて眠ったほうがいいなんてことはないのか?」

エイブは首をふった。「おれのことは心配しないでいい。今のことは弟には話しておくが」

わたしは九ミリ口径をショルダーホルスターに納めた。リングゴールドに続いてトイレを出て、バーニーを仕事から解放した。

「すっかりハリウッド暮らしになじんだみたいだな」バーニーが言った。わたしたちはブースへ、エイブは自分のテーブルに向かっていた。

「どうして?」

わが幼なじみはわたしの肩に腕をまわした。「便所で男とふたりきりになりたいなんて言うんだから」

20

翌朝、市庁舎内のセントラル署殺人課へエリオットを連れていった。それぞれ自分の車で行った。彼はハリー・ザ・ハットと合流する予定だし、わたしはそのあとで《エグザミナー》にまわってビル・ファウリーと彼のボスのリチャードソンに報告をしなければならないからだ。大見出しに飢えたあのふたりには、〈フローレンタイン・ガーデンズ〉で仕入れた話だけして満足してもらうつもりでいた。

そこから先はファウリーをふりはらって単独行動する必要がある。気が進まないことだが、この事件とマフィアとの関連をどうしても探らなければならない。フレッド・ルビンスキーの話では、ジャック・ドラグナは毎日取り巻きを率いて〈ルーシーズ〉に昼食を取りにいくという。土曜日も変わらぬ日課で、今日はその土曜日だった。わたしはシシリアのライオンと、そのホームグラウンドで対決する覚悟でいた。

だが今は、すばらしい上天気でスモッグもない青空のもと、陽光さんさんたるロサンゼルスの朝を迎えて、わたしはびっくり顔のエリオット・ネスをセントラル署殺人課への入り口に案内していた。一階の窓から入り、証拠品の入った段ボール箱でできた三段の階段をおりるのだ。

セントラル署の殺人課は所帯が大きくなって、市庁舎内の古い施設には収まらなくなり、同じ建物の北西のメインフロアに移転したのだ。横の窓が臨時の出入り口となった。市庁舎の正面玄関はものぐさの刑事たちにはあまりに遠く、見当はずれの場所にあるというわけだ。その上、窃盗課まで同じ場所に移ってきて、廊下を臨時のオフィスにしているので、その間を抜けて歩いていくのは一苦労だった。

わたしは前にもここに来たことがある。ピーティ事件を扱っているときだった。だからハリー・ハンセン部長刑事がパートナーのファイナス・ブラウン(今朝は姿が見えないが)と机を並べている場所は知っていた。一番奥の隅で、人でいっぱいの刑事部屋の中で可能な限りプライバシーが保てる場所だ。

近づいていくとハンセンは――ぱりっとしたグレーの三つ揃いのスーツを着て(ほかの私服刑事たちは全員が上着を脱いで椅子の背にかけているのに)パールグレーのフェドーラ帽をかぶったままデスクに向かって――タイプで打った報告書の束を繰っていた。

眠そうな目をしたデンマーク系の大男の刑事はのっそりと立ちあがった。わたしたちを見おろすように立つ彼にエリオットを紹介した。〝ハット〟は珍しく歯を見せてエリオットに笑いかけて――いつもの口元だけのほほえみとは大違いだ――アンタッチャブルと握手を交わした。めったに見られない光景だった。〝ハット〟が自分以外の警官に敬意を表している。

「光栄です、ミスター・ネス」〝ハット〟は言った。「アル・カポネを退治した方にお目にかかれるとは――そればかりか、クリーブランドを浄化することもなさった」

「どちらの場合も人の手助けがあったのですよ」エリオットは答えた。

「静かに話ができるところに行きましょう」〝ハット〟は言い、刑事部屋から廊下に出ると、雑然と並んでいるデスクや刑事の間をぬってわたしたちを案内していった。大理石の床を踏む足音が反響した。「こうしてわざわざいらして、わたしどもに力を貸してくださるとは、感謝の言葉もありませんよ」

「どれほどのお力になれることやら」エリオットは言った。

三人で取調室に入った。部屋というよりブースというほどの狭さで、たばこの焼けこげだらけの小さな木のテーブルがあった。壁に張られた黄色い吸音タイルが剝げ落ちている。

「パートナーはどこだい？」わたしは尋ねた。きのうのファット・アスとわたしの間の一件を、〝ハット〟は知っているのだろうか。

「今頃はもうシカゴのすぐ近くまで行っているんじゃないかな」ハンセンは答えた。

腹をナイフでえぐられたような気がした。「シカゴ？」

「そう。今朝一番でバーバンクを飛び立つ飛行機に乗ったんだ。被害者が去年の秋に二、三週間シカゴで過ごしていたことがわかったのでね。ブラウニーができる限りシカゴでの足取りを追うことになった」

「賢明な手ですな」エリオットはそう言うと、木の椅子の背にもたれて腕を組んだ。その顔はまったく無表情で、それがわたしにとっていかにひどい展開であるかを知っているそぶりは見せていなかった。

「あいつはきのうひどい目にあってね」首をふりながら、〝ハット〟は言った。珍しくかすかにほほえんでいる。「鼻の骨を折ったんだ」

「どうしてそんなことに？」そう言いながら、わたしをからかっているようすはないかと〝ハット〟の眠そうな顔の表情を探った。

「家で、奥さんがワックスがけをしたばかりの床ですべったのだそうだ」ハンセンはおかしそうに言った。「考えられるかい？　殺人課の刑事として危険な勤務に就いている男が、台所の床で顔を打って鼻を折るだなんて」

「考えられないね」わたしは強いてくすくす笑いをして言った。

「事故の大半が個人の家で起こると言うでしょう」エリオットが静かに指摘した。

それはそうだ。きのうのだってマーク・ランサムの自宅でのできごとだったじゃないか。自宅のプールサイド。

「まあ、ブラウニーもシカゴでは、われらが天使の町でよりもいい目にあえるといいのだがな」〝ハット〟は脚を組んで片方の足首を膝に載せ、椅子の背にもたれた。エリオットと向かい合ってすわっていて、鏡に映っているように同じ姿勢だった。ただしエリオットは帽子を傷だらけのテーブルの上に置いていた。ハリーはもちろん、かぶったままだ。

エリオットが尋ねた。「何か手がかりは？」

「手がかりばかりどっさりあって——そのどれも先に続かないんです。七百人以上の捜査員を投入しているのにですよ、ミスター・ネス——」

「エリオット」

「エリオット。保安官事務所からは助手を四百人貸してもらい、ハイウェイパトロールも二百五十人をダリア事件に割いてくれています。下水や橋の下を捜索したり、犯人が、新聞の言う

〝拷問部屋〟に使った屋根裏部屋や地下室がないかと調べてまわっています。毎度おなじみですか?」

エリオットはうなずいた。「キングズベリー・ランの事件のときも同じ手順で捜査を進めました。で、保安官助手やハイウェイパトロールがそのような捜査をしているのだったら、ロサンゼルス市警は何をしているのですか?」

「うちの鑑識のレイ・ピンカーと部下たちは、例の空き地を十回以上しらみつぶしに捜索しました。今もまだ続けています。外回りの巡査たちにノートン地区で一軒残らず聞き込みをさせて、さらに範囲をハイランドパークからイーグルロックにまで拡大しようとしています。六十名でハリウッドとロサンゼルスのダウンタウンの酒場をまわっています——面倒な仕事ですよ。おまけにあやしげな酒場は数限りなくあって」

うなずきながらエリオットは言った。「何か出てきました?」

「被害者はそういった酒場の何軒かに出入りしていました。〈ロイヤル・カフェ〉、〈ラプソディ〉、〈ダッグアウト〉なんてところに。店で商売をしていたこともあった」

わたしは尋ねた。「売春婦として? それとも客にたかって酒をおごらせるだけ?」

「あとのほうだ。あの娘には驚かされるよ。おいしい話だけして金をまきあげる腕はプロ並みだったみたいだ。ネイト、きみが《エグザミナー》にもらさないと約束してくれるなら、きみのご友人にもっと詳しい話ができるんだがね」

「約束するよ」

「もっともこの材料は、あのジム・リチャードソンでさえ新聞には使えないだろうがね。新しい言い換え言葉を山ほど発明するなら別だが」

「というと？」

「あの娘はやたら男に愛想がよかったらしい……ところが男とふつうのセックスをしたことは一度もないようなんだ」ひとりでおもしろがって、ハンセンは唇をゆがめた。「クック基地にいたときもそうだ。あそこでは〝今週のかわいこちゃん〟に選ばれたんだが、PXでは〝ミス・見るだけ〟で通っていたそうだ。一時期ある軍曹と同棲していたこともあるのだけれど、その男も彼女と——露骨な言い方で恐縮だが——一発もやっていないんだ」

エリオットは身を乗り出し、興味を引かれたようすで眉を寄せた。「彼女とデートしたほかの男たちも同じことを？」

ハンセンはうなずいた。「映画俳優のフランチョット・トーンも同じことを言っています——女の扱いにかけては誰にもひけをとらないあの男が。ちなみに彼には確実なアリバイがあります。あの女を称して彼は、船乗りを死の淵に誘い込むセイレーンのようだと言っていました」

「そりゃあちょっと芝居がかった言い方じゃないかな」わたしは言った。

〝ハット〟は肩をすくめた。「やつは役者だからな。とにかく、トーンも被害者とデートはしたが、セックスはしていないようなんだ。〝ある種の親密な関係〟を結んだことはほのめかすんだが、それ以上は〝紳士として〟口にはできないそうだ。まあ推測するに、ミス・ショートはフェラチオの名人だったらしい」

「男を口でいかせるけど」わたしは言った。「股は開かない」

下品な言い方に顔をしかめたが、〝ハット〟はうなずいて、わたしの思うとおりだと認めた。

「もちろんミスター・トーンが事実をはっきり認めないのは、彼が紳士であるからだけではなく、オーラルセックスはこの州では異常性交として、重罪に問われる違法行為とされているからでもある……まあ現実にそれで逮捕される者がいるわけではないが。ミス・ショートのボーイフレンドだった男たちに、オフレコにするからと言って話を持ちかけてみた。性犯罪に問うようなことは絶対にしないから、正直に話してくれと」

「結果は？」エリオットが尋ねた。

〝ハット〟はまたうなずいた。「たとえば、ハリウッド・ブールヴァードのある靴店の主。去年の夏、彼女と関係を持った――こいつも結婚していて、家には美人の女房に子供までいるのに、別の女に手を出した。六週間の間に、そいつはミス・ショートにハンドバッグを何個かと高価な靴を何足もプレゼントした。一度は車代として金をわたしたこともある。彼女のことを売春婦とはみなしていなかった。ガールフレンドなのだと――よく駐車した車の中で一緒に過ごした。そういうときは必ず口でサービスしてくれたそうだ」

「ふつうのセックスは一度もしていない？」エリオットは言った。

「そう――いつも何か言い訳をしたそうで……〝月のもの〟だとか、腹が痛いとか」

「彼女が持っていた手紙からも捜査を続けているんだろう？」わたしは尋ねた。「手紙の相手のボーイフレンドたちを……」

「ああ。だが、まだなんの成果もあがっていない。軍人の恋人の多くが海外に赴任していて、崩しようのないアリバイがある。レッド・マンリーと、被害者本人の狂った父親も容疑者リストからはずした。もちろん自分がやったと称する連中は今も続々と押しかけてきている。誰一人として例の三つの隠し情報に近いことさえ言えやしない」

「少なくとも嘘の自白は簡単に見抜けるわけだ」エリオットが言った。

〝ハット〟は大きくため息をついた。「とはいえ連中は頭痛の種ですよ。やつらを公務執行妨害で逮捕したら、少しは数が減るかなと思っているのですが」

さりげなく、わたしは尋ねた。「アーサー・レイクとは話をした？」

ハンセンは怪訝そうな顔をした。「俳優の？　いや。ダグウッド役の俳優だよな？」

「そう。彼は〈ハリウッド・キャンティーン〉にいたベス・ショートと知り合いだったんだ。そして、数年前に殺されたバウアードーフという娘ともつきあっていた」

「ジョージェット・バウアードーフか。浴槽殺人の」〝ハット〟は言いながらうなずき、手帳を取り出した。「何か関連があるかもしれないから、調べてみよう。〈ハリウッド・キャンティーン〉では頭を痛めていてね。戦争が終わったときに閉鎖されてしまったものだから」

「えーと、今の情報はおれからじゃないからな」わたしは言った。実は〝ハット〟の機嫌をとりたかっただけなのだが。「レイクはマリオン・デイヴィスの娘婿だ。だから《エグザミナー》はこの線は追究しない。ダグウッドが登場するのは漫画のページだけ」

「恩に着るよ、ネイト」〝ハット〟は言い、レイクの名をメモした。「今後も情報収集に精出してくれたまえ」

「ああ、そのつもりだよ――で、耳よりのネタが入ったら、真っ先にあんたに知らせる」わたしは立ちあがった。「さて、あんたはキングズベリー・ランの事件についてエリオットから聞きたいことが山ほどあるんだろう。だから、おれはこれで退散するよ」

エリオットがわたしに言った。「午後になったら合流するよ」

「じゃ、そのときに」

〝ハット〟がうなずいて挨拶し、わたしは部屋を出た。

わたしの車はブロックのはずれ、ノーススプリング通りに駐車してあった。わたしはなかば呆然としていた。わが友ファット・アスがシカゴでベス・ショートとわたしの関係をかぎ出す前に、真犯人をあげることができるだろうかと考えていた。ふと気がつくと、誰かがわたしと並んで歩いていた。

ハンサムなイタリア系の男だった。薄いブルーのスーツを着て、黄色いパステルカラーのネクタイを締め、茶色のモカシンふうのローファーを履いている。かなりの大柄だ。筋肉質の体に、黒いウェーブのかかった髪。とても濃く日焼けして、肌は黒に近かった。ギャングにしてはハンサムすぎる。

だが、ギャングはギャングだ。

「ミスター・ヘラー」男は言った。ソフトなバリトンの声だった。

わたしの車が見えてきた。

「うん？」

「おれ、ストンパナートといいます。ふだんはジョニーって呼ばれてる。おれたち、共通の知り合いがいるんだけど」

そのまま並んで歩いていった。まわりはビジネスマンに店員、弁護士に法律補助員、旅行者その他の歩行者たちだ。裁判所、公文書館、州庁舎の前を通っていった。

「共通の知り合いというと？」

「ミスター・コーエンで」

ビュイックのところまで来た。

「ミッキーなら少し知ってるけど」そこまでは認めて、わたしは言った。

ジョニー・ストンパナートはほほえんでいた。ハンサムな男だ。整った顔立ちで、見ていて気持ちがいい。左の脇の下のふくらみは、リボルバーだろうかオートマティックだろうか。周囲の女性たちにとっては、ズボンのふくらみのほうが興味の的だろうが。

「えーと」ストンパナートは言った。「ミスター・コーエンはあなたのことをとても買っていますよ。それで、もう朝食はおすみかおききしてこいと言われまして」

「早い時間にドーナツをつまんだよ」

「しぼりたてのオレンジジュースがあります。それから、うちのコックの作るオムレツは死ぬほどうまいと申しあげるようにミスター・コーエンから言いつかってきました」

オムレツの味を形容するのに、おもしろい言葉をつかうものだ。

「ご招待なのか？　それとも強要？」こっちの脇の下だってふくらんでいるんだ。

「ただのご招待です」口の達者な野郎だ。「あなたのパートナーのミスター・ルビンスキーがミスター・コーエンに、こちらにいらっしゃるうちにあなたとお話しになるといいと勧められたので」

「車はどこだ、ジョニー？　ジョニーと呼んでいいかな？」

かな？」

「そりゃそうだよな。おれの車でついていくよ。それともそっちの車に乗らなきゃいけないの

「もちろんだよ、ネイト。あんたのすぐうしろ——そのキャディラックだけど」

「ついてきてくれればいいよ。ゆっくり走るから。ずっとバックミラーで見ている」

紺のキャディラックのあとについてサンセット・ブールヴァードを走り、郊外の高級住宅地ブレントウッドまで行った。サンタモニカに隣接し太平洋を望む、多くの映画スターをはじめとする有名人が居を構える土地だ。その住人のひとりがマイヤー・ハリス・コーエン、通称ミッキー、ロサンゼルス中の賭元を仕切る小型アル・カポネだ。

コーエンの家は別に大邸宅というわけではなかった。ケイプコッドふうの白塗りのコテージで、普通サイズよりわずかに大きいだけだ。色鮮やかな花壇に囲まれ、その周囲には手入れの行き届いた芝生が広々と広がって日の光を浴びていた。これぞすべての復員兵士が自分と自分の花嫁のために夢見る家だ。戦後世界の夢の実現。もちろんコーエンの戦時中の活動領域は国内の闇市場に限られていたが。重罪の犯歴のある彼は軍務に就くことができなかったからだ。

有名人ギャング、コーエンの家には塀もなければ、守衛が番をするゲートもなかった。ただしストンパナートは車をドライブウェイに乗り入れる前に、入り口脇の杭の上に取り付けられたインターホンで話をした。わたしはビュイックをキャディラックの隣、三台収容のガレージの真ん前にとめた。この家の主が有名人である——それも暗黒街の——ことを示すのは唯一、敷地の周囲に沿って立つ電柱のような柱に取り付けられた投光器だった。日没後はこの場所はナイターの試合をするフットボール場のように明るく照明されるのだろう。そういえば、芝生

はフットボールができるくらい広そうだ。

ストンパナートのあとについて玄関に向かった。前に立つとドアが中から開き、お仕着せを着た中年の黒人のメイドが出迎えた。メイドはすぐに引っ込み、ストンパナートがホスト役を務めて、わたしを案内した。分厚いカーペットを踏んで、つややかな木材を使い間接照明をあしらった豪華な造りの部屋を次々に抜けていった。それぞれが単色の大胆な色遣いの内装になっている――緑の間に、青の間、藤色の間にピンクの間。椅子の張り布から電話、壁紙、そしてプロヴァンスふうのテーブルの上に飾られた花まで、すべて一か所はひとつの色に決めてあった。

「おはようございます、ミセズ・コーエン」ピンクの間にいた赤毛の小柄な女性にうなずいてストンパナートは挨拶したが、わたしを紹介しようとはしなかった。

ミッキー・コーエンの妻は、ピンクのトップに青のスラックスという姿で、ソファの上に脚を折り敷いてすわり、〝ベター・ホームズ・アンド・ガーデンズ〟を読んでいた。夢のコテージにはまさにぴったりの女性だ。それにその服装なら、調和を乱す心配なしにピンクの間と青の間を行ったり来たりできる。

「おはよう、ジョニー」彼女はうわの空の単調な声で言った。ハート形の顔はかわいらしい、シャーリー・テンプルのような面立ちで、大きな深い緑の目が特徴だ。無表情で、呆然としたような、少し前に殴られでもしたのかと思うようなようすをしていた。

そのままストンパナートについていくと、彼は寝室に入っていった。その部屋はあえて二色を使うという冒険をしていた。褐色とクリーム色。どうやら主寝室らしいが、いかにも男っぽい雰囲気の部屋で、女性が一緒に使っている気配はなかった。左手の広い浴室から、マシンガンのようなシャワーの水音が聞こえている。

ストンパナートが湯気のこもった浴室に顔をつっこんだ。「ボス！　ミスター・ヘラーをお連れしました！」

低めのテノールのしゃがれ声が答えた。「よし！　いいぞ！　ご苦労！」

そのまま気詰まりな時間が過ぎていった。間をもたせようとして、ストンパナートは言った。

「そういえば、あんた、確か海兵隊だったね」

「ああ。そっちも？」

彼はうなずいた。ウェーブのかかった髪はグリースでしっかり固めてあってびくともしない。

「タラワ」

わたしは言った。「ガダルカナル」

「センパー・ファイ（海兵隊の標語〝常に忠実に（センペル・フィデリス）〟のくだけた言い方）」彼は言い、手を差し出した。わたしはその手をにぎった。「よろしく」

わたしはうなずいた。今度戦争があったとして、こいつと同じ側で戦うことになるのだろうか？

大きなダブルベッドにかけたクリーム色のカバーには、大きく〝ＭＣ〟の刺繍がしてあった。一方の壁は鏡を張ったクローゼットの扉で、もう一方の壁の棚には〈メイ・カンパニー〉（ロサンゼルスの高級デパート）の男性化粧品売り場よりたくさんの化粧水やクリームが並んでいた。窓のある側にはエキゾチックな植物の模様のカーテンが引かれ、すわりごこちのよさそうな二人がけのソファが置いてあった。部屋の隅の電話台にはミッキーの釣りの手柄を証す写真が何枚か、でために飾ってある……中には自分より大きなカジキマグロの脇に立つギャングの姿もあった。もう一方の隅に、ダブルベッドをずっと小さくしたようなものがあった。同じマットレスが敷かれ、同じカバーがかけてあるが、こちらの刺繍は〝TC〟だった。その上に寝そべって、わたしを疑わしげに見あげているのは、醜い小型のブルテリアだった。

「タフィっていうんだ」ストンパナートが教えてくれた。「頭をなでたりしないほうがいい」

「そんなことはしないからご心配なく」

「ミセズ・コーエンの寝室は別にあるんだ。鏡張りで、毛皮や宝石をしまう金庫室がある。まさにご婦人の寝室って感じ。一度見てみるといいよ」

つまり、こいつは見たことがあるわけだ。

ほどなくして、いつ見ても無精ひげが伸びていると思うほど毛深い、がっしりした体格のコーエンが、腰にタオルを巻いて、湯気にくもったシャワーストールのドアから出てきた。薄くなりかかっている黒い髪が卵形の頭に張りついている。愛犬のテリアと同じ広い額、向こう気の強そうなあご、たいらにつぶれたような鼻をしていた。両者の主な違いは目だった――犬の茶色の目には知性の光があった。

「よう、ヘラー」コーエンは機嫌よく言い、わたしをちらりと見て、大きな鏡に向かって立った。鏡の前のカウンターには、命令を待つ軍隊のように化粧品の瓶が立ち並んでいた。「お互い、まだ生きてるみたいだな」

「運のいいことに」わたしは言った。「敵の射撃の腕がお粗末なので」

コーエンは大声で笑い、洗面台で手を洗いはじめた。どうやらシャワーを浴びていてよごしてしまったらしい。「ジョニー、もういいぞ。こいつとは古いつきあいなんだ。二、三年前に、おれの仲間のジェイク・ガジックの危ないところを助けてくれた。そうだよな、ヘラー？」

「金のためならなんでもするから」

手に石鹸を塗りながら、彼は言った。「ジョニー、こいつなら脇の下のハジキも取りあげる必要がないくらいなんだぞ」

愚かそうな目をしているが、きちんと見るべきものは見ているらしい。それはそれとして、今どき銃のことをハジキなどと呼ぶのはお笑いだ。

ストンパナートはわたしに向かってうなずいた。「それじゃ」そう言って、部屋を出ていった。

浴室の戸口に立って見ていると、コーエンは——ようやく手がきれいになったと納得したらしく——クロームメッキのヘアドライヤーを手に持って、まばらな髪を乾かしはじめた。ドライヤーの音がうるさいので、わたしたちは声を張って話さなければならなかった。

「おれの友だちのジム・リチャードソンのところで仕事をしているそうだな」コーエンは言った。「《エグザミナー》で」

「ああ——ブラック・ダリア事件の背景調査をしている」

「たいしたやつだよ、ジムは。おれは七番街とブロードウェイの角で新聞を売っていたガキの頃から知ってるよ。ジムが《エグザミナー》のトイレで寝かせてくれたんだ。輪転機がホットニュースの号外を吐き出すのを待っている間な」

「どうしてジムはあんたにそんな特別待遇をしたんだ、ミック？」

コーエンはわたしの顔を見てにやりとした。ドライヤーの風で髪が舞っていた。「その頃やつはまだ飲んでた。昔はリチャードソンはとんでもない大酒飲みだったんだ。おれはやつの酔いをさまして、デスクまで連れていく役目だった……いやあ、今度のダリア事件じゃ、やっこさん大張り切りじゃないか」

「大ニュースだからね」

「おれはあの女を知っていたんだよ」

「ほんとうに？　そりゃ初耳だな」

「〈ガーデンズ〉で。あの女はあそこで働いていたんだ。いい女だったぞ。うまいこと言って男を釣っておいて、いざとなると身をかわすという悪い癖があったが、実にいい女だった……新聞には書くなよ。いいな？」

「わかった」

髪が乾いた。ドライヤーのスイッチを切り、下に置くと、彼はヘアトニックの緑の瓶を選び、頭にふりかけた。「ファット・アスと一悶着あったなんて話を聞いたぞ」

「よく知っているくせに。あいつはあんたの手下じゃないか」

コーエンはわたしを一瞬にらみつけた。「誰がそんなことを？」

「町の噂だよ」

「どんな噂だ？」

「ファイナス・ブラウン巡査部長はあんたに雇われている――これはおれの推測だけど、ランサムが〈ガーデンズ〉を本拠に売春婦を扱っていて、あんたもそのあがりを受け取っているんだろう？　ちがうか？」

今度は一瞬どころではない長い時間にらみつけられた。彼の視線から熱気が感じられたほどだった。「ちがうぞ」うなるように彼は言った。「いいか、ミッキー・コーエンは女の体を売り買いはしないんだ。おれはやらない。そんな下卑た商売は、ヤクの取引と同じだ。おい、おれを怒らせたいのか、ヘラー？」

「いや、ただ――」

顔をしかめたまま、コーエンは鏡の中の自分に注意を戻した。ヘアトニックを置き、頭皮のマッサージを始めた。「シカゴなんて町にいるから、そんな見当はずれなことを考えつくんだよ。おれはビジネスマンだ。ぽん引きじゃない」

「気を悪くしないでくれよ、ミック。じゃあ、ブラウンは誰のために働いているんだ？」

「自分のためさ！　やつはこの町でも有数の賭元なんだ」

「警官が町で有数の賭元？」

コーエンはまた大声で笑った。「ファット・アスはロサンゼルス市警の警官相手の賭元なんだよ。そしてランサムは、やつの扱う大口の賭けを全部引き受けている」

必死で考えて、なんとか理解しようとした。「マーク・ランサムがファット・アス・ブラウンのために両賭けを引き受けてやっている？」

またちらりとわたしをにらんでから、コーエンは髪にブラシをかけだした。「おれの言うことがよく聞こえなかったのか？　そうだよ、ファット・アスがランサムの家に出入りしているのはそのためだ。そこでおまえに鼻をへし折られたわけだが——賭元の仕事のことで相談に行ったんだ……帽子を取ってくれないか？」

「どこにある？」

「ドレッサーの上だと思う」

確かにそこにあった——ハリー・ザ・ハットがうらやましがりそうなパールホワイトのボルサリーノだった。わたしが帽子に手を出すと、ブルテリアが——彼の縄張りに近づいていたので——吠えはじめた。

「タフィ！」コーエンが声をかけた。「うるさいぞ、馬鹿野郎！」

犬は吠えるのをやめた。

浴室の戸口からコーエンに帽子をわたした。

彼はボルサリーノをかぶった。ぶかぶかのソンブレロを着ていたとしても奇妙な格好になっただろうが、腰にタオルを巻いているだけとあっては……

「なあ、ヘラー、タオルを取ってもいいかな？　別にホモっぽいことじゃないぞ。女で商売しないからって、おれはホモでもなんでもない。ただ、人と会う約束に遅れそうなんで、早く支度をしたいんだ」

「お好きにどうぞ、ミック」

彼は腰のタオルをはずし、たたんでカウンターに載せた。ミッキー・コーエンのようなちびの醜男が、いつも美女にもてもてなのを見て不思議に思っていたが、今その秘密がわかった。

毛深い、裸の、小さな（全身のサイズが）ギャングは、前に並ぶ化粧品群の中からタルカムパウダーの缶を選び取った。そして全身にパウダーをふりかけた。ときどき缶を置いてパウダーを体にすりこんでいる。

「いいか、あの〈マカデン・カフェ〉の小悪党どものことならよくわかっている」彼は言った。ちょっとした雪嵐のような状態になっていた。帽子はどうやら髪に白い粉がつかないためのものだった。「それから、おまえがどんなことを考えているかについてはフレッドから聞いている。つまり、殺されたスケとの関連で」

「ひとつだけはっきりしていることがあるよ、ミック。あれは性犯罪じゃない。彼女の顔には垂れ込み屋の印がつけられていた」

「なるほどな」パウダーの缶は空になった。コーエンは――まるでフライの衣をつけられてフライパンの用意ができるのを待っているようだったが――新しい缶を取って、さらにふりかけはじめた。「だがブラウンは変態の仕業という線で捜査を続けようとしている。もしパートナーのハンセンが〈フローレンタイン・ガーデンズ〉を調べるようなことになったら、自分がロサンゼル市警相手の賭元だということがばれてしまうからな」

「ハンセンはもうそのことを知っているとは思わないか？」

「かもしれんし、知らないかもしれない」さらにパウダーをふりながら、コーエンは言った。「パートナーがとんでもない汚職警官だということは知っているだろう――だが警官相手に、さあ張った張ったとやっていることまではどうかな」

「あるいは〝ハット〟はすべてお見通しで」考えながら、わたしは言った。「ファット・アスの悪事をあばくのを楽しみにしている」

「どっちにしても」コーエンは肩をすくめた。「ブラウンとしては捜査の手が〈フローレンタイン・ガーデンズ〉におよぶことは避けたい」

「そして、あんたの昔なじみのジム・リチャードソンは、一山いくらのギャング同士の殺し合いよりも、セックス犯罪のほうがずっとずっとありがたいと思っている――そのほうが新聞が売れるから」

うなずき、パウダーをふりながら、コーエンは言った。「だからあの女がジャック・ドラグナの裏庭同然の場所に捨てられていたことを指摘する新聞がひとつもないんだ」

わたしはドアの枠にもたれた。「つまり、おれと同じ考えなんだな――あの殺しはドラグナの命令で行なわれた。口をしっかり閉じていろとサヴァリーノに警告するために」

ボルサリーノをかぶった裸のギャングは首を横にふって、あごの先にしわを寄せた。「いや、おれの考えはちがう。ドラグナは白だ」

わたしはひっくり返りそうになった。「おい、ミッキー――ジャック・ドラグナはマカデンの連中を雇って、あんたを消させようとしたんだぞ！」

彼は空になったタルカムパウダーの缶を置き、三個目に手をのばした。「ああ、たぶんな。それはたんにビジネス上のことだ」彼はまた粉を浴びはじめた。「忘れるなよ。おまえの友だちのベニー・シーゲルとおれがこっちへ移されてくるまでは、ジャックはこのあたりの大ボスだったんだ。おれたちはドラグナの縄張りにねじこまれてきた。それは事実だ。おまけにふたりともユダヤ人ときた。だがドラグナには何もできなかった。表立ってはな。ラッキーとマイヤーとのつきあいがあったから」

ルチアーノとランスキーだ。

「だからときどき」コーエンは話を続けた。「ジャックはおれの息の根を止めようとするんだが、必ず誰かよその人間の仕業に見せかけようとする。おまえがあのイタ公のケツを蹴りあげてくれれば、そりゃあおれとしてはありがたいよ。だが、これだけは断言できる。ジャック・ドラグナはあのスケを殺させたりしていない」

頭がくらくらした。「どうしてだ、ミッキー？ どうしてそんなに自信を持って言いきれるんだ？」

体にパウダーをすりこみながら、彼は得意げな笑みを浮かべた。「ヘラー、ベニー・シーゲルのことはどのくらいよく知っている？」

「とてもよく知っている」

「やつに関してはおかしな噂があるだろう？ 人を殺すのが大好きだとか。信じるか？」

わたしは肩をすくめた。「まったく信じない」

「ベニーにしても、おれにしても、ただ殺したいという理由で人を殺すと思うか？ ただ苦しむのが見たくて、おれが人の体にアイスピックを刺すと思うか？」

「思わないな」

「そうか、ありがとう。おおきにありがとうよ」彼はまだパウダーをすりこんでいた。「ボルサリーノのつばの陰の目はしっかりと閉じられていた。「はっきり言えるが、おれが人を殺したり、殺させたりしたときには、その人間は必ずおれたちの世界の基準に照らして殺されるべき理由があった。ベニーだって同じだ。そしてジャック・ドラグナも同じ」

自分の耳が信じられない思いだった——ミッキー・コーエンがジャック・ドラグナをかばっている。

「ドラグナはあんたを殺させようとしたんだぜ、ミック！」

「やつの立場からすれば、おれは殺されて当然なんだよ！」彼は林立する瓶の中からオーデコロンの青い瓶を選ぶと、両耳のうしろにつけた。「おれはやつの商売を奪ったんだから！　やつの地位をさげたんだから！　なあ、ヘラー、プロのギャングがかたぎの人間を消すのを見たことあるか？　あのべっぴんは——安らかに眠りたまえ——いったい何をして、あんな目にあう羽目になったというんだ？　何もしてないぞ！」

「じゃあ、誰の仕業なんだ、ミック？　垂れ込み屋でもないエリザベス・ショートに垂れ込み屋の印をつけたのは誰なんだ？　別の誰かへの警告だったんだろう？」

コーエンはオーデコロンの瓶を慎重に元の位置に戻した。「おれは知らんよ。探偵はおまえだろう。サヴァリーノの口を閉じさせることで利益を得る人間がほかに誰かいないか？　いずれにしてもドラグナは古いタイプの人間だ——あんな殺しを命ずる神経は持っていない」

「確かか？　ひどい性犯罪に見えるおかげで警察は見当違いの捜査をしているんだぞ」

彼は人を馬鹿にしたような声を発した。「ひとつだけ可能性があるとすれば、ドラグナがあの娘を殺すように命じた。ところが命じられた人間が、頭のたがはずれてしまって、胸の悪くなるようなお楽しみにふけってしまった……もしそうだとしたら、ドラグナはその野郎の頭に一発お見舞いするだろうな。ドラグナの手下の死体がどぶに捨てられているはずだ。そんなのはみつかっていないだろう？」

彼の足のまわりの床にはタルカムパウダーが積もっていた。タオルで床を少し拭いて、それから鏡に映った自分の姿を見て、誰かを歓迎するかのように両腕を差し出した。

「よし、これで服が着られるぞ」彼は言った。

ボルサリーノ以外は素っ裸の彼が歩くと、足の下でパウダーが音を立てた。寝室に入ってきた彼は——まずタフィのところで立ち止まって身をかがめ、べちゃべちゃと犬とキスを交わしてから（見ていて気持ちのいいものではなかった）——帽子を脱いでドレッサーの上に置き、引き出しから頭文字を刺繡した絹のパンツを取り出した。

「ある噂では」パンツに脚を通しながら、彼は言った。「マーク・ランサムがあの女をベッドに引っ張り込もうと一生懸命になっていたが、どうしてもだめだったそうだ。それで癇癪を起こして、あの豪勢なケツを叩き切ったのかもしれない。一方で、ファット・アス・ブラウンはランサムに五千ドルの借金があって、そいつを棒引きにしてくれるなら殺しの件に蓋をしてやると持ちかけているというんだ」

「それが真相だと思うか、ミック？」

コーエンは首をふった。「おれに言わせれば、とほうもないたわごとだ。まず、ランサムにはそんな度胸はない。次に、あの野郎はとびきりいい女を山ほどかかえている。すなおに言うことを聞かない女にどうしてこだわる必要がある？　だけど、そういう噂が流れているのは事実だから、おまえさんも知っておいたほうがいいだろうと思ってな」

彼はグレーのシルクのソックスと、白いシルクのシャツと、赤いシルクのネクタイを身につけた。指を曲げて、ついてこいと合図すると、ニュージャージー州よりは少し狭いウォークインクローゼットに入っていった。同じような形の色違いのスーツが何百着も並ぶ中から、ややおとなしいタイプのブルーグレーのズートスーツを選んだ。幅広の長い襟がつき、ズボンは裾に向かって細くなっている。

「ドライクリーニングに出した服は着ないんだ」かすかに身震いして、彼は言った。ハンガーにかけたスーツをわたしに持たせ、先に立ってクローゼットを出ていった。「体が痒《かゆ》くなるんでな……しばらく着たら、貧しい連中にやってしまう」

「ミック、やっぱりドラグナの言い分を聞いてみたいな」

固い表情のままほほえむと、彼はわたしの肩に手を置いた。「そうしたいなら、ドラグナに会いにいくといい。やつにその話をしろ。だがな、ヘラー、ひとつおれが請け合えることがあるぞ。今度はおまえの死体が空き地に捨てられる。あちこち切り刻んだりの手間はかけない。耳のうしろに弾を一発。それできれいさっぱり片づく。そうだろう？」

「おれだってギャングのあしらい方ぐらい心得ているよ、ミック」

もう一度高笑いすると、彼はズボンをはき、黒い革のベルトを通した。「ここはシカゴじゃないんだ、ヘラー。ここの連中はおまえのなじみじゃない。おまえや、死んだフランク・ニッティへの心遣いなんかないんだぞ」

引き出しから、小さなホルスターに収めたコルト三八口径スナブノウズを取り出すと、ベルトの背中の部分に取り付けた。それからわたしの胸を二本指で突いた。なんとも不思議なことに、彼はタルカムパウダーのにおいがぷんぷんした。

「ジャック・ドラグナのまわりをかぎまわって、切り裂きジャックがイギリス人のアマの腹を掻き切って以来最悪の事件と結びつけようとしてみろ。今度はおまえが、ジム・リチャードソンが大喜びするような汁気たっぷりの大見出しの主になるぞ……上着を着せてくれないか」

わたしは彼に上着を着せてやった。

「汁気といえば、うちのしぼりたてのオレンジジュースを味わっていってくれよ。ただ、すまないが、おしゃべりをしすぎて朝飯を食ってる時間がなくなった。ジョニーにキッチンに案内させるから、コックにおれ用特製のスモークサーモンとオニオンのオムレツをと注文すればいい」

「どうも食欲がなくなってしまったんで、ミッキー」

粋な身なりの小猿は、さっきのボルサリーノをまたかぶりながら、肩越しにわたしを見た。

「おれの機嫌をそこねるなよ、ヘラー。せっかくの勧めを断わる気か」

オムレツは絶品だった。

21

珍しくジム・リチャードソンは部屋の中を歩きまわっていなかった。彼の躁病《そうびょう》的な活力も、ようやく尽きてきたらしい。《エグザミナー》の会議室の長テーブルの端の上座に、だらりとすわっていた。細長い部屋にいるのは、彼とわたしだけだった。ゆるんだ口元にたばこをくわえ、わたしを悲しげに見つめていた。両方の目で——動きの遅いほうの目も一緒になって。

「記事に勢いがなくなってきた」彼は言った。

前日に〈フローレンタイン・ガーデンズ〉でグラニーとマーク・ランサムから聞いた話について、ランサムの住所録が紛失している件も含めて報告したところだった。ハリー・ザ・ハットがエリオットにした話の中で、ロサンゼル市警の捜査がまるで進展していないという部分も彼に伝えた。そのことはリチャードソンはすでによく知っているようだったが。前の日に仕入れた情報のうち、少しでも値打ちのありそうなこと——特にエリザベス・ショートと〈マカデン・カフェ〉の一味との結びつき——については、もちろん伏せておいた。オーソン・ウェルズとジャック・ドラグナについても。ドラグナに関しては、ミッキー・コーエンの貴重なアドバイスに従って、手出ししないことにした。

「いろんなことが起きている」わたしは言った。「この事件にはまだまだ読者をひきつける要素があると思うけど」

リチャードソンは無念そうに首をふった。「手がかりが多すぎる――ボーイフレンドが山ほど、行きつけのバーが山ほど、山ほどの相手に書いたラブレターが山ほど」

「おたくの腕利き記者たちも、まだ何もみつけられないでいる？」

「今のところ一番有望なのは、ブラック・ダリアがあちこちで大柄の〝いばりくさった〟ブロンド女と一緒のところを見られているってことだ」ガラスの灰皿でたばこをもみ消すと、すぐに次の一本に火をつけ、皮肉な調子で付け加えた。「タクシーの運転手や、バーテンや、アル中どもからのホット情報なんで、どこまで信じられるかわからんがね」

いばりくさったブロンドとはヘレン・ハッソウのことだろう。

「それはいつのこと？」わたしは尋ねた。「彼女がブロンドと一緒にいたっていうのは？」

「死体がみつかるほんの二日前。警察じゃミス・ショートはレズビアンだったと考えはじめて、レズバーで聞き込みをしているそうだ。そのことは〝ハット〟から聞いてるか？」

「その話は出なかった」ハンセンが包み隠さず話さないのも驚くにはあたらない。こちらも包み隠さず話しているわけではないのだから。

「ファウリーは今もクック基地で兵隊たちを調べている」首をふりながら、リチャードソンは言った。「手がかりは山ほどあるのに、どれひとつとして実を結ばない」

「まだ捜査が始まったばかりじゃないか、ジム」

「読者は話の進展がないことにうんざりしはじめている。警察が一晩で事件を解決してしまうのはありがたくないと思っていたが、やつらが馬に飛び乗って、てんでばらばらの方向に駆けだしてしまうとは思わなかったよ」

「美人が町を遊び歩いていたんだ——生活ぶりと交友関係を整理するのに一年かかるかもしれない」

「そんなことしてたら、読者にそっぽ向かれてしまう」

固い椅子から、わたしは立ちあがった。「それじゃ、今日はこれで切り上げさせてもらうよ。まだこの件でおれに仕事をさせるんだったら、月曜に連絡してくれ」

編集長はうなずいた。「美人妻とシカゴに戻ろうというわけか？」

「まあね。そうだ、ファウリーか誰かを使って例の宣伝記事を書いてくれよ。うちの事務所を持ちあげてくれるって約束だろう？」

「ああ、もちろん、やるよ。ただ、あんたがブラック・ダリア事件の犯人をあげたって記事と一緒に載せたら、効果満点だと思うんだが」

わたしはもう戸口まで来ていた。「できるだけやってみるよ、週末に」

「頼むぞ。そうしたら、おれも誰かの尻を叩いて、おたくの提灯持ちの記事を書かせるよ」

「尻叩きは得意だものな」

リチャードソンは鼻を鳴らして笑った。

部屋を出しなにふり返って見ると、彼は妙に哀れを誘うようすだった。広い部屋にひとりですわり、宙を見つめ、左右の目を別々のほうに向けて、頭のまわりにたばこの煙をただよわせていた。

〈ビバリーヒルズ・ホテル〉のバンガローに戻ると、ペギーの置き手紙があった。午後はケイシー・ロスとショッピングに行くと書いてあった。〝できるうちに〟と。それは生理痛のことだった。明日か、あるいは今日の夕方にも、生理が本格化すると、彼女はベッドから起きあがれなくなる。彼女は本当に生理が重く、ときには割れるような頭痛を伴っていた。

その苦しみの前にちょっと息抜きをしたいと思うのは当然だ。だが、わたしは先ほどのリチャードソンと同じように途方に暮れ、孤独を感じた。これほどたくさんの手がかりがあるのに、わたしはまるでお手上げの状態だった。特にドラグナの線をコーエンに否定されてしまったので、なおさらだった。

手入れの行き届いた、花の咲き乱れるホテルの庭を歩いてロビーに行き、〈ファウンテン・コーヒー・ショップ〉で昼食をとった。フロントの前を通りかかると、アシスタント・マネージャーがわたしを呼び止め、メイルボックスに入っていたメモを手わたした。

ルー・サパースタインがわたしを電話でつかまえようとしていた。午前中ずっと――六枚のメモがあったから、六回もかけてきたわけだ。

それを見て足取りが軽くなった。バンガローに戻ると、ルーの自宅に電話した。彼は一回のベルで受話器を取った。

「何かみつけたのか？」

「みつけたよ」

「値打ちものなんだろうな。というのも、今、ロサンゼルス市警のファイナス・ブラウン巡査部長が行っているんだ――あんたのいるところ、つまりシカゴに。で、ブラウン巡査部長とおれは仲良しとは言えない」

「どのくらい仲が悪いんだ？」

「そうだな、やつがオフィスに押しかけていったら、鼻に絆創膏を貼っているのがわかるはずだ」

ルーはため息をついた。「そいつの鼻を折ったのか。事件の捜査にかかわっている警官の鼻を折った」

「まったくおれらしくないだろう、ルー？」

「まったくあんたらしいよ、ネイト」うんざりした声で彼は言った。「まずあんたにききたいことがある。おれがみつけたささやかな事実について話す前にな。ちなみにその情報を仕入れるのに使った経費はたったの三百ドルで――」

「三百ドル！」

「そう――インディアナ州ハモンドのある医者から話を聞き出すのにね。赤ん坊を堕ろすのが専門で、警察や新聞の注目を集めたくないというんだ。ブラック・ダリアを診ていた医者となれば、当然注目を集めるからな」

わたしは思わず顔をしかめた。「ブラック・ダリアだって？　あんたもそのニックネームを知っているのか。ということは、シカゴでもニュースが流れているんだな？」

「ああ。写真はまだだがね。汁気たっぷりのささやかな記事が出ただけ。でも、こんなニックネームとなれば――」

「そうだな。で、なんなんだ、ルー――そのハモンドのドクター・キルデア（同名の病院ものドラマの主人公）からどんな話が聞けた？」

「まず質問させてくれよ。これまでに彼女と寝たという男と会ったことがあるか？　実際にセックスをしたという」

「いや。彼女なりのやり方で男を喜ばせてはいたけれど」

「それに、あんたも彼女とセックスした記憶がないと言ってたよな？　その晩はべろべろに酔っぱらっていたと」

「そうだよ」わたしは言った。「おれのセックスライフときたら、まるでコール・ポーターの曲そのものだな」

「ネイト、それには理由があったんだよ。その尻軽女が誰ともセックスをしなかったのにはね。できなかったんだ」

わたしは椅子の上ですわりなおした。「どういう意味だ、それは？　彼女は妊娠していたんだろう？」

「いや、ちがう」

わたしは首をふった。自分の耳がちゃんと働いていないような気がした。「じゃあ、なんで堕胎医のところになんか行ったんだ？」

ルーはまたため息をついた。「堕胎医ってのはだいたいそうだが、このハモンドの医者も本来婦人科医なんだ。ショートって娘がかかえていた問題は、あんたの、あるいはほかの誰かの子供を身ごもったことではなかった。彼女が望んでいたのはコルポスコピーだった」

「ふつうの言葉で言えよ、ルー」

「膣鏡検査。もっとも彼女には無理なことだったけれど。つまり、エリザベス・ショートの体には生まれつき異常があって、通常の膣検査は不可能だったんだ。医者の言い方だと……ちょっと待った、メモを見る……膣口閉鎖だそうだ」

「どういうことだ？」

ルーの口調には肩をすくめているようなようすがあった。「医者によれば百万人にひとりの例だそうで、膣が未発達だったんだ」

「未発達。つまり……子供みたいに？」

「子供みたいに。女の子供みたいに――ネイト、あんたの美しきブラック・ダリアには、ちゃんとしたおとなの女性器がなかったんだ」

わたしはそこにすわったまま、受話器を耳に押しつけ、部屋の向こうの切り花を盛った花瓶を見つめていた――美しいピンクの花だ。女性的で、繊細で、死んでいる。

「ネイト？　聞いてるのか？」

わたしはうなずいた。それから、ルーには見えないことに気づいて、言った。「聞いてるよ。ただ……それでいろんなことの説明がつくな。彼女がボーイフレンドに口で奉仕していたのも当然だ――それしかできなかったんだから」

「露骨な言い方で申し訳ないが」ルーは言った。「たぶん、うしろのほうを使うわけにもいかなかったんだろうな。それをしたら、見られてしまうから。相手に自分が……あの部分は子供のままだと知られてしまう」

つまりハリー・ザ・ハットの三つ目の隠し球はこれだったんだ。解剖でわかったのは、彼女が妊娠していたことではなく、男と通常の性行為を行なうのが不可能な体だったということだ！

そこでひらめいた。「ルー――彼女が集めようとしていた金……あれは堕胎のための費用じゃなかった。別の手術のためだったんだよ。彼女はふつうの女になりたかったんだ！」

「それは考えなかったな」ルーは言った。「おれじゃなくてあんたがうちの社長なのは当然だ」

彼女がデイリー医師――昔、家族のかかりつけの医者だった――を訪ねていったのはそのためだった。デイリーのパートナーのウィンター医師は婦人科が専門だ。彼女が貯めようとしていた金――わたしを脅すなどして集めていた五百ドル――は、女として完全な体になるためのものだったのだ。

ボビー・サヴァリーノは結婚を口にしていた。そしてエリザベス・ショートは――多くの女性と同じで、そして希望だけがふくらむわびしい戦後の世界では多くの男性と同じで――フェンスに囲まれた郊外の家と、そこでの結婚生活というアメリカの楽園を望んだのだ。ベス・ショートは映画スターになるよりも花嫁になりたかったのだとファウリーに言ったわたしは正しかった。

そして何年も考えつづけ、何年も夢見つづけたあげくに、昔のかかりつけの医者がロサンゼルスで開業していて、〝女性の問題〟を専門に扱っているのを知って、とうとう行動を起こし、手術を受けようとしたのだ。高価な手術を。

「このネタをどう扱うんだ、ネイト？」

「警察はもう知っている」わたしは言った。「少なくともトップの刑事は」そしてルーに、〝ハット〟がこのことと、さらに二件の〝犯人しか知り得ない事実〟をにぎっていることを話した。「おれとしては、これまでに集めた情報すべてを検討し直さなければならない。これまでに話をしたすべての人物についても」

おかしくもなさそうにルーは笑った。「まったく別の事件になってしまうな」

「まったく別の事件だ——ただ、出発点はやはり空き地に捨てられていた女性の惨殺死体だ」

シカゴにいるブラウンについて、ルーと相談した。わたしは正面突破でいくように主張した。もしファット・アスがオフィスにやってきて、わたしに関する質問をしたら、正直に答えるようにと。わたしも近々、たぶん今日中に、〝ハット〟に会って、短期間シカゴでエリザベス・ショートとつきあっていたことを話すつもりだと。なぜ今まで黙っていたのかは、偶然にもファウリーと一緒に死体を発見するはめになってしまったからだと説明する。

「被害者が妊娠していなかったことが明らかになったのだから、おれが容疑者にされる可能性は低くなっただろう」

「だけど、彼女があんたに妊娠していると言ったという事実は変わらないぞ」ルーに念を押された。「彼女はそう言って、あんたをゆすろうとした」

「もしほんとうにおれの子供を身ごもっていたのなら」わたしは反論した。「女友だちや医者や、あるいは別のボーイフレンドにおれのことを話した可能性が高いだろう。だけど、嘘だった以上、〈ビルトモア〉からおれにかけた電話のことは誰にも話していないと見てまちがいないと思う……あのことはおれしか知らない」

「おれも知ってる」ルーは言った。「だけど、おれは誰にも言わない。おれの給料をいくらあげるかは、いずれ話をしよう」

「ありがとうよ、くそったれが。わからないか、ルー？　もし彼女が妊娠していたのなら、おおぜいの男が容疑者になった可能性がある。ところが今や、彼らは意味もないただの元ボーイフレンドたちだ。彼らがベスと一度もセックスをしていないという話が、突然筋の通ったものになった」

「つまり、容疑者の範囲がせばまったわけだな？」

「そうとうにね」

ルーにはワタースンのことは話さなかった。蓋をしておいてくれとエリオットに頼まれたからだ。だが、ローズマリー・クルーニーの新曲のように、キングズベリー・ランのマッド・ブッチャーは、突然わたしの個人的なヒットパレードのトップに躍り出た。

「一方で」ルーは言った。「ボーイフレンドのひとりの犯行という可能性もあるだろう。つまり、セックスができないことがわかって逆上したという」

「ああ、そうだな――胸の悪くなるような話だが、あり得るのは確かだ」

またもおかしくもなさそうな笑い声。「かわいそうに、あの娘は自分じゃそうしたくないのに、男をその気にさせちゃ逃げをうつということをくり返していたわけだ」

電話を切ったあと、わたしはバンガローのソファにぼんやりとすわっていた。午後の日の光が薄いカーテン越しにゆったりと射し込んでいる。手帳を手に取ると、ページを繰りながら、頭の中で整理し直していった。すべての事実、すべての側面、すべての疑惑、すべての推測、すべての噂、偶然に見えるすべての事柄を、ベス・ショートの特異な肉体に照らして考え直した。

三十分ほど経った頃だったろう、バンガローのドアを激しくノックされて突然われに返った。まるで居眠りをしていたところを叩き起こされたようだった。急いでドアのところに行って開いた。まだなかば呆然としていたが、エリオット・ネスが彼らしくない興奮した表情で立っているのを見て、たちまち意識がはっきりした。

「信じがたい事実が明らかになった」彼は大声で言った。「まずこっちの話を聞いたほうがいいと思うよ」

わたしはソファに戻り、エリオットは肘掛け椅子をソファのそばに寄せると、フェドーラ帽をコーヒーテーブルにほうり投げた。そして、ルー・サパースタインのもたらした異様な話に耳を傾けた。途中で彼は立ちあがり、部屋のバーでスコッチを注いできた。

見るからに動揺して、彼は言った。「すべて筋が通って、いまわしい悲劇的な真相が見えはじめたみたいだな」

「一部は明らかになってきている。だけど、残念ながら、ほとんどが今も闇の中だ」

「待って——ちょっと待ってくれ」彼はスコッチをがぶりと飲み、上着のボタンをはずすと、グラスをコーヒーテーブルのガラスの天板の上に置いた。そしてしばらく膝に肘を突き、両手で顔をおおってすわっていた。カンマの形に垂れさがる、ブラウンから白になりかかっている髪の一房が、眉につきそうになっていた。

「大丈夫か、エリオット？」

「どこから始めたらいいのやら」彼は突然身を起こした。「よし、じゃあ最初から……ハンセン刑事と二時間一緒に過ごした。むだと知りつつブッチャー事件の捜査の内容を再検討して、今度の事件は同一犯の仕業ではないだろうと力説した。彼はかなりのところまで同意してくれたようだった。それから彼に、この町の堕胎医を調べているかと尋ねた。答はイエスだったが、彼自身はそちらからは何も出てこないだろうと考えていた」

「彼はベス・ショートの体の異常を知っているのだから、それは驚くにもあたらないだろう」

エリオットはうなずいた。そして話を続けた。「だけど、さらに押してみた。クリーブランドではキングズベリー・ランのマッド・ブッチャーは医者か、あるいは元医者だと見ていると言ったんだ。死体の切断の仕方があまりに手際がいいのでね。ブラック・ダリアの死体からも、犯人が同じような医学知識と外科的な技術を持っていることが推測されると」

「そして」わたしは言った。「当然のこととして、あんたはハンセンに言った。キングズベリー・ランのマッド・ブッチャーが今度の事件の犯人かどうかを確かめようとしたら、堕胎医の線から探るのが理にかなっていると」

「そうだ。そうしたら、チャールズ・ストーカーという若い風紀取締課の刑事を呼んで、ふたりだけにしてくれた。ストーカー巡査部長に、堕胎を行なっているのがわかっている、あるいは疑われる医者のリストを見せてくれと頼んだ。リストをもらったが、デイリーの名前はなかった……」

「それはそうだろう。彼は保護されているから」

エリオットはうなずいた。「それでストーカーにデイリーという医者のことを耳にしたのだがと言ってみた。エリザベス・ショートと同じマサチューセッツ州の出身だそうだと」

わたしは身をすくめた。「それは危険だ。そんなことを……」

証言台で宣誓するときのように、彼はてのひらをこちらに向けて片手をあげた。「だが情報を入手するためにはやむを得ないことだった――それに、もしその話がハンセンに伝わっても、わたしがうまく話して大事にならないようにするから。ストーカーは刑事部屋をまわって刑事たちとこそこそ話をしていたけれど、最後に、ばつが悪そうに、何人かの地元の医者が堕胎を行なっている疑いがあるが、それらの医者にはロサンゼル市警としては〝手出しをしない〟ことになっているのだと打ち明けたよ。自分としては許せない思いなのだが、警察では堕胎は社会の必要悪というスタンスで、まともな医者の何人かについては堕胎を行なっていることに目をつぶっているのだという説明だった」

「それで、デイリー医師がそういう医者のひとりだということも認めた？」

「ああ。ロサンゼルス・カウンティ病院の元院長で、USCの元教授でもあって、とても尊敬すべき人物だと言ってね。しかしストーカーは、デイリー医師についてそれ以外にも興味深い事実をおさえていた――デイリーの知的能力が衰えていることを彼も知っていたんだ」

「ほんとうに？」

「ほんとうに」緊張の面持ちのまま、エリオットはほほえんだ。嫌悪の情のこもった笑みだった。「デイリーが捨てた妻が、身勝手な夫に対してなんらかの拘禁命令をとりつけようと奔走しているようなんだ――地元じゃちょっとしたスキャンダルになっているんだよ。明らかにミセズ・デイリーは、問題の女性ウィンター医師が、夫に対して〝不当な影響をおよぼして〟いると考えている。〝女性の奸計を用いて〟ね」

「老先生を寝取るとか」

またうなずいて、エリオットは言った。「そう。それからウィンター医師の利益になるように遺言を書き替えさせた」

「よくある話だ」

「しかし、エリザベス・ショートの死と照らし合わせると、実に興味深い話になるのだよ」

わけがわからず、わたしは首をふった。「一体全体、どうしてあの事件とその話が——」

エリオットはまた片手をあげた。交通整理の警官のようにも見えた。「待った。ちょっと待った。ストーカー刑事との話がすんで、わたしはこのホテルに戻ってきて電話を何本かかけた……まずはロサンゼルス市立図書館の受付にかけて、ハーバード大学の卒業名簿があるか尋ねた」

「どうして?」

「ロイド・ワタースンの父親とデイリー医師が、ほんとうに同級生だったかどうかを確かめたかったんだ。リサーチ担当の司書は、快く調べを引き受けてくれた。そして結果を知らせに電話をくれたんだ。三十分足らず前に。ふたりともハーバードを出ているが、同じ時期ではなかった。ロイドの父親はデイリーが入学する前の年に卒業していた」

「それで何がわかるんだい、エリオット?」

アンタッチャブルは身を乗り出した。祈りを捧げるかのように両手を組み合わせている。

「ロイドは少なくとも一点についてわれわれに嘘をついているということ。やつがデイリーのところで職を得たのは、死んだ親愛なる父親がデイリーと同級生で友だちだったからではない」

「やつはどうしてそんな嘘を？」

エリオットは軽く肩をすくめた。「われわれに与える印象をよくするためだろう。ほんとうに心機一転やり直そうとしているのだ——家族の協力を得て——と思わせようとした……誰かちんけな犯罪者の知り合いの紹介で堕胎医のところで働くようになったと言うよりいいだろう」

「それはそれでとても興味深い話だけれど——」

「ネイト」エリオットはにっこり笑って椅子の背にもたれ、両手で膝をかかえた。「電話帳、あるかい？」

なんだ？

「ああ、あるよ」わたしは答えた。「そこの、引き出しの中に」電話が置いてあるエンドテーブルを指さした。「でも、なぜ電話帳を？」

「なぜかというと、今日の捜査のもっとも大きな成果は、偶然とはいえ、電話帳である人物の電話番号を調べ、そこに併記されている住所を確認することで得られたからだよ。電話帳を取ってくるんだ、ネイト——いい、早くしろ」

わたしは電話帳を取ってきた。

「ストーカー刑事の話を聞いて」エリオットは言った。「ミセズ・デイリーと話をすれば何かわかるのではないかと思った。家まで出向くほどのことはないとしても、電話ぐらいしてみても損はないだろうと。彼女の番号を調べてみろよ、ネイト。夫の名義になっている。二か月半前、家を出るまでは彼はそこに住んでいたのだ」

いったい何を言っているのだろうと思いつつも、ここはエリオットの好きにさせておこうと、わたしは電話帳でウォレス・A・デイリー医師の電話番号を調べた。番号自体には意味はなかった。だが住所には大ありだった。

デイリー医師は——というより、その捨てられた妻は——サウスノートン・アヴェニュー三九五九番地に住んでいた。

「こりゃたまげた」わたしは言った。「ここは……」

「ある空き地から一ブロックのところ」

わたしは電話帳を床に投げ捨てた。

「どういうことだろう」ふるえる声で、わたしは言った。

「よくわからないが」エリオットは言った。「デイリー先生とウィンターという女性が堕胎を行なっているのは診療所であって自宅ではないのだろうし。しかし、これはたいへんな……偶然だ」

探偵は偶然を信じない。

「さて、もうひとつきみに話すことがあるんだ」ひとり悦に入ったようすでため息をついて、エリオットは言った。「それを聞けば、今日新たに判明したことも……たぶんエリザベス・ショートの気の毒な肉体上の問題点さえも——影が薄くなってしまうと思うよ」

わたしはソファの背に寄りかかって、こんなことにどこまで耐えられるだろうと思った。まるでげんこつでさんざん殴られたような気がした。

「前に〝アーノルド・ウィルスン〟という名前には何やら聞きおぼえがあると言っただろう？　きみは、ありふれた名前だからと言った。〝ジョン・スミス〟なんて名前と同じことだと。だがあのとき、われわれはロイド・ワタースンのことを考えていた。生まれ変わったように精神のバランスを取り戻したというキングズベリー・ランのマッド・ブッチャーのことを。おぼえているかな、わたしはロサンゼルスに来る前に数時間かけてあの事件の資料を読み直したんだ」

「おぼえてるよ」

「もしかして〝アーノルド・ウィルスン〟という名前は、あの資料の中に出てきたのかもしれないと思いついた。それで長距離でマーロの自宅に電話した。ほんの少し前に」

マーティン・マーロ刑事といえば、三〇年代なかばに担当させられて以来、ブッチャー事件に全精力を注いできた人物だ……

「彼なら」エリオットは話を続けた。「あの資料を知り尽くしていて、ほとんど全部暗記しているからね。彼に〝アーノルド・ウィルスン〟という名前を聞いて、思い当たることはないかと尋ねてみた」

「それで？」

「ブッチャー事件の当時、われわれはワタースンには共犯者がいるという推測をしていた。何件かの殺し、死体の解体は、ふたりがかりでなければ無理な点があると考えた」

「容疑者をあげたよね……確かホモの肉屋……」

「若いホモセクシャルの男性だ。そう、セントクレア・アヴェニューの肉屋で働いていた。ワタースンと同じように、彼もスラム街を徘徊して、社会のくずどもを餌食にするのが好みだった。彼の名は、ご推察のとおり、アーノルド・ウィルスンだ」

しかし、あのアーノルド・ウィルスンと同一人物だろうか？　あんなにわたしに協力的だった、〈マカデン・カフェ〉のコックが？　あのやせっぽちで、あばただらけの復員兵士が？　あの男は自分が料理する肉を自分で解体処理するタイプのコックなのだろうか？　よくわからない。

「でも、やっぱりありふれた名前じゃないか」言いながら、エリオットの考えどおりであったほうがいいと思っているのか、そうではないのか、自分で判然としなかった。

「それはそうだが、セントクレア・アヴェニューの肉屋の従業員の風貌は、けっしてありふれたものではなかった。マーロによれば、顔があばただらけで、とてもやせていて、とても背が高かった……六フィート四インチもあったかもしれない」

つい昨夜、アーノルド・ウィルスンはこのソファにペギーと並んですわっていた。彼女とふたりきりで。

「ちなみにこの特徴は〈モカンボ〉の強盗事件のときの目撃情報とぴったり一致する」エリオットは言った。「一味のうちの逮捕されていない人物に」

「それは」わたしは言った。「偶然ではないな」

「ここらでもう一度ロイド・ワタースンと話をするべきじゃないかな？」エリオットは言い、背筋をぴんとのばした。「ネイト、われわれはダリア事件の犯人を突きとめたのだと思うよ。殺害を命じた人物ではないかもしれないし、異常な欲望を満たしてやるために、特にあの女性を選んでロイドに与えたのでもないかもしれない――しかし惨殺の実行犯にはまちがいない」

電話が鳴り、ふたりともぎくりとした。

「もしもし」ぼんやりした声で電話に出た。

「ネイト、たいへんだ」

フレッドだった。

「どうしたんだ、フレッド？」

「今〈ブラッドベリー・ビル〉にいる」

「えっ？　仕事で？」

「そう――あんたのための。交代でワタースンを見張っているんだ。やつとデイリーとウィンターって女が三十分ほど前に出勤してきた。三人ともデイリーの診療所にいる。なあ、おれにはどういうことかわからないのだけれど、でも、すぐにこっちに来たほうがいいと思うぞ」

「どうして、何が……？」

「今、あんたの奥さんがここに来たんだ」

22

土曜日には〈ブラッドベリー・ビル〉は午後一時までには閉鎖される。入居しているオフィスの約半数が正午までの営業で、残りは週末は休業だからだ。わたしたちは路地に車をとめ、入居者に与えられている鍵で業務用出入り口のそばの裏口のドアを開けた。

何が起きつつあるのか、事情はおおかた読めた。それをエリオットに説明し、気のふれたツアーガイドのようにしゃべりつづけながら、赤信号や一時停止の標識を無視し、ほかの車を乱暴に追い抜いて、ビバリーヒルズからロサンゼルスのダウンタウンまで十五分ほどで突っ走った。エリオットはほとんど無言で、わたしの言うことを聞いていた。エリオット・ネスほどの優秀な探偵が反論しない以上、わたしの読みは正しいのだと思った。

五階まで階段を駆けあがった。天窓から黄金の太陽の光が射し、凝った装飾の鉄の構造物を照らして、床に細かい影を落としている。鉄の階段を踏むわたしたちの足音が、小火器の銃声のようにビクトリア朝ふうの建物の広大な吹き抜けのロビーに響きわたった。清掃員も、ほかの入居者の姿もなかった。五階に着くと、エリオットは——わたしの指示で——フレッド・ルビンスキーのデスクから手錠と拳銃を取ってくるために〈A－1〉のオフィスに走った……

……わたしは診療所目指して廊下を走っていった。九ミリ口径を片手に。

フレッド・ルビンスキーがすでに診療所内に入っていた。彼の声が聞こえる。磨りガラス越しに彼の陽気な話し声が聞こえていた。彼にははったりをかまして診療所に入り込み、わたしが着くまで彼らに何もさせるなと指示しておいた。彼はこの高級堕胎医院に患者を紹介しているのだから、ウィンター医師も彼女の庇護下にある老人も、無下《むげ》に追い出すことはしないだろうと思った。

待合室に飛び込むと、椅子にかけているのはひとりだけだった。バーニーの妻のケイシーが、すわって〝レディィズ・ホーム・ジャーナル〟を読んでいた。

「ネイト！」ケイシーは言った。白いブラウスに黒いスラックスというカジュアルな服装がよく似合っていた。黒い髪はアップにしている。元ショウガールは目を丸くして恐怖の表情でわたしを見た。まるで幽霊でも見たかのようだった。

「やあ、ケイシー」わたしは言った。「そこを動かないでくれ、いいな？」

冷ややかなモダンな内装の受付ロビーは実に公明正大で、怪しげなところは何もない、やましいことなど何もないという雰囲気だった。フレッド・ルビンスキーが、茶色のスーツに緑と黄色のストライプのネクタイという格好で、いつもどおりにぱりっときめて、無人の受付の前でデイリー医師と談笑していた。

白髪で、口ひげはごま塩というデイリー医師は――今日は白衣ではなく、いささかよれよれのブルーグレーのツイードのスーツを着ていたが――はじめはわたしにほほえんで、「申し訳ないが」と言いかけた。たぶん診療時間はもう過ぎたと言おうとしたのだろう。ところが、ふっくらした、お祖父ちゃんのような老紳士の顔が凍りついた。ぼけていようがいまいが、わたしが手に銃を持っていることはわかったらしい。

わたしを見て、フレッドの陽気な態度も消え、エドワード・G・ロビンソン似の顔には刑事のような固い表情が浮かんだ。

デイリー医師は言った。「どうなっているんだ？　わたしにはよくわからないが……」

「あんたは何もわからなくなってしまったんだよ、爺さん」フレッドがきつい調子で言い、医師の腕をつかんで、荒っぽく椅子にすわらせた。「ここにすわって、おとなしくしていろ」

フレッドも銃を手にしていた。三八口径だ。ケイシーは爪を赤く塗った手を口に当て、叫び出しそうな顔をしていた。メタルフレームのめがねの奥で、医師は涙っぽい緑の目を大きく見開いていた。口も同様にいっぱいに開いていて、まるで腹を殴られたようだった。

受付の右手の廊下を指して、フレッドは言った。「左の三つ目のドアだ」

ケイシーが椅子を飛び出してきて、廊下に出ていこうとしたわたしにしがみついた。わたしの腕をつかんで彼女は言った。「ネイト、わかってあげてちょうだい……彼女にはまだ心の準備ができていなかったの……あの子に乱暴しないで」

わたしは彼女の手をふりほどいた。「ペギーと一緒にそこにいるのは殺人犯なんだ——だってそこにすわっていろ」

唾を呑み込み、広げた手を頬に当てて、ケイシーはあとずさりし、椅子にぶつかって、そのまま崩れるようにすわりこんだ。そこへエリオットが飛び込んできた。彼もまた銃を持っているのを見て——大きく恐ろしげな四五口径だった——彼女は気絶しそうだった。

「援護してくれ」わたしはエリオットに言った。

彼はうなずき、わたしに続いて廊下に出てきた。

吐き気を感じ、恐怖にふるえ、冷たい怒りをおぼえつつ、左側の三番目のドアを開けた。中の光景は一生忘れられないものだった。

目の前にアステカ族の生け贄のように横たわって、着ている白い手術着を腰のところまでまくりあげられて、わたしの妻がいた。局部をむき出しにされ、秘すべき花が天井の照明器からのスポットライトを浴びている。ぴかぴかのスティールの手術台に艶のある肉包装用の紙を敷き、彼女の両足は金属の留め具に固定されていた。手術台のすぐ奥に流しがあり、その蛇口に金属とゴムでできたシリンダーが取り付けられて、そこからゴムホースが延び、先に小さなスリットのある金属のパイプにつながっていた。

小柄なわが妻はいっそう小さく、まるで子供のように見えた。そして驚いたことに、その場所と状況にもかかわらず、実に美しかった。メークなしで、黒髪を高くピンで留め、なめらかな色白の肌はぎらつく照明の下で見てもうっとりするほどだった。わたしを見て、彼女はすみれ色の目を大きく見開き、恐怖の表情を浮かべた。口が開いたが、声は出なかった。だまって闖入者《ちんにゅうしゃ》を見つめていた。つまり自分の夫を。銃を手にした夫を。

強い消毒薬のにおいに鼻がむずむずした。狭い手術室はまぶしいほどに真っ白で清潔で、まるで未来のキッチンだった。キャビネットにカウンターに流しに天井、すべてクロームとフォーマイカとタイルとプラスチックだ。こんなに何から何まで真っ白な部屋に入るのは、ロイド・ワタースンの地下室で椅子に縛りつけられて以来のことだった。

ふたりとも白いスモックを着て、手術用のマスクを着け、ゴム手袋をはめていた。マリア・ウィンター医師は――ぎらぎら光るブラウンの目をした、見方によっては美人の大女は、黒髪を頭の上で丸めて留めていた――手術台の端で、わたしの妻の脚の間に立っていた。ペギーの尻の下にゴムのパッドを敷き、ステンレスの洗面器に入れた石鹼液をつけたスポンジで、彼女の体を洗っていた。水が局部から流れ落ち、ゴムパッドを濡らして、水受けのバケツへと流れていっている。

カウンターでは、背の高いブロンドのロイド・ワタースンが――マスクの上にのぞいている薄いブルーの目を凍りつかせている――消毒器から出した熱い手術用具を湯を張った金属の平皿に移そうとしていたが、半身をひねってこちらを見た。器具の大半は細いメスや鋭匙《えいひ》で、ロイドはゴム手袋をはめた手に先の丸い細長い器具を持っていた。不気味な形の道具だった。

「そいつを下に置け、ロイド」わたしは言った。「それから両手をあげるんだ」

ロイドはうなずき、器具を皿に落とした。小さな水しぶきがあがった。

肘を突いて半身を起こし、両足を固定されたまま、ペギーはわたしを見ていた。目を丸くし、口を動かしているが、言葉は出てこない。わたしは彼女の手術着をさげた。ウィンター医師はそこに立ちつくしていた。片手にスポンジを、もう一方の手に洗面器を持って、まるで堕胎博物館の陳列品だ。

もともと見あげるような大女のウィンター医師だったが、わたしが九ミリ口径の銃口をマスクのすぐ下の喉に押しつけると、さらに背が高くなっていくようだった。あごを突き出し、人を見くだすような黒っぽい目の上で長いまつげが動いた。

静かに、わたしは医師に言った。「もう何かしたのか？」

「えっ？」おびえた馬のように、彼女の目と鼻孔が大きく開いた。「いいえ！　今準備に入ったところ」

「なるほど……ロイド！　手をあげて、その道具から離れているんだ！　考えてみろよ、おれがおまえのくさった脳みそを向こうのキャビネットのところまで吹き飛ばしてやりたいとどれほど願っているか！」

それを聞いてロイドはぎくりとした。よりいっそう高く手をあげた。

わたしはウィンター医師に注意を戻し、マスクをむしり取って、そのオリーブ色の楕円形の顔をむき出しにした。銃口を喉からはなし、彼女の手の洗面器の縁を叩いた。洗面器は床に落ちて大きな音を立て、水が飛び散った。

大女の堕胎医はうしろに飛びすさった。抵抗する気も萎えたようだった。

「さて、お時間をとらせて申し訳なかったがね、先生。このご婦人とおれは考えが変わったんだ。赤ん坊を産むことにした」

ペギーがようやく声を発した。「ネイサン……お願い！」

わたしは肩越しに彼女にほほえんだ。「われわれの些細な意見の相違をおおっぴらにするのはよそう。立派な先生と、優秀な助手の方の前で……エリオット！」

四五口径を手に、わが友が部屋に入ってきた。

「エリオット、こちらはマリア・ウィンター先生――ウィンター先生、エリオット・ネスです。ああ、もちろんロイドはもう知ってるよな」

「ウィンター先生」エリオットは丁重にうなずいた。「やあ、ロイド」

ロイドは無言だった。両手を高くあげ、マスクの上の目をひくつかせている。

「悪いけど、このふたりを見張っていてくれないか」わたしはエリオットに頼んだ。「ふたりとも、まだ用があるので、どこかに行かれては困るんだ」

「喜んで」エリオットは言い、大型拳銃をロイドに向けた。

スポーツジャケットの下のホルスターに拳銃を収めると、ペギーに近づいた。足を固定されたまま上半身を起こしているので、体がゆがんだV字型になっていた。そのままの姿勢でわたしを見つめる目には、憤りと警戒が入り混じった表情が浮かんでいた。

彼女の体を抱きあげ、部屋から連れ出した。まるで花嫁を抱いて新居に足を踏み入れるようだった。実にロマンティックで格好がよかった。妻がわたしを気でも狂ったかという顔で見あげていなければ。

いったいどうして、彼女はこんなことを考えついたのだろう?

廊下に出ると彼女をおろし、服はどこかと尋ねた。そこに裸足で立ち、廊下の先のドアを指さしているときほど、ペギーが小さく華奢に見えたことはなかった。

「じゃあ、服を着ようね」子供を相手にしているように、わたしは言った。

彼女はうなずき、廊下をぺたぺたと歩きだした。わたしも一緒に行って、小さな更衣室に入った。椅子が二、三脚置いてあるクローゼットのような狭い部屋で、われわれふたりが立つ余地もないほどだった。壁にもたれて腕を組んで見ていると、彼女は壁のフックから服を取り、ブラジャーとパンティを着けた。あとは黄色いブラウスと褐色のスラックス、茶色のサンダルだった。

「生理の具合はどうだい？」わたしは尋ねた。「痛む？」

「確かに嘘をついたわよ」服を着ながら彼女は言った。気が昂《たか》ぶって声がふるえ、言い訳がましい口調にもなっていた。「でも、わたしのことをあなたが決める権利はないわよ。わたしは子供を持つ心の準備ができていないの。あなたは――」

「おれが阻止したのが堕胎手術だったのは、運がよかったんだぞ」

彼女は片足で飛び跳ねてサンダルをはこうとしていた。「えっ？」

わたしは彼女に向かって大きくほほえんだ。わたしには彼女ほど愛した者はなく、彼女ほど憎んだ相手もいなかった。「きみの体に手術用具をつっこもうとしていたのが誰だかわかるか？　名前はロイド・ワタースン。しばらく前から探していた相手だよ――つまり……ブラック・ダリアを殺した変質者」

「何よ？」彼女は服を着終わり、腰に両手を当てて、わたしの正面に立っていた。目を細め、わたしに挑んでいる。「あなた、頭がおかしいんじゃない？」

「そうかもしれない。だけど、きみの〝先生〟よりは精神のバランスは確かだよ――ああ、あの女のことじゃない。彼女はしっかりしているのだと思う。ロイド・ワタースンのことだ――女にもてそうなブロンドの男。やつが実はエリザベス・ショート殺しの犯人なんだよ」

スーパーマンのポーズで両手を腰に当てたまま、彼女は咳き込みながら笑った。「冗談はやめてよ……」

退屈したライオンのように、わたしは丸めた手で宙をかいた。「そうだよ。全部冗談。でもね、医者にかかろうとしたら、第二の意見も聞いてみるべきじゃないか？」

「どういう意味よ？」

「ロイドのことをエリオットにきいてみろ。エリオットがこっちに来た理由はおぼえているよな？」

ダリア事件の捜査に協力するために彼が出かけてきたことは、彼女もよく知っていた。

彼女の目つきがこわばった。「まさか……」

「今あっちにいた純情そうなとっちゃん坊やが、クリーブランドで売春婦やホームレスを切り刻んでいた異常者本人だよ。まだあの事件からもそんなに年月は経っていない。完全な狂人だと証明済みの、そしていつでも証明可能な鬼畜のような人間で、ついでながら、最初の事件のときにもぼくが協力して逮捕して、精神病院に閉じこめたんだ。だから、やつがぼくに多少の恨みを抱いていても不思議はないのだけれど、でもいったいどうしてきみが標的にされたんだ？」

ペギーは両手をふり動かして、首を横にふった。「そうやって、わたしを怖がらせようとしているんでしょう……わたしが悪いことをしたと思い知らせようとして……」

わたしは彼女の両腕をつかんだ。体をがくがくゆさぶろうとしているように見えただろうが、そうはしなかった。体をゆさぶりは。

かわいい、そばかすのある顔をのぞきこんで、言った。「よし、わかったよ。まだ子供を堕ろしたいと思っているんだね？　結構。ぼくだって、きみの子供なんか欲しくなくなってきたよ。きみがぼくの子供を欲しがっていないのと同じようにね。フレッドとエリオットを連れて、ここから退散する。きみのことはロイドにまかせてね。きみがあの台に戻って脚を開げたら、彼がどんな処置をしてくれるのか、興味津々だね」

手をはなし、彼女を押した。ほんの少しだけ。

よろよろとあとずさりし、ふるえる脚で立って、彼女は唾を呑み込んだ。呑み込もうとした。目に涙があふれてきた。唇が恐怖にふるえていた。「じゃあ……じゃあ、ほんとなの？」彼女は手術室のほうを指さした。「あの……あの人が……わたしはあの人に……あの人の手にかかって……」

わたしはため息をつき、うなずいた。

小さな動物の甲高い鳴き声のようなものを発して、彼女はわたしの腕の中に飛び込んできた。わたしは彼女を固く抱きしめた。すすり泣きを始めた妻の背中をさすりながら、言った。「大丈夫だよ、ベイビー。大丈夫」彼女を愛し、憎み、心からかわいそうに思い、彼女が当然の報いを得たことに喝采したい気分だった。

「ごめんなさい、ネイサン。ごめんなさい」すすりあげながら、彼女は言った。涙と鼻水が顔を伝っていた。「あなた、わたしを許せる？」

顔を両手ではさみ、そのまま押さえて、すみれ色の目をのぞきこんで、尋ねた。「お腹の子を産む気はあるのか？」

彼女は勢いよくうなずいた。「産むわ。産む。きっとかわいいわよ。世界一の赤ちゃんになるわ」

「ただの〝赤ちゃん〟じゃないんだ」まだ顔を押さえたまま、厳しい口調でわたしは言った。

「ひとりの人間だ。わかるかい？　ぼくたちの赤ん坊、ぼくたちの子供だよ。それを殺人鬼の餌食になどしないぞ」

彼女はわたしに抱きつき、キスした。鼻水混じりのそのキスは、これまでで最高に甘美なキスだった。

廊下の途中まで行くと、ケイシーがこちらに歩いてきた。ばつの悪そうな顔をしている。

「ごめんなさい、ネイト」ケイシーは言った。

わたしは答えた。「いいんだよ……きみはただ友だちの力になろうとしただけなんだから」

がっくりと肩を落として、彼女はうなずいた。

「ペグをホテルに連れていってくれないか」わたしは言った。「そして一緒にいてやってくれ。おれはまだ仕事があるんで」

わたしはペギーを友人の手にゆだね、ふたりを待合室から送り出した。そこでは自分の診療所の待合室に監禁されるはめになったデイリー医師が、混乱した表情でうなだれて、フレッドに見張られていた。ペギーを片手で抱きかかえているわたしを見て、フレッドは言った。「奥さんは大丈夫か？」

「ああ」

「わたしなら大丈夫よ」ペギーも答えた。

ペギーにすばやくキスし、頬をなでた。彼女はケイシーに連れられて廊下を歩いていった。

いらだたしげにデイリー医師が言った。「いったい何がどうなっているのか、きちんと説明してもらいたい」

「だまれ！」フレッドとわたしは同時に叫び、老医師は固い椅子の上で飛びあがり、そしてだまった。

手術室に戻って、一本指でエリオットを差し招いた。彼は戸口まで出てきた。ウィンター医師をデイリーのオフィスに連れていって、わたしが行くまで待っているように彼に頼んだ。まずロイドと話があるからと――ふたりきりで。

「了解」わたしの要請を無条件に呑んで、エリオットは言った。「ただ、ひとつ頼みがある」

「殺すな？」

彼はうなずいた。

わたしはくびをふった。「約束はできない」

〝ああ、そう〟というふうに肩をすくめて、エリオットは大女を、廊下の向かいの、翡翠の飾られたデイリー医師のオフィスに連れていった。わたしはまたまぶしいほど真っ白の部屋に入った。繊細な器具と、足首を固定する金具を備え、肉屋の包装紙を敷いた手術台のある部屋。

ロイドはカウンターに寄りかかって立っていた。はずした外科用マスクが、ほどけた包帯のように首にからみついていた。わたしはドアを閉めた。かちりと大きな音がして、まるで銃の撃鉄を起こしたようだった。銃といえば、九ミリ口径は左の脇の下にしまってあったが、ジャケットの前は開いたままにしてあった。

「あんたの奥さんとは知らなかったんだよ」ロイドは言って、てのひらをこちらに向けて両手をあげた。薄いブルーの目が恐怖のあまりせわしなく動いている。「傷つけるつもりなんかなかった。誓うよ。あの人は名前は〝スミス〟だと言ったんだ！」

「信じるよ、ロイド」

「えっ……ほんとに？」

彼と向かい合って、手術台にもたれて立った。「急に紹介されてきた患者だったんだろう、ロイド？　友だちに頼まれて、特に受け付けてやったんだ」

ロイドはまばたきした。「別に、ふつうの患者だったけど」

「ちがうだろう――友だちのことを話せよ」

「どの友だち？」

「おまえとすごく仲のいい友だちだよ――おまえの親友……もっとも、おまえが思っていたほどにはいい友だちではなかったわけだが。こんなことを仕組んだんだからな。おまえが仕事をしている現場におれが踏み込むようにしたわけだ。そうすれば、十中八九おれがおまえを地獄に叩き落とすことになる」

ロイドの顔が怒りに燃えた。「なんだと？　気でもちがったのか！　おれにそんなことするはずがない」

「するはずがないって、おまえの友だちがということだな？」

「ちがう……ただ、友だちというのはそんなことはしないという意味だよ」

わたしは片方の眉を吊りあげた。「クリーブランドの昔なじみでもか？　セントクレア・アヴェニューで働いていた、おまえの〝弟子〟――アーノルド・ウィルスンでも？」

彼はごくりと唾を呑み込んだ。「そんな名前のやつは知らない」

「いや、知ってるぞ、ロイド」手術台に載せていたわたしの左手が、思わず肉屋の包装紙をつかんで破り取り、固く丸めた。だがわたしの声は冷静だった。「そもそもよほどの親友でなければ、おまえにあんなことは頼めないだろう。今度だけは頭はつけておいてくれだなんてな。しかし、おまえの友だちのアーノルドは頭をつけておく必要があった——ベス・ショートの顔をああいうふうに切り裂いて、メッセージを伝えなければならなかったからな。おまえはほかのお楽しみでがまんした——拷問とかな。おまえは変態性欲の持ち主だから、彼女にまともな女性器がなかったことも気にならなかった。そうだろう？　おまえは彼女を縛りつけ、ケツの穴でファックして、そのままチンポコをなめさせたんだ。そうだろうが、ロイド？　ほう、どうしてわかったのだろうって？　被害者の胃に大便が入っていたんだよ、この変態野郎！」

ロイドは身をひるがえすと、カウンターの上の器具のトレイをつかみ、わたしに投げつけた。湯と一緒に鋭い手術用具がまとまって飛んできた。わたしは両腕で顔を守った。小さな切り傷を負い、服の袖が切り裂かれた。だが、それだけだった。金属の器具は音を立てて床に散らばった。

だがそれでも、わたしの気をそらすには十分だった。目にもとまらぬすばやさで、ロイドは引き出しに近寄り、銀色に輝く器具を引っ張り出した。今度は繊細なメスなどではなかった。まがまがしい幅広の刃のついた、四肢切断用の大型ナイフだった。もうひとつの真っ白な部屋——キングズベリー・ランの地下の人殺し部屋で、彼がわたしに襲いかかったときに持っていたのとそっくりの刃物だった。高々と掲げたナイフの刃に、わたしの顔がゆがんで映り、まるでクレイジーハウスの鏡のようだった。今にもやつはそれをふりおろして、得意の技でわたしの頭を切り落とすかと思われた。

だが、わたしの九ミリ口径のほうが早かった。至近距離から発射された弾は、ナイフをふるう彼の右手を横からとらえた。小指の付け根のすぐ上に当たり、そのまま隣の指、また隣の指と、次々に吹き飛ばしていった。ちぎれた指が飛び、床に散らばって、まるでやつが不器用なおかげで自分の指を落としてしまっているようだった。

大型ナイフがタイルの床に落ちて大きな音を立てた。ロイドは悲鳴をあげていた。手首をつかんでいる。指があったところからは血が細い筋を引いて噴き出している。四本の赤い筋が——彼が手首をつかんでふり動かすので——白いカウンターにジャクソン・ポロック（アクション・ペインティングで知られる抽象画家）ばりの作品を描いていった。

四五口径を構えてエリオットが部屋に飛び込んできた。もう一方の手でウィンター医師をつかんでいる。廊下からはフレッド・ルビンスキーが心配そうにのぞきこんでいた。

「なんと」エリオットが言った。

「これは」フレッドが言った。

「ひどい」ウィンター医師が言った。

苦痛の叫びをあげながら、ロイドは床に崩れ落ち、祈りを捧げるかのようにひざまずいて、手首をつかんでいた。まだ血が噴き出しているが、勢いは弱まっていた。太い動脈が切れたわけではないようだ。床に散らばる彼の指は、オードブルの皿から落ちた、とびきり食欲をそそらないソーセージのようだった。一本は偶然大型ナイフの上に載っていて、なかなか詩的ではないかと、わたしは思った。

わたしは思わず甲高い、言い訳がましい声を出してしまった。ぼくが悪いんじゃないと言っている子供のようだった。片手に銃をにぎったまま両手をあげ、「殺してないよ」と、わたしは言った。「殺してない」

ウィンター医師が歩み寄って、ロイドの傷ついた手をタオルでおおった。わたしたちのほうを責めるように見て言った。「手当てをしないと」

ロイドは泣き、うめき、言っていた。「痛いよう。ああ、痛いよう」

「パートナーのぼけ老人でも間に合うかな？」わたしはウィンター医師に尋ねた。

傷ついた同僚の脇に膝をついたまま、彼女はわたしを見あげた。「大丈夫だと思うわ。というより、こういうのは先生のほうが得意」

「フレッド、先生を連れてきてくれないか？」

まもなくやってきたデイリー医師は、フレッドの監視のもとで手当てを始めた。そのスピードと正確さは驚くべきものだった。エリオットを外のオフィスに配置して、警察その他の邪魔者が入ってこないようにした。わたしの切り傷には、ウィンター医師が小さな絆創膏を貼ってくれた。ロイドに湯をかけられて体が少し濡れていた。だがそれらを除けば、わたしは無事だった。

そしてまだ片づけるべきことがあった。

デイリーのオフィスで、老医師の大きなマホガニーのデスクの前にあるクッション付きの椅子に、ウィンター医師をすわらせた。自分はデスクの端に腰をかけ、この前彼女にされたのとは逆に、彼女を見おろす体勢をとった。オフィスの奥の照明付きの飾り棚で翡翠の彫刻が輝いていて、デイリー医師の財力を思わせた。

「たばこ吸ってもいいかしら」ウィンター医師は言った。

「どうぞ」

「ウォレスのデスクの上の、あの箱に入っているんだけど」

中国の彫刻のあるウォルナットの箱から、たばこを一本取り出し、人造翡翠のドラゴンの形のライターで火をつけてやった。無意識に、わたしは自分でも一本つけていた。

ふたりでしばらく煙を吹きかけ合っていた。やがて彼女が尋ねた。「警察を呼ぶの？」

「犯罪を解決するために？」わたしは尋ね返した。「それとももみ消すため？」

彼女は肩をすくめた。「どっちでも」

「まだ決めてない。ブラック・ダリアを殺した男がこの診療所で働いていたことはわかっているんだろう？」

わたしの視線を避けて、彼女はドラゴンのように鼻から煙を吐き出した。たばこをくわえる紅をさした唇は薄く、固くひきしめられていた。「そんなこと、認めてないわ」

わたしは彼女を見てにんまりした。わたしの煙が彼女のと混ざり合った。「認めたなんて言ってない——わかっているはずだと言ったんだ。おもしろいと思わないか？」

楕円形の顔の大きなブラウンの目が、冷ややかにわたしを見た。「何が？」

わたしは肩をすくめた。「ひとりの人間が同時に正しくもあり、まちがってもいることがあり得るってことが。すべてを内密にすますこともできると思うよ。いくつか質問に答えてくれればね」

今度はブラウンの目が細められた。「あなたはいったいなんなの、ミスター・ヘラー？」

「あんたの人生に久しくなかった幸運というやつだよ」

言われたことを、彼女はしばらく考えた。そして、煙を吐き、視線をさげて、言った。「何がききたいの?」

「〝フロイド〟はいつからここで働いていた?」

わたしから目をそらしたまま、彼女は答えた。「そんなに前じゃないわ。確か十一月の末頃から」

「やつを雇ったいきさつは?」

「確かな筋からの紹介だったの。少なくとも、うちみたいな法の埒外で営業している者から見て、確かな相手」

「つまり、よその堕ろし医者のところに勤めていたということ?」

薄い唇にかすかな冷笑が浮かんだ。「汚い言葉ね」

「きれいなお仕事なのにね。やつは以前はどこで働いていた?」

「サンディエゴ、サンフランシスコ、ここロサンゼルスでも。とても知識があるのよ、医学に関して。手先も器用だし」

「その手の先はもうないけどね」こう言うと、彼女は鋭い目をわたしに向けた。彼女と目が合うと、わたしは言った。「エリザベス・ショートの話をしてもらおうか」

なめらかな額にしわを寄せないようにしているようだったが、うまくいかなかった。「彼女の何を?」

「ここに診てもらいにきたわけじゃないか——なぜだろう?」

煙混じりのため息。「デイリー先生と同じニューイングランドの町の出身だったからよ。あの人は手術の必要があった」

「膣口閉鎖で」

それには彼女も注意をひかれた。「どうしてそれを？」

「このお遊びのルールはだね」できる限り嫌みな顔でほほえんで、わたしは言った。「おれが質問して、あんたが答える。そういう類の手術を、デイリー先生は今でもできるのか？」

「で……できると思ったけれど」

「今日はデイリーは何をしていた？　あんたと一緒じゃなかったじゃないか」

たばこを吸う彼女の態度は、ますます落ち着きのないものになってきた。「わたし……わたしは彼から目を離さないようにしているのよ」

「つまり、やつがエリザベス・ショートを殺してからは？」

わたしの言葉に、彼女は殴られたかのような衝撃を受けたが、それをなんとか表に出すまいとした。「そんなとんでもない話」

「確かにとんでもない話なんだ。だけど、あんたはそのわけを知らない。アーノルド・ウィルスンという名前に聞きおぼえは？」

「ありふれた名前ね……でも、心当たりはないわ」

「身長六フィート四インチ、あばたづら、脚を引きずって歩く」

今度は薄い唇には見くだしたような冷笑が浮かんだ。「へえ――片目にアイパッチは？　肩にオウムは？」

「ジョークを言うのもおれの役だよ、先生。そういう男を知らないか?」

「知らないわ」

実はそのほうが自然なのだった。アーノルド・ウィルスンはロイド・ワタースンとの、いろいろな意味での関係を、けっして人には知られないようにしていたはずだからだ。

「デイリー先生のことを話してくれないか? 近頃、ぼけ具合はどの程度?」

彼女は舌先についたたばこの葉をつまんで取っていた。「先生は……前に言ったでしょう。脳の動脈硬化症を患っていて……その結果、老人性知能障害に陥っているの」

「なるほど。じゃあ、彼の患者だったエリザベス・ショートの死体が例の空き地でみつかったとき——先生が住んでいる、というより、あんたの魅力にはまりこむまでは住んでいた場所から、ほんの一ブロックのところだけれど——あんたはこう思ったわけだ。老先生が自分で手術をしようとして、しくじり、運びやすいように半分に切ったのだけれど、ついうっかり自宅の近くに捨ててしまったと。そんなところかな?」

彼女は巨大な胸の前で腕を組んだ。また不機嫌な魔女のようになっていた。「あなた、頭がおかしいわよ」

「そうらしいね——今日はみんながそう思っているみたいだ。あるいは、爺さんは、突拍子もないやり方ではあるけれど、元の妻に仕返ししようとしたのだと思った?」

いかつい顔がわずかになごんだ。「デイリー先生は温厚な方よ……絶対にそんなことはしない……」

「正気のときには、だろう?」

彼女は無言だった。

「なあ、マリア——彼はたとえ正気を失っても、そんなことはしないよ。あんたはだまされたんだ」

彼女はわたしを見た——愕然として。「何?」

「ロイドが……つまり、〝フロイド〟が……夜ここに来て、デイリー先生がしでかしたことをみつけたと言ったんだろう?」

「どうして……何が……?」

「おれに協力してくれ。おれはあんたたちに手を貸そうとしているんだ。話してくれ、先生。マリア——話すんだ」

彼女は首をふり、大きなため息とともに煙を吐き出した。「彼が……フロイドが言うには、来てみたら……ひどいことになっていたそうで。先生が死体を運ぶのを手伝ったと言ってた……ふたつに切断するのにも手を貸したと。そうやって見せかけたのですって……性犯罪に……警察に疑われることのないように。ただ、フロイドはうちに来たばかりで、先生が死体を捨てるように指示した場所が先生の自宅のすぐ近くだとは知らなかったの」

わたしは笑った。彼女は身をすくめた。

わたしは言った。「そんなようなでたらめを信じ込まされているのだろうと思っていたよ。そうじゃないんだ、ウィンター先生。フロイドの本名はロイド、ロイド・ワタースン。ロイドが女を殺した……おたくの優秀な堕胎助手は、オハイオで少なくとも十三人を殺して死体をばらばらにした男で、少し前まで精神病院に収容されていたんだ」

「まさか、冗談でしょう……」

「ああ、冗談だよ。今日は一日陽気な気分でね」

彼女は椅子の上で体をゆらしていた。「なんてこと……そんなことがあっていいの……ほんとなの？」

「ほんとうに――あったんだよ」手にしたたばこで、わたしはドアを指した。「あっちにいるおれの友人はオハイオ州の元警察官で、各方面に強い影響力を持つロイドの家族の依頼を受けて、彼を精神病院に連れ戻しにきたんだ。一生そこに閉じこめておくために」

ブラウンの目に希望の光が射した。「そうなれば……」

「そうだよ、マリア――そうなればロサンゼルス警察に知らせはしない。新聞社にも。あんたとデイリー先生は今回の事件には巻き込まれずにすむ」

もう彼女はわたしの目を避けようとはしていなかった――むしろ進んでわたしと目を合わせようとしていた。「わたしは何をすればいいの？」

「あの指なし野郎を列車で移動できる状態にしてやってくれないか」

「いつまでに？」

「早ければ早いほどいい」

彼女の目が険しくなった。翡翠色の灰皿でたばこをもみ消すと、言った。「了解」そして立ちあがった。

廊下に出ると、エリオットが手術室の外に立っていた。ウィンター医師は手術室に入っていった。堕胎手術用の台にすわっているロイドの姿がちらりと見えた。顔が青ざめているのはショック状態なのか、麻酔をかけられたからか、それとも両方なのか。右手はガーゼと絆創膏に包まれているが、指の跡からにじみ出る血が、ガーゼに四つ並んだしみをつけていた。

「ロイドのやつ、ピアノは一生弾けないみたいだな」わたしはエリオットに言った。

「しっかり手当てしてもらってるよ。いつからたばこを吸いだしたんだい？」

「ジャップどもの銃剣を懐かしく思ってしまったときだけ。いいか、ウィンター医師の協力がとりつけられたぞ。ロイドが列車で移動できるようにしてくれる」

「いつ？」

「すぐ。もうすぐ」

「今日中に？」

「今すぐだって。駅で列車に乗せるところまでは手伝うけれど、まだ片づけなければならないことが残っているから、そこから先はひとりで行ってもらうよ。まあ、問題ないと思うけど――ロイドはモルヒネをたっぷり打ってもらうから、おとなしく、いい子にしているよ……で、少ししたら、また会おう――結婚式で」

エリオットはほほえみ、首をふった。なぜか知らぬが、少々当惑気味のようだった。「ありがとう、ネイト」

「何が？　あん畜生を殺さなかったから？」

「そう。だけど、今度またあいつが精神病院から出されたりしたら」

「うん？」

「そのときは、一緒にあいつを砂漠に連れていこう」わたしの肩に手を置いて、エリオットは言った。「シャベルはわたしが持っていく」

悪くてエリオット・ネスには言えなかったが、わたしがロイドを殺さなかった真の理由は、ロイドの友人のアーノルド・ウィルスンが、わたしに彼を殺させたがっているのがわかっているからだった。

23

ハリウッド・ブールヴァードにまばゆい照明がともり、ゆらめく光を放っていた。夕暮れどきのひんやりした空気の中、ネオンが輝き、たったひとつの産業に支えられた醜悪な町が持つ苛酷で不快な側面をぼかし、あたかも非の打ち所のない美しい場所であるかのように見せていた。メイクの名人がつき、ライトにフィルターをかぶせてトーンを落とし、カメラのレンズにワセリンを塗ってソフトフォーカスにして撮った初老の大女優のように、ハリウッドもまんざら捨てたものでもないじゃないかという気にさせられた。

〈グローマンズ・チャイニーズ・シアター〉の最寄りの角を曲がった、こぢんまりした界隈も、同じ黄昏どきのやさしい光の恩恵に浴していた。より牧歌的雰囲気を深める中で、パステルカラーの化粧漆喰仕上げのバンガローの周囲には、手入れの行き届いた芝生が広がり、花壇の花々が深まる闇に最後の抵抗をする光の中で輝いている。

ドライブウェイに車を入れ、わざと通路をふさぐ形で駐車した。カーブを描く小径を小走りに、赤いタイル瓦の屋根にピンクの化粧漆喰壁の二階建て二世帯住宅に向かっていった。呼び鈴を押すと、三回目に、電気椅子のような唸り音を発するブザーが住人の反応をもたらした。

ドアの枠が作る長方形の空間に立つパッツィ・サヴァリーノは——赤毛を無造作に肩に流して、唇にはたっぷりと紅をさし、大きなアーモンド型のグリーンの目を同色のアイシャドウでさらに強調していた——妊娠七か月の女性に、まだ男を魅了する力があり得るという生き証人だった。この元ストリッパーは——背は低いが、妊娠する以前から豊満な体つきだった——黄色と緑の抽象画ふうのプリント地でできたマタニティ服のトップに、デニムのペダルプッシャーという服装だった。そして裸足だ。

「夫を探しているなら」警戒したようすで彼女は言った。「うちにはいないわよ」

「ご亭主の友だちは？　二階の住人とか？」

「ハッソウ夫婦は引っ越したわ」

「それはまた急な話だな」

「今朝よ」彼女はドアを閉めかけた。「うちにはあたしひとり。だから入ってもらうわけにはいかないわ」

「いや、入らせてもらうよ」わたしは言い、強引に家に入った。彼女の前を通りすぎて、玄関ホールに入り、二階へ続く階段の前に立った。この探偵を阻止するのは、妊娠中の女性ひとりの手に負えることではなかった。

彼女は憤りに目を丸くした——少しは恐怖心もあったかもしれない。「ミスター・ヘラー、出ていってちょうだい！」

わたしはドアを閉め、九ミリ口径を取り出した。それを使って彼女の従順さと恐怖心を引き出そうというねらいだった。だが、真っ赤な唇にはわたしをさげすむ冷笑が浮かんだだけだった。「あなた、妊娠中の女によく銃を突きつけるの？」

「たぶん、これがはじめてだと思う」新品の、不調和な家具類が並ぶ居間のほうを、わたしはあごで指した。「友だちのアーノルド・ウィルスンは？」

彼女は胸の上で腕を組み、あごを突き出していた。その姿を見ていると、なぜかバーの用心棒を連想させられた。「あの人があたしの友だちだなんて、誰が言ったの？」

「ここにいる？」

「いるわけないでしょ」

拳銃であたりを指して、わたしは言った。「見てまわろう」

「わたしも一緒に？」

彼女の腕をつかみ、引っ張って——「ちょっと！　はなしてよ、やな人ね！」——さまざまなスタイルの家具が入り混じった家の中を見てまわったが、ボビー・サヴァリーノも、アーノルド・ウィルスンも、誰もいなかった。主寝室のクローゼットは空っぽで、ハンガーと靴箱が二、三個残っているだけだった。タンスも半分空になっていて、男物の衣類はまったく見あたらなかった。

彼女は戸口に立ち、ドアの脇柱に寄りかかって、相変わらず胸の前で腕を組んでいた。生まれてくる子供に備えてパワーアップする前から、すでにそうとうの迫力だった胸だ。

わたしは彼女のほうにふり向いた。「二階の鍵は持っている？」

「持ってないと言ったら？」

「ドアを蹴破る」

彼女はため息をついた。「はいはい、持ってますよ」

「階段、登れる？」

「登らないですませる方法があるの？」

わたしは肩をすくめた。「ここに置いておく。しばって」

おかしくもなさそうに、彼女はうなるような笑い声を立てた。「それもはじめての経験ってこと？」

「いや、それはついこの間もやったばかり——ああ、妊娠した女性を相手にってこと？ うーん、それははじめてだろうな」

かくして彼女は尻を引っ張りあげるようにして階段を登るはめになった。デニムのパンツに包まれた尻は、なかなかの眺めだったし、足取りもそれほど鈍重ではなかったが。かつての〝スパンコールいらずのパッツィ・グリーン〟は、今もその容姿にプライドを持っていて、お腹の子供の重さ以上に自分の体重を増やさずに保っていた。

二階の入り口のドアの鍵をあけ、わたしをハッソウ夫妻の居室に通し、中を案内した。明かりはついていなかったが、つける必要もなかった。カーテンを取り去られた窓から、夕方の最後の光が射し込んでいた。家の中はほとんど空で、残っているのは大型の家具類だけだった。中でも目立つのが、ダイニングルームにあるコロニアルスタイルの楓材の食器棚と、居間の、クルミ材で縁取りしたワインレッドのビロード張りの大きなソファだった。

それをのぞけば、家の中を風に吹かれて回転草《タンブルウィード》が転がっていてもおかしくなかった。

「なるほどね」わたしは言い——ここには妊娠中の元ストリッパー以外誰もいないと得心して

——九ミリ口径をホルスターに収めた。

彼女はまたも戸口に腕を組んで立ち、まるでハーレムの番人の宦官《かんがん》のようだった。宦官が妊娠しているのは不思議だが。「今朝、トレーラーに荷物を積んでいったの」

わたしは彼女に近づき、壁に片手をついた。彼女は〈コティ〉の香水〝シプレ〟のような香りがした。「ご亭主も一緒に？」

彼女は無表情だった。「夫は保釈中よ。町を離れるわけにはいかないのは、あなただってわかってるでしょ」

「ヘンリー・ハッソウだって保釈中じゃないか。ふたりとも逃亡したんだろう？」

彼女は肩をすくめた——そして、うなずいた。

「ドラグナから逃げ出した？」

「刑務所暮らしから逃げ出したのよ」

それはうなずける。彼女の夫が言ったように、彼らは二十年の懲役刑に直面していたのだ。

「保釈金を没収されて、リングゴールド兄弟は大損じゃないか」

ふっくらした赤い唇に、かすかな笑みが浮かんだ。「そうね。でも、これであの人たち、ボビーにもヘンリーにも不利な証言をされる心配はなくなるじゃない」

「話をする代わりに、おれに金を払えと言ったのは、そのためだったんだな？　ボビーが高飛びするのに必要な費用を工面しようとしたんだ」

グリーンの目をまぶたが半分おおっていた。「あら、あなたって天才ね」

顔を近づけて、せいぜい相手を威嚇しようとしたが、これほどタフな女性が相手ではあまりうまくいかなかった。「で、このあとは？　ボビーはどこかに腰を落ち着けるつもりなのか？　メキシコかどこかに？　そして、赤ん坊を産んだら、あんたも合流する」

彼女は顔をしかめた――そして、鼻がわたしの鼻にふれるほど身を乗り出してきた。毒気を感じさせる声で、彼女は言った。「まだ話があるの？　だったら階下《した》ですわって話させてよ。この体なんだから」

「わざわざ階下まで行くこともないだろう。あそこのソファにすわったらどうだ？」

両手を腰に当て、つらそうに顔をしかめて、彼女はがらんとした部屋を横切ってソファのところまで行き、腰をおろした。わたしもその隣に、少し間をあけてすわった。

「もしかして、アーノルド・ウィルスンも逃げたふたりと一緒なんじゃないか？」

彼女はうなずいた。「ヘレンもよ」今は腕を組むこともせずに、まっすぐに前を、額をはずした跡がついている壁を見つめていた。

わたしはソファの角に背中を当てて、なかば横向きにすわり、彼女のようすを見ていた。彼女のほうではわたしと目を合わせないようにしていた。「そもそもウィルスンのアイディアだったんじゃないのか？　逃げ出そうっていうのは」

彼女は肩をすくめた。

「アーノルドという男もユニークだよな。見たところ、なんの取り柄もない男としか思えない。役立たずで背ばっかり高い、あばた面のさえない男。あんたのご亭主なんかとちがって、人を引っ張っていくようなタイプじゃない。だけど、ああいう男がサイドラインにいるとき、横からこっちのようすをうかがっているときには、気をつけたほうがいい……パッツィ、あんたは舞台に立っていたじゃないか——『オセロ』って芝居のこと、聞いたことないか？」

「ないけど」

「シェイクスピアだよ」

彼女は肩をすくめた。「『ロミオとジュリエット』の？」

わたしは腕組みをし、脚を組んだ。広い、ほとんど何もない部屋で、ゆったりしようというところだ。「そう。おれの友だちが、映画化しようとしているんだ——『オセロ』をね。おれは読書家じゃないし、劇場に行くとすれば、もっぱらあんたが昔出ていた〈レアルト〉みたいなところなんだけど」

すると彼女はわたしを見た。かすかにほほえんで、アーモンド型の目の縁に、笑いじわが寄っている。「あたしを見たことあるの？」

「隅から隅までね。あの姿を見た男なら誰だって、あんたに赤ん坊を産む能力があるのはまちがいないと思っただろうな」

「それ、お世辞のつもり？」

「小さな房をふりまわすのがうまかったと言われたほうがうれしいんだろうけどね。それはともかく、その芝居には風采のあがらない男が出てきて、主人公の耳元でよからぬことをささやくんだ。名前は忘れてしまったけれど、アーノルド・ウィルスンを見ていると、その人物のことを思い出す」

「あら、そう？」彼女の視線は壁の額の跡へと戻ってしまった。「それはおもしろいこと」

「たとえば、あんたとご亭主の話を聞きに、ここにおれを連れてきたときに——ジャック・ドラグナがエリザベス・ショートを殺させたんだという話になった――やつはまず〈ビバリーヒルズ・ホテル〉に来たんだ。おれと家内はそこのバンガローに泊まっているんだけれど。ハネムーンってところでね」

「それは、おめでとう」

「アーノルドは、チャンスを見逃さないタイプの男なんだ。ただ自分中心で、欲張りで、恥知らずなだけの、おれたちみたいなありふれた人間と、根っからの悪との差がそれなんだよ。純粋な悪というものがあると思うか、パッツィ？」

「たぶんね」

「神を信じてる？　地獄の存在は？」

彼女はわたしを見た。仮面のようだった顔に、理解の表情が浮かんできた。「たぶんね」

わたしは肩をすくめた。「おれは、自分が何を信じているのかわからない。ただ、おれたち人間のほとんどが罪深いものだけれど、中にはそんなものじゃなくて、とことん邪悪な人間がいるのは事実だと思っている。聖書でいう邪悪な人間が。精神科医が〝サイコパス〟と呼ぶ類の人間だ」

「それで」彼女の目の表情がこわばった。「それがあたしとどんな関係があるの？」

「最後まで聞いてくれないか、パッツィ――もし、よければ。つまり、別に夕飯の支度とかがあるわけじゃないだろう？　ご亭主はとんずらしちまったんだから」

彼女は皮肉な笑みを浮かべた。「あたしにはノーとは言えないでしょう――あんたは銃を持っているんだし――だから、先をどうぞ」

「どうも。ともかく、おれの留守中にアーノルドはホテルにやってきて、家内におれの昔からの友だちで、戦友だと吹き込んだんだ。家内ってのはなかなかさばけた女で、犯罪者タイプは見ればわかる。そして、おれの知り合いの中には犯罪者タイプがいくらか混ざっていることも知っている。友だちの中にまでそんなのがいることも。話をしているうちに――ふたりしてすわりこんで、おれを待っていたんだ、たっぷり一時間も――家内はこんなことを尋ねた。〝わたしのお友だちが困ったことになっていて、助けがいるんだけど〟するとアーノルドは言う。〝困ったことって、どんな？〟で、早い話、ウィルスンは家内に自分の〝友だち〟を紹介したんだ……つまり、家内は……そいつのところで中絶手術を受けることになった」

　これには彼女も注意をひかれた。「ハネムーン中だって言ったじゃない」

「そうだよ。実は少々がっかりさせられたよ。結婚生活がスタートしたところで、妻がわれわれの子供を殺そうとしたんだからね。でも、その件はもう解決した。産むことにしたんだよ。問題は、あんたのご亭主の友だちのウィルスンが――得意の技で人をあやつって――家内をある堕胎医のところに送り込んだってことなんだ。自分の友だちが――ロイドという、とことん異常な精神の持ち主が――働いている診療所に」

　そこでようやく相手の急所をつくことができた。彼女は思わず反応した。身をすくめ、歯をかみしめ、まるで真っ赤に焼けた鉄棒を肌に押しつけられたかのようだった。そして、わたしから顔をそむけた。

　わたしは気軽な世間話という口調で続けた。「でも、そういうことは別に大事じゃないんだ――結局のところ、本題となる話の付け足しにすぎなくてね。その話の発端はふたりのサイコパスだ。長年のつきあいで、ありとあらゆるゆがんだ欲望を発揮して、女や男を痛めつけ、殺してきた。たいていは大都会で下積み生活をしている名もない人物を餌食にしていた。アーノルドと、相棒のロイドという男は、口にするのもおぞましい数々の秘密を共有しているだけでなく、別の絆でも結ばれているんだ。あんたは気づいていたかな、アーノルド・ウィルスンがホモだってことに？」

グリーンの目が大きく見開かれた。「えっ？」

「ホモというのは正確じゃないな——ウィルスンはバイセクシャルなんだ。いわゆる両刀使い。そのこと自体は、おれは別にかまわないと思っている。好みは人それぞれ、お好きにどうぞってね。ただ問題は、アーノルドの場合、どっちの刀も少々ねじ曲がっていることなんだ。自分にホモの気があることは、ご亭主やマカデン・グループの連中のようなふつうの男たちの前では当然隠していた。戦争の古傷のある、男の中の男という態度で通していたわけだ」

首を左右に振ると、彼女の赤毛がはずんだ。「そんな馬鹿な——アーノルドはホモなんかじゃ……」

「ひとつ教えてくれないか？　ウィルスンはどこに住んでいる？」

彼女は身をこわばらせた。「あ……あたし、知らない」

「ご亭主の商売仲間については、マカデンの仲間全員の電話番号と住所を知っているだろう。やつを除いて全員」

彼女は無言だったが、それはイエスと言ったも同じだった。

「去年の夏の終わりから秋のはじめにかけて、エリザベス・ショートは〈マカデン・カフェ〉

にひんぱんに顔を見せていた。そして、ご亭主と親しくなった……知らないふりなんかするなよ。驚いた顔なんかしないでいい。ベス・ショートはハッソウの女房のヘレンとも親しくなった。マカデン・グループのマスコットみたいな存在になったんだ。ご亭主にとっては、ただのマスコット以上だったけれど」

ふたたび壁に目を向けた彼女の顔は、また仮面のようになった。

わたしは話しつづけた。「ウィルスンはアル・グリーンに雇われて、あの店でコックをしていた。強盗団の一味であるのと同時にね。だから、もちろんエリザベス・ショートと知り合いになった。友だちになった。ただ、やつは彼女をちょっと……あぶなっかしいと思っていた。彼女が金を集めようとしていることをウィルスンは知っていた。何かの手術を受けるための費用だった。たぶん堕胎手術だろうとウィルスンは見当をつけた。かかっているのがウィルスンも知っている、ロサンゼルスで一番高級で、警察から一番手厚い保護を受けている堕胎医だったからだ」

わたしをちらりと見て、彼女はかすかに眉をひそめた。「なんであたしにそんな話をするの？　あたしとなんのかかわりがあるわけ？」

窓の外では、昼と夜の境の魔法のとき《マジックアワー》が過ぎ去り、夜の闇の中に、近くのハリウッド・ブールヴァードの車の音がぼんやりと響いていた。わたしは立ちあがり、天井の電灯をつけた。ニスを塗った木の床に光が反射した。暗いほうがよかったらしく、彼女は顔をしかめた。わたしはまた彼女の隣に腰をおろした。

「グループが大きな仕事をしようとしていることを、ウィルスンは知っていた。同時に彼は、エリザベス・ショートが、〈マカデン・カフェ〉で最近知り合った友人たちが実は武装強盗団の一味だと知ってひどく驚いていたことも知っていた。彼女が警察に通報するんじゃないか、あるいは手術の金ほしさに自分たちを売るのではないかと、ウィルスンは心配になった。そこでやつは友だちのロイドに――こいつは医者の勉強をしていたことがあるのを利用して、西海岸のあちこちの堕胎医のところで働いていたのだけれど――エリザベスがかかっている診療所に就職するように勧めた。ウィルスンにとってはラッキーなことに、ロイドがデイリー医師の診療所に職を求めていったのは、絶妙のタイミングのときだった。院長の医師が老人ぼけになりかけていて、パートナーの女医は腕のいい助手を切実に求めていたんだ。特に堕胎のテクニックを身につけた者を」

パッツィはまたわたしから顔をそむけた。「あなた、自分の声を自分で聞くのが好きなんじゃない？　わたしにはぜんぜん関心のない話よ」

「ロイドを診療所にもぐりこませれば、あとはエリザベス・ショートをつかまえて――気味の悪いボーナスとして――変態コンビが昔のお楽しみを再現することができた。ところがエリザベスは怖じ気づいた。グループが仕事にとりかかりそうだとわかって、そんな大規模な犯罪にはいっさいかかわりになりたくないと思って、サンディエゴに逃げたんだ。そこで、いつものことだけど、新しい友だちを作ってその家にやっかいになった。数週間経って、強盗の計画を実行に移す少し前に、ご亭主とハッソウとヘレンが出かけていって、ベス・ショートをロサンゼルスに連れ戻そうとした」

彼女の目つきが鋭くなって、このことは知らずにいたことがわかった。

「そして、一か月ぐらいあとで、強盗が成功して、ボビーもマカデン・グループの連中もつかまらずにすみそうだとなったところで、彼女は天使の町に戻ってきて、ボビーとヘレンに連絡をとった。彼女はじっと目立たないようにしているつもりだった。実は〝フィアンセ〟には妻がいる、それも妊娠中の妻がいることがわかったからだ」

パッツィは目を閉じていて、まるで眠っているようだった。

「さて、この間もずっと、ベス・ショートはせっせと金を集めていた。ボビーと駆け落ちするつもりだったのかもしれない。そしてアーノルドのほうでは、彼女にゆすられる危険があると思ったのかもしれない。しかし、彼女を殺そうと最初に考えたのはウィルスンではなかった。ここであんたの登場となるんだ、ミセズ・サヴァリーノ」

彼女はさっとこちらを向いた。グリーンの目が光っていた。「あたしが？　あんた、頭がおかしいよ！」

「そうなんだ。おかげで海兵隊を除隊になったよ。さて、ボビーと相棒のヘンリーは逮捕された。するとボビーは、ドラグナがマカデン・グループに依頼してコーエンを殺させようとしたと言いだした。ご亭主としては警察と取引したかったんだが、結果はただドラグナをかんかんに怒らせただけだった。そして、殺すぞという脅しが始まった。あんたたちをはじめ、マカデン・グループの全員とその家族が、マフィアの報復のターゲットになる。あんたのアホ亭主が口をぴったり閉じないとね。それもすぐに。そこであんたが、アーノルド・ウィルスンに話をもちかけた」

「話って？　あたし、何もしてないわよ」

「あんたはウィルスンに言った。エリザベス・ショートがマフィア・スタイルで殺されれば、ボビーがそれを警告として受け取るだろうと……それと同時に、ご亭主の愛情を競い合う相手も消えてなくなる」

「あの……あの〝ブラック・ダリア〟はマフィアに殺されたんじゃないわ。あれは変態にやられたのよ！」

「両方なんだよ、パッツィ。ベス・ショートを抹殺しようと、あんたから話をもちかけられたとき、ウィルスンはすでにロイドを配置につかせていたんだ。堕胎医院で助手を務めさせていた。ベス・ショートがかかっている医者の診療所でね。今言ったように、ウィルスンは人をあやつることが何より得意なサイコパスだ。やることなすこと、すべて悪意に満ちている。ロイドとふたりで胸の悪くなるような性的虐待にふけって、その結果、警察の捜査を誤った方向に導く効果を生んだ。女性の口を切り裂いて、垂れ込み屋はこうなるぞというメッセージをご亭主に発信したにもかかわらずだ。それからウィルスンは、ドラグナにも堕胎医にもかかわりがあるとみなされそうな場所に死体を捨てた」

彼女は眉をひそめた。ほんとうに怪訝に思っているようだった。「どうして彼がそんなことをするの？」

「ロイドとの関係を絶対に秘密にしておきたいから。それは人間への悪意に基づく関係、人間社会の底辺で、ドヤ街のバーや売春窟で育てられる関係だ。万一ベス・ショート殺害に関してロイドに疑いがかかったときは——異常殺人鬼としてよく知られているロイドが目をつけられたときには——ロイドひとりの犯行ということにする」

「だけど、その人……〝ロイド〟……は、友だちのアーノルド・ウィルスンとのことを警察に言わないという保証があるの？」

「それはロイドが、ふたりでした下劣な行為を、自分ひとりの手柄にしたがるからだよ。やつのエゴはねじ曲がっているだけでなく、ひどく肥大しているんだ。たとえばやつは、自分を追及している刑事に宛てて、からかうようなはがきを送るなんてことをしている。十年前のクリーブランドのバラバラ殺人事件では、ウィルスンはロイドの弟子だったのではないかと考えられている。だがロイドは、友人の関与を一貫して否定してきたんだ……友情からなのか、それとも〝名誉〟を独り占めしたいからなのか」

ウィルスンが――わたしの顔をおぼえていて、クリーブランドの事件でわたしがはたした役割も認識していた彼が――わたしの妻が今日、あの診療所に行くように仕向けたのは、そういう理由からだ。ロイドは、先日エリオットとわたしにつかまったことを、ウィルスンに話したにちがいない。つかまったけれど、わたしたちがロイドの話を信じて、解放してくれたと。だがウィルスンは、わたしたちがロイドを監視下においていることを容易に察知したことだろう。ペギーがあの診療所に行けば、すぐにわたしに連絡があるはずだということも。

あの悪魔の申し子のような男は、わたしが現場に踏み込んで、ロイドがわたしの子供を殺しているところか、あるいはペギーを切り刻んでいるところに（ウィルスンにとってはどちらでもよかった）遭遇すれば、ロイドを殺すだろうということも読んでいた。こうしてブラック・ダリア事件とアーノルド・ウィルスンをつなぐ線は断ち切られる。

「だがね、パッツィ」美しい、妊娠中の、赤毛の女にわたしは言った。「あんたはあの殺人の話を持ちかけただけじゃない——金を払って実行させたんだ。運のいい野郎だよ、ウィルスンってやつは。自分でもやろうと思っていた殺しなのに、金を払って依頼してくれる人間が現われたんだから！」

彼女はうつろな表情になっていた。「どう……どうして、あたしがウィルスンにお金を払って、あの女を殺させたなんて思うの？」

「だって、そうだろう。あの金はそれで消えたんだ。〈モカンボ〉での仕事の分け前を受け取ったはずなのに、ボビーは保釈金をリングゴールドの兄弟に払ってもらった。その上、あんたもボビーも、たった百ドルで知っていることをなんでも話しますって態度だったじゃないか」

彼女にはまだわたしを馬鹿にするだけの元気があった。「だからあたしが殺し屋を雇ったってことになるの？　あんたの言う探偵の仕事って、そんなことなの？」

「実はミッキー・コーエンのおかげで、また探偵らしく筋道を立てて考えられるようになったんだ……あんな目にあうなんて、エリザベス・ショートはいったい何をしたんだ？　何もしていない。ミッキーが言うには、ドラグナのようなギャングがあんたのご亭主に警告しようと思ったら、マカデン・グループの一味の誰かを、殺されても仕方がないような悪人を、殺させるはずだそうだ。たまたま誰かさんの愛人だったからといって、かたぎのご婦人をばらしたりはしないって。となると——なぜベス・ショートが殺された？　彼女が死んで利益を得るのは誰だ？　ボビーの女房はどうだろう？　ボビーの妊娠中の女房は？」

これで言うべきことは全部言った。

そのままだまってすわっていた。たぶん二分、あるいは三分——だまってすわっているには長い時間だった。クラクションが鳴った。犬が吠えた。遊んでいる子供たちの甲高い声。二分、あるいは三分、彼女は無言で過ごした。自分だけの思いにとらえられて、自分を殺人犯として告発する者の前で。

彼女がいきなり言い出したときには、わたしも驚いた。驚愕したと言っていい。「あたしはただ、馬鹿な亭主がよけいなことをしゃべらないようにしたかっただけなのよ。あたしたち全員が殺されないうちにね！」

おかしくもないのに、わたしは笑った。「だったら、ほかにも方法があったんじゃないか？」

「あのベス・ショートっていうあばずれをやっかい払いするには、あれしかなかったわよ！」

そこでようやく泣き崩れた。ハンカチを差し出すと、涙を拭き、何度か鼻をかんでから、返そうとした。わたしはいらないと言った。

パッツィ・サヴァリーノはタフな人生を歩んできたのだろう――どんな生い立ちなのかはまったく知らないが……ストリッパーの生い立ちは千差万別だ。つまり、味わってきた苦難と苦痛が千差万別なのだ。パッツィのような美人で、いい体に恵まれた女たちは――ストリップ小屋の舞台の上で、持てるものをすっかりさらけ出したあげくに、詐欺師やギャンブラーや犯罪者の情婦に成り下がる女たちは――ウェストバージニアの貧しい農家やら、シカゴのスラム街やら、田舎の孤児院やらからやってくるものだが、ときには裕福な郊外の家で育った場合もある。パパが娘とのセックスを好む家で。

だが、とにかく、パッツィにもお人形を抱いた小さな女の子だった時期があったはずだ。少なくともお人形を欲しいと思っていた小さな女の子だった時期が。犬とか、子猫とかを飼っていたり、積み木遊びをしたり、縄跳びをしたりと、ほかの者たちとまったく変わらない無邪気な子供だったときがあるはずだ。

それに、エリザベス・ショート殺害を持ちかけたのがパッツィ・サヴァリーノであるのは確かだとしても、アーノルド・ウィルスンとロイド・ワタースンが行なった身の毛のよだつような残虐行為は、彼女が、自分の夫を横取りしようとしている天使のような顔立ちの、黒いシーム入りのストッキングをはいた黒髪の女性がこうむればいいと願った災難の程度をはるかに凌駕するものだったはずだ。

「あたしは……まさか、あんな……あんな、ひどい、恐ろしい、狂ったようなことをするとは……あの人たち、いったい……あたしもその仲間だなんて……」

そして、また泣きだした。浴室に行って、トイレットペーパーをたっぷり取ってきてやると、彼女はそれで涙を拭き、鼻をかんだ。彼女の肩に腕をまわした。そのまま長い時間そうしていた。

「あ……あたし、ひどい……怖い夢を見るの……あの子が見える……あの子がひどいことをされているところが……ときには、あたしもそこにいることがある……夢の中で……自分がするのを見ていることが。あの子を切り刻んでいる自分を……殺しているところを……」

「悪魔と取引をした以上」わたしは言った。「ケツを地獄の火で焼かれずにいることはできないんだよ」

「何……何を言って……？」

「パッツィ、いいかい、彼女を殺させようと決めたときに、あんたはすべてを失ったんだ——

品位も、道徳も、まともさも、すべて窓からほうり投げてしまったんだよ。人殺しは少しだけするというわけにはいかない。少しだけ妊娠するなんてことがあり得ないようにね。アーノルド・ウィルスンとかかわりを持ったときに——これまでにかなりの数の悪党を見てきたけれど、やつはたぶん一番の性悪《しょうわる》だ——やつを仲間に引き入れたときに、あんたもやつと同じ病気に蝕まれることになったんだ」

「何を……言ってるの？　それじゃ、あたしは……ずっと、こんなに……はらわたが腐ったような気持ちで、罪の意識を抱いて……ひどい夢を見て……一生苦しまなければならないの？」

わたしは彼女の肩を軽く叩いた。「軽くなるよ、少しはね。おれだって、今じゃ戦争の夢は週に一回か二回しか見ないから。ただ、ある程度は、そう——一生持ちつづけることになるだろうな。その罪の意識をね。あんたは罪を犯したのだから」

ハンカチとトイレットペーパーに口紅はぬぐい取られてしまっていたが、彼女の唇はそれでもふっくらと官能的だった。その唇がふるえていた。「あたし、どうして……どうして、このまま生きていくことができるの？」

ふくらんだ腹に、わたしは手を置いた——そっと。「生きなければならないからだよ。過去のこととして、できる限り気持ちを整理して、子供を自分よりましに育ててあげる」

一瞬わたしを見て、わたしの顔を探るようにしていたが、彼女は言った。「あなたはあたしをどうするつもりなの？」

わたしは肩をすくめた。「何も」

「何も？」

「夫を失うまいと人を殺してしまった人妻。世の中、もっとひどい犯罪があるものだよ」

アーモンド型のグリーンの目が、驚きのあまり大きく見開かれた。驚きと、そして安堵に。

「じゃあ、言わないの……警察には？」

「警察には知らせない。この町の警察が相手じゃね」わたしは大きくため息をつき、首をふった。「エリザベス・ショートが殺されたのは実に気の毒だと思うよ。ほんとにいい子だったのに。ちょっと頭がおかしなところがあったけれど。つまり、おれたちみんなと同じようにね……でも、あんな目にあわされるいわれはなかった。誰だって、あんな目にあわされていいはずがない。アーノルドとロイドは別として。だけどね、パッツィ、あんたを刑務所に入れたって、子供も一緒に……どんないいことがある？　それに、今度のことには静かに蓋をしたいと友だちから頼まれていてね……その友だちがロイドを精神病院に連れ戻そうとしている……それに、おれとしても、もうこの事件とかかわるのはうんざりなんだ」

「ウィルスンは？」

わたしは親指で自分を指した。「それについては、あんたにこの悪魔と取引をしてもらいたい――ご亭主と話をしたら、ウィルスンの居場所を聞き出して、おれに知らせるんだ」

グリーンの目が細められた。「あなたがウィルスンを追うの？」

「一生かかってもね」

「何を……何をするつもりなの、彼に？」

「まだわからない。何か考えるよ……何か、ふさわしいことを。ただ、警察を巻き込まないことだけは、今から断言できる」

彼女は首をふった。たてがみのような赤毛がゆれた。「ミスター・ヘラー……なんとお礼を言ったらいいのか」

わたしはにんまりした。「あんたとご亭主の中が壊れて、おれたちも夫婦別れすることになったら、そのときは何かお願いするかもしれない。そうならない限りは、忘れてくれ」

「それもまたお世辞？」

「あんたほどみごとにおっぱいをゆする女を見たことないよ、パッツィ」

思いがけず彼女はほほえんだ。彼女の笑みにふたりとも驚いた。

階下に降りて、玄関を出ようとすると、彼女がわたしの腕をつかんで顔を見あげた。その美しい顔が――ストリッパーらしい険しさを帯びているが、それでもまだ魅惑的だ――突然やわらぎ、子供時代の彼女の表情がうかがえた。彼女の子供は彼女よりましな子供時代を過ごせるようにと念じた――わたしの子供に、わたしよりよい子供時代をと願うのと同じように。

わたしを見あげて、妊娠した赤毛の美女は、何やら恥じらっているようだった。そして、言った。「あたしはただ……なんとか夫婦の仲を保とうとしただけなの」

「うん」帽子をかしげて、わたしは言った。「その気持ち、よくわかるよ」

24

翌週の月曜日、リチャードソンに電話して、今週中にシカゴに戻るから、もうダリア事件で協力はできないと伝えた。そして、こちらにいる間にぜひ、例の〈A－1探偵社〉についてのインタビューを実現させてほしいと言った。〝スター御用達、ハリウッドの探偵社〟というやつを。

「明日の朝、社に寄れよ」そういうリチャードソンの声には、いかにも目を輝かせているようすが感じられた。「もっとここにいる気になるかもしれないことがあるんだ」

その言い方にはなんら懸念をかき立てるようなところはなかったが、ダリア事件が内密に処理され、公式には（わたしの意見が少しでも通るなら）迷宮入りになるのだということを知っているのは、わたしひとりであることを考えると、編集長の言葉にわたしは不安を覚えた。

日曜日と月曜日の大半を、ロサンゼルスの〈A－1探偵社〉の調査員（フレッドを含めて）を率いてアーノルド・ウィルスンの行方を追うことに費やし、この町の紅灯街の隠微な世界をのぞいて歩いた。この町は、そんな界隈にことかかなかった。

町一番の紅灯街といえばメイン通りだ。低級な芝居小屋とストリップ劇場が並び、エリザベス・ショートが生娘に見えてしまうような売春婦の大群がたむろする〈フォリーズ・ビレッジ〉や〈ウォルドーフ・セラー〉や〈ゲイ・ウェイ〉といった店が軒を連ねている。フレッドは職業ダンサーを置いているダンスホールを調べてまわった――〈ローズランド〉（ちなみにマーク・ランサムの経営）に〈ドリームランド〉といった店だ。テディ・ハーテルはロイドが住んでいた東三十一丁目の界隈で聞き込みをした。もちろんロイドがいたぼろ下宿の部屋は隅なく調べた。

わたしは、五番街とサンペドロ通りの間のメイン通りを調べた。アル中が酒代のために血を売り、酔っぱらって終夜営業の映画館で眠るという生活をしている場所だ。軍の基地や航空母艦にいるよりもおおぜいの兵士や水兵を目にするところでもある。ようやく、月曜の昼近い時間になって、五番街とグラディス通りの角のたばこ屋で――番号くじからマリファナ、軽い麻薬までなんでも売っている店だ――カウンターの奥の男が、ウィルスンの特異な風貌の説明に（われわれの手元に彼の写真はなかった）反応した。午後には、アーノルド・ウィルスンが住んでいたメイン通りの安宿をみつけた。

土曜日の昼頃、宿を引き払っていた――転居先は不明。

火曜の朝、フレッドに指示した。業務提携を結んでいるふたつの探偵社に連絡して、サンディエゴとサンフランシスコでウィルスンを捜索してもらう。パッツィ・サヴァリーノによれば、ロサンゼルスに来る前にウィルスンが滞在していた町だ。場末のドヤ街に集中するように頼めと言った。それに、変態御用達のバー。フレッドは、それはいい考えだが、やつをみつけたらどうすればいいのかと尋ねた。

「野郎の体の上にすわりこんで」わたしは答えた。「おれに連絡しろ。すぐにシカゴから飛んでいくから」

フレッドはうんざりした顔をした。「それじゃまるで……あいつを誘拐してくれと依頼するようなものだぞ」

「やつをみつけた者には五千ドルのボーナスだ」

「五千ドル？」

「会社の金から出すんじゃないぞ、フレッド――おれが自腹を切るんだ」

「……いいだろう。だけど、ああいう下司野郎のことだから――追われているとわかって、おまけにロイドがどうなったか知ったら――必死で姿を隠してしまうんじゃないかな？」

フレッドの言うとおりだった。犯罪者の世界に棲息し、大都市の人間の屑の中で生活している者なら、まちがいなく下水の中に隠れ場所を確保する術《すべ》を心得ている。

「《エグザミナー》に行くのか？」フレッドは言った。

「ああ――例の宣伝記事をなんとか実現させたいので」

「朝刊は見た？」

「いや」

「見たほうがいい」

《エグザミナー》の一面にはたいへんなことが書かれていた。どうやらジム・リチャードソンは残業したらしい。それも日曜の夜に。彼のデスクに一本の電話がかかってきたのだった。

「編集長か？」リチャードソンによれば〝つややかな〟声の主は尋ねたという。

「編集長のリチャードソンだ」

「ああ、ミスター・リチャードソン、ブラック・ダリア事件に関する《エグザミナー》の報道はみごとなものだったじゃないか」

「それはどうも」

「ただ、このところちょっと……低調だな」

「そんな感じになってきたかな」

「だったら、お役に立てるかもしれないぜ……いいか、郵便が届くから待ってろ。ダリアが……失踪したときに、身につけていたものだ」

「どんなもの？」

「彼女のハンドバッグの中身」

そこで電話は切れた。

と、リチャードソンは言っている。

《エグザミナー》の会議室で、ビル・ファウリーをはじめとする数人の記者が、目の前にごちそうのように広げられた品物を前に立っていた。長いテーブルの端にいたリチャードソンが——上着を脱いでシャツとサスペンダーという姿で、口にたばこをくわえていた——部屋に入っていったわたしを魚のような目で見た。不思議なことに、部屋にはガソリンのにおいがたちこめて、たばこの煙のにおいと混ざり合っていた。

「ヘラー！　ネイト！」テーブルの端からリチャードソンが大きな手振りでわたしを招いた。

「こっちに来い。来いよ。郵便で何が届いたと思う？」

ファウリーが、にやにやしながらテーブルを指した。「まるでクリスマスだよ!」

確かにそうだった。プレゼント(すべてガソリンのにおいを発していた)の中にあったものは、たとえば——

エリザベス・ショートの出生証明書。

彼女の社会保障カード。

スーツケース二個と帽子箱を預かったという、グレイハウンドのバスターミナルの荷物預かり証。

陸軍航空隊のマット・ゴードンという少佐の結婚を伝える新聞記事の切り抜き。花嫁の名が消されて、インクで〝エリザベス・ショート〟と書き込んである。

黒髪に花を飾った美女が、それぞれちがう兵士の腕につかまっている何枚もの写真。

表紙にエンボス加工で〝マーク・ランサム〟という名を記した小さな手帳——かの有名な盗まれた住所録だ。

これらの品物が入っていたのは縦三インチ横八インチの白い大型封筒で、新聞や雑誌から切り抜いた大きさの不揃いな文字を貼り付けて、宛名とメッセージが記してあった。

ロサンゼルス・エグザミナー社宛
これはダリアの持ち物だ
後日手紙を送る

「警察には知らせた？」わたしはリチャードソンに尋ねた。

わたしが大喜びしてみせなかったので、集まっていた新聞記者たちは不安そうな顔をした――中にははっきりと当惑の表情を浮かべている者もいた。だが、ファウリーはちがった。もちろん、彼のボスも。

「もちろん知らせたさ」リチャードソンは答えた。「ドナホー本人が今こっちに向かっている。ハリー・ザ・ハットも……これですっかり別の展開になるぞ。その住所録には七十五人の名前がある」

「これにさわったのか？」

「慎重に、ハンカチを使ってな……だが、指紋はないぞ」

「どうしてわかる？」

「こいつを送ってきた、ああ、けだものは、どうやら現代の科学捜査によく通じているようなんだ。ガソリンに漬けると指紋が消えることを知っている」

わたしはうなずき、向き直って戸口に向かった。

「どこに行くんだ？」ファウリーが尋ねた。

「おれはもうこの事件からおりたんだ。新聞記者のふりをするのはいやになったし、警察の連中とつきあうのも願い下げだ」

リチャードソンが急いで大きな会議用テーブルをまわりこんできた。ドアのところで、わたしに詰め寄った。右目がわたしを見つめ、左目が必死で追いつこうとしている。「インタビューは？」

「フレッドと話してくれ。シカゴのおれのオフィスに電話してくれてもいい。必要なデータはなんでも提供するから」

「事件は新たな展開を見せているんだぞ」

そっと、そっと、わたしは言った。「あんたが見せているんだろ、ジム」

「いったいなんの話だ？」

わたしはテーブルのほうにうなずいて見せた。「そいつは、あんたが警察より先にバスターミナルでみつけたトランクに入っていたものだ。それを今まで隠しておいたんだろう。それとも例のアメリカン・エクスプレスのオフィスでトランクをみつけたのか？」

「冗談じゃない！　これは郵便で送られて——」

「あんたが自分で送ったんだよ、ジム。日曜の夜にかかってきた電話というのも、あんたの作り話。それともファウリーか誰かにかけさせたか」

左目が追いついて、彼は両目でわたしをにらんだ。「おまえさん、どうして急にそんなにお高くとまるようになったんだ？」

「さあね。この町のせいじゃないかな——ここはどぶの中を転がるくそみたいな町だから。うわべはぴかぴかだけど、でもくそはくそだよ、ジム。おれはシカゴに戻る——あそこもくそだ。だけど、くそじゃないふりをしたりはしないよ、あの町は」

このあとも《エグザミナー》は数週間にわたって事件を第一面で扱いつづけた。記事には何通かのでっち上げの手紙が引用されたが、それらはおそらくリチャードソンが自分で自分宛に送ったものだろう。だが警察は、それらの新たな証拠によって捜査を進展させることはなかった。例の住所録さえも活用されなかった。手詰まり状態と、ロサンゼルス市警による隠蔽工作のはざまにあって、捜査は立ち消えになった。

一九四七年一月二十五日、朝、曇り空のもと、オークランドの丘の中腹にあるマウンテンビュー共同墓地で、殺害された若い女性の葬儀が執り行なわれた。家族の者が数名参列したが、父親のクリオは姿を見せなかった。墓石はピンクだった――ベスの好きな色だったと、母親は言った。黒ではなくと。石にはこう刻まれていた――わが娘、エリザベス・ショート　一九二四年七月二十九日－一九四七年一月十五日。


一九四九年、悪名高いコールガール組織――ロサンゼルス一のやり手婆とロサンゼルス市警の風紀課が手を組んでいたのだ――に対する大陪審の捜査により、ダリア事件のずさんな捜査ぶりが明るみに出た。報告書には〝わが国の司法機関に属する者の腐敗と非行の証左となる、遺憾きわまる状況〟が記されていた。

かくして八年間にわたったホラル本部長の天下は終わりを告げ、警察組織の大掃除と立て直しが始まり、まもなくその地位に就くウィリアム・パーカー本部長が十六年間の在任期間中に、ロサンゼルス市警を生まれ変わらせた。なんと言ってもパーカーは、あの恐るべき警察の中の警察、内務局の生みの親だ。

ダリア事件は結果的に、大きな社会的遺産を残すことになった。カリフォルニア議会が制定した性犯罪記録法がそれだ。エリザベス・ショート殺害事件を受けて、アメリカではじめて、性犯罪で有罪判決を受けた者の記録をとどめることが義務づけられたのだ。

ロサンゼルスを発つ前に、ハリー・ザ・ハットに挨拶に行った。そして、エリザベス・ショートを個人的に知っていたことを打ち明け、もっと早く話さなかったことをわびた。

「偶然だったんだ」わたしは言った。「でも、犯罪に取り組む者は偶然を信じないから」

「いや」パールグレーのフェドーラをかぶり、派手な緑と赤のネクタイをしめた、デスクの向こうの〝ハット〟は言った。「わたしは信じてるよ……偶然というものがなかったら、殺人事件の大半が未解決になってしまうだろうな」

「というと、信号無視でつかまえた男が、なんと切り裂きジャックだったとわかるとか？」

「犯人逮捕なんて、たいがいそんなものさ」ロサンゼルス市警の殺人課の花形刑事は言った。「でも、わたしがそう言ってたなんて、人に言わないでくれよ」

ハリー・ザ・ハットは、その後も断続的にダリア事件の捜査を続けたが、一九六八年に引退して、カリフォルニア州パームデザートに転居した。ブラック・ダリア事件の解決に執念を燃やす刑事として有名になり、何度も新聞の〝回顧〟記事に発言を引用され、事件に関するテレビ映画の制作ではアドバイザーを務めた。八十歳で亡くなった。心臓発作によって、肺癌《はいがん》との闘いから解放されたのだった。ダリア事件に関するキャビネット三つ分の彼のファイルは、長年にわたってロサンゼルス市警の刑事から刑事へと引き継がれていった。そのうちのひとりが、有名な〝ジグソー・ジョン〟こと、ジョン・セントジョン刑事だった。

コールガール・スキャンダルの際に、ハリーはファイナス・ブラウンと縁を切った。だがブラウンは、愛情深い兄サドのおかげでその地位を守り――このサド・ブラウン刑事部長をモデルに、レイモンド・バーはアイアンサイド警部を演じた――自力で事件の捜査を続けた。彼も

〝ハット〟におとらないほど、この事件にとりつかれていたと言われている。手がかりを追って州外のフロリダやニューヨーク、五大湖周辺にまで足をのばしたが、結局退職して、テキサスに移っていった。

ブラウンはわたしとエリザベス・ショートとの関係を探り当てた。そして（ハリーがおもしろそうに教えてくれたところによれば）、〝ハット〟が、それなら前から知っていた、事件とは無関係だと言うと、ひどく落胆したという。裏で賭元をしていたのはともかく、ブラウンの刑事としての腕は確かで、シカゴでの調査の結果、インディアナ州ハモンドの堕胎医の存在を探り出した。ルー・サパースタインがわたしに代わって話を聞いてくれた、あの医者だ。

あの空き地でエリザベス・ショートの死体が発見されてから、数か月、そして数年と時が過ぎていく中、ハリー・ハンセンやブラウンをはじめとするロサンゼル市警の刑事たちは、模倣犯によって事件の捜査をたびたび妨害された。太腿に〝BD〟という文字を刻まれた裸の女の死体が何度もみつかり、捜査が混乱させられた。殺人の罪をほかの者に押しつけようとする、あるいは自分がかぶろうとする連中の仕業だった。

ロバート・〝レッド〟・マンリーの結婚は長続きしなかった。心の健康も維持することができなかった――警察の尋問を受けた約一か月後に、マンリーは重度のノイローゼにおちいり、私立の精神病院でショック療法を受けた。一九五四年には妻のハリエットが彼を州の施設に入れ、そこで偏執性統合失調症と診断された。その後間もなく、ふたりは離婚した。七〇年代のはじめ頃――あちこちの精神病院を点々としている、その間の期間に――トレーラーハウスに住んでいたマンリーが、ブラック・ダリア事件についての調査のために質問にきた者を、斧を持って追いかけるというできごとがあった。結局マンリーは自殺した。

エリザベス・ショート殺害の二年後、マーク・ランサムはダンスホールで雇っている女性のひとりに銃で撃たれたが、きわどいところで命をとりとめた。警察の調べで、ランサムがエリザベス・ショートの写真を所持していたことがわかったが、どんな写真であったかは明らかにされなかった。〈フローレンタイン・ガーデンズ〉のダンサーの経験があり、ベス・ショートによく似ていた女優のジーン・スパングラーが、一九四九年秋に行方不明になった。殺されたものと考えられ、ランサムが疑われたが、告発は受けなかった。彼は一九六四年に病死した。

ニルス・T・グランランドは、そうはいかなかった。グラニーは、一九四八年に〈フローレンタイン・ガーデンズ〉を辞め、そのお色気たっぷりのショウをラスベガスに持ち込んだ。ところが一九五七年、〈ザ・リビエラ〉の駐車場でタクシーにはねられ、数時間後に脳挫傷と内臓破裂のために死亡した。

ウォレス・デイリー医師は、一九四七年十一月、心臓麻痺で死去した。マリア・ウィンター医師とデイリー医師の未亡人は、医師の遺産をめぐって激しい争いをくり広げた。財産の半分は(それには彼の診療所と設備が含まれていた)パートナーだった女医に残されていたが、怒り狂った未亡人は、〝診療所の女性パートナー〟は善良なる老医師を脅迫していたと申し立てた。彼の〝職業上の秘密〟に関して、医師にとって都合の悪い事実を探り出し、それを材料に最後の数か月間は事実上彼を監禁状態にしていたというのだった。両者の争いはロサンゼルスの新聞各紙によって大々的に取りあげられた。多くの者が、〝職業上の秘密〟とはデイリーが堕胎を行なっていたことを指すのだと考えたが、わたしはひそかに、あの狡猾な、オリーブ色の肌の女医が、ぼけ気味の老医師に、ブラック・ダリアを殺したのは彼だと信じ込ませたのではないかと思った。結局両者の主張はともに裁判所にしりぞけられ、遺産は信託財産となった。同じ一九四七年、わが友エリオット・ネスは、クリーブランドで市長選に立候補して敗れた。〈ダイボールド〉の理事長の職も投票によって追われ、司法機関でふたたび職を得ようという努力も実を結ばなかった。次第にアルコールへの依存を深めつつ、民間企業で活動を続けたが、商業的成功にはほど遠かった。だが、彼の三度目の結婚は幸せなものになった。一九五七年、ペンシルヴェニア州のカウダーズポートという小さな町で、彼は紙の透かしを検査する機械の会社を興そうとしていたが、ある晩バーから帰宅したところでキッチンで倒れて亡くなった。まさに『アンタッチャブル』のゲラ刷りを郵便で受け取った直後のことだった。この自伝により、彼は〝アル・カポネを倒した男〟というトレードマークを遺贈されることになる。

ちなみにカポネは、一九四七年一月、梅毒に起因する病気との闘いののちに死んだ。ブラック・ダリア事件に関する記事と並んで新聞の一面を飾ったが、それはわたしがエリオット・ネスとロイド・ワタースンをユニオン・パシフィック鉄道の列車に乗せた一週間後のことだった。ふたりの行き先は、オハイオ州デイトンの精神病院だった。

ロイド・ワタースンはそこで死んだ。一九六五年、わたしの見るところでは不当に安らかな最期だった。エリオットの死後、ロイドの嫌がらせはがきはわたしのところに送られてくるようになった。そして、キングズベリー・ランのマッド・ブッチャーがちゃんとデイトンの精神病院に監禁されているかどうかを確認するのは、わたしの仕事になった。

オーソン・ウェルズの映画『上海からきた女』からは、〝クレイジーハウス〟の場面のほとんどが割愛された。この映画をコロンビアのハリー・コーン社長は、二本立て上映の二本目の映画に指定し、その結果、すでにかげりの見えていたウェルズのハリウッドでの名声は、さらに大きな傷を受けた。四七年五月、ウェルズは低予算で『マクベス』を映画化し、十一月には彼とリタ・ヘイワースは離婚した。続く三年間、彼はもっぱらヨーロッパで過ごし、何度も中断しながら『オセロ』の映画化を行なった。そのための資金は、ほかの監督の映画に俳優として出演することでまかなっていた。悪役が多かった。この過大評価された男の生涯は、一九八五年十月、静かに幕を閉じた。彼の作品にはエリザベス・ショートの死が、たびたび影を落としている。特にウェルズが監督し、脚本も共同執筆した『黒い罠』に顕著だ。この映画の中で彼は、あいまい宿の部屋で人を絞め殺す悪徳警官を演じている。

リチャードソンは退職して、亡くなった。ファウラーは退職したが、小説家となり、今も生きている。新聞王ハーストはアギー・アンダーウッドを管理職に昇進させ、バウアードーフ事件について彼女の口を封じた。一九四九年、ジャック・ドラグナはとうとう人を雇ってミッキー・コーエンを襲わせた。場所はレストラン〈シェリーズ〉で、フレッド・ルビンスキーとわたしはその場に居合わせた。襲撃は未遂に終わったが、それはまた別の話だ。バーニーとケイシーはもう一度結婚し、もちろん、幸せに過ごした。バーニーは二度と麻薬に手を出さなかった。一九六七年に彼を倒したのは、癌だった。

ほかの連中、警官や悪党の多くについては、時の流れとともに消息がつかめなくなった。ミルトン・シェーファーという保釈金保証業者が、手下にサヴァリーノとハッソウを追跡させ、サンフランシスコから連れ戻した。ふたりは三十年の懲役刑を受けた——二十年ではなく。その後彼らがどうなったのか、わたしは知らない。サヴァリーノが模範囚として服役して、そう、十年くらいで仮釈放になり、パッツィと子供のところに戻って、まともな人生を歩んだのだといいがと、わたしは常々思っている。もちろん、こんなのは底抜けに楽観的な考えだが。

ペギーとわたし？　一九四七年九月二十七日、すばらしい息子が——ネイサン・サミュエル・ヘラー・ジュニアが——生まれた。その頃にはシカゴ郊外のリンカーンウッドに移って、煉瓦造りのバンガローに住んでいた。そしてその頃には彼女はもう離婚を求めていた。〈ビバリーヒルズ・ホテル〉で過ごした最後の数日の間に、わたしと彼女は休戦条約を結んだ。今回のことについては二度と話を持ち出さず、相手を責めもしないという。わたしたちは馬鹿みたいにセックスまでした。永遠の愛を誓い、たくさんの子供の最初のひとりが待ち遠しいと言い合った。その後、二年ももたなかった。

わたしたちの関係は、離婚後も、波瀾万丈だった。よりを戻しそうになったことが二、三度あった。友だちとして円満な関係だったときもあった。そうではない期間もあった。長い間、わたしの息子は——母親と暮らしていたのだが——彼女が吹き込む父親に関する恐ろしい話をすべて信じていた。成長するに従って、父と息子の関係は改善したが、この本を読めば、息子も理解してくれるだろう。母親はけっして完璧な人間ではなかったことを……そして、この父親がいなかったら、自分がスプーン二、三杯分のどろどろ、ぬるぬるした細胞の塊となって、金属トレイの水に浮かぶ運命だったことを。

アーノルド・ウィルスンの追跡劇は、四七年の後半にサンフランシスコで幕を閉じた。刑事弁護士ジェイク・アーリックの調査員が、建物の二階でひっそりと営業していた〈フィノッチオ〉というホモバーで彼をみつけた。グラント大通り沿いのチャイナタウンまで尾行して、彼の安宿を確認し、わたしに連絡してきた。わたしはその晩、サンフランシスコに飛んだ。翌朝チャイナタウンに行ってみて、そのホテルが火事になり、十六人が焼死したことを知った。死んだのは、ほとんどが旅行者だった。ウィルスンの部屋から、背の高い人物の黒こげの死体がみつかった。エホバだか、アラーだか、誰だか知らないが、マッド・ブッチャーの弟子には、彼にふさわしい地獄の業火《ごうか》を浴びせてくれたらしい。

だが、消防士が忙しく立ち働く、くすぶる建物を見ていると、わたしは裏をかかれたような気がしてならなかった。一時間後に、わたしは現場に背を向け、家に帰って、あのくそったれ野郎への憎悪をできるかぎり過去のものとして忘れ去ろうとした。

一九八二年二月、わたしはカリフォルニアに出かけた。もうだいぶ前に引退し、二番目の妻とともにフロリダのボカラトンで暮らしていた。じじいになってもまだ元気でぴんぴんしていたので、〈A－1探偵社〉の会長を務めていた。だが今では、〈A－1〉の社長は息子だ。久しい以前からその態勢になっていた。息子はロサンゼルスを本拠地にしていて、わたしは息子に会いに、ひとりで出かけていったのだった。妻と息子は折り合いが悪いので。

もうひとつ、わたしはブラック・ダリア事件についてギル・ジョンソンという作家と会う約束をしていた。ジョンソンはあの事件についてのノンフィクションを書こうとしていて、調査の過程でわたしの名が浮かびあがってきたということだった。話を聞きたいと言われた。最初は気が進まなかった。だがそこで、彼はわたしの注意を引きつけることを言った。

「わたし、事件を解決しました」彼は言った。電話を通して聞く声は、深みのある、俳優のようなバリトンだった。

わたしは海岸通り沿いの自宅のパティオで、行き交う船を眺めながら、レモネードを飲んでいるところだった。「ほんとうに？」

「真犯人を知っている人物と出会ったんです」

「ほう？」

「真犯人はアル・モリスンという男だそうです」

わたしは興味を失いかけた。「ああ、そう」

「そうなんです……ただ、実を言うと、その年寄りが……アル中の、ドヤ街にたむろしているようなタイプなんですけど……あの事件の共犯者だったんじゃないかと思っています」

今度はおおいに興味がわいてきた。「名前は？　その年寄りだけど」

「スミスです。アーノルド・スミス」

「どんな男？」

「ひどくやせてます。顔があばただらけで。身長は六フィート四インチはありそうで……歩くとき脚を引きずります。戦争でやられたと言っています」

「なるほど。あんたになら事件の話をしてもいいかな」

「やった！　すごい！　あなたは取材には応じないと言われていたんです……それに、あなたも本を書いていると……」

「回想記を書いているんだけど、ダリア事件まではまだ何年分もある。作家の手伝いをするのも悪くないと思う。それに、息子に会いに西海岸に行きたいと思っていたんだ。そっちの連絡先を教えてくれないか？」

三日後、わたしたちはビールを前に向かい合っていた。場所はハリウッド・ブールヴァードの〈ムッソ&フランクス〉のブース。あの飾り気のない黒っぽい木材を使った内装で、俳優やエージェントが仕事の話をしに訪れ、無愛想なウェイターがサーブする店だ。

ジョンソンは四十代なかばくらい、そつのない、知的な、リーダータイプのハンサムな男で、豊かなブラウンの髪が白髪になりかかっていた。茶のスポーツジャケットに、黄色いスポーツシャツを着て、いかにも、そう、ハリウッドという感じだった。元俳優で、ときどき脚本も書いていたが、マンソン・ファミリーについての犯罪実録ものを書いて、そちらの方面の仕事をもっとしたいと思うようになったのだということは、すでに聞いていた。

「その男にあったのは、まったくの偶然でした」ジョンソンは言った。「以前、シルバーレイクに住んでいたときに、ガールフレンドと一緒に近所の夫婦に招かれたんです。ささやかなパーティで、五、六人集まりました。中にかなり荒っぽいのがいて――あとで彼女に居心地が悪かったと言われましたよ」

その家の主が客全員をガレージに案内して、〝何か欲しいもの〟はないかと尋ねた。

「いろんなものがありました――ステレオ、テレビ、ゴルフクラブ、なんでも――そいつは明らかに泥棒か故買人でしたね。それはともかく、夜が更けて、みんなで四〇年代、五〇年代の古いレコードを聴いていると、そののっぽでやせっぽちの病人みたいな男が、戦後すぐの四〇年代のロサンゼルスについての思い出話を始めたんです。わたしはその時代についての本を書いていると言いました。すると、テーマは何かときかれたので、ブラック・ダリア事件だと答えると……彼女を知っていたと言うんです」

「その話をまじめに受け取ったのか？　パーティだったんだろう？　みんな酔っぱらっていただろうし……」

「その男をまじめに受け取ったんです——何かありました……男の態度に、何か張りつめた、はっきり言って、気味の悪いものが。エリザベス・ショートがマカデン通りのカフェに出入りしていたときに知り合ったと言いました。その店を根城にしていた強盗団のメンバーで、ボビー・サヴァリーノという男がいたとも」

「なるほど」

「そして、情報を提供したら金を払う気があるかと言うので、確かな情報とわかれば払うと答えました。そうしたら、驚いたことに、自分は犯人を知っている、当人の告白を聞いたという話になったんですよ」

「その男のことは調べたのか？」

「もちろん。逮捕歴が五回もあって、十以上の名前を使い分けていました。強盗、窃盗、放浪、酩酊、猥褻《わいせつ》行為といった前歴があります。ホモか、あるいはバイセクシャル。二、三回、短期の懲役刑を受けている」

「わたしから何を聞きたい？」

ジョンソンは身を乗り出した。熱意がむき出しになっていた。「あなたはブラック・ダリア事件の捜査にあたりましたね。なんと言っても、死体を発見したのはあなただ」

わたしは肩をすくめた。「死体が発見されたときに、その場に居合わせただけだよ。そして、《エグザミナー》に頼まれて背景調査をした」

「まず手始めに、スミスの話をあなたと一緒に検証して、あなたがご存じのことと符合するかどうか確かめたいんです」

「いいよ」わたしは腕時計を見た。「ただ、えーと……また別のときにしてくれないか。息子を待たせているので」

ジョンソンはほほえんだ。ハンサムな男だ。俳優としてもかなりのものだったのだろう。「息子さんの評判は上々ですよ、ミスター・ヘラー。家業を息子が継いでくれるって、どんな気分です？」

わたしはまた肩をすくめた。「たまたま息子にも向いた仕事だったんで」

「息子さんとは……近しいのですか？　それとも、張り合う仲？」

「なんとかつきあっているよ」わたしはビールを飲みおえた。「ただ、あんな嫌みで利口ぶった女たらしでなければいいのにと思っている」

なぜかわからないが、ジョンソンはとてもおもしろがった。そして、言った。「ああ、えーと――この次、いつ会うか決めません？」

「ああ、いいよ。明日の午後はどうかな？　ここで――そう、二時に。そのスミスからは、わたしも話を聞いたほうがいいかもしれない。どこに住んでいるんだ？」

「〈ホランド・ホテル〉という安宿ですよ。ただ、まずわたしたちで話をしましょう。わたしからおおまかなところをお話しして、それから本人に引き合わせますから」

わたしはうなずいた。「それがいいだろうな」

〈ホランド・ホテル〉はロサンゼルスのダウンタウンにほど近い、七番街とコロンビア通りの角にあった。前もって電話で部屋番号を確認しておいた。アーノルド・スミスの部屋は二〇二号室だった。日没直後に、紙袋に入れたバーボンを手に、裏の従業員口から入っていった。ホテルとは名ばかりの場所で、二〇二号室のドアをノックすると、茶色のペンキがはがれ落ちた。茶色いふけのようだった。

「誰だ?」かすれた、甲高い声がした。

「ギル・ジョンソンに言われてきた」声を張って、わたしは言った。「あんたに一本届けろと言われて!」

「開いてるぞ!」

部屋に入った。トイレの個室に毛の生えた程度の部屋で、尿のにおいがたちこめていた。崩れそうな、雨漏りのしみだらけの壁も、尿の色をしていた。傷だらけの古いオーク材のタンス、すり切れた肘掛け椅子、金属製のシングルベッド、がたがたのオーク材のナイトテーブルといったもので、部屋はいっぱいだった。ナイトテーブルには、電気スタンドと、ピンクと黒のプラスチックのラジオが載っていて、ラジオからは雑音だらけのカントリー&ウェスタンが流れていた。ほかには、ペーパーバックが二、三冊、洗面所のコップ、台所用マッチ、そして半分ほどたばこが残っている〈チェスターフィールド〉が一箱。

ベッドのそばのテレビ台には何も載っていなかった。以前テレビがあったのだとしても、とうに質《しち》に入れられてしまったのだろう。角部屋で、窓がふたつあった。両方ともカーテンはなく、古い、ひび割れだらけのブラインドがさがっていた。薄いグリーンのカーペットは、屋外屋内兼用タイプで、ひどくすり減っていた。スタンドの明かり以外は、部屋は暗く、スタンドがスポットライトのように、寝乱れたままのベッドの上の酔っぱらいを照らしていた。

彼はTシャツに、汚れ、すり切れた茶のズボンという姿で、ぼろぼろのソックスから爪が肉に食い込んだつま先がのぞいていた。骨張った体にたるんだ肉がつき、魚の腹の色の皮膚がおっている。皮膚のあちこちがただれ、傷になっていた。左脚は傷跡があり、しなびていて、右脚より短かった。

顔つきはそれほど変わっていなかった。インディアンらしい高い頬骨、細い隙間のような茶色の目、とがった鼻、くぼみのある丸いあご。イカボッド・クレーンのような顔には、年月を経て、苛酷な生活を重ねてきて、しわが刻まれていたが——断言できるが——それは良心の痛みによって刻まれたしわではなかった。

「こいつは、たまげた」かすれた声で、アーノルド・ウィルスンは言った。「ほんとに、おまえなのか?」

少し驚いたようだった。かなり酔っぱらっている。だが、おびえたようすはなく、不安そうでさえなかった。

「やあ、アーノルド」わたしは言った。

肘掛け椅子をベッドのそばに寄せた。ベッドでは半身を起こしたアーノルドが、薄い枕に寄りかかり、壁に頭をもたせかけていた。膝の上にムスカテルの空き瓶が転がっている。

にやりと笑うと、黄色と緑と黒の歯がのぞいた。「おまえさんにおれがみつけられるかなと思っていたよ」

「十五人、十六人という人間を焼き殺してまで、行方をくらまそうというやつをみつけるのは楽でなかったよ」

「ふん——あんなくずども。死なせてやったほうが、やつらのためになるんだよ……ギル・ジョンソンと会ったって？」

わたしはうなずいた。「ダリア事件のことを調べているんだ。当然おれに連絡してきたよ」

「で、やつが〝アーノルド・スミス〟という名前を出して、あんたは二足す二はいくつだろうと計算してみたわけだ」

「おれも探偵の端くれだ。身長六フィート四インチのアル中と聞けば、わが旧友アーノルド・ウィルスンだなとピンときたよ」

彼は短い笑い声を立てた——それとも咳だったのか？「元気そうじゃないか。いや、まったく、いくつになった？」

「七十七だ」

「へえ。おれはまだ六十六なのに、まるで九十九のじじいみたいじゃないか」首をふって、彼は言った。「ああ、くそっ。おまえさんだってきびしい人生だったはずなのに、まだ六十過ぎてもいないみたいだぞ！」

「おれは酒は飲まないし、たばこも吸わないし、いい遺伝子を引き継いでいるんだ。それだけのことだよ、アーノルド」

「不思議だな……おまえを見てると、気分がよくなってくるよ」

「ほう？」

「昔を思い出すからだな。あの頃はよかった。おれの全盛期だ！」

わたしはにやりと笑った。「おれたち全員をいいようにあしらってな。おれにジャック・ドラグナが怪しいと思わせた。やつに向かっていったら殺されるかもしれなかったのに。ミッキー・コーエンのおかげで助かったよ」

彼は笑い、咳をして、また笑った。「さて、おれはようやくこのゴミためにおさらばできる。人生の最後、少しはましな暮らしをしたいものだよ。まったく、こんなところに四年だぞ！ムショに入れられてるより、ひどかった」

「何言ってんだい、アーノルド。おまえもロイドも、最低のドヤが大好きだったじゃないか。簡単にカモがみつかる場所が。ナニをつっこむケツがいくらも手に入る——女のも、男のも」

ウィルスンは唇で放屁のような音を立てた。「もう歳で、そんな馬鹿もやってられないよ。そろそろ引退したいんだ。あの殺しのことを洗いざらい話せば、ジョンソンが金を払ってくれる」

「じゃあ、ロイドのことも話すのか？」

彼が顔をしかめるようすは、グロテスクだった。まるで顔の皮を裏返そうとしているようだった。「もちろん、話しやしないさ！　モリソンって男をでっちあげた。でも、ジョンソンには生々しい話をたっぷり聞かせてやるよ。おまえも聞きたいか、ヘラー？　おれたちがどんなふうにやったか、聞きたいか？」

「もちろん。ぜひ頼むよ……たばこもらっていいかな？」

彼はナイトテーブルのほうにうなずいた。「いいよ。やってくれ……でも、吸わないって言わなかったか?」

「いつもは吸わない。戦地では吸ってたけど」

「ガダルカナルだったよな……おれにもくれ」

わたしが差し出したチェスターフィールドの箱から、彼は一本取った。台所用マッチで火をつけてやりながら、わたしは言った。「ほんとうに軍隊にいたのか、アーノルド?」

「ああ」彼は煙を吸い込み、ゆっくりと吐き出した。「戦場で脚を銃剣でやられたんだ。この話に嘘はない」

「帰還して、たばこはやめたんだ……ただ、ときどき、無性に吸いたくなる。無性に何かしたくなるって、よくわかるだろう、アーノルド?」

「ああ、わかるね」

わたしもチェスターフィールドを一本取って、火をつけた。

「えーと……その瓶だけど……それは、おれに?」

「まず話を聞こうじゃないか」

ウィルスンは話しはじめた。大事な思い出を語る老人。あの女は(名前は一度も使わなかった)泊まる場所に困っていた。ハッソウのところにやっかいになるのは、階下にボビーの女房がいるので具合が悪かった。そこでうまく東三十一丁目のロイドのアパートに連れ込むことができた。そして、お楽しみが始まった。

「だけど、聞くとがっかりするぞ」ウィルスンは言った。

「どうして？」

「すごい話を期待しているんだろうからさ。実は、あの女にあれこれやったのは、大部分が死んだあとだったんだ。生きてる間にしたことと言えば、ケツにファックするとか、なんというか……パーティだった。あの女は自分の血で窒息して死んだんだよ——つまり、おれたちが絞め殺したんじゃない。ただ、口を切り裂いたときは生きてたな。その傷の血で、死んだんだ」

わたしはバーボンのキャップの封を取り、ひねって開けた。ナイトテーブルの上にあった洗面所用のコップを取り、酒を注いだ。なみなみと。

アーノルドはよだれを垂らしていた。片手を差しだした。

だが、わたしてやらなかった。代わりに尋ねた。「もうひとりの娘も、おまえとロイドがやったんじゃないのか？　あの社交界の花形娘も」

「バウアーなんとかって女か？　ああ、そうだよ。風呂に寝かせて、ぶった切ったんだ。ただ、途中で邪魔が入って、裏から逃げた。ほかにもいっぱいやってるよ。おまえが知らない相手を。毎晩そういう瓶を持ってきてくれれば、毎晩違う話を聞かせてやるよ」

わたしはバーボンを彼の顔に浴びせた。枕とシーツにも酒が飛び散った。

「おい！　何するんだ！」彼は身を起こした。あばただらけの顔のくぼみや溝を伝って酒が流れ落ちていた。

「すまん」わたしは言った。「つい、かっとなってしまって……もう一杯注ぐよ」

そしてバーボンをひと瓶すっかり彼にふりかけた。Tシャツにも、ズボンにも、全身に。彼は酔っぱらっている上に体力が衰えていて、何もできなかった。ただそこに横たわって、驚いた顔でわたしを見ていた。

「何やってんだ。もったいないじゃないか」

わたしは台所用マッチを手に取った。

そこで彼にもわかった……だが、それでも、にんまりしていた。黄ばみ、緑色のかすがたまり、ところどころ隙間のある歯をむき出しにして。「できるもんか、腰抜けが。おまえにはそんな度胸はないよ」

わたしはマッチを擦った。

そこでようやく、彼の目に恐怖の表情が浮かんだ。彼の犠牲になった者たちが味わったものに比べたら、取るに足りないほどの恐怖だったが。酒まみれになって、ふるえだした。寒気がするようだった。

わたしはマッチをかかげた。炎が小さなオレンジ色と青の悪鬼のように踊った。「何をおびえているんだ？　ホテルの火事で死ぬのは、もう一回経験済みじゃないか」

「どうしろというんだ、ヘラー？　警察に行けというのか？　自白しろって？　ああ、このくそったれ野郎！」

ワインの瓶を投げつけられたが、余裕でよけた。瓶はわたしのうしろの壁に当たって砕けた。わたしはまたまっすぐに立った。マッチはまだ燃えていて、軸の半分のところまで来ていた。

「天国を信じるか、アーノルド？　地獄を信じるか？」

「信じるものか！」

「おれも確信はないんだが、でも――おまえには地獄がぴったりだと思うよ」

炎が大きく燃えていた。わたしの指のすぐ先で、オレンジ色が伸びあがり、青が飛び跳ねている。

「何をするつもりだ、ヘラー？　おれたちはただの年寄り同士じゃないか！」

「おまえはもう十分に長生きしたよ」わたしは言った。

そしてマッチを投げた。


翌朝、ギル・ジョンソンから電話がかかってきた。わたしはマリブの息子の家に泊まっていた。テラスに出て、若い女性たちが（今では〝女の子〟とは言わないらしい）ビキニ姿で浜辺をかけまわっているのを見物していた。

「ミスター・ヘラー」重々しい声でジョンソンは言った。「たいへんなことになりました」

「ほう？」

「ゆうべ、アーノルド・スミスが焼け死んだらしいです。ホテルの部屋で」

「ほんとか？」

「ほかにけが人はいません――火事はスミスが四年前から住んでいた小さな部屋の中だけでおさまったそうです。恐ろしい、恐ろしいことで……何者かが廊下を走りまわって、ドアを叩いて、火事だと叫んでいたということです。一緒にスミスの悲鳴も聞こえていたらしい……全員が待避しました」

「スミス以外の全員が？」

「スミス以外の全員が。ほんの一ブロック半のところに消防署があったようです。燃えたのは一部屋だけですが、スミスの部屋の中はすっかり真っ黒焦げで……まさに灼熱地獄だったろうと」

「へえ」

「ホテルのマネージャーによると、スミスはヘビースモーカーだったそうです。飲んだくれだったことは、わたしも知っています。彼の部屋では、これまでにも三回か四回、ぼや騒ぎがあったそうです……手にたばこを持ったまま寝込んでしまって。どうやら酒をこぼして、それに……まあ、いずれ出火原因の捜査があるでしょうが。放火の疑いがあるので」

「ほんとに？」

「ええ。いや、警察にも話したんですけど——ジョン・セントジョンっていう有名な刑事がいるでしょう？」

ブロンドとブルネットが水からあがってきて、タオルの上にうつぶせに横になった。「ああ、ジグソー・ジョンだろう。今は彼がダリア事件を担当している」わたしは言った。「つまり、セントジョンにスミスのことを話したのか？」

「ええ。モリソンという男が何をしたのか、スミスからセントジョンに話させようと思っていたんです。でもセントジョンは、わたしの話を聞いて、もしかするとスミスが、ショート殺しの犯人ではないかと考えました……今となっては、犯人だったのではないかと言うべきでしょうが。あるいは、共犯者ではないかと。つまり、スミスは未解決の事件の容疑者だったんです」

「なるほど。それで彼の死は事故ではなかったかもしれないという可能性が生ずるわけだ」

「なんでもお見通しですね、ミスター・ヘラー。それと、ほかの宿泊客に火事だと知らせた人物にも警察は関心をいだいています」

「姿を見た者は？」

「いません。宿泊客の中に自分だと言う者もいません。全員があのホテルを出ていってしまいました」

わたしはうなり、ブルネットを見つめた。ちょうど仰向けになるところだった。まるで作り物のような胸だ。「謎だな」

「そうなんです。それはともかく、わたしは今の仕事をこのまま続けるつもりです」彼はため息をつき、咳払いをした。「予定どおり、今日の午後、会ってもらえますよね？」

わたしはアイスティーを一口飲んだ。「ああ、それなんだけど、ちょっと考えたことがあってね。いつか自分でもダリア事件に関する本が書きたいという気がしてきたんだ」

「まさか、それはつまり――」

「悪いんだけど。知ってることは自分の本のためにとっておきたいんだよ」

「ああ、そうですか。それは、まあ、当然のことで……」

「ありがとう」今度は小柄なブロンドのほうが仰向けになった。あの胸は本物だろう。

「……でもね、ミスター・ヘラー、あまりの偶然だと思いませんか？」

「何が？」

「あなたが来たとたんに、スミスがホテルで焼け死んだんですよ。わたしが引き合わせる前に」

「それもそうだな。しかしだね、ダリア事件に関しては、ある事情があるんだ。よかったら話してあげよう。作家同士ということで」

相手の声音に期待がこめられた。「どんなことでも教えていただければ、どんな断片的な情報でも、ほんとうに感謝しますよ、ミスター・ヘラー」

浜辺の娘たちは、殺されたときのエリザベス・ショートと同じくらいの歳だ。彼女たちはああしてなんの憂いも知らず、なんの疑いもなく生きている。きっとエリザベスと同じような夢と希望をいだいているのだろう。彼女たちにはマサチューセッツ州メドフォード出身の女性よりもましな人生が待っていることを願った。だがこの世界のありようを見ると、大丈夫とは言いきれなかった。

「ミスター・ジョンソン」わたしは言った。「あのとんでもない事件は、偶然に満ち満ちているんだよ」

（了）

この人たちには借りがある

多くの部分が史実に基づいているとはいえ、本書はフィクションであって、最小限度にとどめはしたが、事実に改変を加えた部分がある。史実に関して万一正確さを欠くところがあるとすれば、それは作者ひとりの責任である。資料そのものに矛盾があって、それを反映している場合に限られると願っているが。

この小説の基本的テーマ――エリザベス・ショートは純然たる性犯罪の犠牲者ではなく、〝垂れ込み屋〟に警告を発するためのマフィア一流の殺人だという推論は前例のないもので、この名高い未解決事件を扱った数多くの新聞雑誌の記事でも、書物でも、提唱されたことがない。エリザベス・ショートがマカデン・グループと呼ばれる武装強盗団とつながりがあったことは、ジョン・ギルモアの *Severed: The True Story of the Black Dahlia Murder*（1994；改訂版 1999）（邦訳、『切断　ブラック・ダリア事件の真実』沢万里子訳　翔泳社刊　一九九五年）や、メアリー・パチオの *Childhood Shadows: The Hidden Story of the Black Dahlia*（1999）で言及されているが、殺人の動機に直接結びつけて論じられたことはない。現在にいたるまで誰ひとりとして、ブラック・ダリアの死体が空き地で発見されたのは、モカンボ強盗事件で逮捕されていたロバート・サヴァリーノが、ジャック・ドラグナの配下の者からミッキー・コーエン殺害を依頼されたという話を始めた翌日であったという事実を指摘していない。

わたしはこのことが事件の真相を明らかにする鍵であり、モカンボ強盗事件の犯人のひとりだとみずから認めたアーノルド・ウィルスン、またの名をジャック・アンダースン・ウィルスン、またはアーノルド・スミス（ほかにもいくつもの名を使ったが）という人物が直接かかわっていると信じている。ウィルスンとキングズベリー・ランのマッド・ブッチャーをペアにしたのは、わたしの空想の産物にすぎないかもしれないが、ウィルスンが使った偽名のひとつが、ブッチャーの共犯者との疑いがもたれた人物の名と一致するのは事実である。ウィルスンは実際に一九八二年二月、原因の疑わしいホテル火災で焼死している。

この新たな推論は、わたしの友人であり、リサーチ・アシスタントであるジョージ・ハーゲナウアーとともに構築していったものだ。ジョージは幸運な偶然で、モカンボ強盗事件とエリザベス・ショートの死を結びつけるきっかけを得た。探していたバーニー・ロスによる新聞記事の隣に、たまたま強盗事件に関する記事が載っていたのだ。わたしたちのアプローチにとって、新聞記事は終始もっとも重要な材料だった。わたしたちは、《エグザミナー》、《ヘラルド・エクスプレス》、そして《ロサンゼルス・タイムズ》といった、当時のロサンゼルスの新聞各紙に読みふけった。新たな推論と、この小説を作りあげる上で、ジョージのはたした役割は計り知れない。

ブラック・ダリア事件に関するこれまでの主だった見解を本書に織り交ぜることにしたのは、

人をひきつけずにはおかない、しかし複雑きわまるこの事件について、その全体像を示したいと思ったからだ。とはいえ、作品を（なんとか）手に負える長さにおさえるために、数多くの興味深い側面を割愛しなければならなかった。

この作品を執筆するにあたって、特に有益だった本が三冊ある。先に触れた『切断』は、エリザベス・ショート殺害事件をはじめて真剣に取り扱った書物であり、貴重な調査結果を含んでいる。ダリア殺人事件で主要な役割をはたした人物――わたしが彼の偽名のひとつのアーノルド・ウィルスンの名で呼んだ人物だ――の身元をあきらかにしたことも、その一例だ。この事件に関心のある者にとって、『切断』は必読書である。ギルモアは――彼の自伝 *Laid Bare*（1997）には、ブラック・ダリアに関する新たな資料が含まれている――この事件の調査においてあまりに重要な人物なので、わたしはギル・ジョンソンという架空の人物として彼を作中に登場させた。

これもすでに名をあげたメアリー・パチオによる *Childhood Shadows* は、エリザベス・ショートの短く悲劇的な一生を、子供時代の友人の目を通して、思いやり深く、掘りさげて考察した一冊だ。パチオは広範な調査を行ない、先行する見解を詳細に検討したのちに、独自の推測を行なっている。オーソン・ウェルズにブラック・ダリア殺しの嫌疑がかかるというのは、パチオの考えに基づく展開だ。率直に言って、まったく的はずれだとわたしは考えているが、しかし彼女の推論はそれなりにしっかりした内容で、わたしも本作にあの偉大な映画人を登場させることにした。

同じく有用だったのが、ジャニス・ノウルトンが犯罪実録作家マイクル・ニュートンと共同で著した *Daddy Was the Black Dahlia Killer*（1995）だ。この本に示されている見解は、わたしにはあまり説得力のあるものには思えない。抑圧された、悪夢のような記憶を、あとになって〝思い出す〟ことによって得られた素材に基づいているからだ。だがエリザベス・ショート自身に関する資料は、ジャニス・ノウルトンの父親がブラック・ダリア殺害の容疑者だという話とは切り離すなら、十分な調査を経て、よく整理されたものと言える。

わたしはジャック・ウェッブと彼の一九五〇年代の古典的テレビ作品『ドラグネット』の大ファンだ。ウェッブはロサンゼルス市警に関するすぐれた（少々きれいごとすぎる気味があるが）ノンフィクション作品 *The Badge* を書いており、その一章をブラック・ダリア事件に割いている。ティーンエージャーのときにウェッブが語るダリア事件の物語を読んだことが、わたしがこの事件に関心をいだいたきっかけだった。

『黒衣のダリア』は、一九八四年のネイサン・ヘラーものの小説 *The Strawberry Teardrop*（邦訳、「ストロベリー色の涙」木村二郎訳　ロバート・J・ランディ編『探偵は眠らない　上』ハヤカワ文庫HM　一九八六年）の続編と言える。「ストロベリー色の涙」ではキングズベリー・ランのマッド・ブッチャー事件を取りあげ、ロイド・ワタースンという人物を登場させた。この作品に引き続いてエリオット・ネスの物語 *Butcher's Dozen*（1988）が生まれた。こちらは、わたしとジョージ・ハーゲナウアーがクリーブランドの現地で行なった、バラバラ事件に関する調査に基づいている。当地のケース・ウェスタン・リザーブ図書館において、長く忘れ去られていたネスに関する資料の中から、わたしたちは、精神病院に収容されたブッチャーが〝アンタッチャブル〟に宛てて出した、からかうようなはがきをみつけだした。わたしたちの前に、ブッチャー事件でエリオット・ネスのはたした役割に関して言及しているのは、オスカー・フレイリーの *Four Against the Mob* の中の一章だけだ。*Butcher's Dozen* は、エリオット・ネスとクリーブランドのバラバラ事件を、はじめて一冊の本の形で扱ったものであり、それ以来、この事件に関するノンフィクション（そしてフィクション）作品が――事件を扱ったテレビ番組も含めて――すべてわたしたちの調査記録を、わたしたちの名をあげることなく、主要な資料として用いている。

ロイド・ワタースンは架空の人物だ。だがモデルがいて、それはマリリン・バーズリーのすぐれた記事 The Kingsbury Run Murders にフランク・スウィーニー医師として登場する人物だ。この記事はインターネット上のダーク・ホース・マルチメディアのクライム・ライブラリーで閲覧することができる（ちなみにバーズリーは資料のリストに *Butchr's Dozen* をあげている）。またバーズリーがインターネットで公開している記事 The Black Dahlia は、ギルモアに近い立場から論じた、ダリア事件のすぐれた論評である。

ほかにインターネット上の興味深い記事としては、ライオネル・ヴァン・ディアリン（サンディエゴ・オンライン）の The Undying Mystery of the Black Dahlia や、ラッセル・ミラーの An Original Black Dahlia Article があり、後者はパメラ・ヘイゼルトンが運営するすぐれたブラック・ダリア・ウェブサイト（www.bethshort.com）に掲載されている。ヘイゼルトンのウェブサイトは、思慮深い、事実に基づいた記述に満ちていて、この事件の犠牲者に対する挽歌とも言えるものだ。

わずかの例外を除き、本書の登場人物の名は実名である。ただし程度は異なるが、さまざまな脚色をほどこされている。

ビル・ファウリーは架空の人物で、ウィル・ファウラー、シド・ヒューズ、ビーヴォ・ミーンズをはじめとする、この事件にかかわった数多くの新聞記者をひとりに集約したものだ。ただし表面的には、この人物像はファウラーに近いところがある。ファウラーのみごとな回想記 *Reporters*（1991）は、本書を執筆するにあたって、おおいに参考とさせてもらった。一方ジム・リチャードソンは実在の編集長で、わたしの描写はファウラーの回想記と、リチャードソンの自伝 *For the Life of Me*（1954）によっている。

ボビー・サヴァリーノは実在の人物だが（かなり脚色して描かれている）、本書に登場する彼の妻は、完全に想像上の存在だ。実際にサヴァリーノが結婚していたかどうかは不明だが、結婚していたとしても、その相手は元ストリッパー、パッツィではない。彼女はわたしが作りあげた人物だ。

ファイナス・ブラウンの辛辣な描写は、いくつかの資料を基にしている。中心となったのはパチオの著作だ（この本の中で、ブラウンは汚職警官であると同時に賭元であったという事実が複数の証言で明らかにされている）。だが、ジャック・ウェッブの *The Badge* をはじめとする他の著作の中では、ブラウンは正直で優秀な刑事だとされていることも指摘しておかなければ公平を欠くことになるだろう。本書ではストーリー展開の必要から、好意的な意見は無視し、悪意ある意見をまとめて、わたしなりにブラウンという人物を描いた。彼はけっして実在の人物を描写したものではない。

マーク・ランサムはマーク・ハンセンをモデルにしている。ハリー・ハンセン刑事との混同を避けるために、名前を変えた。フレッド・ルビンスキーは、バーニー・ルディットスキーという実在の私立探偵をもとにした架空の人物だ。彼がオーナーだったレストラン〈シェリーズ〉は、ミッキー・コーエンのお気に入りの店だった。

ウォレス・デイリー医師とマリア・ウィンター医師は、実在の人物をモデルにした架空の人物だ。この部分はラリー・ハーニッシュが提示した実に興味深い見解に基づいている。彼が執筆中のダリア事件に関する著作 *Stairway to Heaven* を、わたしは心待ちにしている。ハーニッシュはジオシティにウェブサイトを開いていて、そこで画期的な調査結果を公開している。キングズベリー・ランのマッド・ブッチャーがブラック・ダリア殺しの犯人かもしれないという見解は——わたしが *Butcher's Dozen* において提示したものだが——ローレンス・P・シャープによってさらに深められ、彼はいくつかの論文を発表している。数年前、わたしは彼と文通し、彼の考えやアイディアをふんだんに分け与えてもらった。

わたしの〝バックアップ〟・リサーチ・アシスタントのリン・マイヤーズは、記事や書物の抜粋をコピーしてくれただけでなく、数本の映画やビデオのコピーももたらしてくれた。一九七五年のテレビ映画、Who Killed Black Dahlia? は、エフレム・ジンバリストをハリー・ハンセン役に、ルーシー・アーナズをエリザベス・ショート役にすえたものだが、わたしが参考にするにはあまりにフィクション化されすぎていた。より有用だったのは、*Medford Girl* という一九九三年にカイル・J・ウッドが制作したドキュメンタリーだった。ウッドはその収益金を、マサチューセッツ州メドフォードにエリザベス・ショートの記念碑を建立する費用として寄付した。またE!チャンネルの *Hollywood's Mysteries and Scandals* の〝ブラック・ダリア殺人事件〟の回と、ラーニング・チャンネルのドキュメンタリー *Case Reopened: The Black Dahlia* の回も見た。

エリオット・ネスについてはずいぶん書いてきており、わたしが作りあげている〝アンタッチャブル〟の実像に関する資料は、*Butcher's Dozen*（最近〈ファイブスター・ミステリー〉からハードカバーで出版された）をはじめとする何冊かのエリオット・ネスものの作品の末尾にリストが載せてある。だが、キングズベリー・ラン事件に関する記憶を新たにするために、ジェイムズ・パーヴィスの *Great Unsolved Mysteries*（1978）をはじめ、以下のネスもののノンフィクションを参照した。ポール・W・ハイメル *Eliot Ness: The Real Story*（1997）、オスカー・フレイリー *Four Against the Mob*（1961）、スティーヴン・ニッケル *Torso*（1989）。

本書のためのリサーチで一番楽しかったのは、オーソン・ウェルズの映画を何本も見直したことだった。『上海からきた女』、『黒い罠』、そして『マクベス』などなど。ウェルズの伝記も何冊か読んだ。デイヴィッド・トムスンの *Rosebud: The Story of Orson Welles*（1996）、オーソン・ウェルズ、ピーター・ボグダノヴィッチ共著 *This is Orson Welles*（1992）（邦訳『オーソン・ウェルズその半生を語る』河原畑寧訳　キネマ旬報社刊）、フランク・ブレイディ *Citizen Welles*（1989）、チャールズ・ハイア

ム *Orson Welles: The Rise and Fall of an American Genius*（1985）（邦訳『オーソン・ウェルズ偽自伝』宮本高晴訳 文藝春秋刊 一九九一年）、バーバラ・リーミング *Orson Welles: A Biography*（1985）。同じくバーバラ・リーミングの *If This Was Happiness: a Biography of Rita Hayworth*（1989）も有益だった。

ほかにも何冊かの伝記と自伝が、わたしの調査の役に立ってくれた。リッキー・ソリンジャー *The Abortionist: A Woman Against the Law*（1994）、ニルス・T・グランランド、シド・フェダー、ラルフ・ハンコック共著 *Blondes, Brunettes and Bullets*（1957）、フローラベル・マー *Headline Happy*（1950）、バーニー・ロス、マーティン・エイブラムスン共著 *No Man Stands Alone*（1957）、チャールズ・ストーカー *Thicker'n Thieves*（1951）。ミッキー・コーエンの描写は、テッド・プレイガー、ラリー・クラフト共著 *Hoodlums: Los Angeles*（1959）、ミッキー・コーエン、ジョン・ピア・ナジェント共著 *Mickey Cohen: In My Own Words*（1975）、エド・リード *Mickey Cohen: Mobster*（1973）、そしてジム・ヴォーズ、D・C・ハスキン共著 *Why I Quit Syndicated Crime*（1951）によっている。

数多くの犯罪実録本がダリア事件に関する章を含んでいる。それらの中で参考にしたのは、ロバート・コルビー *The California Crime Book*（1971）、マーヴィン・J・ウルフ、キャサリン・メイダー共著 *Fallen Angeles*（1986）、ジョン・オースティン *Hollywood's Unsolved Mysteries*（1970）、ロジャー・ウィルクス編 *The Mammoth Book of Unsolved Crimes*（1999）、ジェイ・ロバート・ナッシュ *Open Files*（1983）、レナード・グリブル *They Had a Way with Women*（1967）、そしてタイム・ライフ・ブックス編 *True Crime: Unsolved Crimes*

（1993）。ジョー・ドマニックの *To Protect and Serve*（1994）からは、ロサンゼルス市警の歴史についておおいに学ぶところがあった。ブルース・ヘンダースン、サム・サマリン共著 *The Super Sleuths*（1976）がハリー・ハンセンに関する資料を提供してくれた。

ロサンゼルスおよびハリウッドに関する多くの書物も、また有用だった。オットー・フリードリック *City of Nets*（1986）、マリアン・ルース *Cruel City*（1991）、トニー・ブランチ、ブラッド・シュライバー共著 *Death in Paradise*（1998）、ジェイムズ・タカック *Great American Hotels*（1991）、ケネス・アンガー *Hollywood Babylon II*（1984）（邦訳、『ハリウッド・バビロンⅡ』明石三世訳　リブロポート刊　一九九一年）、レオン・スミス *Hollywood Goes on Location*（1988）、パトリック・マッグルー、ロバート・ジュリアン共著 *Landmarks of Los Angeles*（1994）、マット・ウェインストック *My L.A.*（1947）、ジム・ハイマン *Out with the Stars*（1985）、エリザベス・ウォード、アラン・シルバー共著 *Raymond Chandler's Los Angeles*（1987）、ジム・ハイマン *Sins of the City: the Real Los Angeles Noir*（1999）など。公共事業促進局発行のカリフォルニア州とイリノイ州のガイドブックは、非常に役に立った。ジャック・レイト、リー・モーティマー共著の *Chicago Confidential*（1950）と *U.S.A. Confidential*（1952）の二冊にも助けられた。

編集者のジョゼフ・ピットマンにあらためて感謝したい。彼はネイト・ヘラーと、彼を生み出した人間を信じてくれ、家族の不幸があって締め切りを守れなかったわたしを、辛抱強く待ってくれた。そして、もちろん、わが友にしてエージェントのドミニク・エイベルにも。彼もまた、困難な時期にあっても寛大で、頼りになる存在だった。

『黒衣のダリア』は人間関係に関する、なかんずく夫婦関係に関する物語だ。わが妻バーバラ・コリンズの愛情と支えに感謝している——ネイト・ヘラーはわたしほど幸福ではなかった。

解説

池上冬樹

いやはや読ませる。たっぷりと読ませる。本書が扱っているのは、アメリカ犯罪史上でも有名な「ブラック・ダリア」事件。「ブラック・ダリア」事件といったら、数多くのノンフィクションが書かれているし、小説では決定版ともいうべきジェイムズ・エルロイの『ブラック・ダリア』がある。いったいいまさらどんな余地が残されているのか？　と思われるかもしれないが、名うての職人コリンズ、読者を楽しませることにかけては年季が入っている。冒頭から読者をひきつけて一気に最後まで引っ張っていく。やはりコリンズ、大した作家である。いまや日本では「マックス・アラン・コリンズ」といえば、映画やテレビのノヴェライゼーションの作家の印象が強いが（ここ数年だけでも『U-571』『スコーピオン・キング』『ウインドトーカーズ』ほか九冊も担当しているが）、コリンズは本物の作家である。

まず、コリンズは高校在学のときから小説を書きはじめていた。大学卒業のあとは記者やミュージシャンとして働く一方で小説家への夢は捨てきれずに書きつづけ、ようやく一九七三年に、強盗ノーランものの第一作 *Bait Money* でデビューする。ドナルド・E・ウェストレイクの別名義、リチャード・スタークの悪党パーカーものへのオマージュであった。それ以降、ノーランものを書きつぐ一方で、殺し屋クウォリーもの、探偵作家マロリーもの（邦訳に第一作の『想い出は奪えない』創元推理文庫）など先行作家へのオマージュにみちた優れたシリーズを順調に続けるが、爆発的なヒットにはならなかった。コリンズの名前を一躍高めたのは、八三年の私立探偵ネイト・ヘラーものの第一作 *True Detective*（『シカゴ探偵物語　悪徳の街１９３３』扶桑社ミステリー）である。これはいい。

俳優ジョージ・ラフトの依頼で、ヘラーが刑務所にいるアル・カポネに会いにいき、悪徳市長の暗殺を阻止すべく頼まれる冒頭から、読者は、禁酒法廃止目前の暗黒街を目の当たりにすることになる。当時の時代背景や史実を視野にいれつつも、安易に史実に負うことなく独自の視点で人物と事件に取り組み、新たな時代史を作り上げたのだ。その真摯な小説作り、迫力にみちた圧倒的なストーリーテリング、迫真的で独創的な現代史が鮮やかだった。アメリカ私立探偵作家クラブの最優秀長篇賞（シェイマス賞）を受賞したのも当然だろう。

その後、シリーズは、三四年のシカゴを舞台にジョン・デリンジャーを絡ませた *True Crime*（84）、四〇年代前後のハリウッドを舞台にした *The Million Dollar Wound*（86）、四六年のシカゴを舞台に組織犯罪と関わる *Neon Mirage*（88）と続き、九一年にシリーズのピークのひとつを迎える。それがリンドバーグ誘拐事件を扱った *Stolen Away*（『リンドバーグ・デッドライン』文春文庫）である。この作品でコリンズは人気を不動のものにした。歴史上の人物たち（リンドバーグをはじめアル・カポネ、エリオット・ネス、有名な霊能者エドガー・ケイシーほか）を多数登場させて、時代色を鮮明にうちだし、まるでノンフィクションのように読ませたのだ。迷宮入りした事件を振りかえるだけでなく、資料と調査から、ありえたかもしれない「真相」を大胆に推理し、複雑なプロットに置き換えているのがすごい。しかもそれがみな「時代」のうねりのなかで捉えられるので、物語そのものが実にダイナミックだった。

シリーズは、その後も水準の高さを維持して、ヘラーのメモワールは、時代を前後しながら、赤狩りのマッカーシー議員、伝説の弁護士クラレンス・ダロウ、フランク・シナトラほかが絡む事件を回想していく。なかでも面白いのは、ロズウェルで起きたUFO墜落事件を追う九九年の第十作 *Majic Man*（文春文庫近刊）、第十一作の本書『黒衣のダリア』だろう。


この小説は、冒頭でも触れたが、一九四七年一月に起きた「ブラック・ダリア」事件をテーマにしている。ネイト・ヘラーは、〈A－1探偵社〉のロサンジェルス支社を開設するために、新妻のペギーをつれてLAにいた。そこで記者たちとともにまっぷたつに切断された女性の死体を見てしまう。後に「ブラック・ダリア」と呼ばれる娘、ひそかに女優を夢見ていたエリザベス・ショートである。ところが、娼婦まがいのことをしていたショートとヘラーはシカゴで親しくつきあった時期があり、LAに来てからも彼女から電話をもらっていた。あなたの子を妊娠したかもしれない、と。ところが連絡がとれず、六日後、無残な死体となって空き地に捨てられる。ヘラーは自分や新妻のためにも事件の謎を追及することになる……。

なんとケレン味たっぷりな導入部だろう。あのショートとヘラーに肉体関係があった。しかし結婚して一カ月になる妻に話すことはできないし、捜査次第では第一容疑者になるかもしれないというのだ。そのために必死に調査を続けていくと、乱れた男関係やらギャング関係やら警察内部の腐敗、ハリウッド人（なかでも『上海から来た女』を製作中のオーソン・ウェルズ！）との交流など、ハリウッドのダークサイドがあらわになっていく。他の作品もそうだが、単に有名人や史実を組み合わせるだけでなく、綿密な調査で事件を推理し、まったく予想もしない真相を明らかにしている。そこが本シリーズの最大の読ませどころだろう。

たとえば、本書の重要な人物のひとりとして出てくる（三四四頁以降で語られる）〝マッド・ブッチャー〟も実在の事件の犯人である。私立探偵ネイト・ヘラー・シリーズからスピン・オフしたエリオット・ネスものの二作目 *Butcher's Dozen*（88）は、ヘラーものの短篇「ストロベリー色の涙」（五四五頁参照）をベースにしているが、そこでは、一九三五年の秋から三八年の夏まで残虐な手口で連続十三人もの人間が殺害された実際の事件を追及している。そのあまりの酷たらしさに、犯人は、〝キングズベリー・ランのマッド・ブッチャー〟と呼ばれたが、結局、ネスの精力的な捜査の甲斐もなく、未解決のまま終わった（とされている）。ところがコリンズは、小説のなかで犯人を特定している。本書の後書き「この人たちにも借りがある」でも述べられているが、数多くの資料にあたった結果、ネスは事件の犯人を知っていたし、その後もずっと犯人から音信があったと推測された。それが本書に出てくるクリーブランドの殺人鬼、精神病院に入院中のロイド・ワタースンである。つまり本書は、ブラック・ダリア事件だけでなく、もうひとつの未解決に終わった実際の事件もふまえていることになる（しかもそれが想像上の遊びではなく、ある程度信憑性がもてる推測になっている）。

とにかく、有名な未解決事件をふたつも使いながら、容易に事件の背景や真相を見せない複雑きわまりないプロットがすばらしい。一見なんでもない伏線が至るところに張ってあり、それが終盤で生きてくるのもいい。また、当時の事件をヒーローの〝個人〟の事件に転換させて、読者の感情移入をはかるのも巧い。他者の事件を、自分の事件にいかに転換するのかが、現代の私立探偵小説の命題であるが、それをうまくクリアして、『シカゴ探偵物語』や『リンドバーグ・デッドライン』同様、事件そのものが探偵ヘラーの人生と深く関わるようにしている（本書では結婚し妊娠したばかりのペギー夫人の存在に重点が置かれている）。

もちろんそればかりではなく、サイコ・スリラーの部分、異常殺人鬼ものの要素ももりこんで、プロットを二転三転させて、最後の最後まで楽しませてくれる。『シカゴ探偵物語』も『リンドバーグ・デッドライン』もそうだったが、人物たちのその後を報告する長いエピローグ（事件関係者のその後を追い、それぞれの人生の収支決算を感得させるくだりがいい。この物語の厚みを感じさせる報告）のあとに、ちょっとした大団円を用意して、最後の最後にもう一度もてなしてくれるのが何とも嬉しいではないか。そのあとに置かれた、単なる「あとがき」のようにみえる「この人たちには借りがある」も、小説と事件の内幕を余すところなく伝えていて面白い。いちだんと「小説」が立体的にみえてきて、関係書籍も読みたくなるほどだ。

自信をもっていえるが、私立探偵ネイト・ヘラー・シリーズは大作で分厚いが、長いものを読んだ確かな手応えがある。アメリカの現代史を、一人の探偵の視線で鋭く捉え、ハードボイルド小説の枠の中にしっかりとおさめ、微かな叙情を漂わせている。エンターテインメント作家がもつべき物語への情熱、ハードボイルド作家がもつべきヒーローへの思い入れ、そして現代作家がもつべき時代への鋭い考察がここにはある。傑出したシリーズの、ひとつの見本がここにあるといえるのではないか。

（ミステリ評論家）

文春文庫

黒衣《こくい》のダリア

定価はカバーに
表示してあります

2003年9月10日　第1刷

著　者　マックス・アラン・コリンズ
訳　者　三《み》川《かわ》基《き》好《よし》
発行者　白川浩司
発行所　株式会社 文藝春秋
東京都千代田区紀尾井町 3-23　〒102-8008
TEL 03・3265・1211
文藝春秋ホームページ　http://www.bunshun.co.jp
文春ウェブ文庫　http://www.bunshunplaza.com

落丁、乱丁本は、お手数ですが小社営業部宛お送り下さい。送料小社負担でお取替致します。

印刷・凸版印刷　製本・加藤製本

Printed in Japan
ISBN4-16-766147-0